O LADRÃO DA ÁGUA

Ben Pastor

O Ladrão da Água

Tradução de
Celina Cavalcanti Falck Cook

EDITORA RECORD
RIO DE JANEIRO • SÃO PAULO
2008

CIP-Brasil. Catalogação-na-fonte
Sindicato Nacional dos Editores de Livros, RJ.

P327L

Pastor, Ben, 1950-
O ladrão da água / Ben Pastor; tradução de Celina Cavalcante Falck-Cook. – Rio de Janeiro: Record, 2008.

Tradução de: The water thief
ISBN 978-85-01-08178-0

1. Roma – História – Império, 284-476 – Ficção. 2. Ficção histórica americana. I. Falck-Cook, Celina Cavalcante, 1960-. II. Título.

08-4772

CDD – 813
CDU – 821.111(73)-3

Título original norte-americano:
THE WATER THIEF

Projeto gráfico: Laboratório Secreto
Composição de miolo: Glenda Rubinstein

Impresso no Brasil

ISBN 978-85-01-08178-0

PEDIDOS PELO REEMBOLSO POSTAL
Caixa Postal 23.052
Rio de Janeiro, RJ – 20922-970

EDITORA AFILIADA

Dedicatória

Às inúmeras criaturas, selvagens e domadas, mortas por esporte durante toda a história e até hoje.

Agradecimentos

Como a maioria dos autores, devo muito a muitas pessoas, em número grande demais para agradecer individualmente. Pelo amor à antigüidade que acenderam em mim, neste caso gostaria de expressar a minha gratidão aos internacionalmente renomados acadêmicos que tive a felicidade de ter como meus professores na Università degli Studi La Sapienza, em Roma, principalmente Achille Adriani, Giovanni Becatti, Ferdinando Castagnoli, Margherita Guarducci, Massimo Pallottino e Romolo Augusto Staccioli. *Gratias vobis ago.* A meu agente literário, Piergiorgio Nicolazzini, e à equipe da St. Martin's Press: muito obrigada. Também tenho um débito de afeição para com Adriano, Marguerite, Federico, Yukio e o Menino.

Nota da autora

"A Diocleciano Augusto, de seu Aélio Espartano, saudações." Na introdução de *The Lives of the Later Caesars (As Vidas do Últimos Césares),* o estudioso clássico Anthony Birley cita dessa forma um dos autores da História Augusta. Este compêndio do século IV d.C. de biografias imperiais, traduzido e profusamente anotado por Birley, deriva, por sua vez, de obras históricas anteriores. Não sabemos quase nada sobre Aélio Espartano. Partilho da opinião de *Sir* Ronald Syme, de que talvez ele tivesse sido um soldado, um erudito e um colecionador. Esta história de sua investigação é fictícia, mas os personagens históricos e os incidentes de suas vidas baseiam-se em fatos narrados em biografias verídicas.

Antínoo era de Bitínio, uma cidade da Bitínia, também conhecida como Claudiópolis. Era o favorito do imperador, e morreu no Egito, acidentalmente, caindo no Nilo, como registrou Adriano, ou — o que, por sinal, é a verdade — como oferenda sacrificial.

DIO CÁSSIO,
Epítome da História Romana, Livro LXIX

Todas essas coisas, na verdade, nunca aconteceram. No entanto, existirão para sempre.

SALÚSTIO

SUMÁRIO

PRÓLOGO

Podeis chamar-me de Espartano. Nasci durante o reinado de Aureliano, ***restitutor exerciti*** em Castra Martis,* na Moésia Prima, nome que posteriormente mudou para Moésia Superior ou Dácia Malvense. Cresci na Ulcisia Castra, em Valéria, depois chamada de Panônia Inferior, onde meu pai serviu na II Legião Auxiliar, e fui subindo na hierarquia até atingir o posto de tribuno, ou seja, coronel, da *Schola Gentilium Seniorum,*** Regimento de Cavalaria de Elite dos Veteranos Confederados. Minha tia, Mansueta, viúva de guerra, casou-se com o irmão do falecido, e foi assim, através de seu segundo casamento, que ela se tornou para mim tia e mãe, e eu — literalmente — primo da minha meia-irmã e meu próprio primo. Somos de linhagem panoniana, mas, como meu nome Aélio sugere, desde o reinado do deificado Adriano, minha família teve vínculos com Roma, primeiramente como escravos, depois como libertos e finalmente como cidadãos livres. Meu bisavô paterno, Aélio Spartus, tornou-se cidadão no governo do deificado Antonino Caracala, quando a cidadania passou a ser concedida a habitantes de todo o império.

Conforme se poderia esperar de alguém com minha origem, recebi treinamento para ser soldado de cavalaria. Graças à excelente reputação de meu pai e suas realizações, fui diretamente promovido a *protector domesticus*, oficial da Guarda, aos 19 anos, e combati os sarracenos durante a campanha da

* *Castra era o nome dos acampamentos militares romanos. (N. da T.)*

** *Schola era uma unidade de cavalaria de elite, 500 homens sob o comando de um tribuno. (N. da T.)*

Síria. Antes dos 22 anos, dada minha inclinação natural aos estudos, e minha capacidade herdada para *res militaris,* as coisas militares, já havia sido promovido a *praepositus Vexillationis Primae Pannonicae,* comandante do Primeiro Regimento Panoniano, posto no qual servi sob o comando de nosso senhor Diocleciano Augusto no Egito, quando os revoltosos Domício Domiciano e Aquileu foram derrotados.

Minha mais recente promoção foi a comandante de um regimento de cavalaria de mil homens subordinado diretamente ao nosso senhor Diocleciano Augusto, na atual sede e capital do império, a Nicomédia. Em breve, tendo continuado durante todo esse tempo a dedicar-me ao estudo, terei temporariamente a oportunidade de trocar a espada pela pena, pois posso precisar redigir uma narrativa sobre a vida daqueles que foram chamados de César, *princeps* ou Augusto. Como *tribunus vacans,* coronel designado para uma tarefa especial e emissário imperial, é com gratidão a nosso senhor Diocleciano Augusto que me encontro na fase de preparação para encetar esta nova etapa de minha vida.

Parte I

O Imperador e o Menino

Capítulo I

Espalato, Dalmácia
15 de maio (Idos), segunda-feira, ano 304 d.C.

O som de enxadões e malhos acompanhou Aélio Espartano ao entrar no canteiro de obras, tão semelhante a um acampamento militar, que ele ficou imaginando se todos ali, desde o imperador até o último recruta, seriam tão moldados aos seus deveres a ponto de pensar exclusivamente naqueles termos. O formato quadrangular sólido e seguro, que no futuro seria complementado, sem dúvida, com múltiplos torreões, o fez sentir uma segurança há muito conhecida sua, que o protegia sem fazê-lo sentir-se diminuído, embora o perímetro da área fosse de pelo menos uma milha e meia.* Imediatamente, o céu impecável do litoral reduziu-se a um retângulo de uma luminosidade solar acima dele, entrecortado por andorinhas e gaivotas briguentas.

—Vossas credenciais, comandante — disse um suboficial estendendo a mão, e quando Aélio atendeu ao seu pedido, ele o saudou e o deixou passar.

Alguns dos apartamentos do complexo imperial já haviam sido construídos, contra as paredes maciças que circundavam todo o terreno, e, pelo que se depreendia, uma série de pátios encimados por arcos logo iria dissecar toda a área da construção. Cornijas, pedestais e degraus, recentemente talhados em arenito, estavam dispostos em ordem, de acordo com o seu tipo, numerados, prontos para serem instalados.

— Podeis mostrar-me vossas credenciais, por favor, comandante?

* A milha romana media mil passos. Por isso, nesta tradução, todas as medidas ficaram como eram no original, sem a conversão para o sistema métrico. *(N. da T.)*

O mesmo uniforme, outro rosto, outra mão estendida.

— Aqui estão.

Aélio viu, curioso, que cada quadrado de terreno não ocupado por operários ou ferramentas era muito bem tratado e regado e, embora não entendesse muito de jardinagem, podia afirmar que eram de repolhos as fileiras retas de um verde pálido.

— Soldado, quem pôs isso aqui?

— Sua Divindade.

— Estou me referindo aos repolhos.

— Foi Sua Divindade quem os plantou.

Depois de apresentar suas credenciais para um terceiro guarda, Aélio passou pela horta e entre montes de pedra hume pulverizada, calcário e areia, sentindo um cheiro no ar, como se estivessem misturando cimento ali por perto. Logo adiante, havia colunas deitadas umas ao lado das outras, mais pedras empilhadas. Durante as últimas 20 milhas, isto é, desde que tinha saído da estrada principal e tomado um caminho que o levou às pedreiras, havia ultrapassado carros de boi carregados com blocos quadrados ornamentados, pedra porosa local e uma pedra de cor creme que se destinava, provavelmente, a realçar as fachadas do palácio. Também estavam chegando tijolos, aos milhares, que Aélio perguntou aos soldados que escoltavam a tropa de onde tinham vindo.

— Aquiléia — responderam, embora estivesse claro que tinham ido buscar a carga na baía de Salone, mais acima, na estrada, se não imediatamente em frente ao canteiro de obras.

Entrando no que certamente iria se transformar em um segundo pátio, o comandante foi barrado por um secretário meio calvo e muito prático. Sua Divindade estava lá dentro, disse ele, supervisionando a colocação dos canos das termas e, portanto, Aélio precisaria esperar do lado de fora.

— Deveis entrar na fila.

E lhe entregou um disco de greda, no qual havia um número.

— Quando eu chamar vosso número, segui-me.

Aélio olhou para o disco e, desanimado, viu que era o número 36.

— Entendido. Há algum lugar onde eu possa pernoitar? — perguntou.

— Podeis perguntar aos barbeiros, diante dos portões. Eles costumam alugar catres.

Era de conhecimento geral que Diocleciano não gostava de cachinhos e franjas, e por isso, quando ele estava presente, os barbeiros que estivessem dentro de qualquer residência imperial ganhavam uma pequena fortuna, tosquiando os que chegavam com o corte de cabelos da moda e tinham de entrar naquele recinto desanimadoramente tradicional. Até mesmo ali, podia-se ver, pelas marcas brancas nos pescoços, que os batavos e os suábios de pele clara, que estavam servindo sob as ordens deste ou daquele general, tinham precisado submeter-se à tosquia. Exatamente como no caso de Aélio, eles se encontravam ali tratando de assuntos oficiais, e esperavam sua vez no pátio, sozinhos ou em pequenos grupos, conversando baixinho em sua língua natal ou em latim militar, por todos conhecido. O casquete redondo de feltro vermelho-escuro, comum a todos os postos, diferindo apenas na qualidade do tecido, parecia-se com uma rolha na cabeça de alguns, outros a empurravam para trás, afastando-a da testa. A maioria, porém, usava-a meio de lado, exatamente como na canção:

Todos nos conhecerão pelos casquetes garbosos
Usadas de lado, eia, eia
Todos nos conhecerão pelas espadas de aço
Pendentes do cinto, eia, eia!

Cães malhados, pertencentes ao próprio imperador, criados na Nicomédia, corriam livremente por ali, tudo farejando e com tudo brincando, sem coleiras, muito amistosos. Corria a história de que Diocleciano os havia treinado para farejar perfume nos visitantes (outra coisa que ele não tolerava) mas, muito embora Aélio soubesse que se tratava de uma lenda, ainda havia oficiais que, antes de entrar, paravam no primeiro lugar onde pudessem lavar o rosto e o pescoço para retirar o cheiro de perfume e óleo de banho.

Aélio estava a ponto de voltar para obter mais informações sobre hospedagem quando, pelo modo como os homens que estavam no pátio deram meia-volta e ficaram em posição de sentido, percebeu que tinham avistado a comitiva imperial. E realmente, o próprio Diocleciano estava olhando para fora, de uma entrada lateral inacabada.

— Ah! — exclamou. — Meu historiador chegou! Vem, vem! Deixai-o passar, rapazes; ele é meu historiador, recém-chegado da Nicomédia. Aélio, como é que tu estás te saindo no caso do afogamento do Menino?

Disse isso aos gritos, o que gerou um certo impacto. Aélio sabia a que Diocleciano se referia, mas ficou surpreso pelo fato de ele se lembrar do assunto da última carta trocada entre eles. A morte de um favorito imperial há quase dois séculos dificilmente seria de interesse para mais alguém a não ser para um pesquisador. Ele passou, como que se desculpando, entre as fileiras de oficiais carrancudos, que teriam agora de esperar ainda mais.

— É o episódio mais obscuro da vida do deificado Adriano, Vossa Divindade.

— Bem, terás que me contar alguma coisa sobre o assunto. Se tiver sido acidente, terás de me dizer. Se foi assassinato, também terás de me dizer.

— As fontes são ambíguas, Vossa Divindade.

Tendo se aproximado alguns passos do imperador, Aélio saudou-o mostrando as palmas das mãos, ligeiramente em concha, e aproximando a cabeça das pontas dos dedos.

— As fontes podem ser, mas o Nilo não. — E Diocleciano riu de seu próprio trocadilho, acenando para Aélio, para que ele se aproximasse. — Foi lá que tudo aconteceu. Portanto, o melhor a fazer é viajares ao Egito, até porque há coisas que quero que examines imediatamente.

Essa sim, era uma completa novidade.

Dentro de poucos instantes os dois já estavam se dirigindo ao outro lado do pátio, longe dos visitantes que aguardavam para falar com o imperador. Diocleciano estava com boa aparência, um pescoço de touro e um bronzeado corpo sexagenário sustentado por pernas vigorosas.

— Achei que já era tempo de eu ter uma casa — prosseguiu ele. — Afinal, nunca tive uma casa de verdade. Um palácio não é uma casa, e Roma inteira é um palácio! Podes citar o que te digo, pois a esse nome que me dão, *domine*, "senhor da casa", até agora, não fiz jus. E, como podes ver, é difícil esquecer os velhos hábitos. O acampamento militar me persegue até na minha própria casa; tinha de planejá-la de um jeito que fosse confortável para mim.

Era difícil de acreditar que este era o mesmo homem em cuja presença se *adorava a Púrpura Sagrada.** Diocleciano usava uma túnica velha, puída nos cotovelos e com manchas aqui e ali. Seus cabelos, como nos velhos tempos de militar, eram curtos e sem cachos, semelhantes aos de um soldado. Até mesmo suas botas eram coturnos, arranhados e gastos, a perna esquerda das calças por cima do cano do coturno, e a outra perna metida por dentro dele.

— Os palácios não são eficientes — prosseguiu ele. — No exército, tudo são ângulos retos: não é preciso procurar as coisas, ficar imaginando onde estarão. Ou estão aqui ou ali. Portanto, como o pensionista imperial que pretendo ser quando me aposentar, tenho o direito de ter finalmente meu próprio alojamento. Estão dizendo que os diplomatas vão fazer pouco do meu canteiro de repolhos, mas se eu quero uma horta de repolhos em frente à minha janela, não há ninguém que possa impedir-me de fazer isso.

Aélio concordou prontamente.

— Ter nossa própria horta é muito vantajoso.

— É isso o que *eu* acho. Já viste a porta setentrional? Tens de vê-la. Estou mostrando-a a todos que chegam aqui. Todos os portões vão ser belos, mas a porta do norte é especial, minha *porta dourada*. Vou colocar quatro estátuas sobre ela: a minha e as dos outros três. Bem como cornijas, consolos, pedestais, nichos e tudo o mais. Isso tudo parece grande, mas não é, sabes? Esse lugar todo poderia caber mais ou menos seis vezes dentro de um acampamento de legionários do tamanho convencional.

O passeio continuou e, enquanto escutava o imperador, Aélio Espartano descobriu que a viagem até ali tinha-o feito dar-se conta da sua própria melancolia. Tinha viajado tanto com o exército que, também ele, ansiava por algum lugar que pudesse chamar de lar, embora não tivesse bem a idéia do que seria esse "lar", uma vez que só conhecia acampamentos militares e alojamentos de oficiais. Assim, ter recebido a incumbência de começar seu livro

* Diocleciano instituiu o Dominato, uma monarquia despótica e militar, sendo o imperador o Domino (ou Senhor, Deus) e os súditos deviam lhe beijar o manto (de cor púrpura, reservada ao uso imperial) em sinal de adoração. *(N. da T.)*

com uma biografia do deificado Adriano o deixava intrigado, uma vez que esse governante não havia feito nada a não ser viajar durante anos a fio. Quando chegou ao único lugar (segundo as leituras de Aélio até o momento) que poderia chamar de "lar", ele batizou os muitos edifícios desse lugar com os nomes dos lugares que havia visitado. Como se, mesmo em casa, precisasse sentir que estava viajando, o que, é claro, também poderia significar que, onde quer que Adriano estivesse, estaria pensando no seu lar tiburtino. Eram essa inquietude e essa ansiedade que permitiam que ele discernisse o caráter de Adriano, o qual, em qualquer outro sentido — sua crueldade, sua inconstância, seu amor obsessivo pelo Menino que havia morrido afogado durante uma viagem de recreio pelo Nilo – era tão diferente do seu. Como um bom soldado, aprontou-se para a viagem logo que saiu do palácio do imperador.

ANTINO, também conhecida como ANTINOÓPOLIS,
MÉDIO EGITO (AEGYPTUS HERCULIA),
dia 6 do mês de Payni (terça-feira, 1º de junho), 304*

Nos oito anos de sua ausência, o Egito tinha mudado tanto quanto muda uma montanha quando se remove dela um grão de pó. Desembarcando em Canopo, no Delta do Nilo, Aélio passou por várias cidades com nomes derivados de animais — Leontópolis, Crocodilópolis, Oxirrinco, Cinópolis, com templos monstruosos e transbordantes de turistas — para chegar à cidade cujo nome derivava do nome daquele Menino morto há quase oito gerações passadas. O rio já estava em cheia na Primeira Catarata, disseram-lhe, e era de se esperar que transbordasse e ultrapassasse outras barragens antes de chegar a Antinoópolis, dentro de duas semanas, ao saudável nível de dezoito cúbitos. Portanto, para não contrariar as superstições locais, Aélio evitou percorrer pelo rio as últimas 40 milhas, saindo da bem equipada embarcação da marinha que enfrentava a corrente como uma lançadeira passa através da trama de um tecido rebelde.

* Os meses do calendário egípcio eram: *Thoth, Phaophi, Athyr, Choiak, Tybi, Mechir, Phamenoth, Pharmouthi, Pachoms, Payni, Epiphi* e *Mesore*. A autora nos dá a equivalência no calendário usado pelos romanos na época, que era o Juliano. *(N. da T.)*

Tudo às margens do rio era tão antigo que provavelmente o próprio mundo havia se originado ali naquele lugar.

O peso das eras tinha sido a única lembrança nítida do Egito que ele ainda conservava. O resto tinha sido relegado a segundo plano, tanto que, mesmo sendo o país tão seco e ensolarado, o passado ainda projetava nele uma comprida sombra de antigüidade incompreensível ou apenas parcialmente compreendida. Os dias de campanha que Aélio tinha passado ali tinham sido iguais ao serviço militar em qualquer outra parte: um objetivo a ser cumprido, os recursos para cumpri-lo, e dedicação a esse objetivo como por treinamento e temperamento. Nesse ínterim, ocupado, ele procurou tirá-los da cabeça. No entanto, naquela época, como agora, não se esquecia dos nomes das localidades, da vagarosa procissão de aldeias de uma antigüidade atroz à beira-rio, acuadas pelo deserto, com oásis remotos e desprezíveis, onde a sombra era tão preciosa quanto a água. Os crocodilos ainda tomavam banho de sol com as bocas entreabertas, e até a cor escura do rio em si continuava — como há oito anos atrás – mais traiçoeira e amedrontadora do que os mares que era preciso atravessar para chegar até ali. Ele recordava a rapidez com que esses répteis se movimentavam debaixo d'água, como se fossem detestáveis troncos de árvore vivos, levados pela correnteza, com o título de deuses, deslocando-se em terra, ponderosos, desprovidos dos meios que lhes proporcionavam velocidade na água e que lhes concediam a vitória; seu sono ao sol à procura do mundo semelhante a este país, revestidos de couro acinzentado e grosso, imensamente poderosos se alguém se descuidasse, indignos de confiança, fascinantes e divinos.

No posto de comando nenhum dos recrutas o conhecia, mas a patente e o uniforme – não o fato dele estar ali para estudar a história e a morte misteriosa de um amante imperial ocorrida há mais de um século – garantiam-lhe a deferência apropriada. O líder da unidade estava ausente, portanto Aélio apresentou suas credenciais ao seu ajudante e encaminhou-se ao lugar onde ficaria hospedado e que já havia escolhido, do outro lado do passeio da cidade, um espaçoso apartamento com tudo que era preciso, incluindo banhos particulares. E, no momento em que se preparava para sair do posto de comando, o oficial do dia veio ao seu encontro, na entrada.

— Aélio Espartano? — ele quase gritou, ao reconhecê-lo, encarando-o. — Sou o Gavius, meu velho! Como é bom te ver! O que estás fazendo neste fim... e o que aconteceu com o teu cabelo, pelos deuses? O que queres dizer com "ficou grisalho"? Tu és mais jovem do que eu!

Abraçaram-se meio sem graça, na rua cheia de gente.

— Ficou mesmo grisalho, ora. — E Aélio deu um sorriso malicioso. — A princípio pensei que ele estava apenas clareando por causa do sol, mas não adianta querer me enganar.

Gavius Tralles conduziu-o pelo braço, de volta ao posto, através de um corredor. Era um colega, também oficial, do tempo da campanha do Egito, e, como o próprio Aélio, cria do exército, de descendência panônica. Tinha cabelos claros, olhos cor de mel, a compleição física de um lutador e continuava a ser o mesmo de anos atrás, sempre bem-humorado, com a barba por fazer e pronto para dar uma boa risada.

— Bem-vindo ao país do Tau. — E olhou de relance para trás, usando a gíria do exército para descrever o Egito, referindo-se ao formato do delta do Nilo. — Naturalmente, vieste em missão oficial.

— Em parte, sim.

— Ah, ah! Foi por causa dos cristãos, não foi?

Pelo silêncio que se fez, Tralles percebeu como sua pergunta havia sido inoportuna e se corrigiu:

— Quero dizer, não vieste aqui fazer turismo.

— Também para isso.

Aélio manteve os olhos fixos na claridade da janela no final do corredor, que fazia o posto de comando parecer escuro mesmo àquela hora do dia. Educadamente, mencionou seu trabalho sobre história e a conversa voltou a ser neutra.

— Sério? — Tralles comentou em tom irônico. — E vais encabeçar a lista dos imperadores com um sodomita de primeira classe? Mas, pensando bem, a maioria deles era, esses velhos imperadores. Então, tu não estavas mentindo, tempos atrás, quando dizias que querias ser historiador.

Juntos, saíram ao pátio interno e atravessaram-no em direção à capela do regimento, para uma pequena cerimônia de sacrifício aos deuses e aos estandartes da unidade.

— Não foi exatamente isso que eu disse. — E, diante do altar, Aélio pegou uma pitada de incenso, lançando-a no braseiro. — Eu disse que estava pensando em escrever sobre história. E qual seria a diferença? Para começar, a chance de imortalizar meu nome.

Apesar da natureza superficial da visita à capela, ambos eram religiosos, e em seguida dedicaram alguns momentos a fazer preces fervorosas.

— E agora vamos tomar uma cerveja — convidou Tralles, em voz alta.

Eles foram, e, como não havia quase ninguém no clube dos oficiais, devido ao horário, Tralles tratou de trazer uma boa quantidade de comida e bebida para a mesa deles. Depois de trocarem notícias sobre amizades e missões, passaram aos mexericos.

— Lembras-te do Dio Sereno?

— Não.

— Lembras-te dele, sim. Ele costumava fornecer provisões para o posto. Vindas de Zeugma.

— Não me lembro dele.

— Era alto, Aélio, com um rosto de feições acentuadas, meio corcunda. Costumava vender livros por fora para ganhar uns trocados a mais.

— Ah, sim, sim. O que foi feito dele?

— Morreu. — E Tralles mastigou algumas nozes, pedindo mais cerveja. — Vinha subindo o rio, de uma propriedade sua nas cercanias de Ptolemaida. Essa história vem se espalhando por toda a cidade nos últimos dois dias. A tripulação ficou curiosa quando viu que ele não havia saído da sua tenda de manhã e resolveu verificar. Sereno tinha sumido. Ninguém o viu depois que se recolheu, e só após umas 12 horas o encontraram na praia, um pouco mais à jusante do rio, ao lado de uma olaria. Os crocodilos não deviam estar com fome, porque deixaram a maior parte do cadáver intacta.

— Sei. — Aélio quebrou duas nozes uma contra a outra na palma da mão. — Pode ser que ele tenha caído.

— Nada disso. Foi assassinato.

— Por que afirmas isso?

Tralles tomou um trago e bochechou a bebida.

— Não te lembras mesmo dele, então. Ele tinha horror de se afogar quando viajava, porque não sabia nadar. Mandou colocar uma amurada bem alta no barco dele para ter certeza de que não cairia acidentalmente ao debruçar-se demais.

Agora que havia ouvido os detalhes, Aélio lembrava-se daquele negociante que vivia irritado e transportara montanhas de alimentos, rações para animais e provisões de todo tipo durante a campanha contra os rebeldes. Como lazer, vendia e comprava livros raros, e Aélio havia lhe encomendado cópias e originais, gastando neles metade de sua gratificação anual. Por duas vezes encomendou a Sereno uns volumes de Alexandria, então em guerra, onde o comerciante conhecia todas as pequenas lojas copistas ligadas à Biblioteca, e na qual se podiam encomendar documentos históricos obscuros, fora de circulação. Sempre que ele viajava pelo rio — o que não era freqüente, embora ainda fosse o meio mais rápido de ir e vir do Egito — era seu barco, o qual tinha uma amurada tão alta, que fazia a embarcação parecer uma caixa com remos e velas.

— Mas, diz-me — Aélio achou que deveria perguntar —, quem lucraria com esse assassinato?

— Isso é que é mais estranho. Pelo visto, ninguém. As finanças dele estavam em dia, mas ouvi dizer que uma cláusula no testamento estipula que, desde que ele não tivesse herdeiros, no caso de morte suspeita, todos os bens ficariam congelados indefinidamente. Gente que tem medo de água não devia navegar, não é? Mas não te parece que ele estava com medo que alguém o matasse?

Aélio ainda estava pensando nos aspectos legais da herança.

— Propriedades e dinheiro sem dono acabam sendo confiscados pelo erário romano.

— Mas vai levar anos até que os fiscais consigam localizar seus investimentos, e ele devia sonegar muita coisa. Claro que o amante dele, seus amigos e sócios foram logo dizendo que não ganhariam nada se o matassem. Quando os chamamos para interrogatório, eles choram, arrancam os cabelos na nossa frente, e não é só por terem perdido um ente e colega querido.

— Dinheiro não é a única coisa que se pode ganhar matando alguém.

Tralles terminou sua bebida e esticou o pescoço para olhar para o conteúdo do copo do amigo.

— Tens razão. Vamos ver o que a polícia descobre. Vais acabar de tomar isso?

Aélio não gostava de cerveja egípcia, e empurrou o copo para o colega.

— Podes beber.

— Obrigado. E a Anubina? Foste visitá-la?

Aélio sentiu-se mal diante daquela menção da sua grande paixão de alguns anos atrás.

— Não. — Aélio apressou-se a responder. — Mas andei perguntando. Está casada, com filhos. E tu e Cosma?

— Já faz tempo que acabou. Ela gosta de ser viúva, e por isso não tive jeito de pedi-la em casamento. Eu me dava bem com o filho dela, podia até ter dado certo. Estava querendo me casar, portanto me casei com outra pessoa. E tu?

— Quase me casei, duas vezes, mas acabei desistindo.

— Da última vez que te vi, estavas de caso com a concubina desprezada do Constâncio.

— Helena? Faz muito tempo que terminamos.

— Eu sabia. Amiguinhas de vice-imperadores são problemáticas.

— Sim, especialmente quando têm filhos ambiciosos e repugnantes.

Após saírem do clube dos oficiais, Tralles insistiu em acompanhar Aélio até o lugar onde estava hospedado.

Além dos telhados, ao sul, o céu, brilhante como um espelho, havia se avermelhado ligeiramente, e o vento tinha aumentado o suficiente para fazer toldos vibrarem e cortinas das portas se agitarem, soltando estalidos.

—Vem uma tempestade de areia por aí. — resmungou Tralles. — Devia estar só esperando que chegasses.

Na rua, Aélio entreouviu o nome de Dio Sereno sendo mencionado em trechos de conversas em grego, enquanto ele e o amigo passavam por bancas de camelôs e portas de lojas. "... não faz muito tempo ele estava sendo processado por algum motivo. Ouvi dizer isso nas termas, mas, para dizer a verdade, não prestei muita atenção", e "Jantei com Sereno faz uma semana. Quem teria adivinhado que isso ia acontecer?"

— Eu te falei que todos estavam comentando — disse Tralles. — E como és historiador, se estiveres interessado, posso marcar para ti uma entrevista com os melhores mexeriqueiros da cidade.

O vento fazia as saias das mulheres colarem-se às suas pernas, os transparentes tecidos verdes e azuis adejando e flutuando ao redor dos tornozelos, e Aélio olhava de relance para esses rápidos lampejos coloridos.

— Não, não. Não estou nem um pouco interessado, obrigado. Tenho outras coisas a fazer. Afinal, é preciso antes de mais nada procurar arrancar a verdade da tripulação do barco. Está claro que o assassino de Sereno estava entre os tripulantes.

— Concordo plenamente. Graças às leis do deificado Adriano, os marujos, todos escravos dele, não foram automaticamente enforcados, como provavelmente merecem. Até ontem, todos estavam ainda confirmando os depoimentos uns dos outros. Um certo uso da força na cadeia deve produzir resultados dentro em breve.

Como ambos ainda estavam habituados a andar rápido e, além disso, marcando o passo, logo chegaram ao fim da galeria de lojas e atravessaram a rua até a entrada do prédio de apartamentos de Aélio. Toldos, estendendo-se da cornija da fachada, proporcionaram-lhes o frescor da tardinha, embora já fosse quase meio-dia. O vento diminuiu logo que eles chegaram à sombra e despediram-se à porta.

— Não ajas como um estranho enquanto estiveres por aqui — recomendou Tralles, de bom humor. — Sabes onde me encontrar.

No apartamento, servos pressurosos haviam preparado as pequenas termas de imersão. Aélio resolveu aproveitar para tomar um banho rápido na água tépida e relaxar enquanto estivesse fazendo a revisão da papelada que continha as instruções para o cumprimento de suas obrigações oficiais.

A operação de eliminação dos cristãos em toda a província, há muito esperada, estava para começar para valer, como Tralles já havia percebido perfeitamente, pela sua missão. Junto com a carta de Diocleciano, na qual eram expedidas suas ordens, havia cópias de duas longas notas. Escritas no rodapé dos pedidos de esclarecimento e orientação enviados pelas autoridades locais, constituíam as informações com base nas quais, Aélio, como enviado de César, precisava agir. Lendo esses documentos, sentado à beira da terma, com os pés dentro d'água, Aélio deduziu, daquele emaranhado labiríntico de linguagem burocrática, o que os peticionários (o comandante da guarnição e o prefeito) estavam realmente dizendo. Os sinais exteriores de agitação ainda não eram freqüentes, mas eram violentos: estavam começando a aparecer dizeres de fundo político em vários pontos da cidade, e estava aumentando cada vez mais a necessidade de patrulhas policiais por toda a parte. Os clérigos e simpatizantes recalcitrantes já começavam a ser detidos na área rural, e talvez se seguissem várias prisões. Embora os colaboradores fossem em menor número do que na última operação, ainda era muito cedo para se prever.

O que se poderia esperar das autoridades locais? As respostas imperiais, visivelmente redigidas no jargão oficial dos secretários palacianos, reconheciam a natureza complexa da ideologia religiosa, porém confirmavam a necessidade de errar para o lado da clemência nos procedimentos, permitindo até que sacerdotes e bispos "fossem libertados se sacrificassem aos deuses, conforme o entender do meu enviado, como se concedeu por ocasião do vigésimo aniversário imperial em novembro".

Aélio continuou lendo, depois pôs de lado as cartas e deixou-se escorregar para dentro da piscina. Os cristãos iam chamar isso de perseguição e criar um grande tumulto, embora se estivesse respeitando ao máximo a legislação vigente. No entanto, ele mesmo deveria supervisionar alguns dos julgamentos e apresentar um relatório por escrito. Imergindo completamente na água morna, distanciou-se daquele mundo, ainda que por um breve instante. A clemência era perfeita, inteiramente de acordo com uma época que o próprio Diocleciano denominava de *tranquillitas nostra*. A menos que o grupo fundamentalista egípcio armado da Igreja Egípcia tivesse mudado seus métodos nos últimos sete anos, o risco pessoal em Antinoópolis, dentro de horas, voltaria a ser um fator a ser levado em consideração.

O Egito queria outra vez cobrar dele um preço. Ele havia combatido e vencido ali, mas as contas entre ele e o país claramente ainda não tinham sido ajustadas, embora, sendo um jovem oficial, houvesse aprendido tudo quanto podia sobre a história e os costumes egípcios antes de viajar. Havia devorado as anotações de viagem de Heródoto e os relatos da permanência de César, até mesmo as narrativas entusiasmadas e não muito confiáveis da visita de Adriano, no ano 789 de Roma, além de outras coisas mais. A antigüidade do Egito chegava a ser acabrunhante e incompreensível. Aélio sentia-se como se estivesse pisando sobre a pegada de um gigante, procurando acompanhar passos monstruosos dados há centenas e milhares de anos atrás, com sua comparavelmente reduzida e limitada compreensão da cultura e da importância dos fatos.

Quando terminou a Rebelião, os guias chamaram sua atenção para os retratos em alto-relevo de Cleópatra, os quais pareciam-se exatamente com os de qualquer outra rainha egípcia, na parede de um templo, ao lado do filho de sangue parcialmente romano, que lembrava qualquer outro príncipe egípcio. Aélio ficou sentado na água, esfregando o pescoço e pensando no quanto ele se sentia atraído e ao mesmo tempo perturbado pela forma como este país fazia com que cada um se parecesse com qualquer outro, como se, rejuvenescidos e esculpidos em materiais impiedosos como o pórfiro ou o basalto, os rostos humanos que representavam o poder fossem, afinal de contas, sempre iguais, imutáveis, porque já eram dotados dos mesmos traços de uma grandeza de nascença ou adquirida. Ele considerava, por mais improvável que isso fosse por parte de um cavalariano recém-saído de uma guerra civil e, por isso mesmo, um bárbaro, os retratos de Roma superiores, uma vez que lá a pedra, o bronze ou a argila transformavam-se em uma perfeita reprodução da pessoa representada. Até mesmo a imperfeita cópia do seu pai numa estela de arenito era mais fiel ao homem reproduzido do que quaisquer daquelas figuras de dez cúbitos de altura de governantes e escribas egípcios, tão semelhantes umas às outras como se fossem gatos. Gatos egípcios, por sinal, mumificados em trouxinhas aromáticas, como se fossem bebês recém-nascidos, uma prática que ele atribuía à piedade local e ao amor aos animais, até que viu os sacerdotes quebrarem os pescoços dessas criaturas para sacrificá-las.

Ele, portanto, tinha voltado ao cruel Egito, em cuja longa existência o fato de ele ter estado ausente por tanto tempo nada significava. Saindo da água, Aélio, metodicamente, começou a enxugar-se. *Ele* havia mudado. Uma inquietude – era difícil dar outro nome ao seu desconforto – o acompanhava ali, uma necessidade de investigar coisas, revirar pedras para ver o que se escondia por baixo delas, ou afastar as ervas daninhas e perscrutar os arbustos, qualquer metáfora que indicasse sua necessidade de obter respostas. Claro que ali estava em missão oficial e para reconstituir a história, e a morte de Dio Sereno nada significava para ele, mas havia também uma dimensão pessoal nesta viagem. Uma vez havia escutado alguém dizer que, ao final das contas, o viajante está é a procura de si mesmo e que, se tiver sorte, descobre partes de sua própria personalidade onde quer que vá; até mesmo, como Odisseu fez, confrontando seus vícios, virtudes e desejos e superando-os para retornar a seu lar. Se assim não fosse, suas viagens de nada lhe teriam valido.

Em algum parte do bem montado apartamento, Aélio ouviu os servos apressando-se a fechar as venezianas e portas. Podia ser até que fizesse sentido aquilo de ele, como na piada de Tralles, ter chegado a Antinoópolis no dia de uma tempestade de areia.

Dia 8 do mês de Payni (sábado, 3 de junho), ano 304 d.C.

A tempestade de areia durou a tarde e a noite inteiras e ainda o dia seguinte. No terceiro dia, o céu clareou novamente; a cheia do Nilo estava para acontecer dentro de dois dias. A cidade inteira estava varrendo a areia da frente das portas quando Aélio encontrou-se com o comandante local, de volta de suas férias no Delta, o qual lhe trazia ordens enviadas de Espalato com o selo imperial.

Com ainda mais mexericos para relatar, Gavius Tralles encontrou-se com Aélio no pátio do posto de comando. Dois dos marinheiros de Sereno haviam se enforcado na prisão, ou por terem algo a ocultar, ou porque o uso da força na prisão tinha excedido os limites.

— Tive de comparecer ao Tribunal, por causa do julgamento dos cristãos, que estava começando — informou, como quem estava por dentro das coisas, porém Aélio não o incentivou a continuar. — E foi lá que ouvi a notícia sobre os marinheiros do comerciante, e encontrei o amigo, o *companheiro* dele, no vestíbulo. Ele me disse que Sereno tinha algo para ti, mas não sei o que é. Se quiseres, pede que ele venha aqui, ou podes ir perguntar-lhe diretamente. Todos o conhecem como Harpocrácio, embora seu nome egípcio seja Petesuco. Eles ainda moram pouco depois da sexta milha da Via de Adriano, perto da fábrica de linho, na "Bela Villa".

Era bem típico de Tralles enfatizar os nomes de lugares e pessoas que ele achava que os outros deviam conhecer ou lembrar. Aélio nem sabia que Sereno tinha um amante.

— Por que Sereno teria uma encomenda para mim? — perguntou. — Fazia anos que não o via.

— Não sei. Talvez seja um livro.

Essa possibilidade deixou Aélio curioso. Recusando uma cerveja, saiu da sala de Tralles e foi às livrarias e aos antiquários do mercado, procurando, sem sucesso, alguma coisa rara, ou fora de circulação sobre o deificado Adriano. Depois, parou na casa dos sacerdotes, no anexo do templo ao deificado Antínoo. Marcou hora para as visitas de pesquisa que pretendia fazer aos vários santuários, suas bibliotecas e relíquias.

Era quase meio-dia quando Aélio decidiu averiguar as informações de Tralles. Saiu da cidade pela monumental porta do leste, e, depois de subir o despenhadeiro denominado Rocha Antinoana, atrás do hipódromo, cavalgou sem pressa pela bela e deserta estrada que Adriano tinha construído para ligar Antinoópolis ao golfo Árabe. Sepulturas de soldados romanos, duas delas no formato de pequenas pirâmides sobre pedestais altos, ladeavam a estrada, e via-se ali também um pequeno santuário em homenagem ao Menino, custeado, conforme a inscrição, "pela piedade dos oficiais da Frota Alexandrina".

Logo antes e à esquerda do quarto miliário*, um glorioso e exuberante bosque cultivado, e, mais além, uma fábrica, cercados por um muro, identificavam a propriedade de Sereno, que se avistava ao fim de um caminho sombreado e coberto de cascalho. Daquilo que Aélio havia tentado seletivamente esquecer sobre este lugar e a época em que tinha estado ali, notou que se lembrava de pequenos detalhes visuais sobre esquinas, muros, portões, como se, em suas recordações, as pequenas coisas fossem mais importantes e reveladoras do que as grandes.

Na verdade, ele tinha estado ali umas duas vezes falar com Dio Sereno, quando os livros que lhe tinham sido reservados eram ou muito raros ou em número muito grande para serem levados para o posto de comando do exército, ou ainda porque desejasse antes vê-los em particular. Reconheceu o portão do jardim com seu umbral de azulejos azuis que a poeira da estrada, do deserto e os pedregulhos tinham tornado áspero sob os pés de quem entrava.

O *companheiro* de Sereno, como Tralles o havia chamado (Tralles não tinha paciência com homossexuais, como também tinha pouca paciência com qualquer coisa fora dos parâmetros do que conhecia, ou seja, o exército, os postos do exército, cavalos e mulheres), encontrou-o no jardim sob uma abóbada semicilíndrica feita de juncos trançados, suportando o peso de uma videira luxuriante. De meia-idade e pançudo, olhos verdes, cabelo tingido e demonstrando no rosto um sofrimento contido por educação, o homem ficou de pé para cumprimentar Aélio. Depois das condolências, afirmou que realmente Dio Sereno havia entregue do outro lado do rio uma carta, endereçada a Aélio Espartano quando estava em Nicomédia, no entreposto do exército em Hermópolis.

— Ia ser enviada no início da semana que vem, pelo correio do exército, mas como estás aqui, pode ser que queiras apanhá-la... Aliás, não te esperávamos, comandante, porém realmente é muito bom ver um conhecido de Sereno, especialmente numa hora como essa... Não, ele não me revelou o con-

* Marcos que, ao longo das estradas romanas, indicavam as milhas. *(N. da T.)*

teúdo da carta, mas provavelmente deve estar falando de livros, porque ele cada vez mais se dedicava aos livros e menos às provisões do exército, pois estávamos querendo nos aposentar definitivamente dessa atividade até o próximo ano. Agora tudo virou de cabeça para baixo, e posso te afirmar, mal estou conseguindo me controlar, feito uma mulher desvairada. Está sendo muito duro, muito duro mesmo.

Aélio havia aprendido a não falar muito quando as pessoas começavam a revelar coisas. Por sua própria natureza, já não gostava muito de se abrir, e o incomodava demais a possibilidade de que alguém o sondasse. Assim sendo, permaneceu calado, não só por respeito, mas também porque, como recompensa, o silêncio, na maioria das vezes, trazia mais informações do que uma porção de perguntas. Através da treliça de juncos, penetravam fatias, gotículas e quadrados de luz solar gerando desenhos após desenhos na sombra, e as mãos brancas do *companheiro* de Sereno moviam-se sob eles como um peixe sob um véu de água, como os que Aélio havia visto em lagos de jardins. Ele estava dizendo, os cabelos tingidos de dourado balançando de leve, como era duro ter perdido Sereno e como era terrível ele ter morrido na água, uma vez que tinha tanto medo dela.

— Ele evitava de todas as maneiras viajar por água, mas dessa vez ele não teve muita escolha, porque não tinha tempo. Entretanto, escolheu um dia bastante favorável, e partiu bem antes da cheia. Não houve displicências nem negligências da parte dele.

Os detalhes foram surgindo pouco a pouco e, no fim, Aélio ficou sabendo que Dio Sereno havia caído no rio na calada da noite, entre Panópolis e um lugar chamado Tanais-à-beira-rio, enquanto viajava de volta de seus escritórios na estrada das caravanas em Dendera, Fenícia e Ptolemaida. Sua tripulação, como Tralles tinha mencionado, jurou que ninguém o tinha visto cair, e seu dinheiro e os pertences estavam todos a bordo, onde ele os havia deixado, inclusive as sandálias.

— Não é estranho? Ele nunca andava descalço, porque tinha pés muito sensíveis. Até mesmo na cama usava meias. Quando encontraram o cadáver, as pernas tinham sido devoradas até os joelhos pelos crocodilos. Não consigo me conformar com isso. Não consigo. É horrível demais.

Aélio sempre se perturbava e às vezes se deixava irritar diante da descrição da morte de um civil. Outras vezes, entristecia-se, mas sempre se sentia mal. Quando saiu da Bela Villa, sentiu alívio em voltar ao convívio anônimo do posto do exército. Lá, sabia-se que todos iam e vinham, alguns morriam de vez em quando, e eram mencionados de passagem, exatamente como Tralles mencionara a ele as baixas que o regimento havia sofrido, por um motivo ou outro, durante os últimos anos.

À tarde, tendo conseguido um livro fino contendo poemas sobre a morte de Antínoo numa *pantopoleion*,* partiu para o posto do exército do outro lado do rio. Com alguma sorte, a carta de Sereno seria fácil de encontrar entre os pacotes de correspondência para entrega.

Hermópolis Magna — apinhada de santuários, imagens com cabeças de babuínos, macacos, íbis e qualquer outra coisa relativa ao culto do deus Thoth-Hermes — situava-se na outra margem do Nilo em frente a Antinoópolis e, nesta época do ano, estava praticamente lotada de peregrinos e turistas. A ponte que levava à venerável capital do distrito tinha sido construída por Adriano no último ano de sua vida, e atravessava o Nilo tendo no meio uma ilha verdejante, com pilares altos e resistentes para suportar a vazão durante cheia que estava para chegar. Atravessando a cavalo, Aélio observou inscrições de Adriano para Antínoo, que deu nome à ponte. As inscrições estavam cobertas de dizeres, religiosos ou obscenos, dependendo da opinião que o autor tinha sobre o Menino. Abaixo, a torrente fluvial, ainda verde, precipitava-se entre as altas margens, porém já havia ficado mais clara desde ontem, e logo se transformaria no amarelo lamacento da cheia iminente.

Do ponto mais alto da ponte, a antiga avenida Serapis, agora avenida Antínoo, podia ser vista, dividindo a cidade de Hermópolis, perpendicular à avenida Central. As ruas, repletas de edifícios do governo, centros comerciais, templos gregos e romanos ainda estavam relativamente vazias a esta hora da manhã, mas Harpocrácio tinha avisado que lá pelo meio da manhã começariam as homenagens aos veteranos no santuário de Serapis-Nilo, haveria a entrega de alguns troféus esportivos no templo de Antínoo, transformando o

* Espécie de mercearia. *(N. da T.)*

Santuário Principal em "um verdadeiro circo de adivinhos e embalsamadores de babuínos, durante esta semana, o próximo mês ou por mais tempo".

Há sete anos, a unidade de infantaria de Aélio tinha combatido casa a casa nas vizinhanças do muro maciço do Santuário, e as baixas que haviam sofrido para defender a guarnição dentro do Santuário tinham sido desastrosas. Até hoje, ao aproximar-se do portão, ele via que ainda existia o muro de mais de 70 pés assomando à direita da avenida, opressivo e triste, bem como o complexo monstruoso do santuário da cidade, dedicado a Thoth-Hermes, em frente a ele, nos limites da propriedade. Capelas secundárias, casas de sacerdotes e um labirinto de escritórios o circundavam. O palácio de Diocleciano inteiro caberia pelo menos duas vezes dentro deste quadrado cercado, e os seus homens tinham-no manchado totalmente de sangue para defendê-lo de outros soldados romanos. Hoje em dia os babuínos é que mandam no lugar uma vez mais. Agachados, os animais gritavam, roubavam, brigavam e urinavam entre seus sósias de pedra, quando Aélio saltou do cavalo, entregando-o a um cavalariço antes de entrar no comando da guarnição.

Lá dentro, os recrutas locais liam e redigiam documentos e tratavam de detalhes burocráticos, sem dúvida querendo impressionar o visitante de alta patente. Encontraram a carta, entregaram-na a Aélio e colocaram à sua disposição uma saleta para que pudesse lê-la com tranqüilidade. A mensagem, escrita em grego com a caligrafia de Sereno, começava em tom tão mundano que Aélio chegou a se perguntar por que tinha perdido tempo de ira até lá para lê-la, quando tinha coisas melhores a fazer. Contudo, a última parte da narrativa despertou a velha curiosidade e um desconforto novo e maior, diante do que havia acontecido com o autor.

A Aélio Flávio Espartano, estimado acadêmico, outrora comandante da Primeira Cavalaria de Elite Panoniano, saudações e saúde. Tendo ouvido informações passadas pelos vendedores de livros que Sua Divindade confiou a ti um novo esboço das vidas dos Césares e que poderias vir visitar-nos em breve para obter informações sobre o deificado Adriano, tenho a ousadia de levar a teu conhecimento algo que encontrei e que poderias ter interesse em investigar. Há quatro semanas, comandante, retornando por terra de Ci-

rene, mercadores berberes me abordaram tentando me obrigar a comprar um alforje que haviam encontrado no Deserto Ocidental, ao longo da estrada de caravanas que liga o lago Moira ao oásis de Amon.

Eu podia adivinhar o resto reconhecendo que sempre me interessei, assim como meu pai se interessava, por encontrar os fabulosos despojos do exército de Cambises, dado o total desastre que foi a expedição blasfema deste rei persa ao tentar saquear o templo de Amon-Zeus — e seu opulento oásis. Os mercadores insistiram que o alforje era persa, mas logo notei que, embora diferente do modelo atual, era definitivamente um alforje militar romano, com documentos dentro. Sem nada dizer, comprei-o por uma pechincha e, de tudo o que continha, um pacote selado atraiu o meu interesse. Era, conforme constatei, uma carta particular assinada pelo deificado Adriano e, por si mesma, de inestimável valor como documento antigo.

O texto, endereçado a alguém simplesmente identificado como Cesário, sem data, menciona assuntos graves, referentes à segurança do império, salus imperii, *acrescentando que havia depositado um registro deles, literalmente: "*in memoria Antinoi nostri*" ou "no monumento fúnebre do nosso Antínoo". Se tivesse de arriscar uma data, sugeriria que ela fora enviada nos meses seguintes à morte do Menino, no início do quinto ano do deificado Adriano, enquanto ele estava viajando pelo Egito. Como há também uma recomendação do destinatário de manter estas informações em sigilo, é possível que o imperador não tenha percebido que a carta se perdeu antes de ser entregue.*

Não há uma resposta certa para o caso, mas lembrando-me de teu interesse em coisas antigas da época da Rebelião, achei que gostarias de ver esta peça sui generis *e talvez decidir-te a comprá-la. Se o documento, como o descrevo, despertar-te a curiosidade, comunica-me imediatamente. Há um mês, desde que a encontrei, vêm acontecendo coisas tão estranhas comigo que sinto medo de sofrer algum atentado. Nada mais vou confiar por escrito, mas o que posso te dizer é que, no meu caminho de volta da Líbia, parei no templo do oásis, dedicado ao bendito e poderoso Amon, e o oráculo confirmou meus temores. Até agora não contei nada disso a ninguém mais, nem mesmo ao meu querido companheiro Harpocrácio, porém confiei o original da carta ao meu servo liberto Pamíquio, também conhecido como Loretus, que mora depois da Porta da Lua, em Hermópolis, na estrada que segue em direção a Cuse, na segunda milha do caminho conhecido pelo nome de Viela Dovecotes. Peço-te que me faças saber com presteza se estás interes-*

sado neste artigo, pois não desejo mantê-lo em meu poder mais do que o tempo necessário. Escrita em sua propriedade, em Antino, por Dio Sereno, também conhecido como Sarapion, no décimo oitavo dia de Pachon, no nono e oitavo anos, respectivamente, de Nossos Senhores Cônsules Diocleciano e Maximiano.

Ainda que fosse apenas por curiosidade, Aélio teria ido imediatamente verificar se aquele documento ainda poderia ser encontrado, mas não havia como escapar do recinto militar sem almoçar com os oficiais de serviço, desesperados por notícias que não fossem do Egito. Estavam todos entediados a ponto de não conseguirem mais disfarçar. Um deles, depois, levou-o ao seu cubículo abarrotado de papéis e entregou-lhe uma petição a Diocleciano.

— Agracederia se pudesses interceder por mim junto ao Imperador, comandante. Se não conseguir ser transferido, vou enlouquecer. Não vou suportar mais um ano convivendo com esse povo, nessa cidade, com esse clima.

Aélio olhou a carta.

— Qual é o teu lugar de origem?

— Lambessa.

— Não é o que dizes aqui.

— Pensei que se indicasse um lugar de nascimento mais ao norte teria uma oportunidade maior de ser transferido.

— Toma. — Aélio devolveu-lhe a petição. — É melhor dizeres a verdade, ou vires com alguma coisa menos ridícula que "Reno", quando queres dizer "África".

O oficial ficou desapontado.

— Farei como dizes. Vou enviar um novo rascunho para tua residência a fim de o avaliares, acompanhado de um bom *Chios* local.

Podia ter sido apenas por cortesia o oferecimento do vinho, mas cheirava a intriga provinciana da mesma forma. Tendo sido especialmente instruído a não aceitar petições, Aélio encontrou uma forma educada de recusar o presente e o pedido, sabendo muito bem que o vinho do suborno iria ser entregue em sua porta do mesmo jeito.

Ao final da quinta hora, com o sol quase no zênite, ele finalmente conseguiu sair pela Porta da Lua.

Quando Aélio chegou à casa do servo liberto de Sereno, viu que era pequena, afastada da estrada, e o caminho até ela era estreito, uma estradinha que saía de um entroncamento com a via principal, e onde nem o barulho nem o cheiro da cidade chegavam. Aélio só conseguia ouvir o cacarejar das galinhas no quintal. Numa mureta de barro, viam-se lagartos escarrapachados, que pareciam ser da mesma cor marrom da superfície torrada pelo sol. Vista da estrada de terra batida, a casa — construída num outeiro que talvez se transformasse numa ilha quando a cheia do Nilo viesse, dentro de poucos dias — parecia-se com qualquer outra moradia local: caiada, simples, com toldos desbotados protegendo as janelas da luz diurna. Por um momento, que foi suficiente para abalar Aélio, ele teve a impressão de já ter visto aquele lugar antes, e se perguntou se não teria sonhado com ele ou se o teria visto durante a Rebelião, porém a essa altura a impressão já tinha se desvanecido.

O costume do soldado era de não fazer barulho e nem chamar ninguém. Embora devesse identificar-se para o morador, surpreendeu-se andando de forma a não ser ouvido, estranhando não ouvir sons humanos, nenhum servo à vista, curioso ao perceber que não havia sinal de vida vindo do interior.

Teve de chegar perto do poço, com o balde imóvel de um lado e uma pedra atada como seu contrapeso do outro, para perceber o que, a princípio, pensou ser o ganido de um cão. A porta, protegida por uma cortina azul-marinho, estava aberta, e Aélio entrou em um aposento quadrado tipicamente campesino. Podiam-se ouvir os soluços de uma mulher ou de mais de uma, vindos de um quarto dos fundos. Aélio sentiu cheiro de sangue antes de entrar nesse segundo aposento. Há menos de oito anos, quando estava em patrulha não muito longe daqui, andara com a mesma cautela, sentindo o mesmo fedor. Agachada a um canto, uma mulher vestida de preto, de cabelos oleosos, embalava no colo a cabeça de um homem deitado, cobrindo-a de lágrimas. Sangue e pedaços de cérebro empesteavam o quarto cheio de moscas, e Aélio, depois de se aproximar, pisando em toda aquela nojeira que escorria do colo da mulher até a soleira da porta, olhou para os pés do homem, e reconheceu que, através dessa morte, o Egito lhe dava outra vez boas-vindas, embora violentamente.

Levei tempo até obter alguma informação das mulheres. A mais velha é a ama decrépita do servo liberto; as outras duas, jovens escravas sem juízo suficiente para saírem da chuva. Nenhuma delas fala grego, muito menos latim. Por fim, consegui que uma delas fosse buscar o dono da fazenda vizinha, a quem mandei que fosse chamar a patrulha fluvial. Porém, tirando-se o fato de que nada mais se podia fazer por Pamíquio, ficou claro para mim que ele surpreendeu os ladrões na sua casa, e eles o mataram.

— Bem — disse Tralles, ao servir-se de pato assado —, o que interessa é a hora certa, até mesmo na desgraça.

Eles estavam jantando no clube dos oficiais, onde as vasilhas, os odores e as pessoas eram sempre parecidos, onde quer que se juntassem os oficiais da cavalaria. Aélio se sentiu ao mesmo tempo em casa e fora da realidade, como se houvesse uma dimensão de vida comum, comunitária, para homens como ele, e que, onde quer que o destino os levasse, estariam todos comprometidos a se encontrarem neste lugar especial mais cedo ou mais tarde. Tralles arrancou um pedaço de carne do peito do pato e o levou à boca.

— Afinal, o que foste fazer lá?

Aélio contou uma mentira diplomática antes que pudesse pensar num motivo para mentir.

— Sereno tinha deixado uma caixa de livros para mim na casa do Pamíquio.

Tralles não insistiu.

— Bem, um servo liberto a mais ou a menos não faz diferença. O que tem isso a ver conosco?

— Conosco, nada, só que o assassinato ocorreu menos de uma semana depois da morte do ex-senhor dele.

– Não estou vendo nenhuma relação entre uma coisa e outra. Um morreu afogado, caindo, ou sendo jogado, numa viagem de negócios, e o outro foi morto por ladrões.

Aélio, que antes estava insistindo em comer, embora não sentisse nenhum apetite, empurrou o prato.

— Eu sei.

A coincidência é que o preocupava. E isso não era tudo, uma vez que a carta antiga que ele tinha vindo buscar não se encontrava em parte alguma da casa do servo liberto e não havia testemunhas para um assassinato que parecia totalmente sem sentido. Pelo que podia julgar, Pamíquio não tinha dinheiro. Seus três escravos – as duas jovens que todas as manhãs iam para o campo e um rapaz que tinha sido seu aprendiz — não estavam na casa na hora do crime. Quanto à ama desdentada, vinha diariamente cozinhar as refeições e tinha se deparado com o sangue da mesma forma que ele. A fazenda vizinha era distante, de modo que seu dono não ouviu nenhuma luta nem pedidos de socorro.

— Por aqui ocorrem assaltos freqüentes a residências particulares? — resolveu então perguntar.

— Não mais agora do que antes. Sabes o que foi roubado?

— Disseram-me que foi um copinho de prata que o ex-senhor lhe deu, uns trocados, uma caixa onde ele guardava escrituras e documentos. As mesmas pequenas coisas domésticas fáceis de carregar e revender.

— Sei — Tralles tirou a carne da costela do pato olhando para alguém que passava por trás de Aélio e cumprimentando-o com a cabeça.

— Bom, parece que já investigaste tudo. O que mais falta acrescentar?

— Não é tão simples assim, Gavius. O crime foi planejado. Mandaram um recado falso urgente a Pamíquio dizendo que sua filha grávida estava morrendo, e ele saiu de casa às pressas. O cunhado, que tinha chegado pouco depois de mim, mostrou me o recado, garatujado em grego em um pedaço de cerâmica. Disse que, ao contrário da mensagem, sua esposa e filho recém-nascido estão muito bem. Mas Pamíquio tinha saído de casa correndo, apavorado, e já havia percorrido um terço do caminho para Cuse quando encontrou o marido da moça, que vinha por acaso da direção oposta. Depois que o rapaz lhe garantiu que estava tudo bem, Pamíquio voltou correndo.

— Então só queriam tirá-lo da casa para poderem assaltá-la. Ladrões espertos, esses.

Era fácil chegar à pequena propriedade de Pamíquio, por um lado ou outro. Aélio tinha feito isso enquanto esperavam a patrulha fluvial. Concluiu que a carta de Adriano devia estar na tal caixa de documentos trancada, que haviam roubado na esperança de que pudesse conter objetos valiosos. Ele deixou também de dizer isso ao seu amigo. Com a chegada da cheia, quaisquer itens que os bandidos descartassem estariam certamente perdidos para sempre.

Tralles viu seu amigo preocupado, ou quis lhe dar uma lição sobre a realidade do Egito.

— Olha aqui, Aélio, provavelmente foi algum conhecido da vítima que o matou para não ir preso. Se não, existem ladrões rio acima e rio abaixo. Chamam-nos de ladrões da água. Durante trezentos anos nós cobramos impostos desse povo até eles gemerem de angústia, e o que pode parecer besteira para nós, como um copinho de prata valendo menos que um par de coturnos, é muito convidativo para esses camponeses locais. Sua Divindade pode ter limitado o preço das mercadorias, mas as economias do povo não dão mais para nada ultimamente. — Tralles lambeu o molho de pato que lhe lambuzava os dedos da mão direita. — Aliás, não é bom estares viajando sozinho. Posso providenciar para ti dois recrutas, se quiseres.

Aélio serviu-se de uma fatia do pão árabe que estava no prato entre os dois e mordeu-a.

— Por quê? Preciso de escolta agora?

— Quando começares a te envolver com os cristãos, precisarás.

Primeira carta de Aélio Espartano para César Diocleciano:

Ao imperador César Gaio Aurélio Valério Diocleciano Pio Félix Invicto Augusto, de seu Aélio Espartano, saudações. Obedecendo a ordens de Vossa Divindade, entreguei cartas e ordens seladas a Epidius Censorinus, comandante da guarnição de Antinoópo-

lis, e a Rabírio Saxão, epistratego do Médio Egito e representante de Clodio Culciano, prefeito do Egito. Como é desejo de Vossa Divindade que eu emita relatórios por escrito de tempos em tempos, abaixo vai a primeira de minhas comunicações.

Desembarcamos em Peluso, depois de uma viagem incrivelmente breve e bem-sucedida de menos de dez dias a bordo do navio Fortuna Isiaca, *nave irmã do* Tyche, *que nos levou ao Egito durante a Rebelião, e depois naufragou nas costas de Antifre, com seus milhões de libras de grãos. Viajando pelo rio até Cinópolis, continuei por terra até o meu destino. Ali, conforme vossa orientação, encontrei alojamento fora do complexo militar, no quarteirão helênico de Antinoópolis. Minha escolta, resolvi deixar em Cinópolis por enquanto, visto que trabalharei melhor sem que os outros possam me identificar como emissário imperial, com todo o seu cortejo.*

Além disso, estou ciente da natureza dupla dos deveres de que Vossa Divindade me incumbiu no Médio Egito. Amanhã encetarei uma revisão das medidas tomadas para expurgar das fileiras do exército os oficiais e suboficiais cristãos, originalmente prevista para o último dia do último mês, mas ainda em andamento. Ouvi relatos preocupantes de incidentes de monta no Delta, onde Filéias, bispo de Tmuis, acabou de ser convocado pela quarta vez para comparecer diante de Culciano. Deste último, a opinião geral é que seu rigor é temperado por senso comum, embora sua paciência com clérigos recalcitrantes possa estar se esgotando. Como Tmuis é o que chama de sé titular, o que ocorre lá tem importância para os cristãos de Peluso e Alexandria, portanto, todos devem estar agora acompanhando o que vai acontecer com Filéias.

Desde a minha chegada, também venho zelosamente acrescentando a meu esboço da biografia do deificado Adriano, principalmente para atender a Vossa solicitação de que se verifique a verdade acerca da morte do abençoado Antínoo (como a ele se referem por aqui) juntamente com as circunstâncias que levaram ao surgimento de relatos tão discordantes. Os sacerdotes do templo dedicado a ele prometeram mostrar-me artefatos ligados ao acidente, recuperados das margens próximas ao que antes era uma aldeia ou santuário rural dedicado a Bes, agora transformado na cidade de Antinoópolis.

Por coincidência, apenas ontem eu cheguei perto de conseguir uma carta de Cesário (talvez Cesário Quinto, governador oriental, o comes per orientem *do deificado Adriano), carta essa que supostamente teria sido redigida pelo próprio imperador, mas por motivos que detalharei a seguir, no pós-escrito deste relatório, não pude obter. Aguardo ansioso as recomendações de Vossa Divindade sobre o assunto. Estou confiando esta a Júlio Agrabanis, capitão do* Felicitas Augustorum Nostrorum, *e veterano da campanha vitoriosa da Britânia, durante a qual serviu sob o comando do meu pai. Ele vai entregar meu relatório pessoalmente a Vossa Divindade.*

Sempre grato pela oportunidade a mim oferecida de viajar, pesquisar e escrever sobre homens e coisas referentes à gloriosa Roma, redijo a presente em Antinoópolis, na segunda-feira, quinto dia (Nonas) de junho, do vigésimo primeiro ano da aclamação imperial de Nosso Senhor César Diocleciano, sétimo ano do mandato do cônsul Maximiano Augusto, e oitavo ano do mandato do cônsul M. Aurélio Valério Maximiano Augusto, também ano 1057 da fundação da cidade de Roma.

Capítulo II

Torre Parva, guarnição do nomo de Antinoópolis,
dia 11 do mês de Payni (terça-feira, 6 de junho)

Eles não o esperavam ali, portanto qualquer fofoca de que, informalmente ou não, um enviado do César estaria na província ainda não havia atingido a cidade-guarnição, que ficava apenas a duas horas ao sul de Antinoópolis, situada naquela fronteira incômoda entre a faixa verde de terra cultivada e o deserto.

Em torno do forte da guarnição, onde tudo acontecia (desde a coleta de impostos até a organização de corvéias; da aplicação da justiça por parte dos soldados — expressamente proibida — até a extorsão), o lugar parecia-se com cem outros iguais a ele. Uma comunidade que lutava com dificuldade, formada por uma mistura de estilos e padrões. Casas baixas pintadas com cores vivas, algumas de dois andares, com janelas estreitas, mulheres lavando roupa em baldes de madeira, cabras e crianças brincando em poças de lama próximas. Raramente se encontrava uma casa em estilo romano dando para a rua, com portão, pátio e lajotas importadas de cor viva desbotando ao sol escaldante. Não se parecia nada com a metrópole, onde o estilo colonial de vida era cuidadosamente reproduzido nos centros comerciais, termas, livrarias que vendiam os últimos lançamentos, todos com gregos de terceira e quarta gerações ou soldados e oficiais a sustentar e a apadrinhar a economia. Ali, como nas grandes cidades, além da faixa de areia erguiam-se os bastiões de antigos templos e palácios, cujas paredes pareciam tremer devido ao calor, como montanhas fabulosas. Os turistas os escalavam como formigas, arriscando os pescoços.

Não se via nem sinal dos cristãos ultimamente. Mesmo assim, a perseguição continuava.

Do outro lado da praça do mercado pouco desenvolvido, de segunda categoria, o tribunal tinha o odor inconfundível das repartições públicas. Os odores de tinta feita com cinza de carvão e de bancos e cadeiras onde gente demais havia se sentado em tempo muito quente impregnavam o ar. Gerações inteiras de moscas deviam ter se criado ali. O juiz que presidia o tribunal — portando, como todos os juízes, o título de estratego, mas tão distante de um soldado quanto era possível ser — tinha uma tosse seca, agourenta. Alvoroçado diante da chegada de Aélio, saiu do seu gabinete todo arrepiado, de modo que Aélio teve a forte impressão de que ele tinha acabado de beliscar as faces para que elas não parecessem tão pálidas e doentias.

— Ora, *legatos* — cumprimentou ele em grego — É uma honra, sem dúvida.

Muito provavelmente era a pior situação que ele havia enfrentado em muitos meses. Seguindo suas instruções febris, desarquivaram-se processos e exibiram-se minutas de audiências sem que Aélio as solicitasse. Ficou claro que ele exercia o ofício de juiz de um modo neurastênico e obstinado, como um funcionário público que provavelmente tinha vindo até ali com objetivos terapêuticos, e depois caiu em si, constatando que nem mesmo o clima poderia salvá-lo. Meticuloso, ele mostrou a Aélio os registros do tribunal, cuidadosamente atualizados, dos julgamentos concluídos até aquela data. Em alguns casos, a sentença tinha sido dada por Rabírio Saxão, epistratego do Médio Egito, embora, em uma dada ocasião, no caso de um clérigo cristão que tinha posto fogo no posto de recrutamento, o julgamento houvesse sido transferido para Alexandria, para que o próprio prefeito o presidisse. Em todos os casos que Aélio escolheu a esmo, a deliberada e antiga justiça romana foi aplicada ao pé da letra, e o senso comum prevaleceu ocasionalmente, sem necessidade de sentença. A pena capital parecia ser aplicada raramente, mas de forma uniforme, invariavelmente executada *al locum solitum*, um dado lugar na estrada que levava ao depósito de lixo da cidade.

— E os militares? — indagou Aélio. — Até que ponto interferem?

Agora sem sangue nas faces, o juiz tísico parecia a sua própria máscara mortuária. A pergunta era difícil de responder; portanto, tentando não parecer desconfiado, ele disse:

— Depende do que queres dizer com isso.

Queria na verdade dizer: "Por que estás perguntando? *Tu mesmo* tens patente militar!"

Aélio entendeu. *Só que não me aproveito disso,* pensou.

— Bem — prosseguiu — estamos meio fora do assunto no momento. O comandante local... não, deixe-me formular a frase de forma mais precisa... Algum comandante local daqui preside julgamentos?

A resposta saiu relutante, conforme ele esperava.

— De vez em quando.

— De vez em quando, ou com freqüência?

— Quase sempre.

— E tu, o que achas disso?

O juiz virou o rosto para tossir, cobrindo-o com a manga.

— Eu? — respondeu depois. — Para dizer-te a verdade, nada. O tempo que me resta, pretendo passar vivo. Durante as últimas seis ou sete gerações, os militares vêm mandando em tudo nas cidades, não só aqui como em toda parte.

Aélio já sabia disso, naturalmente, mas a tolerância aos excessos variava de um lugar para outro. Nos postos fronteiriços, os comandantes reinavam como se fossem príncipes, e os soldados em geral estavam de ambos os lados da lei. Havia um excelente motivo para a Rebelião haver triunfado nesta província.

— E os julgamentos de soldados cristãos?

— Ah, sim, isso. — O juiz enxugou a boca com um pano amarfanhado e manchado. — O exército é que costuma cuidar dos seus próprios julgamentos.

Aélio desviou os olhos do muco rosado que saiu no pano.

— Será que devo arrancar cada frase de ti, *estratego*, ou vais me dar alguma informação relevante espontaneamente?

— Não entendo por que te desforras em mim, *legatos*. Por que não atravessas a rua e vais até o forte, para ver por si mesmo o que acontece por lá? Sei que vai haver alguns julgamentos hoje.

— Pois podes ter certeza de que irei. E os assassinatos, são freqüentes? Não falo de crimes aleatórios, de mortes de guerra, mas de latrocínio. Tu presides julgamentos de crimes assim?

O juiz falou com o nariz coberto pelo lenço.

— Temos um território maior do que parece, portanto... sim, assassinatos acontecem, principalmente agora que ninguém mais tem dinheiro. Eu julgo casos civis. Quanto ao resto...

— O exército cuida de seus próprios casos, entendi.

Quando Aélio saiu, o juiz estava tendo um acesso de tosse violento. Pela rua, só alguns soldados aqui e ali estavam disponíveis no forte — uma circunvalação típica, de quinas arredondadas, de pedra e alvenaria, com passarelas construídas nos telhados de cerca de vinte alojamentos e salas de serviço. O edifício administrativo circundava uma capela em homenagem ao gênio da coorte,* o gênio da Torre Parva, na qual Aélio parou para prestar seus respeitos. Como estava de trajes civis, os soldados, que não entendiam latim e falavam um grego não muito melhor, não se entusiasmaram a demonstrar interesse por sua presença, e ele conseguiu entrar na sala do tribunal, para assistir ao julgamento que estava acontecendo ao lado da capela.

Anotações feitas por Aélio Espartano durante o julgamento de Antônio Sírio, soldado raso da X coorte dos guardas de fronteira do Médio Egito, aquartelada na Torre Parva:

PRINCEPS CARANO, no papel de juiz: Seu nome é Antônio Sírio?

ACUSADO: Sabes que é.

K: Serves nesta unidade?

S: Sabes que sirvo.

K: És cristão?

S: Sabes que sou.

K: Tu te recusaste, várias vezes, a fazer sacrifícios ao gênio da coorte?

* O culto do gênio, ou espírito protetor, era em Roma um dos mais importantes. Este é um gênio especificamente protetor desta coorte, ou seja, parte da legião correspondente a 480 homens. *(N. da T.)*

S: Sabes que me recusei.

K: Sabes qual será a punição se insistires?

S: Sabes que sei.

E daí por diante. Um dos diálogos mais abismalmente monótonos que jamais escutei. Terminou quando Carano procurou saber quanto Sírio recebia de aposentadoria, e quais os seus outros bens. Sírio parece estar relativamente bem de vida, e a sentença (ilegal, uma vez que o princeps não tem jurisdição) foi suspensa. Depois da promessa de lhe enviar um bom médico de Antinoópolis, consegui arrancar do estratego que os soldados endinheirados conseguem conservar sua superstição cristã sem serem incomodados, a menos que estejam dispostos a morrer pela sua fé. Os recrutas pobres é que não têm sorte, e para cada um que se retratava, dois teimavam, e um era condenado à morte.

Procurei mostrar ao capitão Carano que era ilegal ele estar ali presidindo um julgamento, e ele me passou um sermão segundo o qual os militares eram os únicos guardiões da virtude em Torre Parva, embora os poucos mercadores com os quais consegui conversar tivessem me mostrado recibos onde a extorsão no nome do Carano. vem em primeiro lugar na lista de suas despesas mensais.

Lembrete: mandar um relatório completo ao prefeito do Egito, Culciano, com cópias em triplicata para a corte imperial. Mais um lembrete: Os assassinatos infelizmente são freqüentes ao longo das rotas de caravanas, e acontecem por causa de brigas entre vizinhos. Foi, provavelmente, esse o caso do liberto de Sereno, Pamíquio.

Na volta, a estrada para Antinoópolis passava por um povoado de artesãos e pequenos vendedores que não ficava distante dos muros da cidade, e da sua grande porta meridional. O nome glorioso do povoado era Filadélfia, mas com exceção de uma capela muito mal conservada, dedicada pelo deificado Trajano a suas irmãs, não havia nenhum outro sinal de *amor fraterno*, pelo menos não que Aélio pudesse constatar. A não ser, é claro, que sua antiga amante morasse naquele povoado. Tinha sido ali, logo ao chegar no Egito, que ele pretendia parar primeiro, e procurar por ela, mas, depois de perguntar a uns e outros, como tinha dito a Tralles, tinha resolvido não fazer isso.

Anubina era descendente de gregos e egípcios, órfã de um soldado. Eles não sabiam bem, mas ela devia ter uns 26 anos agora. Devia ter uns 16 ou 17 quando Aélio Espartano a conheceu, e, durante a permanência dele no Egito, pagou para tê-la à disposição. Eles gostavam muito um do outro. Ele comprou uma casinha só para ela, pintada de azul por dentro e por fora, e até escreveu para ela depois, cinco ou seis vezes. Ela nunca respondeu. Não porque fosse analfabeta (era, mas podia ter ditado a carta a algum escriba) e sim porque, como ela sempre dizia a ele desde o início, "não há motivo para responder, e ambos temos outros afazeres com que nos ocupar".

As acácias ainda sombreavam este lado da rua, e ele se lembrava delas em flor, amarelas e cheirando a poeira, sua sombra delicada e irregular acima do telhado.

Ela veio abrir a porta descalça, com os cabelos presos, segurando em uma das mãos a escova que estava usando para limpar a casa. Viu Aélio parado ali, e por um momento ficou paralisada, mas só por um momento, e imediatamente depois começou a erguer o xale que lhe cobria os ombros para cobrir o rosto, virando-se um pouco, mas recuando para deixá-lo entrar. Surpreendentemente, não foram necessárias palavras, pois as mudanças falaram por ambos, e ditaram a forma como se comportaram um diante do outro.

— Entra, a comida está pronta. — Era uma coisa tão típica da Anubina que ele se sentiu comovido e consolado, e não se perguntou se devia aceitar ou não. A ampla sala recebia luz apenas da porta, e o azul esbranquiçado das paredes lembrava uma piscina quadrada; um pote de cobre refletia o sol junto à parede, ardendo como fogo dentro d'água. — Seja bem-vindo.

Além daquela sala azul, mais uma sala pintada de azul, da qual ele se lembrava muito bem. Era onde a cama deles ficava, e tinha uma janelinha que dava para a viela atrás da casa, suficiente para que se soubesse se era noite ou dia (naquele tempo, não queriam que o dia chegasse nunca). Aélio desviou o olhar daquela porta, e olhou para a moça. Ela tinha abaixado o xale outra vez, enquanto provava a comida da panela de onde emanava vapor.

Ela havia engordado durante os oito anos que eles haviam passado longe um do outro. Seus pés ainda eram extremamente delicados, cobertos por desenhos e pontinhos feitos com hena, mas o seu vestido de linho revelava que tinha engordado, e o rosto tinha ficado arredondado, sob as ondas negras de cabelos crespos e bem penteados. Aélio olhou para ela apenas porque ela não olhou para ele, e tratou de pôr comida na sua tigela e vinho sobre a mesa, como se tivesse simplesmente saído de manhã para trabalhar e voltado para o almoço.

— E teu marido, está? — perguntou Aélio.

— Foi para o campo. — As mãos dela espargiram temperos, partiram pão, serviram o vinho. — Como soubeste?

— Eu perguntei.

— Senta-te.

Era carne temperada com erva-doce, enrolada em folhas de videira, e realçada com açafrão-da-índia: comida que ele só consumia ali, e desejou comer muitas vezes. Ao sentar-se à mesa — ele é que tinha comprado aquela mesa para ela, importada de Roma, compacta, bem-feita — duas crianças vieram correndo da rua, e pararam à soleira da porta, diante da presença daquele estranho. Ficaram ali como cabritos hesitantes: uma menina alta com cabelos trançados enrolados na cabeça, olhos grandes, e um garoto, mais novo, com a trança egípcia de um só lado da cabeça, e o resto dela raspado e meio azulado. O menino escondeu o rosto, rindo.

— Ele é meu tio? — perguntou a menina.

— Psiu — disse Anubina, entregando-lhes bolinhos redondos. — Vai brincar.

As crianças saíram. Depois de pôr a comida diante do seu convidado, girando o prato, para os rolos de carne ficarem dispostos em um ângulo favorável, Anubina sentou-se em frente a ele, e seus olhos, apesar de tudo, não haviam perdido o encanto que ainda exerciam sobre Aélio.

Ele disse:

— Como vai tua vida, estás bem?

— Estou. E tu?

— Bem. — Aélio começou a comer devagar, sem perguntar a si mesmo se estava com fome. Ela sempre tinha cozinhado excepcionalmente bem, assim como fazia amor. Amor e culinária encontravam-se tão inextricavelmente ligados nas suas lembranças de Anubina, que as lembranças de seus poucos dias de lazer no Egito sempre giravam em torno dessas duas coisas. Ele nunca fora um oficial tolo, mesmo quando jovem, mas a simplicidade de alimentar o corpo de duas formas diferentes, embora deliciosamente interligadas, sempre havia significado muito para ele.

—Vais passar muito tempo aqui?

— Não muito.

Enquanto comia, por alguns instantes a filha de Anubina voltou para dar um mordida no seu bolinho; sentou-se em um banco com as pernas cruzadas, de olhos pregados em Aélio. Depois foi saltitando até a porta e olhou para fora; quando o barulho de uma tropa de mulas de carga veio ecoando pela estrada, ela gritou "oi, tios!" e acenou para os tocadores.

Aélio provou o vinho.

— Ela é alta — comentou.

— Não tão alta assim, Aélio.

— E de que cor são os olhos dela?

— A mesma dos meus.

As mãos de Anubina estavam frouxamente unidas sobre a mesa, seus antebraços roliços ainda eram firmes. Pulseiras de cobre e prata apertavam-lhe a carne; todas tão semelhantes, que ele não conseguiu reconhecer as que tinha lhe dado. Ela, distraída — não, não distraída, envergonhada — pegou uma mecha de cabelos lustrosos do lado do rosto e prendeu-a de volta atrás da cabeça. Ele a tinha visto ajeitar o penteado assim várias vezes.

Olhando a menina sair pela porta da frente, perguntou:

— Como ela se chama?

—Thaësis, mas nós a chamamos de Thea.

Thaësis era o nome egípcio de Anubina também. Havia restrições como véus entre os dois, sutis e persistentes, permitindo-lhes ver um ao outro, mas sem deixá-los ceder ao desejo. Ele pensou com um pouco de vergonha que tinha pago pelos seus favores — que a procuradora tinha lhe perguntado se ele queria uma virgem, e ele disse que não, mas não por causa do preço. Anubina já dançava em festas masculinas fazia seis meses quando os dois se conheceram.

Portanto, nesse momento, eles trocaram algumas frases, como os ex-amantes fazem, no espaço apertado da casa dela. Mas Aélio também estava preocupado com seus pensamentos, a necessidade de encontrar respostas para suas dúvidas. Onde ele guardava as ferramentas, esse marido dela que estava no campo? Os mantos dele? Seria este o prato no qual ele comia? A conversa sem malícia sobre gente que ambos conheciam, as afirmações descomprometidas sobre a vida em geral, era tudo sem esforço. Os olhos dela pousaram nele com a tranqüilidade de uma novilha, como se ela já estivesse conformada com tudo nesta vida.

— Quantos anos ela tem, Anubina?

— Sete.

A imagem do pobre juiz tossindo no lenço voltou à cabeça de Aélio, porque a reticência parecia fazer parte da cultura do país tanto quanto as acácias, com suas flores amarelo-vivo, ou os antigos templos à beira do deserto. Depois de alguns dias da sua chegada ele também já estava falando daquele jeito indireto, e precisava ficar se lembrando de que os historiadores e os soldados jamais podem ser vagos. Ele disse, esforçando-se por olhá-la direto nos olhos:

— Anubina, vais me contar antes de eu ir embora ou não?

— Não.

— Por quê?

— Porque não é da tua conta.

Aélio olhou para o seu prato uma vez mais. Não sabia por que queria ter certeza se a menina era sua filha; só complicaria as coisas, e ele não sentia grande interesse por começar a se encarar como pai, ainda mais da filha de uma prostituta.

— Acontece que é da minha conta, sim — respondeu ele.

— Não acho.

— Anda, confessa.

— Não.

Ele terminou a refeição em silêncio, sob o olhar silencioso da Anubina. Ele sabia que ela era conformista, e talvez por isso não quisesse nada dele, se é que a menina era sua filha. Ela se parecia muito com a mãe, de modo que não havia como confirmar quem era o pai. Pelo que parecia, ela chamava todos os homens de "tio", e era amada. Pelo canto do olho, Aélio viu que o fogo solar no vaso de cobre havia se extinguido, e agora era só um pote comum, de barro, que absorvia a luz vinda da porta, amortecendo-a sem refleti-la.

— Ela vai seguir a tua profissão?

— Não. Ela está se alfabetizando. Quero que ela faça outra coisa na vida.

Ele se levantou da cadeira, e Anubina também ficou de pé, mas devagar.

— E o menino?

Ela alisou o vestido sobre o ventre, e ele não conseguiu distinguir se aquela saliência era uma ligeira pança ou se ela estava grávida outra vez.

— Ele vai fazer o que quiser. O pai é que vai decidir.

— E o pai dela?

— Aélio, tu não vais conseguir me obrigar a te dizer nada, portanto deixa disso.

— Precisas me dizer, Anubina.

— Não preciso, não.

—Vou voltar, e tornar a perguntar-te.

Ela o levou até a porta, com firmeza, porque no momento em que saísse, ele seria de novo o *legatos* e o historiador, emissário de César.

— Então volta.

ANTINOÓPOLIS,

dia 13 do mês de Payni (8 de junho, quinta-feira)

Um bilhete obsequioso do chefe da patrulha fluvial de Hermópolis aguardava Aélio na quinta-feira, quando ele voltou de seus alojamentos para descansar das leituras que andava fazendo na biblioteca da cidade, em preparação para sua visita ao templo do abençoado Antínoo, no dia seguinte. A mensagem informava-o de que tinham encontrado uma caixa "contendo papéis" nos limites da propriedade do liberto Pamíquio. Depois de identificada pela família da vítima, conforme pedido do estimado comandante, ele agora estava dando essa informação etc. A caixa havia sido enviada para sua inspeção, no distrito policial da Porta da Lua.

Aélio resolveu ver por si mesmo, imediatamente, e antes do meio-dia já estava do outro lado do rio, na delegacia de polícia. Três papiros ensopados, porém ainda legíveis, encontravam-se dentro da caixa de madeira de quatro pés, sem pintura: O documento de alforria de Pamíquio, um testamento e um contrato de aluguel. Na opinião do chefe de polícia, os ladrões nem abriram a caixa.

— Levaram-na consigo, e depois, sacudindo-a, viram que só continha documentos, portanto nada teriam a ganhar com eles. Jogaram fora a caixa e o conteúdo. Desconfio que estavam fugindo para o norte, porque encontraram a caixa à jusante do rio. Mas, pensando bem, eles podem tê-la jogado da direção oposta também, que ela teria ido parar no mesmo ponto. Como podes ver, é o tipo de caixa que se tranca quando se abaixa a tampa, portanto, para abri-la, é preciso ter uma chave. Olha, o genro do falecido nos deu isso.

Aélio olhou de relance para a chave. Era uma chave normal, com recortes, como se podia comprar ou fazer em qualquer lugar, portanto ele nem perguntou se era uma reserva, ou a única. Os ladrões podiam ter tirado as outras coisas que a caixa continha, tornado a fechá-la, jogando-a fora depois.

— O genro identificou os documentos? Eles não levaram nada?

O chefe dos patrulheiros — que usava uma túnica desbotada do exército da época da Rebelião, e era tão nativo do lugar *como o rabo da Esfinge*, conforme se costumava dizer — respondeu que não.

— Mas isso é só porque ele não sabia o que a caixa continha. Parece que a vítima não costumava falar muito das suas atividades, nem mesmo para os parentes.

Esse era o motivo pelo qual, pensou Aélio, as escravas não tinham conseguido responder nada, quando ele lhes perguntou se Pamíquio havia se encontrado com seu amo Sereno recentemente ou recebido dele alguma coisa da qual devia cuidar.

— Acharam mais alguma coisa ao longo do rio, ou nas cercanias?

— Sim, senhor. Como ordenastes, separamos tudo para vós. Vinde comigo.

Como é que ele não havia pensado no que podia ter sido impelido pela cheia do Nilo? Os zelosos patrulheiros haviam enchido um pequeno pátio com pilhas de destroços e lixo, incluindo carcaças de animais de fazenda que tinham se afogado. Ele mandou os homens jogarem as carcaças fora imediatamente, e depois ficou por ali muito tempo sozinho, examinando o resto do lixo. Naturalmente estava procurando o alforje que Dio Sereno havia mencionado, mas — torcendo contra todas as adversidades — também a carta de Adriano, presumivelmente escrita em papiro, talvez enrolada dentro de um cilindro de madeira ou protegida de alguma outra forma. Alguns patrulheiros se reuniram para ficar olhando-o da porta da cantina, espantados a princípio, mas o líder deles os espantou para longe sem perda de tempo.

Com a alacridade de um pesquisador, Aélio examinou trapos, sandálias de tecido, tigelas de madeira e enxergas quebradas, algumas cestas de junco sem fundo, que o fizeram se lembrar de seu antigo inimigo Ben Matias contando-lhe a história de Moisés encontrado às margens do Nilo. Da terra seca, recolhidos em um raio de três milhas em torno da casa de Pamíquio, no próprio montículo onde ela se assentava, vieram mais objetos sem qualquer conexão entre si: implementos agrícolas quebrados, na sua maioria, cacos, duas moedas de cobre e até um projétil de catapulta da época da Rebelião, com o nome de Aquileu gravado nele.

— Devemos continuar procurando, comandante? — indagou o chefe dos patrulheiros, entregando-lhe uma bacia para lavar as mãos e uma toalha para secá-las. Aélio disse que não, mas estava resolvido a pedir a outros que ficassem de olho no mercado de antigüidades, talvez por intermédio de Harpocrácio, vendo se aparecia algum documento histórico, especificamente referente ao reinado do deificado Adriano.

Dia 14 do mês de Payni (9 de junho, sexta-feira)

Os sacerdotes do templo de Antínoo o avaliaram, como gatos melindrosos farejando um animal para saber o que ele pretende, e se é uma ameaça ou um aliado. Na verdade, Aélio não era nenhuma das duas coisas, e tão neutra era sua posição ali, oficialmente pelo menos, que os sacerdotes não podiam fazer mais do que sondá-lo e sorrir, ora bajulando-o ora irritados, avaliando-o apenas por sua utilidade, como amigo do César.

Aélio tomou o cuidado de não mencionar que seu interesse no templo funerário tinha aumentado desde que lera a mensagem dramática de Sereno endereçada a ele. Claramente, como não havia procedimento oficial para documentos armazenados no sepulcro de Antínoo, os sacerdotes não disseram nada, por motivos particulares, ou então nada sabiam sobre o assunto. Ele resolveu não indagar diretamente, a menos que ficasse sem subterfúgios. Os sacerdotes egípcios não haviam saciado a curiosidade histórica de Heródoto, há setecentos anos, com meias-verdades colossais?

Portanto, tratou de fazer o papel de turista culto, oficial até a medula, com cartas da Corte Imperial, e uma pitada de respeito e admiração incondicional pelas antigüidades, o que poderia ajudá-lo a chegar onde queria.

Apesar de esta ser uma cidade grega, fundada como tal pelo deificado Adriano, quase tudo em torno deste templo, inclusive o clero, parecia egípcio. A casa dos sacerdotes e seus anexos eram quadrangulares e compactos, de telhado horizontal, quase sem janelas, paredes grossas, os toldos onipresentes protegendo portas e pátios. O templo em si, rodeado por uma colunata fechada, onde um jardim bem-conservado de árvores umbrosas e melindrosas plantas em vasos fazia lembrar o santuário da ilha de Fila, ostentando inclusive dois obeliscos. Em um país onde os ricos se gabavam, no máximo, de vergas e degraus de cantaria em seus lares de tijolos queimados, a construção inteira — incluindo os pilões semelhantes a baluartes ao lado da entrada — era de mármore preto e branco, cortado e transportado das ilhas gregas sabe-se lá a que preço.

— Pode examinar o que quiser, *legatos.* — Os sacerdotes, um gordo e um magricela, falaram com ele em grego, e agiram como guias. Educados, mas certamente encarando-o como o completo estranho que ele era, prontos a lhe mostrar o que eles queriam, e nada além disso — o que Aélio planejava não aceitar, embora não soubesse ainda como contornar este empecilho. Tudo indicava a riqueza e o poder deste sacerdócio: o templo faturava alto com o nome de Antínoo, desde a sala de incubação, onde se esperava por sonhos de cura, até o hospital, as lojas de lembranças e o laboratório de mumificação, até mesmo recebendo um percentual da venda de bolinhos de erva-doce e mel em formato de múmia, chamados de *kuroi,* enjoativos de tão doces. Os sacerdotes lhe contaram o que quiseram sobre a visita de Adriano e seu legado para o Egito (o final de uma seca de cinco anos), e para o imperador (a morte de um amante). Não ia ser fácil remover a resistência deles. Enquanto Aélio estava ali parado, escutando, um babuíno jovem veio sentar-se aos seus pés para catar piolhos da barriga, e olhou para ele com aquela sua cara tristonha, meio canina, meio simiesca.

— Por aqui, *legatos.*

Em toda a área sagrada, semelhante a um oásis, a imagem de Antínoo era uma constante, encantadora porém obsessiva. Aélio, que só havia visto um retrato do Menino durante a Rebelião, e na época pouca atenção havia prestado a ele, tinha a estranha sensação de estar vendo dobrado. Esfinges com o rosto do Menino flanqueavam a entrada da colunata, e depois que se passava por um grupo de pilares que eram representações de Antínoo como o deus Min, com um cocar alto de fileira dupla de penas e pênis ereto pintado de preto. Depois dessas estátuas, em uma fileira de pedestais idênticos entre arbustos floridos, cópias de estátuas antigas feitas para lembrar Antínoo testemunhavam o quanto as autoridades locais gostavam de gastar dinheiro com religião.

Portanto, o Menino às vezes segurava um cacho de uvas, um arco, uma lança, uma taça de libações, tinha a aparência de Antínoo Hermes e Antínoo Apolo, com os atributos de Marte e os de Dionísio, nu, vestido, de pé, sentado, e dando passadas decididas, a cabeça voltada para Aélio com olhos de pasta vítrea e mármore. Nem mesmo a arte egípcia poderia tornar aquele rosto jovem e meditativo menos reconhecível. Mesmo assim, seguindo os sacerdotes, Aélio pensava em como o verdadeiro Antínoo devia ser diferente daquele lugar, e daquele culto. Ele duvidava de que Antínoo tivesse pedido isso, ou preferiria a imortalização em obras de arte a viver sua vida sossegado. Mas estava morto, morto havia muito tempo, e havia se erigido um santuário em sua honra, para que — contra sua vontade ou de acordo com ela — seu rosto fosse para sempre reconhecido por aqueles que não o conheceram em vida.

No meio de uma manhã sem vento, com a crista ondulante da Rocha Antinoana, tão nítida contra o céu que até parecia uma ferida a desfigurar o azul, ele estava ali com a missão de desvendar a história. Saber mais sobre o deificado Adriano e a morte de Antínoo já lhe parecia uma ordem fora da realidade. Mesmo assim, o dever de Aélio já estava adquirindo um significado mais pessoal, isso se Sereno havia dito mesmo a verdade sobre a carta imperial. A idéia de que papéis inéditos sobre a segurança do Estado — pelo menos o Estado de Adriano — se encontravam entre aquelas paredes o deixou mais desejoso de possuir algo de que nenhum outro historiador havia falado. Podia não ser verdade, pois o documento que haviam vendido a Sereno talvez fosse forjado, ou até mesmo ele podia estar tentando forjar um boato. Por outro lado, verdade ou não, o comerciante tinha se assustado com algo ou alguém, e agora estava morto.

Depois de lhe mostrar a área sagrada e solicitar que ele lavasse as mãos e o rosto na água de uma pequena fonte na antecâmara, Aélio foi convidado a entrar no templo. Ali, assomando em meio à ondulação vermelho-escura, diante dos seus olhos feridos pelo sol, a súbita estátua imensa do deus de pernas abertas o assustou, com a luz quase perpendicular despejando-se como metal fundido de um óculo no teto pelos lados de uma reprodução negra monumental de Antínoo como Osíris. A câmara era pequena em comparação ao tamanho da estátua, opressivamente estreita apesar de espaçosa, e o cheiro embriagador das nuvens de incenso que passavam realmente fazia lembrar uma forja na qual se houvesse dado vida a algum monstro. Depois de se analisar a situação e tornar olhar a estátua, tudo passava a fazer sentido, e se via que aquilo não era nada além de um templo com uma imagem de basalto monstruosa à qual se prestava culto. Os sacerdotes provavelmente notaram sua surpresa e ficaram satisfeitos.

O esquife antropomórfico do Menino lembrava apenas vagamente um cadáver mumificado. Era um sarcófago de pórfiro imenso, semelhante a uma caixa, do tamanho de dois carros de suprimento do exército um em cima do outro, aos pés da estátua reverenciada; estava adornado com lótus azuis, rosas, montes de flores frescas; em todo lugar, no meio daquela massa de pétalas, em que a luz que vinha de cima conseguia penetrar, as pétalas pareciam incandescer no escuro.

Depois de oferecer um sacrifício e expressar os sentimentos de respeito apropriados, Aélio fez diversas perguntas, entre as quais aquela que realmente queria que eles respondessem.

— O corpo esteve aqui desde o início?

O sacerdote gordo confirmou.

— Sim. O deificado Adriano supervisionou a cerimônia ele mesmo, no sexto dia do mês de Tybi.

Calculando rapidamente, Aélio viu que este tinha sido um dia antes dos Idos do mês de janeiro após o afogamento de 24 de outubro, e essa data permitiria que se tivessem passado os setenta dias necessários para mumificar o corpo. Portanto, durante todos esses 174 anos, Antínoo havia repousado nesta eternidade aromática. *Imperturbado,* como o outro sacerdote acrescentou, *e protegendo gloriosamente a metrópole.*

O que significava que os documentos de Adriano — se existiam — ainda estavam dentro do sarcófago. Aélio tomou notas, e seguiu os sacerdotes.

O corredor adjacente ao templo e imediatamente atrás dele continha algo que com certa razão se denominava a "coleção", pois reunia relíquias daquela fatídica viagem pelo rio. A própria barca imperial, perfeitamente preservada e majestosamente montada na doca seca de um berço de madeira, pintado de azul, tomava a maior parte do espaço longo e retangular. Nas paredes em torno da barca haviam sido pintados afrescos com cenas de pescaria e caça no Nilo, e uma série de guarda-roupas, abertos, para mostrar caixas ornadas empilhadas dentro deles, revestia todo o perímetro da sala. Aélio ficou anotando detalhes com símbolos taquigráficos, e guardou de memória muita coisa, para suas anotações de campo. No chão, cenas de mosaicos mostravam o limite do deserto com seus animais selvagens, e uma visão aérea fantasiosa dos mistérios do extremo sul, as regiões selvagens da Núbia depois das quais ninguém jamais tinha estado, procurando a nascente do Nilo. Os sacerdotes despejaram água de um jarro delicado sobre o chão com mosaicos dispostos em xadrez, para realçar as cores.

Tralles teve o bom senso de não dizer nada quando ficou óbvio naquela tarde que seu ex-colega iria participar do julgamento de dois suboficiais cristãos que haviam sido presos. Ambos veteranos da Rebelião, eles pertenciam à coorte aquartelada em Apolinópolis, em Tebas, mas haviam sido transferidos para cá, para julgamento, por terem se alistado na metrópole. Aélio, ocupado em escrever, nada disse durante os julgamentos, e, depois da sentença (um deles retratou-se, o outro persistiu e foi levado para fora depois do aviso sucinto de que seria decapitado: *caputo tuum amputabo*), não estava com vontade de falar. Era até misericordiosa a morte por decapitação, afinal. A diferença entre o espaço confinado do templo e os procedimentos legais eficientes e sumários o abalou, depois de ter passado de um lugar onde o tempo parecia ter parado, detido pelos rituais, para um recinto público onde a promotoria induzia a mudança e se invertia a ordem das coisas, na medida em que pouco importava a patente de alguém que estivesse sofrendo investigação e interrogatório.

Tralles devia tê-lo seguido até ali, porque Aélio o viu meter a cabeça pela porta dos arquivos, para onde havia se retirado para examinar processos jurídicos recentes da vara cível.

— Estás precisando de ajuda? — ofereceu ele.

Sem dúvida nenhuma, seu ex-colega tinha outras coisas a fazer, mas estava curioso, e não havia como se livrar dele sem aguçar ainda mais a curiosidade. Deixando distraidamente de decifrar o manuscrito que estava lendo perto da janela, Aélio disse:

— Podes me ajudar procurando algum processo sem resolução na qual Dio Sereno é uma das partes.

— Ainda estás pensando nisso? O que tem a ver com a tua pesquisa?

— Nada.

Levaram algum tempo procurando. Os escriturários colocavam tudo cuidadosamente de volta nas estantes assim que Aélio sinalizava que tinha terminado de consultar o processo. Nenhum documento trazia o nome de Sereno em si, mas ele era citado em dois casos. Tralles entregou-lhe os autos de uma audiência datada do dia 5 de Phamenoth, o início de março daquele ano. As petições referiam-se a uma disputa de limites entre vizinhos sobre o desvio ilegal de canais de irrigação — "roubo de água", como o querelante chamou o ato — de sua propriedade junto ao portal setentrional de Antinoópolis. Dio Sereno, que possuía um trigal adjacente ao do réu, aparentemente também se beneficiava do excesso de água.

— Não parece o suficiente para justificar o crime de tirar o Sereno do barco e jogá-lo aos crocodilos — comentou Tralles.

— Não, mas olha este aqui, é interessante. — Aélio, em seguida, leu em voz alta — "Piônio, filho de Alexandre, presbítero da Igreja Católica, versus Eutrópio, contador da empresa mercantil de Dio Sereno, o Sírio."

— Muito bem, e o que houve depois, e quando?

— O documento foi lavrado entre o primeiro e o segundo editos contra os cristãos, e agora já está suplantado pelo tempo e as circunstâncias. Mas parece que o contador é que levou a culpa no lugar de Sereno, a menos que os contadores sejam responsabilizados pelas decisões dos seus patrões. A acusação do presbítero Piônio é que a empresa mercantil comprou do governo os edifícios e lotes confiscados de sua comunidade, e "modificou-os, erigindo novas estruturas e adaptando para uso comercial as existentes", para nunca mais poderem ser recuperadas.

Tralles deu uma risada escarninha.

— Ah, sim! Como se um dia eles fossem recuperar a propriedade.

— Um dos lotes era o cemitério da seita, portanto uma das acusações versa apenas sobre violação de sepulturas e sacrilégios, invocando a lei vigente. Eutrópio alegou que tinha sido idéia dele, e que o patrão não sabia de nada.

— E como terminou o caso?

— Retiraram a queixa, mas Eutrópio recebeu uma reprimenda e tanto do juiz.

— Ahhh... aposto que se assustou com isso. E seu senhor, Sereno, ficou com as terras da Igreja e os edifícios.

Depois de sair do tribunal, Aélio pegou o caminho mais longo para sua casa, e depois começou a andar até chegar aos subúrbios, e dali a um ponto que ele conhecia dos tempos da Rebelião. Era um campo verdejante e sombreado, onde antes existia uma pequena estalagem: *No Repouso de Antônio e Cleópatra.* Destruída durante os combates, as paredes em ruínas eram um lugar perfeito para se ir e beijar as mocinhas, e ele havia se sentado ali com Anubina uma vez até a noite cair. Desde essa época, haviam derrubado as paredes, e agora todo o terreno era um capinzal, como se nunca houvesse existido estalagem, nem Rebelião, nem casais se beijando. Ainda havia um salgueiro alto perto da margem do Nilo e sob ele um banco, onde Aélio foi sentar-se.

A água vagarosa do rio era como um caldo verde, com os galhos finos do salgueiro descendo até tocá-la e submergindo nela as pontas, algumas folhas lanceoladas e amareladas flutuando de vez em quando ao sabor da corrente, bem devagar. O limo e os séculos de lixo acumulado e, pelo que ele sabia, os crocodilos, dormindo com as mandíbulas abertas apenas a alguns pés abaixo dele, e o céu, como um espelho polido acima de tudo, lhe pareceram uma imagem perfeita do que a eternidade podia ser. Intocada, intangível, para sempre engastada como cornalina em ouro, gravada como as montanhas distantes no fim da Via de Adriano, onde se retira das pedreiras o granito para os obeliscos e de onde ele começa sua jornada para o resto do mundo.

Anubina havia lhe perguntado: "Por que teus cabelos ficaram grisalhos assim?" E ele não teve uma resposta convincente para lhe dar. Podia ter perguntado, por sua vez: "Por que tu engordaste?" ou "Onde foi parar tua beleza?" Mas deve-se considerar que oito anos é um bocado de tempo na vida tanto de um homem como na de uma mulher, e o que acontece com eles, embora velado, costuma aparecer, mais ainda se não admitem a transformação. Aquilo o fez pensar — sim, o fez questionar-se, e ele permaneceu ali sentado, meditando sobre essa pergunta durante muito tempo: teria o deificado Adriano, também se sentido cansado de deveres e viagens, casamentos sem amor, superstição, medo do peso da desgraça? Será que Antínoo não teria sido uma versão mais jovem dele mesmo, um retrato que jamais envelheceria, mantido em toda parte como um espelho agradavelmente mentiroso, cujo próprio envelhecimento ameaçava destruir essa existência imperial paralela sob uma forma eternamente jovem? Ocorreu-lhe que talvez Antínoo tivesse de morrer jovem para preservar para sempre essa imagem especular.

As próprias palavras de Adriano, poucas que eram, davam azo a essa possibilidade, e o que pensar das moedas cunhadas no final do seu reinado, onde se lia *Hadrianus renatus*? O que o fazia pensar que havia renascido? Os Mistérios da Grécia? Uma cura realizada em um ou outro templo dos deuses misericordiosos? Ou a entrega de seu *alter ego* jovem à eternidade, sua pequena alma, de modo a permanecer para sempre intocada pelo tempo, engastada como o lodo sob o rio, como as montanhas no fim da Via de Adriano, onde o granito para os obeliscos é extraído e resiste ao passar das eras?

Já era praticamente noite fechada quando ele voltou para o apartamento. A velha zeladora era uma parteira profissional, e sua placa, mostrando uma mulher em trabalho de parto que lembrava uma jarra de água, se encontrava em uma entrada lateral do prédio. A essa hora o calor do dia já havia se evolado, e bandos de pombos, vindos do mercado, cintilavam como prata contra um céu, em surdina. Depois que entrou no quarto, Aélio foi ver se havia escorpiões nos cantos e embaixo da cama. As servas viviam falando que eles eram sagrados, mas ele não queria encontrar nenhum no quarto. Encontrou dois, e depois de pensar em matá-los, ergueu-os, segurando-os com um pano, e os jogou pela janela.

O que o sacerdote baixo e gordo havia dito (aquela sua voz odiosa e monótona, interferindo no significado das declarações) não lhe saía da cabeça. Entre suas muitas atribuições, Antínoo era o protetor contra ladrões da água. Por quê? Por que havia morrido no Nilo? Por que tinha se transformado em um espírito aquático? De acordo com Tralles, Pamíquio tinha sido assassinado por ladrões da água, e ninguém sabia quem tinha matado Dio Sereno, mas ele havia, recentemente, sido processado por um canal de irrigação. Nada daquilo combinava, à primeira vista. Não havia ligação entre os fatos, a não ser pelos termos "ladrão" e "água." Mesmo assim, Aélio sentiu que havia uma conexão qualquer daquelas palavras com o mistério, podia sentir isso tanto quanto o cheiro da noite poeirenta, e o aroma do baú de cedro onde suas roupas estavam guardadas.

Ficou pensando nos sacerdotes que havia entrevistado de manhã: nenhum deles sabia ler as pedras antigas, segundo ele percebeu. Isolavam conjuntos de imagens e sinais, que em Fila ou Coptos tinham sido explicados a ele que significavam uma coisa, e ali em Antinoópolis pareciam significar outra coisa muito diferente. Ele, naturalmente, não tinha como distinguir. Embora o desenho de um mosquito, um falo ou um estandarte parecessem fáceis de se ler, não havia como imaginar o que uma linha em ziguezague ou um semicírculo ou um quadrado representavam. O resto das inscrições estava em grego, ou no alfabeto semigrego que não lembrava mais a escrita sagrada usada milênios antes.

Os deuses e templos egípcios ainda o deixavam desanimado, não havia como evitar, seja pelo ar abafado do interior comparado ao sol escorchante do exterior ou pela escuridão atravessada por feixes de luz solar aqui e ali como se fossem lanças ardentes que devessem enterrar-se no chão e naqueles que passavam na sua trajetória. Podia também ser que fossem as próprias estátuas dos deuses com cabeças ou corpos de animais, perfumadas como o sicômoro ou o cipreste onde haviam sido talhadas, tão humanas, sobre-humanas ou fosse lá o que fosse que os animais mágicos, inferiores ao homem sob tantos aspectos, tornavam-se mais sábios ou dotados de habilidades que não temos.

Esta noite, todos os lugares-comuns de uma viagem ao Egito lhe ocorreram. O preconceito dos velhos romanos, que viam-no como uma terra de prostitutas e ladrões astuciosos, a admiração hesitante dos filósofos gregos, que, sentados nessas cidades, haviam falado com os ancestrais desses sacerdotes de sorriso enigmático, certamente sorrindo pela metade já naquela época. Agora, como há oito anos, ele considerava as mulheres belas, principalmente aquelas que tinham sangue grego, como Anubina, filha de um soldado falecido. Aquela moça ardente como um braseiro, que havia se casado, e engordado e continuava trabalhando.

Dia 17 do mês de Payni (12 de junho, vigília dos Idos, segunda-feira)*

Estava marcado para a segunda-feira um julgamento religioso no tribunal da cidade, que seria também um espetáculo. Aélio decidiu comparecer, e, dessa vez, levou um escriba para poder se concentrar nos procedimentos. Também pretendia tornar a falar com Harpocrácio, e mandou lhe dizer que viria visitá-lo. Matando tempo antes do julgamento, parou nas bancas de antigüidades para dar uma olhada nas cópias e nos originais de velhos documentos e correspondências. Eles lhe mostraram coisas interessantes, que nada tinham a ver com sua pesquisa do momento, mas úteis para referência futura, ou seja, panfletos de seitas datando do conflito entre Severo César e Albino. Ele também conseguiu comprar um livreto de adivinhações, que se supunha ter sido escrito pelo próprio deificado Adriano ("O que é que não tem braços, mas, muitos cotovelos, e quanto mais cotovelos, melhor para Roma?" Resposta: o Nilo, cuja vazão, produzindo grãos para a cidade, é medida em cúbitos; ou "Qual é o companheiro que, quando parte, sempre traz a morte?" Resposta: A alma humana; ou "O que é mais silencioso do que o túmulo?" Resposta: um túmulo saqueado, pois seus segredos foram dispersos).

O julgamento foi penoso. Muitos anticristãos fanáticos acorreram, prontos a gerar comoção diante do tribunal; outros se postaram ameaçadoramente ao redor do edifício. Aélio, que tinha lutado contra extremistas no Egito durante a Rebelião, sabia como os ânimos ficavam exaltados numa hora como essa. O acusado — um engenheiro que tinha projetado os aquedutos do anexo do Serapeu, no velho bairro alexandrino de Rhakotis — havia se convertido ao cristianismo, no início da perseguição. Viúvo idoso, antes chamava-se Sakkeas, e mudara o nome para Pudens. Sua segunda esposa e seus filhos, já vestidos de luto, ficaram lhe pedindo o tempo todo para pensar melhor, e de tão angustiados, exaltavam-se e foi preciso retirá-los da sala do tribunal. Providenciaram para eles uma escolta militar (que, por coincidência, eram os comandados de Tralles), de forma que a multidão não os atacasse quando saíssem da proteção do magistrado.

Aélio estava aprendendo as complexidades de se realizar um processo em um país como o Egito. O juiz era um árbitro especial enviado por Cul-

* Idos era o dia 15 de março, maio, julho e outubro e 13 dos outros meses, no calendário romano. *(N. da T.)*

ciano, que tirou o corpo fora dizendo que era velho amigo do réu; alguém na platéia fez o comentário de que ele, na verdade, era parente do prefeito do Egito, do seu casamento anterior. Essa era a terceira vez que o ancião comparecia diante do magistrado, e era inegável que tinha sofrido grande pressão. Apesar de seus vínculos familiares, ou por causa deles, tinha sido maltratado e ferido, e falava com certa dificuldade.

Felizmente não usou nenhuma das diatribes religiosas já conhecidas: comentários afrontosos contra os Césares e Augustos; blasfêmias contra os deuses (que sempre causavam exclamações de protesto dos espectadores), declarações de ódio pela vida e preferência pelo martírio. Pudens defendeu-se de maneira firme porém serena, e ficou claro que o juiz de Culciano estava tendo dificuldade para acompanhar o debate, o que poderia explicar uma certa impaciência da sua parte. Só houve um instante no qual o zelo de uma testemunha tirou do sério o ancião a ponto de fazê-lo passar das medidas.

Ele disse, com a voz meio arrastada: "Pensem nesse rapaz, que nos dizem que os deuses aceitaram entre eles. Não foi ele um menino comum da Ásia, que deitou na cama do imperador, e cometeu suicídio quando seu amo o desprezou? Será ele alguém que devamos considerar um exemplo e ao qual devamos orar? Mas ele cura os doentes e faz os mancos andarem, vós direis, nesta mesma cidade. E eu vos afirmo: seu templo é uma morada de demônios, e seu santuário não passa de um lugar onde espíritos malignos vêm em sonhos enganar e corromper. Ora, nós nem mesmo sabemos se seu corpo está no templo! Ele pode ter sido engolido e digerido pelos crocodilos há quase duzentos anos!" Este último comentário — mais do que as batidas de pés e as manifestações de ódio do público enfurecido — fez Aélio endireitar o tronco, com interesse renovado, passando, portanto, a prestar menos atenção à conversa interessante e não menos controvertida que se seguiu, ao que o juiz chamou de "semelhante falta de provas da ressurreição de Cristo".

Uma quarta suspensão de sentença temporária, claramente imposta como a última antes da execução, a menos que o réu se retratasse, encerrou o julgamento. Três dias depois, o tribunal tornaria a entrar em sessão para ouvir a última palavra do réu, e agir de acordo com essa decisão. Sob pesada escolta, Pudens voltou à prisão metropolitana. Planejou-se uma fogueira de livros religiosos (muitos dele, encontrados em sua casa de veraneio na cidade turística de Karanis), durante a hora que se seguiu ao julgamento no hipódromo extramuros. Sem querer seguir o povo até a queima de livros, Aélio pretendia voltar à Bela Villa de Sereno, para ver se, por acaso, o alforje e a carta de Adriano haviam parado lá ou, talvez, nunca tivessem saído.

Para grande constrangimento de Aélio, a esposa de Pudens, abandonou a segurança da escolta armada, e jogou-se aos seus pés quando ele saiu do tribunal. Sinceramente, sem dúvida, mas com uma dramaticidade típica do sul do império também, ela abraçou-se ao seu tornozelo direito, e encostou-lhe a testa no coturno.

— Eminente Espartano, sabemos que fostes enviado por César, por favor, salva meu marido. Ele já não raciocina mais direito por ler demais, teve uma febre na estação passada que quase lhe custou a vida!

— Minha prezada senhora — disse Aélio, ajudando-a a levantar-se —, para começar, não tenho direito a ser chamado de "eminente". Sou apenas um soldado. Em segundo lugar, o prefeito em pessoa resolveu deixar que se apliquem as leis. O que te fazes pensar que eu deveria ou poderia interferir nos procedimentos da justiça?

A mulher se pendurou no braço dele, apertando-o de um jeito que ele jamais teria admitido se viesse de um homem, e que, segundo o treinamento que tinha recebido, seria um possível prelúdio para uma facada nas costelas. Um guarda do tribunal até se aproximou para perguntar se ele precisava de ajuda, mas Aélio disse que não.

— Ele não está mais agindo normalmente, senhor. Desde que ficou doente, anda sofrendo de terríveis dores na cabeça, e se habituou a tomar remédios fortes. Quem é que, em sã consciência, passaria a ser cristão, quando as leis proíbem essa religião? — Ela era uma dessas mulheres de olhos grandes, pele escura, com um leve buço no lábio superior, que os soldados do norte chamam bem-humoradamente de "belezas bigodudas", e costumavam achar atraentes, apesar de serem morenas.

Aélio sentiu as unhas dela enterrarem-se no seu pulso, e com firmeza, recolheu-o.

— Sugiro então que procure trazer como testemunha o médico do teu marido, que pode atestar a doença dele e prescrever-lhe, também, um tratamento.

— Mas eu vos imploro, por favor, intercedei em favor dele. Por isso esperei para falar convosco. Como enviado de César, tendes o ouvido do César: vossa palavra será ouvida.

Foi a primeira vez que Aélio pensou na possibilidade de que, na verdade, Diocleciano César estivesse escutando suas palavras — mais ainda, de que, como historiador, ele tivesse recebido do imperador licença para falar com todos aqueles que o haviam precedido no trono. Mesmo assim:

— Três dias não bastam para qualquer mensagem chegar a Sua Divindade — disse ele, sem querer mentir. — O melhor a fazer é chamar o médico de teu marido e tentar provar sua insanidade. — Chamando um dos homens de Tralles, que permaneciam no corredor, pediu para que reagrupasse a unidade e escoltasse a senhora até a casa dela. — Precisas pensar antes de mais nada em tua segurança, minha prezada senhora, e na de teus filhos. — Quando ela saiu, praticamente arrastada pelo soldado, com a babá a reboque, segurando os meninos pequenos pela mão, Aélio pensou no fato de que seus próprios ancestrais, bárbaros como talvez eram, tinham sido arrastados para a prisão e para a escravidão, e nenhum amigo de César tinha intercedido por eles.

O que o engenheiro tinha dito — que pelo que todos sabiam Antínoo podia nem mesmo estar no seu esquife — o intrigou o suficiente para fazê-lo acrescentar "obter informações mais específicas sobre o sepultamento do Menino" na sua lista de afazeres. Quanto a sua visita a casa de Harpocrácio, Aélio o encontrou, por acaso, no centro comercial diante do seu prédio, de pés chatos, louríssimo, abanando-se como se não tivesse parado até aquele instante. Então decidiu convidá-lo para ir almoçar em seu apartamento, onde uma sala de jantar agradável dava para um pátio com um chafariz.

Harpocrácio pareceu satisfeito com aquele encontro casual. Estava na cidade para denunciar um crime, disse ofegante, e tinham-no feito andar "de um lado para outro a manhã inteira feito uma mulher desvairada", sem conseguir chamar a atenção de um magistrado de cargo alto o bastante para poder tomar alguma providência.

— Eles todos estão no hipódromo para assistirem à queima de livros cristãos — explicou Aélio. Embora estivesse louco para ouvir a que crime ele estava se referindo, deixou Harpocrácio seguir seu ritmo, acompanhando a narrativa com boa comida e suco de abricó, que mandou buscar no mercado, visto que seu convidado não bebia vinho.

A história começou com uma reminiscência tocante de "como é difícil, como é difícil" vir à metrópole sem o Sereno, e em umas duas ocasiões Harpocrácio precisou parar e beber convulsivamente de sua taça de *serent* para não chorar. Quando trouxeram as frutas para a mesa, ele já estava tão perto de contar a verdade que Aélio praticamente estava empoleirado na beirada do seu divã.

— Não conversávamos muito a respeito disso, comandante, mas o Sereno tinha... vamos dizer assim, outras fontes de renda além de fornecer suprimentos aos militares e colecionar livros antigos. Um interesse particular, que escondia praticamente de todos. — Ao se reclinar ali, apoiado no cotovelo, respirando fundo para se acalmar, os quadrados bordados com meninos brincando na sua túnica criaram vida, como se as criancinhas ali bordadas estivessem para pular do tecido. — Desde seus primeiros anos neste país, ele vinha comprando imóveis nas colinas, em lugares tão ermos que todos achavam que ele talvez estivesse procurando minas exauridas, ou ficado maluco por causa do calor. Mas na verdade ele sabia o que estava fazendo, e como. Ele era um dos últimos e poucos capazes de decifrar as inscrições antigas, e sabia ler este país como um mapa. Melhor dizendo, um mapa do tesouro.

Aí, Harpocrácio fez uma pausa para ver se a revelação tinha causado algum efeito no seu anfitrião, mas Aélio nada disse, sentado no seu divã com as pernas cruzadas, olhando para o outro lado da sala, para um vaso de cobre, que refletia a luz como o da casa de Anubina.

— Bom, comandante — prosseguiu Harpocrácio —, eu não deveria nem estar dizendo isso a um historiador, uma vez que é de conhecimento de todos que, desde o início da história do Egito, os reis e rainhas vêm sendo enterrados e reenterrados por sacerdotes onde os ladrões não desconfiariam. Basta dizer que Sereno conseguiu textos que lhe davam pistas. Ele saía por duas semanas ou um mês, com uma tropa de mulas e jumentos, e só aparecia quando os amigos (inclusive eu) já estávamos a ponto de desistir de esperá-lo, dando-o por morto ou pensando que ele havia partido para sempre. Às vezes eu passava a noite inteira em claro, preocupado com ele. Então ele aparecia, todo arranhado e desgrenhado, dizendo que estivera em alguma aldeia remota ou algum santuário perdido, procurando livros. E ficava por isso mesmo. Mas — e aí Harpocrácio falou mais baixo, embora eles estivessem sozinhos na sala de jantar, obrigando Aélio a esforçar-se para ouvir o que dizia — vi o que ele estava procurando. Havia encontrado túmulos de reis, e, um a um, como um inseto desses que se enterram na areia, conseguia abri-los e quebrar portas fechadas com reboco, penetrando nos buracos. Contou-me isso ele mesmo. Disse-me que precisava fazer tudo isso sozinho porque não podia confiar em ninguém naqueles lugares ermos. Ele era muito corajoso, não te iludas pensando que, por ter medo da água, era covarde. Ele me mostrava suas lindas mãos, e dizia: "Estas mãos carregaram colares de ouro e couraças de reis-deuses." Imagina só. Com o coração na boca, o coitado do meu Sereno, alerta ao menor ruído estranho, tendo pesadelos por medo de estar cometendo sacrilégios e ser amaldiçoado pelos mortos.

Aélio tinha ouvido histórias sobre ouro escondido desde que tinha desembarcado no Delta com o Primeiro Regimento de Cavalaria de Elite, e não tinha acreditado inteiramente nos relatos. Só tinha visto um pequeno esconderijo contendo moedas de ouro cunhadas pelos rebeldes de Alexandria, que sua unidade havia gasto para construir um altar para o gênio do Povo Romano.

— Pois então — disse ele, a seguir — que tens a me dizer desses tesouros?

— Ah — Harpocrácio estendeu a mão para pegar um punhado de tâmaras descaroçadas, pondo-as na boca e mastigando-as. — A maioria foi desmontada, fundida, vendida, ou paga como subornos e proteção.

Aélio, dessa vez, ficou olhando para ele com espanto.

— Subornos e proteção, nas colinas ou na cidade?

— Como podes perguntar, comandante? Ambos. É um estilo de vida nosso. Não diz o ditado que "o cobrador de impostos recebe o que o extorsionário não leva"?

— O ouro deve ter rendido uma boa quantia mesmo como ferro velho. E o resto?

Parecendo não estar nem perto de revelar a natureza do crime que o havia trazido até a cidade, Harpocrácio estava, na verdade, para falar justamente nele.

— Se Sereno não tivesse morrido, e é isso que mais me interessa, eu diria que é a pior parte. Hoje de manhã bem cedo, entraram na casa uns saqueadores enquanto eu estava fora, em uma cerimônia fúnebre no túmulo na Via de Adriano. Mataram os cães de guarda, arrombaram a porta e levaram o que quiseram. Não é verdade que "A morte de um homem rico chama a atenção do mundo para suas riquezas"? Devias ter visto a casa como ficou. Parecia um campo de batalha depois da guerra. Eu te mostro se quiseres ver Eles reviraram tudo que tínhamos, arrebentaram as portas dos armários para pegar talheres, roubaram tapetes e reposteiros, quebraram as panelas da cozinha, até fizeram buracos nas paredes. Encontraram alguma coisa, sim, mas não tudo. Mesmo assim, calculo o prejuízo mais ou menos em 200 mil dracmas. Se Sereno tivesse resistido a isso estaria arruinado. Agora mal vou ter dinheiro para pagar os credores pelo último embarque de mercadorias.

Aélio, não sabia por quê, duvidou disso. Harpocrácio agora falava de maneira clara e controlada, ao tocar em dinheiro, muito diferente de seus tremores de dias atrás, quando tinha falado da morte do amante. Ele lá estava sendo sincero, e agora mentia. Pouco importava que parte havia sido levada das antigüidades roubadas dos túmulos. Provavelmente o resto estava em outros lugares: cofres da empresa, criptas de templos ou locais semelhantes. Talvez no estrangeiro, longe de outras incursões. Ainda restava o fato de que Dio Sereno havia, inesperadamente, talvez de forma suspeita, morrido, e sua casa agora havia sido saqueada.

— Não fazes idéia de quem pode ter feito isso?

— Idéia nenhuma, idéia nenhuma — Harpocrácio tinha o hábito esquisito de repetir uma palavra ou frase breve, ecoando suas próprias afirmativas. Naturalmente, não fazia idéia. Ninguém parecia saber por que as coisas aconteciam em Antinoópolis, e aplicava-se o silêncio aos crimes como pomada em ferimentos, uma camada bem espessa.

— Ora, vamos supor que não tenha sido por acidente que ele morreu. Alguma idéia de quem poderia querer que morresse?

— Querer que ele morresse? Não, não, idéia nenhuma.

— Disseram-me que ele despertou a ira de alguns grupos cristãos. — Não era exatamente assim; Aélio tinha deduzido isso após ler o caso de Piônio, o presbítero católico contra o contador de Sereno.

Harpocrácio não demonstrou nenhuma surpresa.

— E quem não desperta, uma vez ou outra, me diz? Se as leis são contra eles, eles ficam beligerantes, e apesar de toda aquela pregação e brandura, há bandos que assaltam as pessoas nos becos escuros e violam a lei de diversas formas! Ora, isso não é pista que se apresente. Não é pista que se apresente.

Era verdade o que Tralles tinha dito: este não era o Egito do qual ele se lembrava, talvez porque a guerra sempre desmascara as coisas, e o inimigo é declarado. A inflação e a pobreza haviam exercido seus efeitos perniciosos, e agora tudo tinha voltado aos braços complacentes da vigilância silenciosa e milenar, de lábios selados, e se houvesse escorpiões, eles não só se esconderiam sob rochas, estariam sendo alimentados com iguarias por aqueles mesmos que eles poderiam picar a qualquer instante.

Aélio jamais havia gostado tanto assim de abricós, mas o vinho dá sede no calor, portanto ele se serviu de uma quantidade generosa de *serent*.

— E a morte do liberto Pamíquio na Viela Dovecotes?

— Sim, ouvi falar. Uma notícia muito triste mesmo. O velho tinha sido servo fiel do Sereno e merecia morrer em paz na própria cama.

— Só por curiosidade, por acaso sabes se o Sereno o chamou recentemente ou foi lá visitá-lo?

— Não, que eu saiba. Não consigo imaginar por que motivo ele faria isso. Temos mais servos do que precisamos.

Aélio ficou sem saber se revelava que a carta de Sereno havia recomendado que ele fosse à casa do liberto. Se Harpocrácio leu sua mente ou não, ou simplesmente lembrou do assunto do qual haviam falado da última vez em que se encontraram, falou:

— Aliás, por acaso te entregaram a carta deixada em teu nome no entreposto?

— Entregaram. Menciona um alforje antigo que Sereno achou que me interessaria. Adoraria dar uma olhada nele, se ainda estiver contigo.

Harpocrácio sacudiu a cabeça.

— Um alforje? Ele nunca mencionou nenhum alforje, nem velho nem novo. Não me lembro de ter visto nenhum pela casa, mas a casa é tão grande, e o meu pobre Sereno vivia trazendo e levando objetos. — E aí parou, batendo na mesa com a mão pesada de tantos anéis. — E ainda por cima, aqueles safados daqueles larápios reviraram tudo! Se quiseres podes vir dar uma olhada, assim que conseguirmos arrumar um pouco as coisas. — E fez menção de levantar-se. — E por falar nisso, preciso tentar minha sorte de novo no tribunal. Será que já terminaram de queimar os livros? Aliás, se me permites dizer, embora eu não goste dos cristãos, isso não me agrada nada, por ser eu um colecionador.

Aélio foi até a porta para chamar a zeladora.

— Tenho acesso a um escritório no terceiro andar, e podes ver o hipódromo de lá. Vamos ver se há fumaça no ar.

A zeladora-parteira conduziu-os por um lance de escadas, com uma chave, até o escritório. Disse, como se fosse motivo de diversão:

— Está havendo algum tumulto lá pelos lados da Porta Oriental. O exército acabou de ir para lá, trajando uniforme completo de combate. Tem gente olhando de todos os telhados.

Os tumultos não eram visíveis, na verdade, estavam muito distantes, e escondidos pelos prédios altos. O topo embandeirado do muro externo do hipódromo, porém, podia ser visto facilmente, no sopé da Rocha Antinoana.

Contra o céu claro, não era fácil distinguir com clareza a fumaça, mas ela deixava um rastro branco no céu suficiente para denunciar a fogueira que ainda ardia no chão.

Afastando-se da janela guarnecida de treliça, Harpocrácio disse, pesaroso:

— Ora, acho então que vou precisar esperar até eles terminarem.

— Vais, sim — disse a zeladora, sem que ninguém lhe pedisse opinião — principalmente porque a multidão despedaçou a esposa do homem que julgaram hoje. Verdade — disse ela, quando viu a expressão de incredulidade no rosto de Aélio. — Eles a seguiram do tribunal e nem mesmo a deixaram chegar à porta de casa. Os soldados que a escoltavam trataram de escapulir. Eu não sairia à rua agora, senhor.

Aélio desceu os degraus da escada estreita praticamente voando.

Primeira Carta de Diocleciano César a Aélio Espartano:

Diocleciano a Espartano:

Estamos satisfeitos, nosso Aélio, por tua chegada ao Egito ter sido sem incidentes. Não deixamos de notar, contudo, que não fizeste uso do correio imperial para enviar tua carta, mas presumimos que assim fizeste por bons motivos. Em nossa contínua preocupação com o bem-estar do exército, estamos particularmente ansiosos por receber informações detalhadas, preferivelmente sob forma de transcrições dos julgamentos contra membros das forças armadas romanas que persistem na superstição cristã, arriscando sua honra e suas vidas. Da mesma forma é nosso desejo que continues a nos manter atualizados, no Médio Egito e em toda parte, de quaisquer situações de cobiça inescrupulosa e avareza (os vícios que nos obrigaram a intervir há três anos com nosso edito estabelecendo uma tabela de preços, e depois, em Antinoópolis, nossa ordem imperial dos Idos de abril em nosso décimo sexto ano), mantendo uma avaliação precisa, durante tuas viagens, da qualidade e do preço do pão, do vinho e dos itens de consumo geral na lista a seguir. Sempre que testemunhares alguma falta de obediência gritante a nossas medidas, deves informar as autoridades locais, e enviar uma cópia em triplicata a nossa atenção.

Fazes bem, Aélio, em procurar informar-te sobre os detalhes da vida de nosso antigo antecessor, o deificado Adriano César, nos locais que ele visitou, fundou, restaurou ou construiu durante sua permanência no Egito. Esperamos que a vida desse príncipe bastante capaz seja sucintamente relatada, porém com atenção aos detalhes de sua personalidade na vida privada e também pública, sem nada omitir da publicação a não ser o que a moral condena.

Dentro dos limites da legalidade, porém com nossa plena licença, podes também procurar descobrir a verdade sobre quaisquer documentos ocultos nas tumbas de bitinianos, até ao ponto de exigir a abertura da câmara funerária. Isto deve ser feito no mais absoluto sigilo, para evitar escândalo e revolta nessa província explosiva em que te encontras, mas na presença de membros seletos do corpo religioso apropriado, para garantir que as cerimônias de reparação sejam executadas sem demora. Se não ficares satisfeito com os resultados de tua pesquisa no Médio Egito, deves ir até onde tuas pesquisas recomendarem que vás. Quanto a tuas iniciativas políticas até o momento, já deves ter incomodado alguém, pois recebemos uma mensagem urgente exigindo que sejas transferido para Salone ou para a Nicomédia. Mas já indeferimos esse pedido.

Também notamos a forma emocionada como falaste da morte do fornecedor do exército, Dio Sereno, e de seu liberto; aconselhamos que sigas tua intuição e investigues ambos os casos com toda a prudência e todo o zelo que te recomendaram a nós desde vosso primeiro serviço sob nossas ordens. Por fim, é nosso desejo que te dirijas a nós tratando-nos simplesmente com o título de domine, que, na época de nosso predecessor, o deificado César Trajano, bastava àquele excelente príncipe na sua correspondência.

Lavrada em Espalato, no dia 17 de junho, décimo quinto dia das Calendas de julho, no vigésimo primeiro ano de nossa aclamação imperial, o sétimo ano do consulado de Maximiano Augusto, e oitavo ano do consulado de M. Aurélio Valério Maximiano Augusto.

Itens a serem fiscalizados quanto ao teto dos preços estipulados no edito, entre outros: trigo, arroz, vinho (picene, tiburtino, sabino), porco, carne de porco moída, coturnos (sem tachas) e despesas de cartório para lavrar uma petição.

Capítulo III

Dia 18 do mês de Payni (13 de junho, Idos, terça-feira)

Aélio tinha aprendido a reconhecer tentativas mal disfarçadas de ocultar provas por parte de soldados que haviam se convertido ao cristianismo e que, sem pudor, exibiam tatuagens de símbolos religiosos nos antebraços e bíceps. Certas unidades do exército (ele sabia das aquarteladas na Armênia e em Tebas — especialmente a *II Diocletiana Thaebaea*) eram mais irascíveis que outras, mas, em geral, ultimamente, viam-se as combinações mais esquisitas de tatuagens. Pictogramas de um peixe, representando Cristo, multiplicavam-se até se transformarem em uma cena submarina inteira, até com ostras e lulas; âncoras e pombas transformaram-se em catapultas e águias, cruzes viravam sóis radiantes. O pictograma no antebraço cabeludo do líder do esquadrão era exatamente desse tipo duvidoso, mas não era contra a lei mandar gravar tatuagens esquisitas no corpo. O que Aélio considerava inconcebível, porém, era um suboficial ter traído seu dever como escolta para desviar suspeitas de si mesmo.

No dia seguinte ao do julgamento, Pudens saiu morto de ódio da confrontação com o soldado, e sua conversa com Tralles, na sala ao lado do posto de comando, em nada contribuiu para lhe acalmar o ânimo.

— Ele e seus homens desobedeceram às tuas ordens, e uma mulher, não uma cristã, veja bem, uma cidadã da metrópole, morreu por causa disso. Devem ser punidos, a menos que estejamos dispostos a aceitar o caos nas ruas.

Tralles, que havia vacilado ao mandar chamar o líder do esquadrão a pedido de Aélio, tentou contradizê-lo:

— Rabírio Saxão não pediu uma punição por isso, e ele é quem manda aqui.

— Eu vou falar com Rabírio Saxão, se for preciso. Entenda, isso nada tem a ver com leis contra superstições; o esquadrão recebeu ordem de proteger a família do réu, e não fez isso. Pior ainda, desertou diante de um ataque. Se a primeira acusação não convencer Saxão, pode ter certeza de que a segunda vai convencê-lo.

— Estás complicando as coisas, Aélio. A multidão aplaudiu os homens quando eles voltaram para o quartel. Não se vêem civis aplaudindo soldados com freqüência ultimamente.

— Pois antigamente todos eles teriam sido espancados.

— Antigamente, hoje em dia não é mais assim — disse Tralles, já amolecendo. Não por uma profunda lealdade para com o esquadrão, pelo que Aélio via; simplesmente para evitar problemas para o seu lado. — Se quiseres que o líder do esquadrão seja transferido, não vou me opor.

— Vou pedir o que considerar mais adequado, Gavius.

Tralles gemeu, jogando as mãos para cima, exasperado.

— Contanto que não faças os soldados passarem vergonha...

— Eles mesmos já passaram vergonha por livre e espontânea vontade.

— Mas que diabo! Nunca te comportaste assim antes.

Consultado por ambos os oficiais, Rabírio Saxão foi pragmático.

— Não podemos mandar executar o homem, e não podemos fazer de conta que ele não se omitiu.

— Fugiu — corrigiu Aélio.

— Pode ser. Mas não era uma batalha, Espartano. Vou concordar com a transferência do líder do esquadrão para Durão Teus, mas não com um rebaixamento nem com uma reprimenda a constar definitivamente na sua ficha.

— Durão Teus é um posto bem melhor do que este aqui, epistratego.

— Era, durante a Rebelião. Agora é um antro de ladrões da água, e outros saqueadores. Nosso homem vai ter que se desdobrar por lá.

Nem Tralles nem Aélio ficaram satisfeitos com essa decisão, pois Tralles estava torcendo para manter o líder do esquadrão dentro do território da metrópole (tinha pensado em transferi-lo para o subúrbio de Filadélfia), e Aélio queria no mínimo que ele fosse rebaixado de posto. Contudo, iam precisar se conformar com isso, e dois dias depois, quando o julgamento de Pudens foi retomado, o resultado foi uma conclusão inevitável. O *locus solitus* para execução, em Antinoópolis, era em uma estrada transversal, ao lado do hipódromo, e Aélio foi testemunhar o evento. Devido ao confisco dos bens do réu, e à morte da mulher deles, os filhos do engenheiro ficaram desamparados. Por intermédio do juiz de Culciano, Aélio conseguiu transferi-los para Karanis, e prometeu que iria conseguir algum tipo de assistência para eles.

Harpocrácio, no entanto, conforme Aélio descobriu, tinha conseguido apanhar alguns livros do falecido que ainda estavam guardados na prisão da metrópole, prevendo uma segunda queima pública. No dia 15 de junho, ele e Aélio se encontraram para examiná-los em um pequeno apartamento que o amante de Sereno usava ocasionalmente no centro da cidade. A maioria dos livros era religiosa: obras de Tertuliano, a obra de Irineu, *Contra os Hereges*, um tratado de um homem chamado Lactâncio, mas também havia ensaios, antologias, e alguns livros de história. Aélio ficou encantado ao encontrar os livros 68 a 70 da *História Romana* de Dio Cássio, que tratavam do reinado de Trajano até Antônio Pio, incluindo a biografia do deificado Adriano.

— Podes ficar com todos eles — disse Harpocrácio. — Há comentários anotados nas margens, por isso eu não poderia vendê-los mesmo que quisesse. Não faço a menor idéia do motivo pelo qual tem gente que gosta de estragar os livros dessa maneira, com comentários preconceituosos.

Ávido, Aélio passou para o capítulo sobre a morte de Antínoo, e encontrou o comentário, presumivelmente de autoria de Pudens: *Ninguém põe vinho novo em odres velhos; do contrário, o vinho romperá os odres; e tanto se perde o vinho como os odres. Mas põe-se vinho novo em odres novos; e ambos se preservarão. Ninguém, também, tendo bebido vinho velho deseja vinho novo; pois diz: o velho é melhor.*

— O que é isso? — e mostrou a passagem a Harpocrácio.

— Não sei, é coisa de cristão. Eu já acho que depende do vinho.

— Mas por que ele escreveria isso referindo-se à morte do Menino?

Harpocrácio ergueu o nariz do exemplar dos dramas de Sêneca que estava folheando.

— Não faço a menor idéia, mas conheço alguém na metrópole que sabe tudo sobre o abençoado Antínoo. Creio até que ele gostaria de conhecer-te.

Dia 21 do mês de Payni (16 de junho, sexta-feira)

Fosse para ser perdoado por sua hesitação em punir o esquadrão ou só para provar seu ponto de vista, Tralles veio visitar Aélio naquela manhã. Encontrou-o escrevendo, com livros de história espalhados no chão ao redor da sua cadeira, e uma lista de afazeres ao lado do tinteiro, na qual havia anotado o endereço de Pamíquio.

— Encontrei teu assassino — revelou-lhe Tralles, pegando a lista da mesa do colega. — Como vês, conseguimos resolver as coisas até mesmo sem a necessidade de enviados especiais.

Aélio depôs a pena.

— Não vais me dizer quem é?

— Um remendão local chamado Crispino Crispiniano. Confessou tudo, e já encerramos o caso do liberto.

— Ele forneceu um motivo para o crime?

— Disse que só vai revelar o motivo ao juiz quando estiver em julgamento, e apenas nesse momento.

— Então vamos ter de submetê-lo a julgamento — Aélio recolheu suas coisas e as guardou, apressado. — Onde é que ele está?

— No posto de comando. Meus homens o prenderam.

Acontece que o remendão tinha vindo se entregar de livre e espontânea vontade, confessando. Aélio chamou seu escriba da sala diante do seu escritório, onde o jovem estava copiando suas anotações do julgamento de Pudens em símbolos taquigráficos.

— Vai até o tribunal, vê se o acusado tem uma ficha, e traze-a para mim no posto de comando. — Virando-se para Tralles, disse: — Será que eu poderia fazer algumas perguntas a esse teu remendão?

— Não vejo por que não. Estou para interrogá-lo mesmo. Vem.

Se é que já houve um nome bem dado, era aquele. O remendão tinha cabelos crespos, revoltos e negros, que lhe cobriam a cabeça formando uma bola arrepiada. Esfregando as mãos, ficou de pé sob aquela cabeleira de górgona que combinava tão bem com seu nome, e recebeu Aélio com uma alegria desconcertante por ter sido descoberto. Ouvindo dizer que um homem da corte viria interrogá-lo, ele pareceu ficar deslumbrado e disse que nesse caso estava pronto a dar explicações de imediato.

Eles se encontraram na sala de Tralles, onde Aélio recebeu todas as informações por escrito que haviam sido reunidas até o momento.

— Ele vai ser julgado assim que nós permitirmos — disse-lhe Tralles em latim, para evitar que o prisioneiro entendesse a conversa. — Tu foste a primeira autoridade na cena do crime, portanto, fica à vontade para interromper sempre que desejares. — Com os olhos no documento diante de si, ele perguntou então:

— Tu és Crispino Crispiniano de Antinoópolis, remendão, residente no *Grammaton,* ou distrito de Filadélfia, no *Plintheion* da rua de Hércules, o Vitorioso?

— Era.

— Como assim, era?

— Meu nome agora é Copros.

— É verdade? — Tralles olhou para o soldado que tinha trazido o homem preso.

— Verdade, senhor. Ele agora atende por esse nome, embora nunca tenha mudado o nome no cartório. O resto das informações continua igual.

— Muito bem, então, seja qual for teu nome, tu mataste Pamíquio, também conhecido como Loretus, de Hermópolis Magna, liberto do falecido Dio Sereno...

— Matei, sim.

— ... que no dia 8 de Payni foi encontrado morto pelo estimado comandante Aélio Espartano, aqui presente, na própria casa da vítima, na Viela Dovecotes, estrada de Cuse...

— Matei. Matei sim. Estou te dizendo, eu o matei.

—... e cuja propriedade foi saqueada durante o ataque?

— Sim.

— Eu te disse — murmurou Tralles para o colega. — Podes assumir daqui por diante se quiseres.

Aélio, que estava sentado atrás da mesa observando os círculos que as moscas descreviam no meio da sala, olhou para o remendão, que reagiu com um sorriso rasgado de expectativa.

— E como o mataste?

— A facadas, senhor.

— A vítima não recebeu facadas.

O remendão sustentou o olhar do oficial.

— Bom, eu ia esfaqueá-lo, mas ele conseguiu me tomar a faca, então eu o estrangulei.

— Alguém deu uma porretada na cabeça dele pelas costas.

— Exato. Precisava fazer isso para ter certeza de que estava morto, depois de estrangulá-lo.

Uma das moscas tinha pousado na mesa de Tralles, e parecia ocupada em sugar algum resto de comida ou bebida da superfície do tampo. Decolou de novo quando Aélio esticou o braço para pegar o processo e lê-lo.

— Estás dizendo que estavas na casa da vítima, mas ninguém te viu na estrada nem na Viela Dovecotes naquele dia. Por outro lado, testemunhas, inclusive teus próprios vizinhos, juram que estavas na tua oficina do outro lado do rio na hora que o assassinato foi cometido. Qual a versão verdadeira?

— Eu estava na Viela Dovecotes, comandante.

— E isso significa que a testemunha mentiu, e perjúrio é ofensa grave. Certamente o juiz vai mandar o condestável lavrar uma lista de testemunhas, e trazê-las para interrogatório.

— Eu não disse que eles mentiram... eles me confundiram com outra pessoa, só isso. Sou bastante comum, depois que se vê um como eu, já se viu todos.

— Ora, então por que levaste duas semanas para vir entregar-te?

— Porque minha consciência só foi me incomodar hoje.

— E agora incomoda. Para mim, estás sorrindo.

— Ora, faz diferença qual é a cara com a qual eu confesso um crime? Matei o homem, e pronto. — Como Aélio não o incentivou, nem Tralles, o remendão acrescentou: — Sou um assassino — meio transtornado. — Confessei o crime. A pena é a execução, portanto vamos logo, podem me levar a julgamento e acabar com isso.

Aélio estava observando o progresso da mosca ao longo da beirada da mesa, e concentrando-se no inseto, tirou o resto da sala de foco. Ouvia a voz de Copros vinda de uma imagem embaçada, cenário para as peripécias de uma mosca. E disse, visivelmente irritado:

— Vamos tratar de não perder tempo? O que tens a dizer sobre teu julgamento? Nem mesmo me disseste qual foi o motivo do assassinato.

— Roubo.

A mosca começou a esfregar as patas dianteiras uma na outra.

— De quê?

— Ouro.

— Não foi prata?

— Também. Ouro e prata.

Tralles inclinou-se para trás para poder trocar algumas palavras em latim com seu colega.

— O que me dizes?

Aélio sacudiu a cabeça.

— Acho que ele é louco. Há seis ou sete pessoas que juram que ele não estava nem perto da Viela Dovecotes. Ele vai dizer qualquer coisa que ajude a condená-lo. O que o tribunal vai fazer com um sujeito desses?

— Acho que devemos deixar o juiz lhe dar o que ele quer. Remendões valem dez centavos a dúzia, e os tolos, ainda menos. Ele confessou, então, no meu modo de ver, o caso está encerrado. Além disso, que mais se vai fazer com alguém que é doido a ponto de mudar o nome para "merda"?

Aélio olhou para os seus colegas, para o remendão.

— Já que estiveste lá — disse ele em grego —, descreve-me a casa da vítima, assim por alto.

O homem deu de ombros.

— Não me lembro dela. Estava amedrontado e zangado, não via nada na minha frente.

— A propriedade dele fica do lado direito ou esquerdo da estrada?

— Esquerdo.

— Direito. — Aélio já tinha ouvido tudo que precisava ouvir. Ficou de pé e foi até a porta, onde estava o seu escriba com um livro debaixo do braço. — Para mim este homem nunca esteve nem próximo do lugar onde ocorreu o assassinato. Sejam lá quais forem suas razões para acusar-se, ele não matou Pamíquio. Ou está protegendo alguém, ou tem menos juízo que um inseto. Não sou advogado, mas seja qual for o caso, essas respostas disparatadas são prova tão evidente que duvido que ele sequer vá a julgamento.

Quando ele saiu, o remendão tentou detê-lo, e foi impedido pelo guarda que o escoltava.

— Eu sou um desgraçado — gritou ele —, por que não podes me ajudar? Vens da corte, não te custa nada dar a ordem para me julgarem!

Logo à porta, enquanto Tralles, curioso, observava-o da sua mesa, Aélio leu o que o escriba lhe indicou no livro de registro. Não disse nada na hora, mas entrou na sala imediatamente depois, e sentou-se na sua cadeira, formando um ângulo em relação à mesa de Tralles.

— Remendão, segundo os registros do tribunal, teu nome antigo consta como diácono da congregação cristã do bairro Matidianum da metrópole. É verdade?

Não houve resposta, mas Aélio não ia perguntar mais nada.

— Também de acordo com os registros, há um ano tu colaboravas com o governo, entregando livros religiosos. Foste testemunha da promotoria, e também entregaste à justiça fundos da igreja. — O acusado remexeu-se na cadeira, resmungou alguma coisa baixinho, mas não disse nada.

— Tu te entregaste — especificou Aélio — sem que ninguém te obrigasse. E agora, com um nome degradante, morando em outro bairro, esperas que o governo te ajude a silenciar tua consciência pesada. Ora, o governo não faz essas coisas. Não desperdiça o tempo do governo. Podes ter certeza de que o juiz vai indeferir teu caso e dispensar-te.

— Eu não iria assim tão longe — Tralles sussurrou ao ouvido de Aélio. — Que diferença isso faz? Podemos pedir ao juiz que o condene bem depressa.

— Não.

O remendão começou a chorar. Quando Aélio abandonou a sala, acenando para Tralles para se despedir, o homem tentou novamente soltar-se das mãos do soldado.

— Mas não podes evitar que eu vá a julgamento! Não podes! Não podes!

— Quando em dúvida — comentou uma vez Diocleciano, durante um discurso —, vai às termas.

E foi isso que Aélio, tendo antes enviado um servo com os materiais de que precisava para escrever, fez depois de sair da sala de Tralles. Não para ir à sua sala, nem às sombrias termas do exército onde precisaria encarar os colegas do Tralles, que desconfiavam dos emissários especiais e não lhe dariam nenhuma informação valiosa. As termas da cidade, pequenas mas elegantes, à rua Filopator, na direção da Porta Oriental, que levava ao hipódromo, eram as termas dos viajantes fazia oito anos, mas agora, como Aélio descobriu em minutos, transformaram-se no reduto homossexual da metrópole. Como já estava lá, ia ficar, até porque elas haviam sido construídas pelo deificado Adriano, o que lhe dava um motivo plausível para estar ali.

Os mármores e colunas altas, os espaços excêntricos iluminados por janelas invisíveis em nichos nas paredes que se dividiam em quadriláteros, contornados por cornijas salientes, davam a impressão de semi-obscuridade intermitente e luz esbatida que perturbava e fascinava os olhos. A água lançava reflexos semelhantes a vaga-lumes nas paredes, e as lajotas de mármore molhadas, assemelhando-se a espelhos, projetavam o teto no chão, de forma que a pessoa se sentia totalmente perdida naquele espaço ilusório, e só afundar na piscina com os olhos fechados restaurava um pouco o equilíbrio.

Pelo correio público, ele havia, na noite anterior, enviado uma segunda carta a Diocleciano, com um relatório sobre a situação atual conforme ele havia constatado e podia julgar por enquanto, e anexando exemplos específicos conforme necessário. Dessa vez, na esperança de acelerar a entrega, havia contratado os serviços de um mensageiro por terra, depois que a carta chegasse ao sul da Grécia por mar. Foi nas termas de Adriano, depois de rejeitar várias ofertas de massagens e encontros mais privados, escrupulosamente evitando retirar os calções o tempo inteiro, Aélio começou a redigir uma terceira carta, e releu algumas anotações que tinha feito depois de sua conversa com os sacerdotes, dias antes.

Anotações feitas por Aélio Espartano enquanto inspecionava a barca imperial do deificado Adriano na sala de relíquias do templo de Antínoo:

No convés principal, um mosaico muito bonito (do tipo que os arquitetos chamam de "formato vermicular", opus vermiculatum*) representando o curso superior do Nilo, ou seja, de Fila em direção ao sul. Uma barca muito bem equipada se encontra cortando as águas, tendo a ilha de Marfim na beirada inferior (frente) representada como uma plataforma com dois elefantes de caras viradas para direções opostas. Há um obelisco entre eles, que não me lembro de ter visto ali, portanto me faz imaginar se existia um na época, ou talvez o artista nunca tenha visto o lugar em si e tenha se baseado unicamente em descrições. Na barca estão pessoas vestidas com trajes romanos, que presumo representarem o séquito imperial. O deificado Adriano encontra-se com um grupo de homens com aparência de retóricos ou filósofos. As senhoras encontram-se sentadas sob um toldo, uma das quais vestida com mais opulência, e ligeiramente maior que as outras, que imagino ser a imperatriz Sabina. Dois jovens estão ao lado do imperador, e um deles — arrisco-me a dizer — é Antínoo, com costeletas ainda ralas, como Alexandre é representado em alguns retratos. O outro rapaz talvez seja Alcibíades Júnior, que sei que estava a bordo, ou outro companheiro de idade semelhante selecionado para o Menino.*

No refeitório da barca, a decoração do piso divide-se em oito quadrados, cada qual com duas figuras de companheiros ou dupla pai-filho. Da esquerda para a direita, de cima para baixo, identifiquei: Aquiles e Pátroclo, Euríalo e Niso, Castor e Pólux, Príamo e Heitor, Rômulo e Remo, Odisseu e Filoctetes, Hermes e Dionísio, Hórus e Osíris.

No aposento das senhoras, há três medalhões no meio de um mosaico perfeitamente branco, nos cantos do qual vêem-se medalhões com as quatro estações. Os três medalhões centrais representam: Orfeu e Eurídice, Hades e Perséfone e Admeto e Alceste.

No aposento de Antínoo, a maioria dos mosaicos tem um desenho complexo de videira, pássaros e insetos, como um bosque intrincado, no meio do qual há um quadrado emoldurado por flores de lótus. Dentro desse quadrado está uma versão romanizada de Hórus com um pé em cada crocodilo, e hieróglifos do lado direito, que confesso não poder traduzir. Os sacerdotes do templo me disseram que eles significam: "Sobek não emite som, dele, acima do resto, o medo é incontrolável; e mesmo assim Tu tens poder sobre ele." E que eles têm essa tradução por escrito, desde a época da visita do deificado Adriano. Insistem que as palavras referem-se ao Menino, identificado com Hórus, por ter sido poupado pelos crocodilos.

O menos identificável — não em termos de clareza, mas quanto a seu significado direto ou subentendido — é o pequeno mosaico perto da proa da embarcação imperial. Parece uma carta celeste, mostrando Órion, reconhecível pelas estrelas que Ptolomeu indica como "splendida quae est in humero dextro et est subrufa" — *a avermelhada no ombro de Órion — e a brilhante na ponta do seu pé esquerdo:* "splendida quae est in extremitate pedis sinistri communis cum aqua." *Também se vê a constelação da Lebre, Argos, o Navio e a do Cão Maior (com a brilhante estrela que assinala a boca do Cão, que Ptolomeu chama de Sirius:* "quae in ore fulgentissima est, et vocatur Sirius"). *Que importância esses grupos específicos de estrelas poderiam ter para Adriano ou Antínoo, deve permanecer por enquanto assunto de conjetura. Será que indicam alguma profecia, ou um horóscopo? Elas têm alguma importância, mas não há outros indicadores no piso em si — e nem os sacerdotes dizem nada, ou então não sabem nada sobre o assunto.*

Cenas de despedida, pensou, despedida e regresso, de salvação ou sacrifício. Ele perguntou-se se seria coincidência. Eram cenas comuns, que se viam em toda parte, mas tinham sido incluídas na barca pelo imperador, e tinha sido assim, antes ou depois da viagem fatídica? Seriam um comentário dos governantes posteriores, que se sabia que conservaram e aumentaram a coleção de relíquias? O mosaico da carta astronômica o deixava especialmente curioso, tanto mais porque o astrônomo Ptolomeu trabalhou no Egito, na época de Adriano. Ele ia ter de indagar qual o mês do ano em que aquela determinada combinação de constelações apareceu no céu.

Como se fossem trigêmeas, três estátuas idênticas de Antínoo ocupavam o fim trilobado da sala bem iluminada onde Aélio se encontrava sentado, a sua nudez realçada pelo fato de serem folheadas a ouro. Devia valer a pena pedir orientação a um dos amigos de Sereno, pensou ele, enquanto observava como a luz solar penetrava direto em uma piscina redonda, até tudo — o óculo da cúpula, o feixe de luz, a água — brilhar como ouro, e o espaço em torno dele parecer escuro, pelo contraste.

Dia 25 do mês de Payni (20 de junho, XII das Calendas de julho, terça-feira)

Harpocrácio é que o apresentou à comunidade homossexual de Antinoópolis. Ela se congregava toda terceira terça-feira do mês no bairro do Templo de Adriano, na rua Berenice, um lugar margeado por elegantes barbearias e lojas de fabricantes de perucas, bancas de perfume e sapatarias, com apartamentos muito bem cuidados em fileiras de casas bem conservadas. A comunidade era surpreendentemente variada, composta de professores de música, marinheiros tatuados, médicos, comerciantes, peixeiros truculentos e dramaturgos, e todos eles se reuniam mensalmente para almoçarem juntos em um vasto salão privado nos fundos de uma livraria de esquina. A loja parecia pequena, como se tivesse sido espremida entre as casas da esquina do quarteirão urbano, mas o salão de banquetes, que ficava imediatamente depois da sua porta dos fundos, ocupava sozinho mais da metade do quarteirão. Harpocrácio acompanhou Aélio para apresentá-lo, e explicar tudo, como disse, para evitar mal-entendidos. Mais ou menos cinqüenta homens de várias idades estavam por ali, de pé, conversando, fazendo a reunião parecer apenas outra reunião de negócios de comerciantes, exceto pela atenção exagerada com os trajes, o aroma de óleo perfumado e os olhares de esguelha para o recém-chegado.

— E esse aí, quem é? — perguntou alguém, apontando para Aélio, por trás da mão em concha, não tão baixo quanto o necessário para não ser ouvido. — Já deste uma boa olhada nele?

— Bonito, muito bonito.

— Eu nunca o vi antes.

— Ele não estava nas termas há um ou dois dias?

— Eu te disse que os uniformes caem bem em homens altos.

— Parece heterossexual, aposto que ele é.

— Espero que não.

E daí por diante.

Tinha sido idéia do Harpocrácio ele ir de uniforme, para passar a idéia de que Aélio estava ali apenas a serviço. Indo até uma mesa onde estavam servindo bebidas, disse:

— Tudo que diz respeito a antigüidade com relação a *nós* — disse — podes perguntar ao Theo, o comerciante de especiarias. Ele sabe tudo sobre os clássicos e religião, e, embora o exército não o conheça como tal, conhecem bem a irmã dele, a Termutis, pois era dona do melhor bordel da cidade durante a Rebelião.

O nome de Termutis era legendário nas fileiras. Em termos de confortos pessoais, ela era para o exército o que Dio Sereno era em termos de provisões. Aélio lembrava-se bem dela. Ruiva, formosa, de descendência berbere, havia dormido com todos, em sua luxuosa casa atrás do templo da deusa-sapo de Antinoópolis, e também lhes mandava mocinhas quando se cansava daqueles oficiais nortistas que acorriam para visitá-la por causa da cor dos seus cabelos. Anubina era uma dessas moças, e Aélio se deixou convencer facilmente a mudar de amante.

Theo não era nem um pouco bonito como a irmã, mas era um sujeito grandalhão e simpático. Careca como um sacerdote, fez um brinde à saúde do imperador e de seus co-regentes, sabendo que Aélio iria gostar disso. Depois convidou-o para sentar-se a uma mesa pequena especial que ele havia mandado colocar em um lugar, onde a tagarelice dos outros convivas não os atrapalhasse tanto. Aélio resumiu sua intenção, acrescentou alguns detalhes e começou mostrando uma folha de papel, na qual havia copiado os comentários encontrados nas margens do livro de Pudens.

— Em um livro usado, vi isto aqui anotado nas margens do relato feito por Dio Cássio sobre a morte do Antínoo. O que podes me dizer sobre isso?

À luz mortiça, Theo semicerrou os olhos para ler as palavras.

— É de um dos relatos da vida de Cristo — declarou, depois de um momento. — Refere-se a uma nova religião, estabelecendo uma oposição com a velha, mas neste contexto, ora, deixe-me ver... Um homem velho e um jovem... os riscos de uma relação assim, quero dizer. A possível supremacia do mais velho. — E ele pôs o papel na mesa e o alisou com os dedos. — Naturalmente, Dio Cássio tinha lá seus preconceitos, e na minha opinião, ele faria melhor em confiar no que o deificado Adriano tinha a dizer sobre o incidente, visto que ele estava ali, e o historiador nem mesmo havia nascido.

Aélio viu que estava na pista certa. Incentivado, continuou:

— Os sacerdotes me disseram que Antínoo está sepultado aqui na metrópole, mas gostaria de uma confirmação. Harpocrácio acha que tu, ou alguém entre vós, podes me dizer com certeza o que fizeram do corpo.

Theo revirou os olhos.

— Então é isso. Algum motivo para não confiar no que te disseram no templo?

— Não, acho que nenhum. Mas deve-se sempre verificar o que dizem as fontes.

— "Acho que nenhum" não é o mesmo que "absolutamente nenhum".

— É verdade. — Ficou claro que Aélio não diria mais do que aquilo. Theo o inspecionou do outro lado da mesa, apalpando um anel de ouro pesado que usava na mão esquerda. O anel parecia largo demais, e ele o girou para mostrar a jóia nele engastada. Notando que a atenção de Aélio havia se voltado para a jóia, ele exibiu a mão.

— Tem mil anos de idade, comandante. Se estiver querendo comprar jóias antigas, posso te indicar a pessoa certa.

Aélio sorriu.

— A única *jóia* que já usei na vida foi o sinete de chumbo quando me alistei. Acho que os soldados devem andar sem enfeites. E o corpo de Antínoo?

— Ora — disse Theo, voltando a colocar o anel no dedo. — Certamente o deificado Adriano não iria deixar seu amado no Egito, nem em qualquer outro lugar onde ele não estivesse.

— Já pensei nisso. Só que o deificado Adriano continuou a viajar logo depois que o Menino morreu, e isso durante anos, antes de voltar a Roma.

— É mais fácil convencer amantes mortos a virem conosco do que convencer os vivos.

— Mas o culto começou aqui, o sacerdócio originou-se aqui.

Impaciente, Theo dispensou o servo com cara de efeminado que estava lhe trazendo uns canapés.

— Pensei que quisesses informações, Aélio Espartano. Já tens conhecimento do assunto, ou queres aprender? Porque se queres descobrir alguma coisa, vais ter de me escutar.

— Quero saber de tudo, desde o início. Desde o acidente.

— Agora sim. Mas não podemos conversar aqui, quando o almoço começar o barulho vai ser insuportável. Que tal darmos uma caminhada?

Do bairro Adrianeu se podia — seguindo pela rua Berenice, e atravessando todo o centro da cidade — chegar a um passeio com vista para o Nilo e para a extremidade mais baixa da ilha mais ao sul. Um pequeno píer para barcos de lazer estava movimentado a esta hora do início da tarde, mas logo fecharia, quando a estação da cheia começasse. Vista até mesmo dali, depois do emaranhado de toldos ondulantes de bancas e velas, a água corria para o norte, visivelmente mais escura até mesmo que do dia anterior, trazendo ramos de salgueiro em sua espuma.

— Espero que toda essa água esverdeada não signifique seca depois das cataratas — observou Theo. — Os preços do atacado da pimenta e do cominho sobem sempre que alguém começa a circular o boato de seca. Os salgueiros na montante se quebram com facilidade mesmo quando não há falta de chuva. — De um menino que era mascate, comprou dois bolinhos *kuroi,* entregando um ao Aélio.

— Começa pela cabeça — recomendou ele. — É onde a massa contém mais vinho.

Aélio pôs o bolinho de lado por enquanto, sabendo da *gravitas* que se esperava de alguém de sua patente. Theo interpretou isso como uma indireta para que ele retomasse a narrativa iniciada no salão de festas.

— Como eu ia dizendo — disse ele, depois de dar uma mordida no bolinho — logo depois que o Menino morreu... não existe relato por escrito, portanto não procure por isso, mas temos meios de guardar na memória o que é importante para nós, de uma forma ou de outra... Organizou-se uma busca frenética para encontrar o corpo. O tempo inteiro a marinha romana deu batidas no rio, antes do grupo imperial, para minimizar a presença dos crocodilos, mas eles são criaturas tortuosas, e se temia muito que o Menino tivesse sido devorado, parcial ou totalmente. — Mais uma mordida, e lá se foram os pés do bolinho em formato de múmia. — Já viste um corpo semidevorado por crocodilos?

—Vi.

— Então sabes do que estou falando, como é horrível. Estamos uma vez mais enfrentando essa triste realidade agora que nosso querido colega Sereno foi arrancado de nós. Bom, mas já haviam se passado umas dez horas quando encontraram os restos mortais do Antínoo. Estavam a meio caminho entre o lugar onde os viajantes haviam ancorado brevemente para jantar na noite anterior à morte e o lugar onde estavam pela manhã, quando se descobriu o desaparecimento do Menino. É um lugar encantador, devias ir até lá. Tem um banco de areia agora, que reduz a vazão da corrente consideravelmente, embora na época ela não estivesse lá, e a corrente ao longo da margem fosse forte. Mas a touceira de papiros devia estar lá na época, com as garças, e outros pássaros selvagens, pelo nome do lugar. Repito uma vez mais, não procura nos mapas, não vais achá-lo, era e ainda é chamado pelos habitantes locais de Bosque de Benu.* O corpo estava caído metade na água e metade na areia da margem, como se o Menino tivesse quase conseguido chegar a um local seguro, ou estivesse afirmando seu status de semideus e semi-humano. Ele estava intacto, graças aos céus, nem mesmo os peixes haviam-no mordiscado. — Depois de jogar o bolo fora, Theo mencionou a intenção de ir até o laguinho mais à frente, dar comida aos patos.

— Até posso ver a cena. Sua linda trança toda desfeita, parecendo até uma alga, e seu corpo inteiro de uma cor semelhante ao mármore. O deificado Adriano puxou-o para terra seca ele mesmo, embora o Menino fosse alto e musculoso, e estando morto, pesasse certamente muito mais do que vivo. Há coisas que não se pode dizer, portanto não direi nada sobre o pesar que acompanhou a descoberta. A imperatriz também estava presente, aliás, só que um pouco acima da beira d'água, na sua liteira, e estava chorando. Pancrates escreveu um dístico comparando suas lágrimas a pérolas ou coisa assim, um poeminha de muito mau gosto, mas diz que ela estaria chorando por ele.

— Ou pelo pesar do marido.

Theo lançou a Aélio um olhar de censura.

— Duvido. Mas como eu ia dizendo, houve a questão do calor e o fato de o corpo estar inchado pelo acúmulo de água, e do que seria feito dele em seguida. Resolveram ou mumificá-lo, como a tradição por aqui exige, o que levaria pelo menos setenta dias, ou cremá-lo. Nem pensaram em sepultamento, pois isso significaria entregar o Menino à mais ignominiosa das deteriorações.

— E então o que foi que o imperador decidiu?

— Ora, antes de mais nada, colocou-se um marco no lugar onde descobriram o cadáver. Fica logo após o portal do norte, eu vou te explicar onde é. Pode ser que tenhas algum trabalho em encontrá-lo, por causa do mato crescido, mas ainda está por ali. Eu o vi quando era mais jovem, porque era um lugar onde costumávamos ir tomar banho.

— Mas não é uma sepultura.

— Alguns dizem que cortaram-lhe a trança e a enterraram ali. Podes considerar isso um sepultamento parcial, um cenotáfio glorioso. Porém, não é uma tumba.

* Pássaro mítico, semelhante a uma garça, considerado a manifestação de Osíris ressuscitado. *(N. da T.)*

Aélio decidiu ir até lá e verificar aquele lugar.

— E o corpo em si?

Agora que eles já haviam ultrapassado a fila de bancas, descortinava-se um cenário mais amplo, que incluía a margem do rio. Do outro lado do Nilo, Hermópolis brilhava, com seus templos e edifícios públicos, como um canteiro de flores do outro lado da ponte; deste lado, escavada em arenito local mais ou menos cem anos antes, uma bacia hexagonal criava um lago artificial abastecido pela água do rio. Era emoldurado por lótus, e uma colônia de patos procurava afugentar outras aves aquáticas. Os patos constituíam uma nova colônia, uma vez que a anterior tinha sido extinta para matar a fome dos habitantes durante a Rebelião. Theo disse, sentado em um banco que dava para o lago:

— O que os sacerdotes te disseram é verdade até aqui. O deificado Adriano ordenou mesmo que Antínoo fosse mumificado. Afinal de contas, o imperador devia permanecer no Egito, por vários meses ainda, e havia muito tempo para garantir que a operação fosse realizada de acordo com as melhores tradições funerárias. Os órgãos foram removidos pouco depois que o corpo foi descoberto, é claro, e foi com o coração de Antínoo, contra todas as tradições, sim, pois a invocação de Ísis reza: "Teu coração, porém, é nosso. Ficará no seu lugar para sempre", que o deificado Adriano viajou para o sul até Ptolemaida e Tebas. Ficou no vaso canopo do fígado, tendo como tampa a cabeça humana de Imset, que está sob a proteção de Ísis. Os outros três vasos contendo órgãos ficaram sob os cuidados dos sacerdotes, e por volta do sexto dia depois da morte do Menino, quando Antinoópolis foi oficialmente fundada, estas passaram a ser as relíquias sagradas, e motivo primordial para a construção do templo. Tenho certeza de que te mostraram os vasos.

Uma senhora idosa passou vendendo pão dormido para dar aos patos, e Aélio comprou um pão redondo.

— Sim, mas me mostraram quatro deles, inclusive o que tem uma cabeça humana.

— Ora, esse está vazio, é uma réplica, o original foi levado pelo imperador. O mesmo aconteceu com o corpo, que está desaparecido desde o reinado de Marco Aurélio. Foi aí que o filho idiota dele, o Cômodo Antonino, teve a brilhante idéia de querer ver como é um favorito do imperador, e ficou decepcionado. Como dizem os versos toscos que fizeram na época, "Nada de múmia, nada de corpo, nada de ossos nem uma partícula de pó Cômodo achou..." Por que essa ficção piedosa, então? Está na cara. O culto a Antínoo é muito lucrativo, portanto os sacerdotes têm todo interesse em continuar afirmando que o Menino está ali, e que os oráculos e curas miraculosas emanam de seus restos mortais. Dele, por aqui, só restaram a trança na margem do Nilo e os intestinos, estômago e pulmões nos outros três vasos canopos.

Aélio resolveu deixar passar aquela crítica a Cômodo César. Em vez disso, deu metade do pão ao Theo, acrescentando:

— As aparas da primeira barba que ele fez estão em Elêusis, eu li em Pausânias. E o corpo, que foi feito dele?

Theo sacudiu a cabeça.

— Deram-te um desses bolos em formato de múmia quando foste ao templo? Carregam demais na erva-doce, em comparação com os vendidos nas barracas de rua, mas até que não são ruins. É o vinho que eles contêm que os deixa assim avermelhados e os faz durar um dia inteiro, se a gente só mordiscar o bolinho de vez em quando.

— E o corpo, Theo?

O comerciante de especiarias partiu o pão em pedacinhos, deliberadamente, empilhando-os do seu lado do banco.

— Bom, depois que o cortejo imperial saiu do Egito a coisa ficou um pouco complicada. Sabe como são os egípcios. Ninguém sabe exatamente onde está enterrado Alexandre, embora aleguem que ele está sob o pavilhão de cristal em Alexandria, mas os moradores de Pella e o Oráculo de Amon-Zeus e em alguns outros lugares dizem que ele foi enterrado por lá também, e se não fosse pela restauração que Adriano fez do túmulo do velho inimigo de César, Pompeu, nós também não saberíamos onde esse general foi sepultado. — Com um gesto discreto, ele jogou um punhado de migalhas sobre a grade. — Há várias versões. Uma diz que o Menino foi enterrado em Roma ou nos arredores dela, em uma das propriedades imperiais que há lá. Faz sentido, uma vez que vários favoritos de reis teriam sido igualmente sepultados pelos seus senhores desse modo, como se fossem animais de estimação que são enterrados no canteiro de flores, com um lírio plantado sobre a cova. Uma outra versão afirma que os restos mortais foram levados para Baia, onde o deificado Adriano faleceu, e deixados lá, mesmo tendo o corpo do imperador sido trasladado para Roma, e posto no seu mausoléu às margens do Tibre.

— É verossímil?

— Verossímil, sim, mas duvido, pois na época da morte dele, Adriano, embora desesperadamente enfermo, ainda torcia para viver o bastante para ver sua villa Tiburtina outra vez.

Mimados e bem-nutridos, os patos pensaram bem antes de se aproximarem do pão que flutuava, e depois, por hábito, começaram a comê-lo, e, logo em seguida, a disputá-lo.

— Sim — Aélio ficou de pé ao lado da grade para alimentar as aves lá embaixo. — E a villa Tiburtina?

— Essa é outra possibilidade. Muitos têm certeza de que é exatamente ali que Antínoo jaz até hoje. Sabe que aquela villa é como uma cidade, representa todo um mundo, e nela o imperador colocou réplicas dos lugares e edifícios dos quais mais gostava, ou que significavam mais para ele, inclusive o templo sagrado em Canopo. Eu mesmo não fui até lá, mas um bom amigo meu me disse que o Canopo tiburtino é feito uma concha enorme na foz de um rio. Nesta concha, de onde jorra água de todos os lados, há estátuas de Antínoo no estilo egípcio, reproduzidas da imagem cultuada aqui na metrópole, grandes, mostrando-o como se fosse Osíris. Adriano também mandou construir lá um obelisco, marcando em hieróglifos o lugar onde o Menino foi sepultado. Portanto, meu voto vai para a villa Tiburtina, como local de sepultamento.

— Mais alguma coisa?

— Hã, deixe-me ver... Ouvi umas histórias sobre o Grande Templo da Fortuna dos Primogênitos, em Preneste, como um lugar de repouso possível do Menino, mas não sei muito mais além disso. Só que há no templo um mosaico, que alguns dizem que pertence à era de Alexandre, dizem ter sido ali colocado pelo deificado Adriano depois de voltar do Egito, mostrando todo o curso do Nilo. Portanto, é uma espécie de reprodução do Egito, por assim dizer.

— Semelhante ao que existe no convés da barca imperial?

— Bem parecido, sem dúvida. Não sei se é mesmo possível que o Antínoo esteja enterrado em Preneste, mas, pelo que ouvir dizer, o monumento é imponente, e existe o culto a Antínoo também ali. Porém, naturalmente, também existe na Bitínia, na Grécia inteira, em Lanuvio, Alexandria, no Delta, e daí por diante. Só o que posso lhe dizer com certeza é que o corpo não está aqui em Antinoópolis, com ou sem bolinhos de múmia.

Sistematicamente, Aélio havia partido e jogado uma parte do seu pão, dando preferência a um pato deficiente que nadava meio desequilibrado.

— Só mais uma pergunta.

— Tem alguma relação com o assunto do qual estamos falando?

— Não. É sobre o Dio Sereno. Achas que foi acidente?

— Não. Mas não desconfio de ninguém. Acho que foi alguma vingança. Mas de quem? Pode escolher, Sereno estava metido em todos os tipos de golpes que se conhece para ganhar dinheiro, e temia repercussões. Harpocrácio está querendo alegar pobreza, mas aposto que os ladrões não encontraram nem um décimo do que aqueles dois tinham guardado.

Aélio olhou para Theo.

— Ele confiaria uma parte das suas riquezas a outros?

— Amigos, é o que está querendo dizer? Não, era esperto demais para isso, não confiava tanto assim na natureza humana. Ocasionalmente dava a nós, que o conhecíamos melhor, esta ou aquela antigüidade que ele não queria guardar em algum depósito, nem deixar em casa, mas nada de muito valor. — Theo jogou o resto do pão para os patos, esfregando as palmas para livrar-se das migalhas. — Por exemplo, eu. Lá para o fim de Pachon, sim, na terceira semana de maio, mais ou menos, Sereno me deu um caixote de madeira para guardar. Depois que ele morreu, achei que não faria mal dar uma olhadinha no interior dele. E sabes o que acha que encontrei? Uns tapetes baratos enrolados e um alforje de couro tão velho e frágil que deve ter sido trazido para o Egito na comitiva de Júlio César. Não, isso eu não abri: para quê? Ainda estou com o caixote no depósito onde guardo minhas tralhas, e, a menos que Harpocrácio o peça de volta, vou mandar levar tudo aquilo para o depósito de lixo.

Aélio precisou fazer um esforço extremo para controlar-se (Sua Divindade certa vez havia-o elogiado por isso, e ele procurou aperfeiçoar esse seu dom desde então) e não trair seu interesse. Ficou picando o pão o tempo todo e atirando-o aos patos, ganhando tempo para poder falar de uma forma natural ao responder.

— Entendo — disse, com toda a calma, embora estivesse dando tratos à bola para encontrar um jeito de dar uma olhada naquele caixote, ou no próprio alforje, sem revelar nenhuma de suas informações. — Só uma última coisa, sobre um assunto totalmente diferente: sua irmã ainda mora no mesmo lugar?

— Que irmã? Tenho duas.

— Termutis.

Theo riu.

— Claro que eu já sabia. Mas gosto de obrigar os homens fazerem por merecer. Está lá ainda, sim. E embora as concorrentes do ramo tenham empobrecido depois da Rebelião ela acrescentou mais um andar a sua casa. — Afastando-se do parapeito, foi sentar-se no banco. — Então foste às nossas termas na rua Filopator só por acaso, como Harpocrácio diz. Alguns amigos meus estavam perguntando se tu...

— Não, eu fui às termas de propósito mesmo, mas não sabia. Se eu voltar lá, porém, vai ser, certamente, por acaso.

— Uma pena.

No seu escritório, depois de deixar Theo com um conhecido que o viu por acaso enquanto eles voltavam, Aélio precisou se forçar a sentar e refletir sobre aquilo tudo. Antínoo podia não estar sepultado no Egito, afinal, o que trazia à mente a questão de onde sua busca histórica o levaria a seguir. No entanto, fosse ou não coincidência, dois homens que estiveram de posse da carta de Adriano tinham morrido. Não havia garantia de que o alforje que Sereno havia deixado com Theo fosse o mesmo que procurava, mas ele não podia expor o mercador de especiarias ao risco por tê-lo consigo. Visitar o depósito de tralhas do comerciante chamaria a atenção de potenciais assassinos, portanto ele iria precisar mandar alguém que não levantasse suspeitas pegar o tal alforje. Esperava, contra todas as expectativas, que, de alguma forma, depois de escrever para ele, Sereno tivesse mudado de idéia e não confiado a carta imperial a seu azarado liberto Pamíquio, deixando-a, em vez disso, nas mãos do Theo, para que ficasse bem guardada.

Outra vez cercado por seus livros e periódicos, Aélio repassou as opções que andava estudando desde a sua conversa à beira do lago dos patos. Nenhuma delas, infelizmente, garantiria o sigilo dessa sua missão. Se ele mandasse um recado para o Harpocrácio ou fosse diretamente lhe dizer que desejava comprar o caixote do Theo, isso o alertaria para o possível valor de seu conteúdo; o mesmo se verificaria se ele demonstrasse interesse abertamente diante do Theo. Em ambos os casos, se a carta de Adriano, por um milagre, ainda estivesse dentro do alforje, sua própria existência seria revelada. Se o alforje estivesse vazio, ele teria de admitir que — fosse qual fosse o motivo — uma outra pessoa estava interessada nele, a ponto de matar.

Folheou seus papéis sem vê-los, consumido pela necessidade premente de resolver seu problema. A pergunta sobre Termutis havia desviado qualquer suspeita de que ele pudesse estar interessado pelo alforje, e agora via que não tinha sido só para isso. Talvez — depois de terminar de ler uma miscelânea de dizeres, piadas e anedotas de suposta autoria do próprio deificado Adriano — fosse interessante ir visitá-la de manhã.

Piada atribuída ao deificado Adriano:

Uma matrona concupiscente gostava tanto dos seus cavalos que desejava que eles fossem rapazes com quem pudesse divertir-se. Amava principalmente o seu ruão, Incitatus, e orava ardentemente a Diana pedindo que ela o metamorfoseasse, transformando-o em homem. Durante o festival em sua homenagem, a própria deusa apareceu à matrona, em sonhos, e lhe pediu que fosse ao estábulo ver como seu desejo havia se realizado. A mulher foi, e, para seu encanto, descobriu que o ruão havia se tornado um belo mancebo, de corpo muito bem feito, um homem tão dócil quanto era o cavalo. Eles imediatamente abraçaram-se aos beijos e carícias, chamando-se pelos seus apelidos carinhosos. Logo a matrona lhe pediu para que ele fosse até sua alcova com ela, mas quando ela disse isso o belo Incitatus caiu a seus pés chorando e arrancando os cabelos. "Ai, ai, minha senhora", lamentou-se ele, "Não te lembras que me castraste?"

Dia 26 do mês de Payni (21 de junho, quarta-feira)

Ele sabia o caminho até lá, em função da proximidade do templo da Deusa-Sapo, ou ainda, devido à rua inconfundivelmente luxuosa para a qual o bordel de quatro andares dava vista. Ele havia gasto uma pequena fortuna fazendo amor com Termutis primeiro — e depois, quase a mesma quantia para passar noite após noite com Anubina, por duas vezes chegando lá ainda sujo do sangue da batalha, até Termutis sugerir que ele ficasse com a moça durante toda a temporada. A primeira coisa que Anubina pediu foi uma boneca. Agora a mesma Anubina poderia dizer, olhando pela porta da sua casa azul, "Estamos construindo uma casa nova. Estou feliz", e provavelmente seria verdade, tanto quanto ele dizia a si mesmo que ainda a amava um pouquinho.

Os cabelos da Termutis estavam menos lustrosos, mas ainda eram ruivos e ondulados, penteados com muito bom gosto, como tudo o mais em seu estabelecimento, elegante e profissional. Ela o recebeu em uma saleta que podia muito bem ser a recepção de uma instituição de caridade, ou de uma escola de música, por nada revelar das possibilidades de prazer desenfreado no interior do prédio.

Quando Aélio disse que precisava de uma informação e um conselho, ela levantou as sobrancelhas:

— Isso é tudo? — disse ela. — Soube que estavas na cidade. Demoraste para vir me ver. Por um momento pensei que tinhas preferido a alexandrina.

— Isidora? Não creio — A menção da grande rival dela durante a Rebelião fez Aélio pensar melhor, evitando abraçá-la, uma vez que precisava de sua ajuda para conseguir pôr as mãos no alforje, sendo essas alcoviteiras refinadas mais bem informadas e com melhores contatos do que qualquer um nesta ou qualquer cidade do império.

— Bom, não importa — dizia Termutis. — Tu estás com boa aparência. Eu sabia que irias ficar grisalho cedo, os louros de cabeleira espessa sempre ficam. E então, queres que te encontre um par para te divertires esta noite, ou estás querendo algo para mais tempo?

— Eu vim falar sobre Anubina.

— Ah, então é esse o problema. Vais ter de falar com o marido dela, então. Ela se casou, não sabia?

- Eu sei.

Termutis tinha olhos verdes, e mesmo enquanto estava sendo solidária, seu olhar parecia frio, por causa daquela cor de olho de gato.

— Podes fazer bem melhor que isso. Tenho jovens com dois terços da idade dela.

— Não, preciso saber se a filha dela é minha também.

— O que tens em mente, Aélio Espartano?

— Nada disso. Quero apenas saber se fui eu que a fiz.

— Tu que a fizeste? Coisa estranha. Os homens não fazem nada, a não ser amor. Foi Anubina que fez os dois filhos.

— Que seja, Termutis. Ela não quer me dizer quem é o pai.

Ela apontou para um canapé.

— E achas que eu vou dizer? Ora, Espartano, não deves estar com pressa. Senta-te que vamos conversar para colocar em dia os assuntos antes de tratar de qualquer negócio, inclusive da ajuda que queres de mim.

Dia 30 do mês de Payni (25 de junho, domingo)

O lugar era como Theo havia descrito, só que o mato ali estava mais cerrado ainda. A estrada que corria de norte a sul acima dele, sem sombra, casas, cercas, nem arbustos, era perfeitamente reta, e, de onde Aélio estava, parecia que, se a seguisse, ela o levaria até o fim do mundo. Ao norte, estavam o que antes eram as terras irrigadas pertencentes à comunidade há muito desaparecida de Her-wer, no velho nomo décimo quinto de Un. Compradas e conservadas até alguns anos atrás, pelos veteranos romanos, elas haviam sido abandonadas por causa de uma disputa à época da Rebelião, e Aélio achava que ia morrer antes de elas recuperarem a fertilidade. O vento havia ressecado aquele solo, e recoberto tudo de pó.

No sopé do rochedo, bem abaixo, em nítido contraste, a margem do rio parecia selvagem, exuberante. O Nilo, rápido e já lamacento em seu corpo, corria devagar deste lado do banco de areia, o qual era a única referência do local onde o corpo tinha sido encontrado. Alguns salgueiros esquálidos esforçavam-se por crescer no meio de uma cerrada touceira de papiro, e os pés de papiro, crescendo todos aglomerados à beira d'água, sombreavam-na com suas hastes avermelhadas floridas e semelhantes a plumas. De difícil alcance, este canteiro de papiros escapara aos colhedores, que haviam feito a colheita recentemente, e agora algumas das plantas já mediam oito pés de altura pelo menos, sendo de um brilhante verde-esmeralda. Dentro de duas semanas já estariam completamente submersas.

Considerando aquela touceira intrincada e virgem demais para que os crocodilos estivessem escondidos ali, Aélio deixou o cavalo na estrada e desceu, deslizando sobre marga arenosa, depois no capim até atingir a água. Suas botas afundaram na lama, depois encontraram pedras nas quais podiam se apoiar. Imerso até os joelhos no rio, ele se orientou de acordo com as informações do Theo. A superfície vazia do rio, já alta, e que devia cobrir o banco de areia e a pequena baía mesmo antes da impetuosa maré de julho tudo inundar, cintilava como brasas brilhantes ao vento que roçava nela, e o litoral além dela tingia-se de um vermelho bem claro. Sem dúvida, desde a juventude de Theo, o banco de areia havia mudado de lugar, e sido remodelado pelas marés anuais; portanto, Aélio determinou a possível posição do marco a partir do perfil da margem do seu lado do Nilo. De acordo com as instruções de Theo, o rio criava uma baía, em cujo centro estava o marco. Papiros e juncos tornavam as beiradas da baía pouco visíveis, mas o rochedo era rebaixado, de modo que, pisando mais à direita, ele devia aproximar-se do ponto central.

O odor que subia do lugar era de plantas apodrecidas, de terra dissolvida na água, de folhas distintas e molhadas, um cheiro vegetal. No banco de areia, havia garças e pássaros azuis de pernas vermelhas, meio desajeitados, parados no meio dos juncos, sem se importar com a presença dele. Em torno de si, quando Aélio tornou a alcançar a margem pantanosa, os movimentos rápidos no capinzal eram inconseqüentes demais para indicar perigo, a menos que fossem cobras, e os coturnos eram resistentes a suas picadas e a outros ataques.

Então, este era o local onde uma cena de pesar havia ocorrido há muito tempo. Nada havia na calma do dia que indicasse isso, sentimentos tão diluídos como se jamais tivessem existido. Aélio começou a procurar o marco, que supostamente seria uma pirâmide truncada ou outra forma semelhante, de acordo com as palavras de Theo, de mais ou menos três pés de altura. E os talos incontroláveis de papiro movimentando-se para cá e para lá tinham o diâmetro do pulso de um homem.

Veio à sua mente enquanto ele pesquisava — saída do estranho vácuo de onde provêm a memória — que, na noite anterior, ele havia sonhado com sua própria infância na fronteira, um dia de inverno, removendo neve. O dia em que seu pai o mandou sair de casa e afogou seu cão Sirius, porque no novo trabalho não se permitiam animais. Cavando um monte de neve, ele havia encontrado inesperadamente a coleira do Sirius, e a pegou com uma sensação de alarme, voltando para o alojamento da família a tempo de ver o pai jogar a carcaça do cão pela porta dos fundos. Lágrimas — uma reação que para ele era excepcional — brotaram dos seus olhos ainda enquanto ele estava inclinado separando as folhas de capim enlameadas, porque ele nunca mais tinha desejado lembrar-se daquele dia, nunca mais quis ter um cachorro de novo, e nunca perdoou o pai por aquilo. Talvez fosse porque o lugar parecia seguro e solitário para que ele desabafasse um pouco, e fosse ele mesmo enquanto cumpria uma ordem de César. Outras melancolias, outros arrependimentos também vieram à tona, mas aqueles... aqueles era melhor deixar de lado naquele momento.

Subiram bolhas do lodo quando ele pisou naquele atoleiro morno, voaram insetos formando nuvens, tocos de árvores mortas e aluvião pastoso e sujo desmoronaram sob suas botas. Uma cobra d'água passou por ele, deslizando, à procura do rio. O verde das folhas o fez lembrar do olhar impassível de Termutis, quando, no final da sua conversa com ela, quatro dias antes, ela sugeriu uma solução para o dilema que ele havia lhe apresentado, e dito a ele que iria cuidar de tudo. Hoje, se tudo corresse bem, ele iria descobrir o marco de Antínoo, e ouvir a resposta de Termutis. Envolto por uma nuvem de mosquitos, ele dobrou as folhas de capim com um graveto, afastando as hastes de papiro ao passar, os olhos baixos. As pontas penugentas das plantas que eram matéria-prima para o papel lhe faziam cócegas e pairavam acima dele, curvando-se graciosamente para um lado e para outro.

Foi tropeçando na base do marco que ele o encontrou. Ali o mato era mais cerrado, bem acima de sua altura e misturava-se ao capim dos pântanos de bainha serrilhada e cortante, mas ao tropeçar na quina dura, ele percebeu que havia encontrado o que procurava. Afastando as folhas de capim, viu a inscrição, três palavras gregas: *Ántínou tó sama,* que queriam dizer que o Menino, ou parte dele, pelo menos, havia sido enterrado ali. Não era, nem de longe, o *memoria Antinoi* ao qual Sereno se referira, nem o lugar onde se esconderiam segredos de Estado: mas um começo, e uma informação a mais nas suas anotações de pesquisa cuidadosamente feitas. Um resíduo verde-azulado das muitas cheias que haviam ocorrido entre o afogamento e o presente manchava a pedra piramidal, e, encostando um graveto ao redor da sua base, Aélio percebeu que o pequeno monumento também havia afundado, e acabaria por desaparecer no leito do rio.

Estudou o marco durante tempo suficiente para gravar bem como era e ser capaz de descrevê-lo. Com o pé, enquanto isso, empurrou e deitou o capim ao redor da pirâmide, de frente para o rio, parando apenas o tempo suficiente para afastar os enxames de mosquitos que haviam se concentrado ao seu redor, e procuravam picar sua pele suada.

Foi só quando as garças alçaram vôo do banco de areia que ele percebeu que havia algo atrás de si, e seu primeiro reflexo foi virar-se, mas levou um empurrão com muita força para a frente, quando um homem caiu em cima dele, pulando da pedra. Aélio perdeu o equilíbrio no solo pantanoso e afundou mais, procurando apoiar-se para não cair com o rosto direto na água, mas foi atacado por um segundo homem. O peso dos dois em cima dele o fez cair entre os juncos. Tentando sair debaixo deles, ele escorregou no lodo da rampa arenosa submersa que era a própria margem do rio, uma desintegração da marga macia, malcheirosa e fria sob seus coturnos o fez perceber que estava sendo sugado, de modo que seu corpo imergiu até a cintura, depois o peito e o pescoço, até a cabeça. Sentia mãos e cotovelos segurando-o com força; e, para evitar ficar preso debaixo d'água, relaxou e deixou que os homens o empurrassem ainda mais para baixo, sem resistir, evitando a luta para não se afogar e nisso afundando ainda mais, ele sabia que havia crocodilos à espreita de algum movimento à beira d'água para correr até lá e devorar uma presa, balançando as caudas ferozmente. Era difícil manter os olhos abertos, e nada além de uma planta suja, impregnada de detritos o cercava. A areia escura precipitada, o gosto de folhas podres e raízes arrancadas lhe enchiam o nariz e a boca.

Ainda com a respiração presa, Aélio procurou curvar-se para pegar a faca do exército que trazia no coturno direito, mas ficou com medo de perder os sentidos, e tentou subir até a superfície para respirar em vez disso. Eles não queriam deixar que ele subisse, e então ele se enfureceu, agarrou braços e cinturas, o pano das vestes flutuavam ao seu redor, até conseguir sair da água por um instante, ver a explosão de brancura do céu, ter um certo tempo para eliminar o ar dos pulmões, e a oportunidade de lutar para permanecer à tona para inspirar de novo, recusando-se a se deixar afogar sem combate. Tudo tinha se apagado de sua mente, enquanto isso, exceto o instinto de sobrevivência, e, apenas quando ele finalmente conseguiu sentir o cabo da faca sob seus dedos, depois de um esforço sobre-humano para agarrá-lo, foi que tudo voltou a ser real. Ele conseguiu entender o ataque, o perigo dos crocodilos, o comprimento desesperador do Nilo, a missão, o afogamento de Antínoo na mesma água, o corpo surgindo naquele mesmo ponto, Sírius morto pelas mãos do dono, e também como deve ter sido difícil afogá-lo. De início sua faca não atingiu nada, descrevendo amplos arcos na água esverdeada, mas depois ele atingiu carne ou osso de raspão mas o suficiente para criar um jorro vermelho na água, uma neblina rodopiante, mais panos flutuando, o céu branco e mais borrifos, foi novamente puxado, mais uma facada, e um pouco de liberdade, e mais sangue jorrando na água.

Ele de repente se livrou totalmente da pressão e do peso. Seu corpo, leve, flutuou, a cabeça emergiu à superfície do rio, e ele se viu de costas para a margem, de forma a ter apenas a largura aparentemente interminável do Nilo diante de si, e um céu sem fronteiras. Aélio virou-se a tempo de ver seus agressores fugirem, voltando desesperados para o rochedo. Fosse qual fosse dos dois que estivesse ferido, ou ambos, seus rostos invisíveis, uma vez que estavam cobertos de novo por um pano preto, ganharam a estrada outra vez, e, a julgar pelo tropel, montaram nos cavalos que os aguardavam.

O movimento e o sangue na água não podiam deixar de atrair predadores. Assim que possível, Aélio tratou de voltar para a margem, vadeando na água, meio atordoado e com as roupas pesadas de tão encharcadas; cortou as mãos nos talos quebrados dos juncos e entrou na touceira de papiros, andando em direção à jusante do ponto onde tinha caído na água. Os crocodilos, de fato, se aproximavam. As saliências de suas espinhas rompiam a tona com uma uniformidade ondulante, de qualquer modo Aélio já tinha atravessado o pântano e alcançado terra firme, de onde escalou os rochedos até o topo. A estrada e os penhascos além dela, tudo parecia vermelho e insuportavelmente fulgurante. Quando ele assobiou, seu cavalo, com a prontidão do corcel de batalha, voltou do lugar para onde havia se afastado, e Aélio demorou um pouco para recobrar o fôlego e ajeitar o uniforme — tinha perdido o casquete, que a cheia talvez levasse até o Delta — antes de montar no animal e voltar à cidade.

Capítulo IV

Antinoópolis,
dia 1º do mês de Epiphi (26 de junho, segunda-feira)

Ele nem mesmo estava zangado quando voltou ao seu apartamento. Uma emboscada frustrada tem tantos aspectos totalmente ridículos, devido à inversão do elemento surpresa, que ele estava se sentindo até bem-humorado. Quando contou o caso a Gavius Tralles no dia seguinte, ao encontrá-lo após o sacrifício de um touro ao gênio de Severus Alexandre, ele recebeu como resposta um olhar inexpressivo.

— O que te faz pensar que foram cristãos, Aélio?

— Ora, quem mais poderia ser?

— Eles andam sendo muito bem controlados durante os últimos três meses neste distrito, eu lhe asseguro. Faz parte do meu trabalho, e... pensa tu o que pensares, faço o serviço da melhor forma possível. Não, as pessoas que te atacaram foram outras.

— Salteadores?

— O mesmo. Não estamos em Hermópolis, sabes bem disso. Nesta cidade, enforquei e crucifiquei tantos quantos foram necessários para limpar as estradas. Agora, se tiveres saído do território da metrópole, aí eu já não posso mais garantir nada. Seria mais fácil reconstituir a cena, então: os bandidos notaram seu cavalo perambulando na margem do rio, tu devias sempre pear teu cavalo, sabias? E com esses teus cabelos grisalhos, acharam que eras algum velhote caduco, e tentaram assaltá-lo. Mas sabendo que não estavas tão longe assim dos limites da cidade, fico preocupado. — Embora Tralles fizesse um pouco de troça de tudo, Aélio percebeu que ele estava nervoso. Não era a mesma reação de quando ele se eximira de culpa nos tumultos depois do julgamento do Pudens. Parecia uma preocupação pessoal, relacionada a sua chegada ao Egito e o inconveniente de um incidente que podia significar mais do que parecia ser.

Aélio disse:

— Eles estavam com os rostos cobertos como se fossem habitantes do deserto, e não tinham armas. Se quisessem me matar, teriam esmagado minha cabeça com uma pedra, ou me estrangulado, não tentado me afogar.

— Mas tinham cavalos.

— Não roubaram minha sela, tampouco meu cavalo.

Tralles deu uma risada meio sem graça.

— Bom, eu te disse que o pessoal por aqui não gosta muito do exército.

— Ah, é mesmo! — respondeu Aélio, sem resistir a idéia de dar uma alfinetada. — Eu tinha me esquecido do exército. Inclusive tem um pessoal de um esquadrão aí que estava prestando serviço como escolta e deixou a turba linchar a esposa do Pudens, do qual, por sinal, eu consegui transferir o líder.

— Agora estás me ofendendo, Aélio.

Depois dessa, Tralles não bancou mais o irônico. Aélio ficou se perguntando se o ataque estaria relacionado aos seus trabalhos ali — embora os únicos motivos que ele tinha para pensar que alguém pudesse estar interessado em pesquisa histórica, ou em uma carta decrépita de Adriano, fossem os temores de Dio Sereno e a morte de seu liberto por uma tremenda coincidência. Talvez ele estivesse fantasiando uma conspiração onde não havia nada. Mesmo assim, dois homens haviam morrido, e o alforje no depósito de Theo talvez respondesse a algumas de suas perguntas: no que exatamente implicava a carta de Adriano, e qual seria a ligação entre ela e aquelas mortes? Quem neste mundo ainda se interessaria em ameaças que Roma teria enfrentado há décadas atrás? Será que atacariam um emissário imperial por esse motivo? Cautela era algo que ele tinha por hábito, ainda que não se preocupasse com sua segurança. Naquela manhã mesmo, havia chegado a resposta de Diocleciano a sua carta, com emocionantes palavras de incentivo — pelas quais ele secretamente ansiava —, mandando-o seguir sua curiosidade para onde ela o levasse. Por outro lado, o fato de Sua Divindade ter recebido por escrito a solicitação de que ele fosse chamado de volta do Egito era uma informação que Aélio guardaria, sem contar a ninguém, até poder discernir mais claramente como estava o clima em Antinoópolis para o emissário do César. Diante disso, perguntou-se porque Tralles agora estaria insistindo em dizer que havia agitação na província, enquanto jurava de pés juntos que tudo estava sob controle naquela área. Além disso, estava pasmo com a idéia de que alguém poderia estar tentando intimidá-lo, mas não se preocupou a ponto de mandar sua escolta vir de Cinópolis.

Sendo este o dia em que Termutis combinara recebê-lo em sua casa, Aélio seguiu do posto de comando direto para lá. Por prudência, tratou de não alimentar expectativas, e ficou totalmente assombrado quando a alcoviteira lhe entregou o alforje de Sereno. Arriscar a vida na margem do rio por um marco funerário de granito pareceu-lhe uma besteira e um absurdo, diante do que aquela mulher bem-arrumada havia conseguido sem muito dificuldade.

— Como consegui? — disse ela, sorrindo, condescendente. — Por que os homens sempre precisam descobrir como as mulheres conseguem as coisas? Deveria bastar para ti saber que conseguimos, e muito bem, obrigada. Foi fácil. Tu me expuseste o problema, e eu te disse que seria uma boa idéia mandar uma mulher à casa do Theo. Depois pensei em dar a ela uma cesta para colocar o alforje dentro, e quanto mais velha, melhor. As mulheres são invisíveis depois de uma certa idade. Então mandei a porteira. Tu a notaste, lá embaixo?

— Não notei, não.

— Estás vendo? Estava lá sentada, deixou-o entrar. Tu, provavelmente, até murmuraste um agradecimento ou jogaste a ela uma moeda, e nem mesmo a notaste. E pensar que ela era uma das 22 concubinas de Gordiano II!

— Era? — Aélio estava louco para abrir o alforje, mas conseguiu se conter um pouco mais. — Acho que vou pedir a ela que me conte alguns detalhes do reinado desse soberano.

— É, o mês inteiro que ele durou — Termutis encheu uma taça de *serent*. — A velha senhora vai lhe contar que não é verdade que ele morreu numa batalha contra o governador da Numídia.

— Bom, nunca encontraram seu corpo, é verdade, mas...

— Ele fugiu. Ela o escondeu em seu quarto por três meses, até o pateta do sobrinho dele subir ao trono, e mesmo assim Gordiano nunca voltou à Itália. Viveu aqui o resto de sua vida, no anonimato, trabalhando em um bar, o que, dada a quantidade de bebida que consumia, foi uma escolha natural para ele. Pergunta-lhe, quando desceres, ela vai te contar. — Com sua taça de suco de abricó na mão, Termutis foi até a porta. — Estás morrendo de vontade de abrir este teu alforje horroroso, então abre. Eu vou esperar lá fora.

Não era muito diferente dos alforjes para transporte de documentos usados pelo correio do exército atualmente; Aélio logo entendeu por que Dio Sereno havia identificado corretamente o alforje como pertencente ao exército romano. Não tinha marca de nenhuma legião ou unidade no exterior. A aridez e o tempo, a exposição ao vento que soprava areia tinham tornado o couro frágil, e ele precisou conter o tremor das mãos para abrir a fivela corroída sem rasgar a tira. Encontrou dentro dele um bilhete atado, com uma fibra de cânhamo incongruentemente nova, em torno de um estojo de madeira bem velho, usado para guardar documentos. Sem querer ter a possível decepção de encontrar o cilindro vazio, ele então desdobrou o bilhete, e o leu.

É minha esperança, estimado comandante Espartano, que sejas tu — com a ajuda de Deus, e seguindo as instruções que meu liberto Pamíquio sem dúvida te deu — quem, procurando este alforje, o encontres onde se acha agora. Se o encontraste, isso provavelmente significa que minha vida terminou antes do que eu esperava, como temo que possa acontecer. Se alguma coisa também acontecer ao meu liberto, saiba que, dois dias depois de eu ter escrito minha carta anterior a ti, ele tentou me encontrar como por acaso na loja do Theo, o mercador de especiarias, onde sempre vou durante a semana. Ele me contou que nas últimas horas vinha notando que algumas pessoas suspeitas andavam rondando pela estrada, de um lado para outro, perto de sua casa, na Viela Dovecotes. Não temia por si, mas sim que, se ladrões e saqueadores conseguissem roubá-lo, o documento que eu lhe havia confiado (ele não faz idéia da sua natureza) poderia perder-se. Pamíquio trouxe a carta do deificado Adriano em um saco de compras — pede a ele detalhes de nosso encontro se eu não estiver mais vivo. Eu estava justamente perguntando ao Theo se podia deixar-lhe um caixote de tapetes velhos, no qual já havia colocado o alforje vazio. Para resumir as coisas, recoloquei a carta no alforje, o alforje dentro do caixote, e o caixote está agora guardado no depósito do Theo.

Depende de ti, se tudo que eu temo acontecer, descobrir por que um documento desaparecido por tanto tempo e tão antigo parece estar causando tamanho tumulto. Pretendo ir ao Alto Egito visitar terras minhas e fechar alguns negócios. Se Deus quiser, não será necessário nenhum desses subterfúgios, e será o abaixo assinado Dio Sereno que receberá tua oferta de adquirir a carta para teus próprios fins. Redigido no dia 19 de Payni (14 de maio) do 98º ano do consulado de D. e M.

Aquele bilhete desconexo parecia ser algo que Sereno havia escrito de última hora. A decisão de Termutis de não deixar seu irmão Theo saber que o alforje estava sendo removido do caixote parecia sábia, pelo visto. Termutis havia pedido a Aélio para não fazer perguntas, não demonstrou interesse no alforje ("jogos masculinos, é convosco, podeis jogá-los à vontade") e ofereceu-se para guardá-lo em segurança, se necessário, ou devolvê-lo ao seu esconderijo no depósito do mercador de especiarias. Agora tudo dependia do que se encontrava no estojo de madeira, se é que havia mesmo alguma coisa ali dentro.

Aélio não conseguia decidir-se a abri-lo, muito menos a ler seu teor em um bordel. Ouviu, vinda do andar de cima, a risada das moças de cujos quartos pequenos e bem decorados ele se lembrava perfeitamente. Termutis, mulher de negócios que era, certamente lhe arranjaria alguma de suas melhores candidatas, se ele ficasse. Ele já havia decidido que a deixaria fazer isso, mas não era hora ainda. Por isso deixou para ela um bilhete com instruções para guardar o alforje por enquanto, e saiu.

A porta dos fundos do bordel dava para um espaço entre o pódio do templo da Deusa-Sapo e o prédio vizinho, um beco tão estreito que um homem não poderia abrir os braços nele. Aélio seguiu andando para alcançar a rua principal ao dobrar à direita no final do beco, mas surgiram novas construções desde a época em que ele tinha estado lá, de modo que ele se viu em um beco sem saída. Para começo de conversa, ele não gostava de paredes sem portas ao seu redor, portanto voltou para entrar em outra ruela, e atravessou um verdadeiro labirinto de vielas cheias de crianças e do som de teares estalando, chegando por fim em uma área conhecida. Seguindo por uma avenida com pórtico, depois do posto de comando, dirigiu-se ao centro comercial da cidade, e à movimentada via pública onde ficava seu apartamento. Certamente porque trazia consigo o bilhete de Sereno e o estojo de madeira ainda fechado, ele estava com todos os sentidos e reflexos aguçados. Notava movimentos, rostos, gestos com a precisão dos seus dias de guerra, o que, em retrospectiva, parecia ter muito mais em comum com o comportamento da presa do que com o do caçador. Para os passantes ele era igual a qualquer outro homem trajando o uniforme de oficial, e que fossem quais fossem os acontecimentos, não era nada de extraordinário naquele quarto século de império romano.

Contudo, de relance, notou o movimento discreto de um homem saindo de baixo do toldo de uma das bancas de livros onde ele costumava parar. Aélio agora estava a cem passos de sua porta de entrada, e sentiu-se tentado a acelerar naquela direção e trancar-se dentro de casa; mas tinha sido treinado a enfrentar o perigo de frente. Portanto, mudou de planos. Desceu a rua que levava a seu apartamento e passou direto pela entrada do prédio, atravessando de novo a rua para entrar no centro comercial por um de seus portões laterais. O homem, que o havia seguido ao dobrar a esquina, e rua abaixo, perdeu-se uma ou duas vezes na multidão de consumidores e de animais de carga, mas ainda estava atrás dele. Aélio deixou-o se aproximar, passar por ele, andar sorrateiramente entre os jumentos brancos, carregadores e mulheres que faziam compras no mercado, e, quando reconheceu os sinais de que ele estava prestes a alcançá-lo, Aélio, respirando aliviado, percebeu que era o remendão Copros, que não tinha ido a julgamento como desejava. Com as mãos vazias, uma expressão delirante de terror e raiva no rosto, ele o atacou precipitadamente, sem proteger-se. Aélio defendeu-se sem a menor dificuldade, estendendo o punho direito, atingiu o remendão na lateral da cabeça com força suficiente para derrubá-lo sem que ele tentasse se levantar. Depois passou pela multidão de curiosos que imediatamente se formou, voltou à rua, atravessou-a e foi para casa.

Seu escritório, de onde os servos haviam desaparecido, lhe proporcionou o luxo do silêncio, de frente para o pátio interno. Aélio trancou a porta, foi até a escrivaninha, e desparafusou a tampa do cilindro de madeira da época de Adriano. Lá dentro, enrolado de modo a caber perfeitamente nele, sentiu com a ponta dos dedos uma folha de papiro escurecida pela idade. A textura lembrava uma folha seca, mas a trama era flexível, de maneira que a carta soltou-se do cilindro com facilidade.

Conforme esperava, o texto estava em grego. A caligrafia, fluida e ornamentada, com pinceladas idiossincráticas, denotava que o autor aplicara a tinta como um pintor faria para construir formas e desenhar letras. As palavras voaram diante dos olhos de Aélio, pois ele havia lido muitas cópias de cartas de Adriano em antologias de correspondência imperial, e sua mente crítica procurava provas estilísticas de sua autoria, enquanto devorava o teor do documento que tinha diante de si.

Adriano, para seu honorabilíssimo Cesário. O que ouviste a meu respeito é verdade, caro amigo: a alma deste velho é uma Prosérpina já predisposta, mas Hades não deseja vir arrebatá-la em sua carruagem. Também é verdade o que dizem do homem: que ele passa a primeira metade da vida ansiando por isso ou aquilo, depois tragicamente queixando-se: "Não consigo viver!", enquanto a segunda parte de sua vida ele passa bradando: "Não consigo morrer!" O monumento funerário de Antínoo, sobre o qual perguntaste tão solicitamente, está quase terminado. Dentro dele — com os objetos que o amor exige que sejam colocados com aquele que modesta e graciosamente conquistou a palma do Grande Concurso da Amizade Humana, durante todos os anos em que o conheci — planejo colocar um documento que dedico a tua atenção e memória. Como cônsul, conduzes a pátria. Como amigo de Adriano, estás obrigado, por tua afeição por mim, a amar a pátria como eu a amei. Fica então sabendo, no monumento funerário de nosso Antínoo se encontra o registro de nosso risco imenso e sempre presente para o bem-estar do Estado Romano; e que não deves revelar este detalhe a ninguém, mas interpreta, pelo recebimento desta, que vos estou implorando, na minha enfermidade, que obedeças às ordens dadas por mim a ti quando nos encontramos pela última vez, de livrar Roma de tal perigo, ordens das quais tu devias evitar cumprir enquanto eu não te solicitasse que o fizesse. Se não agirmos incontinente, a ameaça continuará nos corrompendo durante séculos e séculos, comprometendo o próprio bem-estar do império. Adeus.

Como Sereno havia dito, a carta não estava datada, mas Aélio entendeu quase de imediato que o comerciante havia confundido a referência à última doença do imperador com o pesar pela perda de Antínoo oito anos antes. O destinatário da carta era, sem dúvida — ele mantinha consigo uma lista dos cônsules o tempo inteiro —, o ex-regente, ou *comes,* da diocese do Oriente, Cesário Quinto, mas no seu papel de cônsul no ano da morte de Adriano. Sem um lugar de origem, era difícil dizer com certeza, embora fosse possível inferir que a carta ou tinha sido escrita na villa imperial de Tibur ou até em Baia, onde o imperador morreu em 10 de julho do 891º. ano da fundação de Roma. Como o mais provável era que o cônsul estivesse na cidade ou perto dela naquele tempo, não havia explicação para o fato de a carta ser encontrada no Egito, e ainda por cima no Deserto Ocidental. Como o lacre havia sido rompido por Sereno ao comprar o alforje e encontrar a carta, poder-se-ia supor também que a mensagem jamais havia chegado ao seu destinatário, e não se havia tomado qualquer providência com relação à ameaça misteriosa ao Estado anunciada na carta.

Ele passou o resto do dia analisando a carta diante de seus olhos e comparando-a às colecionadas por historiadores. Seria este o estilo de Adriano? Será que ele usaria essas frases? Apalpando o papiro, refletiu que aquele mesmo documento havia sido tocado pelas mãos daquele que retirara da água o corpo do seu favorito morto. Por que o deificado Adriano, que se referia a si mesmo como "Eu", referia-se ao Menino como "nosso" Antínoo? E, antes de mais nada, onde estava o túmulo do qual ele falava na carta? Até tarde da noite, Aélio trabalhou estudando seus papéis. Tinha bem mais informações do que esperava para colocar na biografia imperial, e, ao comparar os pontos de vista de diferentes autores sobre o reinado de Adriano, procurou referências a ameaças significativas, perigos e conspirações daquela época. Comparando os documentos, por mais que se esforçasse, só conseguia encontrar referências à grande revolta judaica e à aparentemente disparatada desconfiança que Adriano sentia durante seus últimos anos de vida, quando mandava matar aqueles que o cercavam, mesmo os idosos e enfermos, por razões aparentemente frívolas. Ele leu e escreveu até as primeiras horas da madrugada, e foi para a cama exausto, guardando a carta imperial na caixa, sob o travesseiro.

Dia 2 do mês de Epiphi (27 de junho, terça-feira)

De manhã, Aélio levantou-se relativamente tarde, e tomou um café-da-manhã demorado. Reler as informações sobre a revolta judaica o fizera pensar durante a noite (tinha dormido mal, sonhando que estava perdido em becos escuros, sendo perseguido por inimigos, antigos e atuais) no homem que ele podia ter de visitar para dele obter uma interpretação perceptiva das circunstâncias presentes. Enquanto se preparava para sair de casa, deu de cara com a zeladora, voltando — conforme ela disse — "de trazer ao mundo gêmeos na área residencial da cidade". Com a objetividade típica de sua profissão, ela dirigiu-se a ele primeiro, dizendo:

— Já ouviste falar da comoção esta manhã? — Porque Aélio respondeu que não, ela continuou, com o prazer indisfarçado que as pessoas sempre demonstram quando descobrem que o seu interlocutor ignora o que elas têm a contar. — Houve um incêndio no depósito de uma das lojas elegantes, a caminho do teatro. Não, não invadiram o depósito, só jogaram trapos embebidos em piche e óleo por uma das janelas, entre as grades de ferro. Até que os escravos se organizassem e mandassem vir os bombeiros, o lugar já tinha ardido até virar cinza. Fumaça por toda parte, tanto que precisei contornar o quarteirão.

Aélio tinha mais do que uma vaga idéia do que podia ter ocorrido. Sem fazer mais perguntas, partiu apressado em direção à loja do Theo, que o comerciante de especiarias havia lhe mostrado durante seu passeio na semana anterior. A rua já havia sido desimpedida pelas autoridades, mas os escravos do Theo ainda estavam revirando os destroços do prédio destruído, a um quarteirão de distância da loja propriamente, que estava aberta e funcionando normalmente.

Theo estava dentro da loja, conversando com amigos, que tinham acorrido ao saber da notícia. Aélio comprou gengibre e alcaravia para sua mãe, e esperou até os fofoqueiros e curiosos saírem do estabelecimento. Theo cordialmente veio falar com ele e o atendeu pessoalmente.

— Estás vindo falar comigo numa hora meio ruim, comandante — disse, com um sorriso enviesado. — Sou como aquele fazendeiro que perdeu um dos filhos mas consolou-se dizendo: "que vale é que ele não era o filho mais vigoroso."

Aélio achou mais prudente fingir que não sabia de nada.

— O que houve?

— Incêndio criminoso. Eles queimaram um dos meus prédios, com o maior cinismo. Por quê? Não sei. Gostaria de poder afirmar que foram os concorrentes, tem um em Hermópolis que está quase na lona, de tanto tentar me boicotar no mercado. Mas se foram eles, fracassaram.

— Só que ficaste no prejuízo, não?

Theo deu de ombros, diminuindo a importância do incidente.

— Não era ali que eu guardava minhas especiarias, aquele era só meu depósito de quinquilharias. Nada além de mobília velha, arreios para os meus animais, forragem, coisas facilmente substituíveis. Não ficaria despreocupado assim se eles tivessem ateado fogo a meu outro depósito. Como foi esse, acho que dá para absorver o prejuízo.

O depósito de quinquilharias. Aélio lembrou-se de que Theo mencionara que tinha sido esse o lugar onde tinha posto o caixote do Sereno, e do qual a velha porteira de Termutis havia retirado o alforje. Theo evitou que ele fizesse mais qualquer pergunta, dizendo com as sobrancelhas erguidas:

— Nem adianta me falar dos tais tapetes do Harpocrácio que o Sereno me deu para guardar. Eles viraram fumaça, como todo o resto, mas, também, não valiam mais que 50 dracmas. — E aí sorriu para o Aélio. — Se não contares a ele que eu estava com eles, eu não contarei.

Aélio deixou a conversa, louco para escrever suas observações, e encontrar-se com o homem de quem achava que poderia obter uma visão mais clara do que realmente estava acontecendo em Antinoópolis e no Médio Egito.

Baruc ben Matias era um judeu tão secular quanto qualquer outro da metrópole. Ele havia sido bem menos secular alguns anos antes, quando tinha quase conseguido matar Aélio, durante uma emboscada muito bem planejada perto de Coptos. Aélio passara duas semanas cuspindo sangue em razão de um ferimento no pulmão, depois processou o judeu com rigor suficiente para fazer Ben Matias perder a esperança de recuperar qualquer de suas propriedades. Eles tinham conseguido chegar a um acordo no final, e tinham se separado com uma piscadela marota, convencidos de que podiam confiar um no outro, agora que haviam eliminado as questões pessoais e ideológicas, mas aos olhos dos outros, podia ser que ainda tivessem uma certa rivalidade.

Judeu secular que era, Ben Matias havia começado a trabalhar como pintor de retratos de múmias, e agora tinha mais de dez empregados. Seu estúdio ficava um pouco afastado da estrada, em uma viela sombreada por toldos imaculados, e diante da porta do estabelecimento, de ambos os lados da porta, os olhos arregalados, barba crescida, cabeça lanosa e maquiagem carregada, vários egípcios mortos pareciam receber os visitantes, tão vivos pareciam que lembravam pessoas espiando por janelinhas miúdas.

Os empregados que misturavam cores no beco diante da entrada, três negros musculosos com a compleição física de lutadores, lançaram um olhar desconfiado ao Aélio quando este se aproximou e o seguiram até o interior da loja, depois de ele ter atravessado a soleira. Quanto a Ben Matias, não restava dúvida de que o havia reconhecido. Ele, porém, virou-se calmamente, e, ainda sentado diante do seu cavalete, deu os toques finais no retrato de uma criancinha lamentavelmente nova com bochechas rechonchudas. Enquanto fazia isso, disse:

— Que audácia a tua, aparecer por aqui. — E continuou, sem perturbar-se: — Antes tu nos causastes inúmeros problemas, nos deste um enorme prejuízo, e é só pelo poder que tens ao teu lado que não mando te jogar no meio da rua. Com todo o respeito.

De uma hora para outra, Aélio sentiu que ia precisar escolher entre a raiva e o sarcasmo, e por inclinação natural escolheu o segundo.

— Não te condeno, Baruc. Mas os problemas foram mútuos, e tu pareces ter te recuperado bem depois que eu te lancei no olho da rua.

Os rapazes musculosos pareciam estar a ponto de intervir, mas um gesto da mão de Matias os deteve, como se fosse uma correia invisível.

— Estamos mais velhos, embora tu tenhas idade para ser meu filho. Eu comecei cedo, tive o primeiro aos 16 anos, portanto suponho que dá para encararmos isso como homens civilizados. Devo deduzir que a Nicomédia ficou velha e perdeu a graça?

O que era uma reação bastante inteligente, pelo que Aélio viu, dar a entender que Ben Matias não só se lembrava dele, mas também havia se informado sobre sua carreira, e até sobre sua mais recente missão.

— Como te informaste tão bem assim — respondeu — deves saber também por que estou aqui.

— Se não tomares cuidado, vou pintar o teu retrato funerário, pelo que ouvi dizer.

Aélio procurou não demonstrar qualquer reação, mas Ben Matias, passando o pincel na borda do pote para remover o excesso de tinta, deu uma piscadela.

— Aquilo que houve perto do Bosque de Benu, e o banco de areia cheio de garças. Lembra?

— Nunca vou entender como consegui vencer o processo que movi contra ti, juro.

— Ah! — E Ben Matias fez um gesto amplo, com pincel e tudo. — Acho que foi porque eu deixei. Mas o peso do exército romano inteiro talvez tenha ajudado também.

— É bom ver que estás tão bem, com um trabalho tão lucrativo.

— Digo o mesmo — e enxugando as mãos, o ex-rebelde mandou os seus jovens sequazes de volta ao serviço, sorrindo e convidando Aélio a segui-lo. — Vamos até os fundos.

"Os fundos" era uma saleta no fim de um corredor tão estreito que Aélio desconfiou que poderia ser algo além do que o velho hábito de garantir segurança. A sala em si abria-se para um pátio interno, pavimentado com pedras de cantaria, com um poço no centro, cercado por paredes sem janelas pelos menos com três andares de altura. Mesmo assim o sol penetrava ali com tamanho ímpeto que a luminosidade que ele lançava no interior bastava para iluminar toda a área.

— Senta-te, sim?

As cadeiras, a mesa, o vinho em um balde com gelo, taças, todos os acessórios eram romanos, importados, de boa qualidade. O vinho, mais do que excelente.

— Come um bolo de amêndoa — disse-lhe Matias. — Minha filha é que faz. — Depois disse: — O que é que te levou a estudar a vida do Sanguinário de Jerusalém?

Aélio já havia se acostumado de novo ao costume egípcio de dar comida aos convidados ou a quem vinha interpelá-los, e pegou um bolo de amêndoa.

— Vós não conseguistes ainda superar a vitória do deificado Adriano.

— E nunca conseguiremos. Ainda estamos falando do faraó que nos perseguiu por este deserto afora há milhares de anos. É prudente recordar.

— E exatamente por isso é que estou estudando a vida do deificado Adriano.

— O que podes acrescentar, de que ele já não tenha se gabado com abundância na sua *Anamnese?* Foi esse nome que ele deu a suas memórias, se é que me recordo bem.

— Acontece que estou interessado no que ele talvez tenha deixado de dizer.

— A história do Menino?

— Também.

Ben Matias pôs um pouco de vinho para Aélio em uma taça de vidro transparente, sobre a qual estava pintado um urso, em cores vivas.

— Sabes, essa era a única coisa encantadora na vida daquele homem, o fato de ele gostar de alguém, em algum momento da sua vida. Pensando bem, foi má idéia de Bar Kokba começar a revolta judaica pouco depois de o Antínoo ter morrido. Eu digo e repito: nunca se deve começar revoltas quando os monarcas estão deprimidos.

Aélio procurou não responder nada, por precaução.

— Se me arrastares pelos cabelos, comandante, o que seria um feito e tanto em si, nesta fase da minha vida, onde estou ficando calvo, pode ser que eu seja capaz de fornecer-te alguns fatos interessantes sobre a vida do Sanguinário.

— Seria um grande prazer, se concordarmos em uma nomenclatura entre o estado deificado dele e o teu insulto.

No copo de Ben Matias havia um homem combatendo um urso, pintado em tons de vermelho e verde.

— Mas se os mexericos forem minimamente verdadeiros, essa sua visita ao Egito tem outros motivos além de apenas reconstituir o passado. A princípio eu disse a mim mesmo: "He, he, ele vem para incomodar os cristãos. Já estava demorando." Depois disse: "Não, ele veio aqui para nos entregar todos ao velhote."

— Estás te referindo a Sua Divindade?

— Deus é um só, comandante, e Seu nome inefável certamente não é Diocleciano.

— Muito bem, então, bem-informado como és, diz-me, como é que está o Egito agora, afinal?

— Ah, está uma bagunça, Aélio Espartano. Pode parecer ainda com o celeiro do império, mas está infestado de ratos. É uma beleza estragada, um poço envenenado.

— Boas metáforas, mas não me dizem nada.

Ben Matias olhou de relance para a sombra esparsa dos pombos que decolavam de um telhado do outro lado do pátio.

— Para não complicar muito, vou dizer que, se chegaste aqui ileso e estás me fazendo essas perguntas, foi porque alguém deixou.

Aélio soltou uma gargalhada.

— Verdade? E quem é essa pessoa que me deixa cuidar dos meus assuntos oficiais?

— Eu não te diria nem que soubesse. — O rosto comprido e barbado de Ben Matias parecia a cara de um bode sorridente, tanto que Aélio não sabia se ele estava falando sério ou não. — Os juízes são comprados e vendidos por eles, ou deixam os cargos, desgostosos. Os comerciantes pagam subornos a eles, se o remendão da esquina não os obedece jogam sua própria urina fervida no poço da família, ou senão lhe quebram as pernas em um beco escuro. Queres construir uma casa? Compras as terras, pagas todas as licenças, contratas os pedreiros, mas nada se faz até pores as moedas na fenda certa. Tua filha não se casa com vinho e música a menos que pagues. — Olhando para Aélio com argúcia, acrescentou: — Os fornecedores do exército caem dos barcos, e ninguém sabe como foi.

— Devo interpretar que Dio Sereno pode ter sido assassinado por ter deixado de pagar suborno?

— Só Deus sabe. É problema dele, pois, para cada centavo que ele ganhou, sem dúvida, precisou pagar dois a alguém. Isso só serve para provar quanto estava ganhando, rico como conseguiu ficar. Agora, a ti não dirão nada de útil, ou talvez te mandem seguir mais duas boas pistas, e só quando tiveres percorrido três quartos do caminho é que descobrirás que as pistas apontam para direções diametralmente opostas. Ou isso, ou eles te levarão de volta ao ponto de partida.

— Eles, eles, isso tudo está muito vago, Baruc. Fala logo. Em quem posso confiar?

— Em ninguém, nem mesmo em mim, porque não sabes se o que estou te dizendo faz ou não parte de toda essa encenação.

Era como estar na luz refratada, os espaços ilusórios das termas de Adriano, afundado até as narinas em água tépida.

— Se pudeste enfrentar o poder de Roma, certamente não vais ceder diante de nada disso — observou Aélio.

— Quem disse que alguém vai ceder a alguma coisa? Eu posso ter meus motivos e obter meus lucros desse negócio. — Balançando o dedo sujo de tinta para ele, Ben Matias estava com aquela cara de quem estava se divertindo outra vez, mas podia ser apenas desprezo pela forma como as coisas eram. — Dá uma boa olhada em algo que jamais examinarias a menos que alguém te ordenasse: a contabilidade de fazendeiros e pequenos artesãos. Queres ver meus livros? A verdade é a seguinte, comandante: para cada dracma que gastei em suprimentos ou salários dos meus empregados, gastei dez vezes mais em suborno. Sempre que o opressor é poderoso demais para mim ou para que meus rapazes lhe quebrem a cabeça. Acho que é a podridão do império que começa a aparecer nas extremidades, feito gangrena, mas tem sua origem em uma doença interior, no âmago.

— Eu já ouvi tudo que desejava ouvir a respeito desse assunto.

— E isso só prova que tu, também, mesmo considerando-te um historiador, estás longe de perceber a realidade das coisas.

— É a natureza humana: tenderá à corrupção, independente da forma política, motivo pelo qual as reformas de Sua Divindade devem ser implantadas. Estás, então, querendo me dizer que a Rebelião não foi causada por sentimentos honrosos?

— Provavelmente não. Eu não tive nada a ganhar a não ser o assédio aos romanos, o que na época já me bastava. O que posso dizer, comandante? Está no sangue. Lutei contra os romanos, com Aquileu, assim como meu pai lutou contra eles, ao lado de Bat Zabbai.

— E quem era esse?

— Esse? Essa, é o que estás querendo dizer. A chamais de Zenóbia, e ela foi para vós uma grande adversária. Mas estavas ainda nas fraldas quando ela foi rainha de Palmira, portanto foste poupado desse vexame. Quanto a mim, agora assedio os romanos de outras formas, arrancando-lhes o couro com aluguéis de casas de veraneio e viagens caras ao interior.

— Tu és um cínico.

— Espero que sim. É uma filosofia até interessante. Não sou religioso, como sabes, nem mesmo sou egípcio. Simplesmente não gosto dos romanos. Tu, por outro lado, estás realmente convencido de que podes erguer os véus do passado e encontrar uma linda noiva; quando tudo que provavelmente encontrarás é um crânio sorridente, mofado e devorado pelos vermes.

— Presumindo-se que esteja procurando alguma noiva.

— E todos não estão, exceto por aqueles que preferem rapazes? O Sanguinário trouxe o seu menino para cá feito um cachorrinho, afogou-o como se afoga um cachorrinho, depois o transformou em deus. Conheci duas irmãs em Arsino que fizeram o mesmo com seus cachorros de estimação doentes, e me pediram para pintar retratos deles.

Aélio mordeu a língua.

— Como sabes que ele o afogou? — perguntou.

— Não é a pergunta certa a se fazer. A pergunta certa é: Será que esse homem, esse blasfemo que era capaz de matar milhares de pessoas, não seria capaz de mandar matar seu preferido diante de seus próprios olhos?

— Domiciano era um soberano mórbido e desconfiado, mas o assassinaram mesmo assim; e também Cômodo.

— Ahá, não compares esses dois palermas com a maldade de Adriano. Em uma barca imperial, com escolta militar, ninguém, a não ser ele, poderia ter jogado o Menino no rio, ou mandado alguém fazer isso. Teus cabelos grisalhos já deveriam ter te ensinado certas coisas: a trilha desse assassinato é tão antiga que não há praticamente rastros que possa seguir.

— E se não tiver sido assassinato?

— Ainda é mais difícil provar um acidente, depois de tanto tempo. Ora, comandante, estamos falando da época antiga, quando Roma arrastou teus ancestrais contra a vontade pelas barbas louras para fora dos seus antros bárbaros!

— Estás me insultando de propósito.

— Ora, não tenho culpa se teus ancestrais estavam andando de quatro ou quase isso, enquanto meu povo já estava liderando uma resistência nacional contra o invasor da semana.

— Pelo menos os panonianos estão bem posicionados na Corte, ao passo que os judeus estão espalhados aos quatro ventos.

— Infelizmente não dá para negar. — Cofiando a barba grisalha, Ben Matias encontrou gotinhas de tinta e as removeu delicadamente. — Se eu estivesse tão interessado em descobrir o que ocorreu com Sereno quanto penso que estás, iria conferir os cristãos, só por via das dúvidas. Sabe como é, são os homens santos deles, ou anacoretas, é assim que se chamam, exatamente como aqueles que correm para fugir dos credores, que escolhem túmulos abandonados como sua habitação. E o que existe, ou pode existir, em tumbas abandonadas?

— Os cristãos não se deixam motivar por ouro, pelo que sei.

— Talvez não, mas não gostam de pessoas que entram para pegar o ouro e perturbam suas preces. E não me venhas dizer que eles não matam ninguém, porque matam sim, e tu sabes disso.

— Eles não iriam entrar nesse barco para matar.

— E por que não? — Inclinando a cabeça calva para um lado, o ex-rebelde pareceu avaliar Aélio, e ele presumiu que era por causa da sua velha inimizade, ou talvez para avaliar sua determinação. — Acontece que todos lucram com a morte do Sereno. Seu amante choramingas, seus devedores, seus concorrentes, o fisco romano, os agentes imobiliários de Oxirrinco até Fila, um ou dois negociantes de arte que conheço. Até os sacerdotes de Antínoo, que devem receber uma boa parte de sua herança, assim que toda a papelada tiver tramitado na justiça.

— Nenhuma dessas pessoas estava no barco com ele.

— Qualquer um podia ter entrado no barco e saído dele, a menos que os marinheiros contratados tenham mudado, desde a minha época.

Do chão ao lado da cadeira, Ben Matias havia pegado um pedaço de ardósia, e começou a traçar um esboço nele, sem cerimônia, olhando para cima de vez em quando.

— O rio é longo, pode acontecer muita coisa nas suas margens. Definitivamente, há dois ou três lugares ao longo do caminho onde até gente mais humilde que nosso Sereno arriscaria suas vidas, navegando nos seus lindos barquinhos.

— Ladrões do rio?

— Ladrões da água, é como os chamamos. Sim. A administração anterior conseguiu livrar-se deles, mas eles voltaram a se proliferar nos últimos cinco anos, mais ou menos. Condená-los a exílio interno não resolveu nada. Eu já sabia, mas eles devem ter dado dinheiro para os sujeitos certos nos lugares certos. O exército e a patrulha do rio juram por tudo quanto é mais sagrado que nos livraram deles, mas não é verdade. Eles estão mais fortes do que nunca, e muito determinados.

— Eles são os mesmos *eles* que me permitem tratar dos meus assuntos oficiais?

— Não que eu possa te dizer.

Aélio mastigou pensativo um segundo bolo de amêndoa.

— Minha mãe faz bolos bem parecidos com estes.

— São bons?

— Muito bons. Então, estás desenhando o curso do Nilo para me dares uma pista?

— Não, estou desenhando o teu rosto para o caso de eu precisar fazer o retrato da tua múmia.

Anotações feitas por Aélio Espartano, na primeira semana (V Calendas) de julho, a serem depois transcritas sob forma de carta para Sua Divindade:

As coisas no Médio Egito não parecem estar indo nada bem. As autoridades locais ou são relapsas ou abusam da sua autoridade (mencionar a entrevista com Baruc ben Matias, ex-sectário de Aquileu durante a Rebelião), as estradas não estão seguras, os crimes não despertam a atenção dos investigadores ou da promotoria. Os preços dos produtos alimentícios básicos (anexar lista) estão variando muito, em relação ao máximo permitido pelo edito. Continuam os julgamentos dos partidários da seita cristã, e, nas três sema-

nas após minha chegada, só na metrópole 15 homens (quatro deles militares) e duas mulheres (mais uma morta por linchamento) receberam a pena capital. A população se encontra muito revoltada contra eles, pois há uma cisma entre os cristãos, havendo aqueles que se retrataram diante de perseguições prévias e aqueles que perseveraram na sua loucura. Os dissidentes e os informantes são persona non grata no meio deles, e precisam mudar de bairro e até de nome.

Sob outros aspectos, agora estou convencido de que o fornecedor do exército, Dio Sereno, e seu liberto Pamíquio foram assassinados para que se obtivesse, e talvez se destruísse, uma carta do deificado Adriano que menciona uma ameaça contra o império; com o mesmo objetivo em mente, desconhecidos também atearam fogo ao depósito do comerciante de especiarias Theo. Embora não haja por enquanto provas suficientes para se presumir que as tentativas de intimidar-me e me tirar do Egito também podem ser atribuídas à mesma pessoa ou ao mesmo grupo, ficou claro que a menção de documentos sobre uma conspiração ou plano na carta despertou em alguns meios temores de retaliação por parte de Roma, caso estes documentos fossem descobertos. Se Dio Sereno, conforme ele alegou, não mencionou a ninguém sua descoberta, como alguém sabia que ele estava com a carta? Acho que ele falou com alguém, talvez apenas confidenciando, e essa indiscrição lhe custou a vida.

Bastante ciente do risco político, pretendo solicitar permissão dos sacerdotes locais para exumar o corpo do Menino no seu templo, sob o pretexto de cumprir a ordem de Sua Divindade de fazer minhas pesquisas históricas. Na realidade, para evitar que outros, desconhecidos, o façam antes de mim. Se eles se recusarem a atender a minha solicitação, devo estar pronto a usar a autoridade atribuída a mim, e ordenar a abertura do sarcófago. Neste segundo caso, ou eu tento agir rápido, ou seja, amanhã mesmo, devido ao fato de que os dias 3 e 4 de Epiphi, segundo o calendário egípcio, são dias contrários a qualquer iniciativa — ou então espero uma semana inteira até o próximo dia propício. Evitarei a todo custo que pareça um sacrilégio, embora, em caso de entrada à força, seja necessária uma escolta militar.

Gavius Tralles ficou apavorado. Burocraticamente apavorado, com um meio sorriso, como que se desculpando, mas um sorriso pronto a desaparecer assim que alguém duvidasse da determinação de sua recusa em ajudar. Aélio tinha aprendido a reconhecer aquela atitude há muito tempo, na maioria das vezes antes de uma batalha, e até mesmo no campo de batalha, quando a última coisa que se poderia fazer seria permitir que um colega deixasse de cumprir ordens.

— É praticamente impossível — dizia Tralles, naturalmente, não era porque ele não podia ou não queria, mas sempre uma questão de impossibilidade pura e simples. — Não te lembras tão bem do Egito assim. As coisas mudaram muito nos últimos anos, não são mais como antes.

— Pois eu já acho que vi o Egito na pior época possível. Duvido que esteja pior agora. — Para não perder a paciência, Aélio precisou olhar para o outro lado da sala, além da mesa desarrumada, onde reinava a penumbra naquele escritório que estava começando a conhecer, com uma janelinha estreita tão brilhante que parecia arder às labaredas brancas do meio-dia. — De ti só preciso que, se necessário, envies a milícia local para guardar o templo enquanto cumpro meu dever lá dentro. Preciso resolver esse assunto, não me importa o quão complicado ele seja.

Tralles era seu amigo, e, apesar de toda aquela hesitação, um excelente oficial. Estava ali sentado à sua mesa, exatamente como no primeiro dia em que eles tinham renovado sua amizade na metrópole, avantajado, robusto, produto romanizado do exército tanto quanto ele, da cabeça aos pés, tão semelhante a ele em tantas coisas que Aélio sentia sua recusa de maneira pessoal, como se fosse seu próprio fracasso. Como se fosse ele quem não quisesse se envolver com os sacerdotes do templo ou com o abençoado Antínoo. Aquela reunião era como a ponta finíssima de um alfinete, que estava esvaziando a amizade entre eles, criando um vácuo ao redor de ambos. E nesse vácuo, Aélio sentiu nitidamente a natureza afetiva desta conversa e suas implicações mais amplas. Estavam os dois ali naquela salinha, e lá fora, em círculos atordoantes cada vez maiores, as paredes do posto de comando, o quartel do exército com sua guarnição romana e romanizada, as ruas de Antinoópolis, o penhasco atrás da cidade, a via de Adriano em direção às montanhas, e o litoral árabe como uma grande cobra engolida pelo deserto, a vastidão do Médio Egito estendendo-se do Delta a Tebaida, cortada pelo Nilo como uma ferida verde aberta, e embainhada de todos os lados pela areia e pelo céu, interminável, exceto pelo oásis luxuriante de Ammoneus, esmeralda divina.

— Ora, Gavius, se não fizeres isso, quem fará?

— Tu. Tu és o emissário do César. Não estou incluindo nisso nossa amizade, estou eliminando qualquer envolvimento afetivo. Tu podes.

Então, era assim que o Tralles e os outros agiam. Fossem quais fossem os acontecimentos dos últimos oito anos ali, como Ben Matias havia dito, não se iria enfrentar nada diretamente naquele exato momento. Rabírio Saxão, que a princípio tinha dito sim, já havia declinado de se envolver pessoalmente, e não havia tempo para solicitar o apoio do prefeito Culciano de Alexandria. A escolta de Aélio, vinte cavalarianos de sua unidade de campanha armênia, tinha sido chamada por um mensageiro às pressas, mas não viria de Cinópolis, que ficava a 50 milhas, antes do meio-dia do dia seguinte. Ele sentiu uma vontade violenta de passar uma severa descompostura no Tralles, mas não adiantaria nada, portanto, em vez disso, ficou ali onde estava, e decidiu recuperar, da relação entre eles, o que fosse possível depois dessa decepção mútua. Sentado à mesa diante do seu colega, disse:

— Pelo menos diz-me por que perdeste a coragem, Gavius.

Depois de explorar o campo ambíguo da justificativa, Tralles agora estava sentindo necessidade de sair pela defensiva.

— Não é questão de ter coragem ou não — disse, contrariado. — É preciso agir de certa forma para se poder continuar trabalhando por aqui. Qual é o problema? É preciso adaptar-se. É um processo gradativo mesmo, sabes, de aliviar as engrenagens de vez em quando. Não te pedem exatamente para te virares do avesso. Eu precisei me adaptar, mudar o meu jeito.

Aélio ficou encarando-o, incrédulo, a mão apoiando o queixo, e depois, desviou o olhar, não para poupar o amigo da sua observação, mas sim para proteger-se de alguma forma do que o outro estava dizendo. Aquele argumento era o mesmo em todo posto de serviço militar, em toda parte onde era preciso conviver com hábitos estrangeiros. Tralles havia descoberto sua própria incapacidade de divergir, nada mais, nada menos que isso.

— E então? — instigou-o Aélio, de leve. — Esquece o assunto do qual falávamos antes. Tu... o que fizeste?

— Nada ilegal, se é o que estás querendo insinuar.

— Não quis dizer isso.

— Eu me tornei um pouco nativo. Já havia comentado isso contigo.

— Nativo, como? Grego? Egípcio?

Tralles tinha se referido a essa transformação antes, mas agora estava fazendo-a parecer nova e mais relevante, como se, por causa dela, não pudesse liderar um pelotão de soldados pela manhã.

— Nativo, seja lá como definas isso: igual ao povo daqui. Arranjei dois escravos deixados, recém-nascidos, no monte de lixo. Criei-os até ficarem adolescentes, vendi-os com grande lucro. É só um excelente negócio, e não especificamente local, dirias. Mas enquanto os educava, treinei-os para serem dançarinos de castanholas, o que por aqui dá bom dinheiro, nos casamentos e em outros eventos. Comprei três fazendas com desconto depois de uma cheia menos intensa e uma colheita ruim, pus camponeses para trabalhar nelas, mudei a vida deles convencendo-os a plantar margosa. Arranjei uma irmã-esposa...

Essa Aélio nunca tinha ouvido antes.

— Irmã-esposa? — disse, sem conseguir se conter. — Do que está falando? Tu nunca tiveste irmãs.

— Ora, não exatamente, mas tinha uma prima em primeiro grau, e fingi que ela era minha irmã. Para os outros não me estranharem, sabes. Ou seja, antes disso ter sido proibido para os cidadãos romanos, há seis anos. Temos filhos, e como ela já foi casada, há os filhos dela, que trouxe para o nosso casamento; agora sua menina mais velha está grávida, e o rapaz com o qual ela se casou mudou-se para a casa dos pais, onde também mora o tio. Eu comprei uma casa maior, e todos estão satisfeitos. — Tralles inspirou profundamente e depois eliminou o ar dos pulmões. — E esse é o motivo pelo qual não quero que nada aconteça a mim, nem aos meus entes queridos. — Lá fora o vento soprava com força outra vez, e um pouco de areia fina entrou turbilhonando pela janela, cintilando na luz. — Não deixo de cumprir com meus deveres. Eu cumpro. Pergunta a qualquer um, minha ficha como defensor da paz e da ordem é a melhor que eles já tiveram em anos por aqui.

— Contanto que não temas nenhuma retaliação.

— Queres saber do que mais? A curiosidade matou o gato. É o meu lema. Sempre tiveste o hábito de ser curioso, pesquisar a história ou seja lá o que for que investigas no teu tempo livre; também nunca te detiveste em lugar algum por tempo suficiente para te tornares parte dele, nunca participaste totalmente, integraste uma sociedade. É fácil para ti falar. Agora és amigo do César, por que não tiras partido da tua posição? — Tralles pôs a mão aberta sobre o peito, para mostrar que estava sendo sincero. — Posso ajudar-te, posso mesmo. Só não me peças para fazer o que não posso fazer.

— Ou não queres.

— Pensa o que quiseres. Fora isso, eu te ajudarei.

Como Aélio havia se levantado da cadeira e estava saindo da sala, Tralles ergueu o tom de voz, sem levantar da sua cadeira.

— Por que viajas sozinho, Aélio? Onde está tua comitiva agora, neste momento?

Aélio não olhou para trás.

— Viajo sozinho porque quero. Os servos e livros e a escolta me precedem ou me seguem, dependendo da ocasião; uso a escolta apenas quando é imprescindível, e quanto ao resto, uso o crédito de emissário do imperador por meio das minhas cartas de apresentação, meu anel de sinete e dicionários de conversação básica. Nunca me senti tão bem antes ao viajar na minha vida.

— Mas estás só, e diante de tudo isso que está acontecendo...

Aélio, então, virou-se:

— Não percebi nada acontecendo. Segundo tua opinião, mesmo quando não tens resposta para a violência ou roubo, não é da nossa conta, ou então, não podemos fazer nada contra isso. Deixa que eu me cuido, não te preocupes.

Dia 3 do mês de Epiphi (28 de junho, quarta-feira)

Por um milagre da logística, apressando-se durante a noite, a escolta armada de Aélio chegou à cidade ao amanhecer. A essa hora ele já havia enviado uma mensagem ao templo de Antínoo, e foi convidado para uma entrevista com os dois sacerdotes que o haviam conduzido pelo templo. Eles se encontraram na casa dos sacerdotes, e, para seu espanto, não apresentaram obstáculos significativos a seu pedido. Falaram de uma extrema preocupação com a irregularidade da solicitação, da necessidade absoluta de sigilo "para evitar um escândalo entre os fiéis" e exigiram vários privilégios para o colégio religioso (principalmente isenção de impostos para construção de açudes e de corvéia para seus parentes). Fora isso, eles pareciam estar agindo de maneira submissa.

— Claro que não dispomos da mão-de-obra necessária para fazer o serviço hoje — acrescentou o sacerdote baixo e gordo — e vamos ter de pedir a alguns engenheiros confiáveis e pedreiros que venham de Panópolis. Portanto, só no dia 8 de Epiphi poderemos atender ao seu pedido.

— Prefiro não esperar tanto.

— Lamento, *legatos.* Mas entendas, para expormos os restos mortais de um deus, independente do teu interesse científico, precisamos aguardar o dia mais propício.

Eles sabem perfeitamente bem que não tem nada no túmulo, desde a época de Cômodo, pensou Aélio, mas eu preciso confirmar isso eu mesmo. *Estão tentando ganhar tempo.*

— Tenho um engenheiro na minha escolta — disse Aélio — e homens suficientes para o içamento.

— Bem, pode ser, mas não podemos fazer isso hoje. Já temos cerimônias planejadas. Está fora de cogitação.

Aélio ainda quis bater pé, mas pensou melhor no caso.

— Meus homens estão aí fora. Preciso prosseguir com as pesquisas em outro local, e não posso esperar uma semana. Prometo obter de Sua Divindade, em seu nome, uma anuidade vitalícia hereditária para o pessoal deste templo como prova de gratidão, se me permitires abrir a tumba agora, neste momento.

O sacerdote alto e magro sacudiu a cabeça.

— Haverá tumultos na metrópole, se alguém perceber a invasão do exército no templo.

Foram necessárias ainda algumas outras promessas, mas após meia hora os servos do templo foram despachados para a cidade com desculpas, os portões do recinto sagrado foram fechados ao público, e os babuínos receberam frutas para comer no bosque. O pelotão de Aélio, veteranos escolhidos a dedo de sua própria região, prepararam-se para cumprir ordens. Seguidores de Mitras, todos eles, não temiam exumar um deus grego, nem sentiriam remorsos por isso.

Dentro do templo, os sacerdotes removeram uma braçada de flores do sarcófago do Menino, levantando uma nuvem de perfume e pequenos insetos. Usou-se incenso para purificar os homens, suas ferramentas e todo o recinto, até todos sentirem-se como se seus próprios pulmões tivessem sido embalsamados como cadáveres egípcios.

Os lacres do sarcófago, comentou o engenheiro, tinham sido rompidos, e refeitos, um antigo conserto.

— Há mais de cem anos? — indagou Aélio, pensando na visita de Cômodo.

— Não faz tanto tempo assim.

A resposta o preocupou, mas fazia pouca diferença no caso de o sarcófago estar vazio.

Dado o peso da tampa e a dificuldade de armar as máquinas para elevá-la, o engenheiro concluiu que ela deveria apenas ser erguida a um ângulo de 45 graus, na esperança de que a grossura do sarcófago em si não fosse grande o suficiente para impedir o exame de seu conteúdo. Sob a sombra intimidadora da monstruosa estátua de Antínoo, envoltos por uma nuvem de incenso continuadamente renovada, os soldados trabalharam para introduzir cunhas e elevar a tampa o bastante para fazê-la descansar na beirada externa do caixão. Levaram dez horas para concluir a tarefa, e a essa altura Aélio já estava se perguntando como os sacerdotes podiam continuar tão compenetrados e solenes quanto estavam durante todo esse tempo, e se eles fingiriam surpresa ao ver que o sarcófago estava vazio.

Mas não estava. Quando finalmente a lápide foi afastada para um lado e ele foi capaz de olhar lá dentro, com a ajuda de uma lanterna, viu o rosto pintado e assustador de um jovem com grandes olhos castanhos, cabelos escuros e encaracolados, um queixo com covinha, como se a luz o houvesse despertado. Em torno do retrato, faixas de linho dourado encontravam-se entrelaçadas, tão coladas ao corpo que era praticamente impossível esconder um documento grande. A menos, é claro, que a "prova" da qual Adriano falava tivesse sido usada para enrolar a múmia. Passaram pela cabeça de Aélio mil idéias tão rápido e entrechocando-se tanto que o deixaram atordoado, a ponto de emudecê-lo. Theo estava enganado, Cômodo tinha mesmo encontrado o corpo de Antínoo, não havia outros sepulcros além deste. Era mais magro e menos impressionante que seus retratos oficiais, mais baixo do que o imaginara — um jovem comum, que tinha deixado esta vida antes de perder o viço. Tanto amor, tantos monumentos, para um jovem comum. O funeral apressado explicava o material relativamente barato usado para enviá-lo para a eternidade. Não havia nenhum pertence à vista, e até mesmo examinando-o de perto, Aélio não conseguiu descobrir nada em torno da múmia. Será que alguém já havia vindo antes dele, e retirado o documento? Ele debruçou-se para olhar os cantos do sarcófago, passou as mãos sob as ataduras rígidas da múmia, e por alguns instantes esqueceu-se de quem era e de onde estava, tal era sua necessidade de saber. Nada, ali não se encontrava nada além do corpo embalsamado de um jovem. Templos, estátuas, poemas, uma villa imperial inteira para abrigá-lo, como um pássaro precioso e exótico: Adriano havia criado toda uma lenda em torno daquele menino de rosto magro de aparência insignificante. Aélio pensou que a decepção iria sufocá-lo, mas as provas estavam ali na sua cara: uma máscara mortuária barata.

Seus soldados, curiosos ou não, recuaram, inclusive o engenheiro. Quanto aos sacerdotes, eles não saíram nem uma vez das cadeiras dobráveis nas quais se sentaram, como juízes de uma partida esportiva, ou políticos em uma reunião interminável. Aélio virou-se para olhá-los, e o sacerdote magro finalmente aproximou-se, embora não o bastante para olhar dentro do sarcófago.

— Meu colega e eu vimos o abençoado Antínoo quando o templo foi consertado e reformado, durante o reinado pró-egípcio de César Probo.

Aélio ainda estava surpreso demais *(nunca serei capaz de conseguir o documento agora,* pensava, *e mesmo que ainda esteja aqui, em algum lugar dentro dessa múmia, não há como retirá-lo)* para comentar sobre aquela ligeira provocação política. Passou a hora seguinte num silêncio taciturno, fazendo anotações resumidas sobre o cadáver e seu esquife, e depois das devidas cerimônias de purificação e oferendas, limpeza e espargimento de incenso em torno dos altares, ele saiu do templo. Seus homens foram aquartelar-se no posto de comando, e ele voltou ao seu apartamento, onde ficou escrevendo e ponderando até altas horas da noite.

Capítulo V

Dia 4 do mês de Epiphi (29 de junho, quinta-feira)

Apesar do pincel na mão, Baruc Ben Matias manteve o dedo tocando seu nariz comprido, como para indicar que estava na pista certa.

— Não vou te perguntar por que queres saber, embora, se eu pudesse tirar minhas conclusões, tenho certeza de que descobriria. — Tinha acabado de começar o retrato de corpo inteiro, em linho, de uma mulher com cara de amargurada, que Aélio havia encontrado à porta, quando saía, depois da sessão de pintura.

Misturando cores de vários potes, o judeu voltou a atenção para o cavalete, no qual encontrava-se preso uma mortalha engomada. O pano revelava pouco mais que um fundo cinzento com o esboço de um rosto desenhado nele e seus traços básicos, o ar do estúdio estava carregado do cheiro da resina e do odor viçoso de cera de abelha derretida. Baruc havia sujado o nariz de vermelho, e agora estava removendo a tinta.

— Se tua descrição da múmia é precisa...

— É.

— Se é precisa, o que viste não foi uma múmia da época do Sanguinário.

— Não?

— Não.

— Então seria posterior?

— Ao contrário. Anterior a Adriano, mais ou menos uns cinqüenta anos. Estilo de pintura, tratamento dos cabelos, o jeito como descreveu a máscara e o envoltório… posso calcular aí, com uma margem de erro de cinco anos, que a múmia que viu foi feita durante o reinado daquele outro imperador sanguinário.

Aélio entendeu essa como uma referência à primeira destruição de Jerusalém.

— Tito?

— Isso. — Ben Matias mexeu rapidamente os pigmentos dos potes, aplicando pinceladas precisas no pano. — E também me parece que a múmia não foi feita aqui. Talvez em Arsino, onde costumam deixar as tabuletas com formato quadrado. Devias saber, se não sabes ainda, que trasladar corpos não é novidade neste país. — E relanceou os olhos sobre o ombro, como um carneiro verificando se o rebanho ainda está vindo atrás dele. — O penhasco comprido, que não fica distante da cidade, sim, a chapada antinoíta, como a chamam, estava cheia de gente enterrada quando cheguei aqui, túmulos violados e saqueados há muitos séculos atrás, mas ainda com múmias dentro, sem nenhum objeto de valor. As tumbas eram, na verdade, velhos buracos nas pedreiras, portanto, quando a metrópole decidiu explorá-la de novo, removeram os corpos de lá e os sepultaram em esquifes modernos, diante do portal oriental. Por que estás com essa cara tão exultante, comandante?

Aélio não quis dizer. Theo devia estar certo, afinal. Cômodo não havia encontrado nada no sarcófago do Menino, talvez porque o deificado Adriano já o havia esvaziado ao voltar para Roma. Porém, a notícia foi abafada, os sacerdotes do templo rapidamente aproveitaram a oportunidade para colocar uma outra múmia na tumba, para o caso de outros visitantes poderosos tentarem ver o corpo. Cerimônias de culto e rendas continuaram como se o corpo fosse de Antínoo. Mas agora, viajar para a Itália havia se tornado para Aélio uma possibilidade distinta e urgente, que renovou suas esperanças de desvendar a verdade.

— Sou-te muito grato por essas informações, Baruc.

— Não me custou nada.

Ele saiu da loja de Ben Matias decidido a dar uma cavalgada pelo campo antes que o vento ficasse forte o bastante para gerar uma tempestade de areia. Um sedimento finíssimo, semelhante a vidro moído, já estava descendo do penhasco, diante do portal oriental da cidade. Ali Aélio parou para cobrir o rosto com um lenço sob o arco do triunfo de Carus e seus dois filhos. Imperadores anteriores a Diocleciano, aqueles novos-ricos guerreiros, tinham todos sido mortos há anos atrás. Sua inscrição comemorativa ainda trazia cinzeladas as marcas dos soldados de Aélio, que durante a Rebelião receberam ordem para apagar aqueles três odiosos nomes: não importava que, de todo aquele episódio lamentável, eivado de ambição e fratricídio, Sua Divindade, paradoxalmente, houvesse se destacado como vingador do filho caçula de Carus e sido escolhido como novo governante.

O hipódromo, um pouco adiante, na estrada, formava um ângulo com o muro da cidade, disposto precisamente na direção leste-oeste, e os monumentos funerários margeavam o caminho entre a cidade e o campo. Alguns deles eram anteriores à colônia e não continham nomes, ou o nome estava escrito em pictogramas irreconhecíveis. Ele tinha vindo até ali duas vezes recentemente, quando os cristãos haviam sido executados, soldados que, sem se queixar, eram degolados no lugar de costume. Uma cisterna fortificada que chamavam de hydreuma, construída às pressas durante a Rebelião pelas tropas de Aquileu (por Ben Matias, pelo que sabia), estava agora reduzida a escombros. Ficava atrás do mesmo muro onde o exército executava seus cristãos.

Atrás do hipódromo, havia um morro isolado e comprido, que parecia até a versão convexa do estádio côncavo. A menos de meia milha de distância, assim como o penhasco acima dele, essa elevação, naquele momento, exibia o brilho de um espelho de cobre. Era difícil crer que esse monte fosse o mesmo, e o penhasco, a mesma Rocha Antinoíta que de manhã era mais azul que o céu atrás dela, e que à tarde ardia, ondulante e vermelha.

Ele seguiu na direção dos velhos túmulos na encosta do morro e dos túneis da pedreira, portanto, entre o final arredondado do hipódromo e o monte, saiu da estrada e descreveu uma curva acentuada à direita, na esplanada árida e sem sombra, para procurar uma trilha acessível a cavalo. Ao pé do monte ele descobriu um pequeno santuário da deusa Hator, castigado pelo tempo, e através do pano do seu lenço, por hábito, tocou-o com os lábios, por respeito Dentro do seu altar, a estátua da deusa como que retribuiu o cumprimento. Sua testa curva, queixo delicado, têmporas largas, expressão terna e compassiva, e orelhas de bezerra a transformavam em um híbrido divino de animal de fazenda e deusa que lhe recordou o rosto de Anubina. Ele planejava ir visitá-la na loja antes de sair do Egito, e justo por isso tinha comprado uma boneca para sua filha e doces para o menino. Se o marido dela estivesse por perto, ora, ele também o cumprimentaria, dando-lhe os parabéns pela sorte que tinha.

Nunca existiu um caminho pavimentado que ligasse Antinoópolis às pedreiras diretamente, de modo que o melhor seria Aélio seguir o leito seco repleto de pedregulhos de um rio temporário, que a princípio subia devagar e depois curvava-se, seguindo um ângulo mais acentuado rumo ao norte, até a beirada da Rocha. Pequenos vales formados por riachos secundários espalhavam-se como dedos de uma mão que se estendesse para tocar o muro leste da cidade. À medida que o cavalo ia vencendo a encosta, iam saindo escorpiões de baixo das pedras, e o penhasco, que da cidade parecia baixo e escalonado, pareceu ficar mais alto e inclinado à medida que ele se aproximava.

A entrada da pedreira principal não era nada parecida com as demais, quadradas, que ele havia visto ao norte de Espalato, de onde estavam sendo tiradas as pedras para o palácio de Sua Divindade. Realmente lembrava a boca irregular de uma gruta imensa, e, no momento em que pisou dentro dela, o vento parou de soprar nos seus ouvidos, com um feito oco de silêncio absoluto. Um sedimento poeirento o seguiu ao entrar, e depositou-se também. Alguns passos adiante, rochas errantes e escombros abandonados no chão revelaram que as pedreiras estavam uma vez mais desocupadas. Antigamente, se as fontes eram confiáveis, os viajantes precisavam ter cuidado com leões e animais desse tipo que se refugiavam nas cavernas. Agora não havia sequer necessidade de farejar o ar antes de entrar para ter certeza de que não se tratava de um covil de feras. Os leões eram tão raros que ele tinha visto placas na cidade oferecendo recompensas fantásticas por um único grupo para ser vendido ao circo.

À medida que Aélio foi entrando, encontrou a escuridão rompida por uma réstia de luz que penetrava por uma fenda do teto da pedreira, à qual correspondia, no chão, um cone de pedregulhos e areia caídos através dela durante as tempestades de areia. Viam-se por toda a parte marcas deixadas por enxadões e picaretas, espalhadas nas paredes, como escamas de peixe. Também havia resquícios de alvenaria onde túmulos antigos tinham sido escavados no corpo da pedreira, e depois novamente escavados para se extrair pedras, talvez na época do deificado Adriano e da construção da cidade em honra de Antínoo. A princípio, a escuridão havia cegado Aélio, mas depois ele acostumou-se o suficiente para distinguir formas e objetos em torno de si.

No chão, ao final do corredor de alvenaria, ele viu o que parecia ser madeira empilhada fora do caminho. Mais de perto, percebia-se que a pilha tinha sido cortada, aplainada e pintada, formando tábuas e pranchas, a maioria delas rachada ou partida. Aélio ergueu uma cuidadosamente e usou-a para cutucar as demais, causando um alvoroço entre as aranhas e os escorpiões de aparência gelatinosa que correram para todos os lados. Viu rostos pintados, com expressões atônitas, a camada de ouro das coroas e lábios removida há tempos, em meio à poeira e o abandono daquela pilha quando ele expôs as tabuletas de múmias bem semelhantes ao encontrado no túmulo do Menino. Seguindo adiante no corredor cheio de escombros, descobriu mais restos como os primeiros, mas não estava interessado em visitar tumbas violadas. Mesmo assim passou mais algum tempo explorando outras aberturas. Em algumas encontrou excrementos humanos, potes quebrados, sinais de habitação pelo menos temporária. Depois, de pé à entrada de uma das pedreiras, teve uma visão panorâmica do terreno a seus pés. Gaviões circulavam subindo pelas correntes ascendentes de ar quente saturado de pó, equilibrando-se nas asas contra a fimbria verde ao longo da margem, o Nilo, suas ilhas, e Hermópolis, do outro lado do rio.

De lá de cima, podia-se ver como o nível do rio havia subido, e as áreas do sul, mais baixas, haviam se alagado, e, portanto, as cabanas temporárias, feitas de tijolos secos ao sol, desmancharam-se, transformando-se de novo em lama, levada como quaisquer outros detritos até o Delta. Fazendas mais ao sul foram reduzidas a um pequeno espaço em torno dos morros nos quais foram construídas, campos estavam completamente alagados, as palmeiras pareciam ter encolhido, uma vez que as partes inferiores dos troncos haviam sido submersas; aves aquáticas — que lembravam enxames de mosquitos àquela distância, que tudo enevoava — passavam aos magotes para nadar em lagos recém-formados. Logo os fazendeiros apareceriam em barcos e botes, passando a viajar pela água; logo apareceriam os mosquitos, outros insetos, sapos, e durante o longo tempo que durava a vazante da cheia tudo teria cheiro de lama e talos apodrecidos, mas o capim brotaria, florido, em toda parte. Pareceu-lhe que esta expectativa anual é que definia as pessoas ali, tornando-as ao mesmo tempo seguras e fatalistas, acreditando na eternidade peculiar das estações, ciclos e estrelas. Daquele fatalismo e segurança ele não tinha nada, confiava apenas em si mesmo e no que sabia. Confiava menos nos deuses tradicionais e remotos que nas virtudes filosóficas que lhe foram ensinadas por bons professores, escolhidos pela ambição de seu pai para ele.

Mas existia uma eternidade, certamente, e era dessa infinitude na qual submergiram todos aqueles que morriam que estava tentando descobrir o que tinha acontecido com o Antínoo no bosque de Benu agora semi-submerso, ou com Dio Sereno e seu liberto.

Durante a noite, acompanhado por uma tempestade de areia, o dilúvio ultrapassou os estreitos da Primeira Catarata três semanas antes do previsto. Embora fosse se passar ainda uma semana até a água viajar 400 milhas com toda a sua fúria e inundar aquelas margens, sua cor de repente tornou-se de um marrom avermelhado, e o nível ficou ameaçadoramente alto. Surgiu uma multidão de ratos em fuga das áreas mais baixas e dos porões, para escapar ao alagamento que iria terminar por afogá-los. Do outro lado do Nilo, o porto fluvial de Hermópolis e toda a margem esquerda, mais baixa e menos montanhosa, deviam já estar com a superfície coberta de água.

Apesar da areia que soprava, em Antinoópolis os templos abriram cedo, e os fiéis acorreram a todos eles. Por volta do meio-dia, porém, a tempestade caía violenta, e as ruas esvaziaram-se, as lojas fecharam.

Aélio voltou da biblioteca da cidade a tempo de evitar o pior. No centro comercial, descobriu qual horário do primeiro navio que iria zarpar de Alexandria com destino à Itália, e fez seus planos de acordo com isso. A areia penetrava até pelas menores frestas das portas e janelas, e só conseguiu se proteger desse incômodo ao se instalar em uma pequena sala para ler. A noite levou uma eternidade para chegar, e no escuro o vento continuou soprando, amenizando apenas pouco depois do amanhecer, como se os portões tivessem se fechado e o deixado do lado de fora, no sul, e apenas a enchente pudesse continuar.

Piada atribuída ao deificado Adriano, também conhecida pelo título: "Até mesmo os poderosos às vezes se enganam":

Como todos sabem, meu pai, o deificado Trajano, costumava visitar os pobres da cidade, distribuindo donativos com grande prodigalidade, e consolando-os nos seus infortúnios. Certa manhã, ao passar pelas ruas do populoso bairro Transtiberino, acompanhado por funcionários do tesouro público, que costumavam torcer o nariz para a pobreza encontrada, ele encontrou uma família particularmente miserável.

Amontoados em seu alojamento fumacento, mãe, pai e uma filharada eram a própria personificação da pobreza. Baixinho, os funcionários do deificado Trajano zombaram dos seus andrajos, e fizeram comentários sobre a absoluta feiúra do caçula, que chamaram de "aborto da natureza" e "vira-latas repulsivo". Entretanto, o excelente soberano entregou pão à mãe, colocou um punhado de moedas na mão trêmula do pai, e acariciou as cabeças das outras crianças. Estava tão ocupado sendo generoso que não ouviu nenhum dos comentários cruéis que seu cortejo estava fazendo. Finalmente, depois de chegar ao canto onde o caçula estava sentado, estalou os dedos para o escravo que trazia a comida, e disse em voz alta: "Rápido, rapaz, não vamos deixar ninguém de lado! Traz aqui umas nozes para eu dar a esse macaco!"

Dia 6 do mês de Epiphi (1º dia das Calendas de julho, sábado)

Quando, já tendo feito metade das malas, na terceira hora do sábado, Aélio foi enviar cartas para amigos e familiares no posto de comando, Tralles o viu de seu escritório. Veio encontrar-se com ele no corredor, onde os ordenanças varriam areia e pó do chão.

— Essa tempestade foi de lascar, não foi? — disse ele, à guisa de cumprimento. — Encontrei areia até dentro das minhas calças, imagina! — E, ao ver que Aélio não respondia, mantendo distância, continuou: — Tu vais querer saber o que houve com nosso velho amigo com nome de bosta. Copros, o remendão, lembra? Ele finalmente conseguiu ser preso por atear fogo à casa de um coletor de impostos e gritar feito um louco assuntos religiosos, o suficiente para ser preso e julgado como cristão.

— Eu devia ter dado um soco mais forte nele lá no mercado. E o juiz, o que decidiu?

— Considerou-o culpado por incêndio criminoso e superstição, e condenou-o à morte.

Aélio voltou a andar na direção dos alojamentos onde sua escolta estava aquartelada.

— Eu não lhe daria essa alegria. Agora vão transformá-lo em mártir, embora ele seja um delator.

— Nisso o juiz concorda contigo, Aélio. Ele comutou a pena capital para trabalhos forçados nas novas termas de Sua Divindade em Roma.

Eles não haviam se falado desde o dia em que Tralles se recusou a apoiá-lo, e Aélio precisou fazer um grande esforço para ser educado. Sem querer alongar a conversa, ele deixou o colega e saiu para o pátio interno, coberto de areia, onde o suboficial que encabeçava sua escolta estava aguardando. Ele deu ordens aos homens para ir na frente com o grosso da tropa para o Delta, levando bagagem, livros e deixando com ele uma força nominal de três cavalarianos para o acompanharem.

Como resultado da manhã, depois de decidir que ia continuar pagando o aluguel do seu apartamento durante todo o verão, voltou às bancas de livros, e solicitou cópias de documentos que não podia comprar nem pedir emprestado à biblioteca do santuário em Hermópolis. Para Termutis, de acordo com um código preestabelecido, ele enviou a mensagem de "ficar com a entrada paga" (e com isso queria dizer "guardar o alforje") "até eu voltar e poder pagar a conta". Depois de um almoço rápido no centro comercial, ele foi dar uma caminhada terapêutica ao longo do rio, até o ponto onde ele e Theo haviam alimentado os patos, e viu que os ancoradouros, píeres e até mesmo a bacia hexagonal, que servia como lago para os patos, estavam sob um véu de água barrenta. Pássaros arrancavam a bicadas as entranhas de um rato morto, e no ar pairava um indefinível cheiro de umidade, decadência e folhas verdes rasgadas e esmagadas. Do outro lado da enxurrada, que espumava e batia contra os pilares da ponte sobre as ilhas parcialmente submersas, Hermópolis absorvia o sol e, como era de se esperar, já estava inundada até a base do muro do porto.

No seu apartamento, Aélio encontrou um convite rebuscado do epistratego Rabírio Saxão para comparecer a uma série de partidas de pugilismo em honra do deificado Júlio César, cujo mês era o corrente. Aceitou o convite, embora isso não fosse impedi-lo de incluir no relatório para Sua Divindade que Saxão, também, quando pressionado, havia se furtado a ajudá-lo.

Dia 8 de Epiphi (3 de julho, segunda-feira)

O pretensioso ginásio central que parecia totalmente grego, a não ser pelas palmeirinhas nos vasos, estava lotado de centenas de pessoas que haviam vindo à cidade para testemunhar o julgamento de clérigos cristãos e ficaram decepcionadas com sua retratação.

— Eles nos roubaram nosso espetáculo — Aélio escutou um visitante mal-educado dizendo a outro. — Meus amigos e eu viemos lá dos confins de Ombos, só para vê-los sofrer, e aí esses cristãos viram a casaca assim, sem mais nem menos! Isso é roubo, roubo mesmo! Tomara que esse pugilismo seja tão divertido quanto um julgamento de cristão, senão...

Nisso, ele provavelmente estava mais satisfeito do que Aélio, que não ligava a mínima para aquele desperdício de energia no ringue. Durante toda a tarde, rapazes musculosos, com mãos guarnecidas por couro e chumbo, arrancaram sangue uns dos outros para valer, e até mesmo no *pankration,** que era menos violento, uns dois socos bem direcionados com os nós dos dedos causaram lesões de uma gravidade considerável.

Theo, o comerciante de especiarias, e Harpocrácio, compareceram. Sentados em fileiras diferentes, ambos acenaram com lenços durante o intervalo para que Aélio soubesse que o haviam reconhecido. Depois, na multidão suarenta que saiu do ginásio, esperaram apenas o suficiente para Aélio despedir-se de Rabírio Saxão e de outros oficiais, para se aproximarem dele. Aélio lhes disse que estava planejando sair da metrópole na sexta-feira, embora na realidade quisesse estar longe de lá na manhã de quinta, no máximo.

—Vou para Roma para continuar lá meu trabalho de pesquisa histórica — disse ele, e, enquanto falava, formulava idéias sobre o que mais revelaria ou se revelaria mais alguma coisa. — Como nunca estive lá, ficaria muito grato se pudessem me dar nomes de contatos que possam me ajudar na minha pesquisa. Claro que levarei, com todo prazer, quaisquer mensagens ou objetos que queiram enviar para a capital.

Harpocrácio pareceu interessado.

— Em que navio irás?

— Ainda não sei. — Não era verdade, mas Aélio achou melhor não divulgar essa informação. — Talvez algum navio de transporte militar, a menos que possa arranjar alguma coisa melhor. Antigamente, como todo mundo, tive sorte com navios de transporte de cereais que iam para Óstia e vinham de lá.

Theo tinha cartas para enviar, e Harpocrácio uma caixa de livros. Ambos mostraram-se ansiosos por aceitar a oferta de Aélio. Theo disse:

— Deves entrar em contato com meu bom amigo Lúcio Soter, no III Distrito. Ele mora na Viela do Cobre, diagonal às termas de Tito, qualquer um

* Pankration era um combate sem armas. (*N. da T.*)

saberá te mostrar onde fica. É vendedor de tecidos no atacado, e conhece todos os expatriados egípcios de Roma. Vou mandar o endereço dele ao teu apartamento com as cartas. Se fores ao templo de Isis no campo de Marte ou a outros santuários, eles te contarão uma infinidade de histórias oficiais lá também, portanto vais precisar de alguém como o Soter para filtrar as bobagens.

Depois disso, e de desejar boa viagem, Theo despediu-se. Harpocrácio mencionou que tinha alguns nomes em mente, também, principalmente entre os livreiros e colecionadores de livros da cidade. Ele havia vindo assistir ao pugilismo acompanhado por um rapaz atlético de rosto sonolento, que ele mandou se adiantar de volta para casa, para poder falar em particular com Aélio.

— Se tiveres tempo, antes de partires, comandante, vem até minha casa — convidou ele, e quando Aélio perguntou de que se tratava, ele respondeu: — É uma coisa que tenho a te dizer sobre Sereno.

Depois de combinar de se encontrar com o ex-companheiro de Sereno de manhã, Aélio foi caminhar pelas ruas onde as sombras se alongavam, ainda barulhentas e quentes, entupidas em vários pontos por adolescentes que, ainda sob o entusiasmo da partida de pugilismo, repetiam os golpes dos atletas e empurravam-se uns contra os outros. A lua cheia tinha aparecido, e pendia do céu lustroso em frente ao sol, tremulando ao calor que as ruas e telhados dissipavam ao cair da noite.

A loja de Anubina ficava pertíssimo do anfiteatro, que havia sido construído perto da porta sul, mas agora estava perdido entre casas construídas na época do deificado Adriano, e um bairro novo fora dos muros antigos, menos bem organizado do que a planta helênica da cidade. Logo ele sentiu um aroma de carne fritando, vindo das bancas de alimentos sob as arcadas do anfiteatro; jovens desocupados, com cabeleiras negras e desgrenhadas, deixavam-se ficar por ali, mastigando pedacinhos de carne de carneiro frita. Aélio perguntou-se se Antínoo teria se parecido com eles, o tipo de rapazinho desleixado que dá vontade de sacudir para se portar de modo mais disciplinado, a começar pelo corte de cabelo.

Na rua seguinte, após uma curva sinuosa e completamente à sombra, ficava a porta de entrada do bordel da Isidora. Ali havia, principalmente, as mulheres mais velhas de Alexandria, que já haviam vivenciado sua época de ouro em termos profissionais e procuravam levar a carreira em cidades provincianas. Rapazes e homens mais velhos tendiam a ver isso com benevolência. Aélio tinha ido lá uma vez para pegar Tralles que havia se embebedado e empurrado uma mulher escada abaixo. Eles tinham lhe dado passe livre, mas Aélio sempre preferiu o bordel da Termutis.

Na parede da entrada do estabelecimento de Anubina, uma placa azul, pintada diretamente no reboco, dizia, na caligrafia treinada de um escriba público, πλουμαρία, ou bordadeira, e, em latim, PLVMARIA. Ela empregava quatro meninas que ornavam túnicas e vestidos de linho rústico e fino, e de um tecido rústico misto de linho e lã, uma indústria em desenvolvimento na área. Ela mesma criava os modelos, e costurava várias peças. Esta tarde as meninas começaram a dar risadinhas e a espichar os pescoços ao verem o uniforme bonito e o homem de pele clara que o trajava, portanto Anubina puxou a cortina que separava a oficina da sala de vendas, e falou com Aélio ali.

Boa costureira que sempre fora, Anubina sempre havia se vestido bem, e mesmo no bordel seus lençóis e toalhas tinham lindos bordados em ponto aberto e apliques. Ela estava usando roupas de passeio hoje, índigo, e se não fosse pela exuberância de seus cabelos negros, seu penteado teria sido tão bonito e sóbrio quanto os das senhoras da sociedade que Aélio tinha visto na Nicomédia: ondulado dos lados, preso na nuca num coque achatado. Ao alto da cabeça. Era como se raios da noite vivessem escapando de seus prendedores e grampos.

— Foste perguntar à Termutis — disse a ele, meio irritada. — Aélio, por que não podes aceitar uma resposta como definitiva?

— Se isso te consola, ela também não quis me dizer.

No balcão, onde estavam em exibição amostras de bainhas bordadas, ela viu o que ele havia trazido.

Mas mesmo assim, perguntou:

— O que é isso?

— É uma boneca.

— Estou vendo que é.

— Para a Thaësis. — Era um brinquedo de marfim barato, com articulações e delicadamente esculpido, com um espelho de vidro em miniatura no cinto.

— E esses doces?

— Para o outro.

Sob o saco de doces, havia mais outra coisa que Anubina descobriu mas não quis tocar.

— Também é para a Thaësis — Aélio apressou-se a dizer.

— Um colar de ouro com pedras lapidadas e um medalhão?

— Para quando for mais velha. Tu podes usá-lo enquanto ela não for moça. Se quiseres.

Ela colocou a boneca e os doces de lado, sem olhar para ele.

— Estes, eu aceito. O colar não é presente que se dê a nenhum de nós.

— Só estou te dando isso porque ela pode ser minha filha. Não vou mais afirmar nada, e não vou mais perguntar.

— E o que devo lhe dizer quando ela chegar à idade de usar o colar?

Aélio empurrou o colar para junto dos outros presentes.

— Podes dizer-lhe que foi um presente do tio Aélio.

Ela, pela primeira vez, fez cara de contristada, desde que tinham voltado a encontrar-se. Surgiu-lhe uma ruga entre os olhos, e, impaciente, ela abaixou a cabeça para evitar que ele visse que tinha franzido o cenho. Mesmo assim ele conseguia ver seu pescoço grosso, os ombros arredondados. A barriga não havia aumentado desde o dia em que ele a visitara, portanto ela não devia estar grávida. Aélio alegrou-se por isso, embora não tivesse motivo algum para ficar feliz.

— Vou embora em breve — disse. — Cuida-te bem.

Anubina ficou imóvel, meio de costas para ele. Levou um momento para perceber que estava rindo sozinha, como as mulheres fingem às vezes quando não querem que os homens notem que as fizeram chorar.

— Lembra-te de quando preparei arroz e colocaste manteiga nele? — disse ela, de repente, segurando a boneca nas mãos e ainda evitando seu olhar.

— Nortista maluco, pondo manteiga onde não deve. — Um episódio sem importância do passado que eles haviam dividido, mas, mesmo assim, foi como completar inesperadamente um ciclo. Sem querer dizer mais do que foi dito, numa espécie de cura, pelo menos para a melancolia de hoje.

Dia 9 de Epiphi (4 de julho, terça-feira)

Logo depois de ir nadar em sua terma, e depois de tingir os cabelos e vestir-se, Harpocrácio recebeu Aélio na sua sala de visitas, onde baixelas de prata e pratos finos estavam em exposição atrás de grades dentro de móveis de madeira maciça. O piso de mármore — que valia uma fortuna, sem sombra de dúvida — estava tão polido que parecia molhado e tingido pelas cortinas rosa, que iam do teto até o chão, com medalhões urdidos na trama contendo jovens centauros e pastores tocando flautas. O vento fazia o pano leve enfunar-se para dentro da sala, lembrando as velas de um navio, como se todo o aposento flutuasse confortavelmente através de um oceano invisível. Revestida com estantes apetitosamente cheias, a opulenta biblioteca aparecia pela porta da sala ao lado.

Harpocrácio tinha um presente para lhe dar, um códice com uma nova epítome, uma versão mais curta, das viagens de Heródoto através do Egito. Aélio, que estava se sentindo meio mal por ter ficado com a carta de Adriano de graça, hesitou antes de aceitar, mas não queria ofendê-lo com uma recusa. Afinal de contas, o amigo de Sereno estaria mais seguro ignorando por completo a existência do alforje. Se é que tinha aprendido o modo pelo qual essas pessoas agiam, era sempre bom dar um presente antes de pedir um favor ou desculpas. Acompanhando o presente com uma vênia, Harpocrácio estava aliás dizendo:

— Infelizmente não disse a verdade completa a ti durante nossas conversas anteriores, comandante.

Aélio deixou de lado o códice.

— É mesmo? Sob quais aspectos? Pelo que me consta, não disseste nem mesmo um terço do que sabias sobre a morte de Sereno, a última viagem dele, nem sobre as expedições às tumbas repletas de ouro.

—Verdade, mas tive bons motivos para isso.

— Estavas com medo que eu te entregasse ao tesouro público por não declarares tua fortuna? Os cobradores de impostos romanos são persistentes, mas tenho certeza de que encontrarias uma saída, com a ajuda de advogados ladinos de Alexandria.

— Estás cometendo uma injustiça, comandante.

— Duvido. Mas explica-me o resto. Sabes que preciso viajar dentro de pouco tempo.

—Vou procurar ser breve, vou procurar ser breve. Depois que Sereno voltou do Deserto Ocidental, nós demos uma pequena recepção na nossa casa. O que queres dizer com "pequena"?, podes me perguntar. Não mais de 50 pessoas, eu diria. Sereno nunca gostou de beber, mas ultimamente andava tão nervoso que passou da conta. Estávamos sentados na pérgula onde te conheci, quando ele me disse que tinha estado em Ammoneus, e recebido uma previsão de um oráculo que o deixou totalmente transtornado. Tinha ido ao santuário do deserto fazer uma oferenda, afinal ele era seguidor muito fervoroso de Amon-Zeus, e decidiu dormir na sala de incubação,* como eles fazem aqui no templo do abençoado Antínoo, mas em escala maior. Fiquei preocupado na mesma hora, sabendo como era sensível, e perguntei-lhe se o deus tinha falado com ele durante o sono. Ele disse que não, mas o abençoado Antínoo tinha entrado em contato com ele, e parecia mergulhar uma concha no Nilo para tirar água dele. —Aélio percebeu, mas não comentou sobre o detalhe. Em vez disso, falou:

— Até aí me parece que Sereno estava se sentindo culpado por roubar água de um vizinho na primavera.

— Como soubeste disso?

— Li nos livros de registro do tribunal.

— Mas o sonho não terminou aí. O deificado Adriano também apareceu nele, e parecia zangado, seja por causa do que o Menino estava fazendo, ou por causa do próprio Sereno.

O assunto agora estava ficando mais interessante.

* Sala dos templos onde se supunha que os deuses concediam suas revelações aos mortais durante o sono. *(N. da T.)*

— Entendo. — Aélio falou olhando o arredondado feminino das cortinas róseas estufadas. — Tua recepção foi antes ou depois de o Sereno deixar a carta para mim no entreposto de Hermópolis?

— Foi na noite daquele mesmo dia. Eu me lembro porque Sereno voltou tarde e precisou mudar de roupa depressa.

— Tens uma lista dos convidados?

Harpocrácio fez um gesto de negação enfático com as mãos.

— Não adiantaria. Sempre, sempre convidávamos cinco ou seis velhos amigos, e dizíamos a eles para trazer quem quisessem. Houve festas nossas em que desconhecidos até falaram mal do Sereno para mim, sem saber quem eu era!

— Mesmo assim gostaria de ter a lista.

— Está na biblioteca, um minuto que vou pegá-la.

Seguindo Harpocrácio, em direção à porta da sala ao lado, Aélio esquadrinhou as estantes, enchendo as narinas com o bom aroma dos livros e volumes em caixas.

— Só por curiosidade — perguntou ele —, Sereno fazia alguma idéia do significado desse sonho?

— Ele não entrou em detalhes, comandante. Disse que o oráculo de Amon-Zeus não foi favorável. Ah, eis a lista: podes levá-la. Ele ficou sem saber se deveria viajar a negócios para sua propriedade em Ptolemaida ou não. Ofereci-me para ir no seu lugar, mas ele não aceitou.

— Sonhos são interessantes, mas não vejo como tudo isso pode me ajudar.

Conduzindo seu visitante através da sala de visitas, Harpocrácio pigarreou.

— Sereno também confidenciou-me que andou falando demais durante a festa, e que sair da cidade, afinal de contas, seria até bom. Mas não te animes. Deves acreditar em mim quando te afirmo que não tenho a menor idéia, a menor idéia, mesmo, do que ele pode ter dito ou a quem. Não consegui entender patavina do que ele disse a respeito desse sonho: nós reverenciamos o abençoado Antínoo, mandamos contribuições em dinheiro ao templo, pagamos uma coroa de flores no festival do deificado Adriano, mas fora isso temos pouco a ver com eles. No dia seguinte, ele fingiu que não se lembrava da nossa conversa e que não havia cometido indiscrição de grande importância. Mas alguma coisa me deixou com a pulga atrás da orelha.

— Só que não queres declarar oficialmente que desconfias que alguém o matou, por causa da cláusula que ele deixou em testamento.

— E estou errado nisso? O Sereno não ia querer que eu deixasse de ficar com uma boa parte do que o ajudei a acumular. — Harpocrácio fez uma cara contrita, mas sabe-se lá que emoções menos nobres pareciam-se com contrição no seu rosto rubicundo... — Sei que andaste fazendo perguntas sobre a morte de Pamíquio, e que, pelo jeito, pensas que a morte dele está de certa forma ligada à do meu Sereno. Se descobrires o que aconteceu, seja lá aonde for que tua pesquisa te leve, eu te suplico que me digas. Isso ajudará a apaziguar meu coração.

— Seria melhor que mandasses os advogados de Alexandria arregaçarem as mangas, então, porque posso te garantir que foi assassinato. E já que estás sendo sincero comigo, seria muito bom se me dissesses se achas que o saque feito nesta casa tem alguma relação com o que Sereno disse enquanto estava com a língua solta pelo álcool na festa.

Tornou a agir de modo dissimulado, pois se tratava de dinheiro. A contrição de Harpocrácio virou frivolidade, enquanto ele olhava em torno de si, examinando a sala bem decorada, como se para ter certeza de que todas as coisas belas que ela continha ainda estavam ali.

— Tenho certeza, sim. Ele provavelmente disse mais do que pretendia dizer sobre suas descobertas de objetos valiosos encontrados em tumbas, e a notícia se espalhou de boca em boca, até alguns ladrões acharem que nós escondíamos o ouro embaixo da cama.

Segunda carta de Aélio Espartano a Diocleciano César:

Ao Imperador César Gaio Aurélio Valério Diocleciano Pio Félix Invicto Augusto, em obediência a suas ordens de ser daqui por diante tratado por Senhor, seu Aélio Espartano, com gratidão e saudações.

Logo após chegar ao Egito, há um mês, Senhor, era minha intenção ficar até a enchente recuar, e continuar minhas viagens locais à procura de detalhes relativos à permanência do deificado Adriano nesta província. No pé em que as coisas estão, porém, sinto que devo partir antes mesmo de a cheia atingir o seu auge, para investigar pistas mais imediatas na Itália. Já vi e ouvi o suficiente para acreditar que o documento ao qual o deificado Adriano teria feito alusão podia ter estado antes — e talvez desde essa época até hoje — dentro do sarcófago *do templo do Menino, em Antinoópolis, mas o* memoria Antinoi, *do qual o príncipe falou, não está nem jamais esteve nesse templo. Trata-se de referência a outro santuário fúnebre ou monumento, o qual, por falta de detalhes, estou apenas presumindo que exista ou existiu no terreno da villa Tiburtina em Roma, ou em Baia.*

Tendo em mente vosso incentivo para eu ir até o fim nessa investigação, estou me preparando para sair do Médio Egito e viajar para a Itália. Graças a vossas cartas de apresentação, Senhor, estou sendo poupado das demoras e contratempos que a maioria dos viajantes precisa aturar, e estou planejando embarcar no excelente navio Felicitas Annoane *quando ele zarpar de Alexandria próximo ao Egito no dia 16 de julho. Se o documento ainda existir, minha esperança é que eu o obtenha antes dos outros, e o entregue em vossas mãos. Enquanto faço isso, estando agora convencido de que a morte de Dio Sereno, assim como a de seu liberto, está sob algum aspecto ligada a isso, espero desvendar os crimes também.*

Conforme a vossa solicitação, Senhor, encontra-se abaixo um resumo de preços selecionados, encontrados na metrópole e seus arredores (uma estimativa, em denários e medidas romanas, a partir de minha própria conversão para dracmas e artabas egípcias e outras medidas, a menos que haja nota em contrário):

trigo (1 modius de acampamento do exército)	*147 denários*
arroz (limpo, 1 modius a.e.)	*230 denários*
arroz (sujo, 1 modius a.e.)	*200 denários*
carne de porco (de primeira, 1 libra italiana)	*20 denários*
carne de porco (de segunda, 1 libra italiana)	*10 denários*
carne de porco moída (1 libra)	*3 denários*

coturnos militares (sem tachas)	*125 denários*
tabelião (por 100 linhas de texto)	*12 denários*

A menor variação acima da tabela dos preços estabelecidos pelo edito imperial chega a 20 por cento (emolumento de tabelião) e a maior atinge 47 por cento (trigo). De todos os itens que enumerei, apenas a cerveja egípcia e o peixe de água doce estão obedecendo a tabela ou permanecem abaixo dela. Tanto os militares quanto os civis sofrem com o alto custo de vida; há muito dinheiro, mas está bastante desvalorizado.

Envio à parte um relatório detalhado sobre os procedimentos contra os cristãos, e a reação das autoridades locais aos apelos de colaboração no cumprimento dos meus deveres.

Redigido em Antinoópolis, no 4º. dia do mês de julho (III Nonas) no 21º ano da aclamação imperial de Nosso Senhor César Diocleciano, sétimo ano do consulado de Maximiano Augusto, e oitavo do consulado de M. Aurélio Valério Maximiano Augusto, também o ano 1057 desde a fundação da cidade.

Dia 10 do mês de Epiphi (5 de julho, quarta-feira)

Depois de ouvir dizer que Aélio estava partindo, Tralles pareceu subitamente ansioso para ajudar. Veio visitá-lo pela manhã bem cedo, foi com ele às termas particulares do apartamento, onde ficou imerso em água morna, discursando seu texto muito bem ensaiado.

— Só para te mostrar que me importo, Aélio, em nome dos velhos tempos e por gratidão àquele dinheiro que me emprestaste uma vez, não sei se te lembras, mas emprestaste, e, infelizmente, não vou poder pagar tão cedo, agora que sou pai de família numerosa, e tal, não é, escrevi para alguém que talvez te ajude em Roma. Útil? O que estou dizendo? Ele vai ser útil. Ele é formidável.

Aélio afundou completamente na água antes de pôr a cabeça para fora da água.

— Ele é do exército?

— Ex-militar.

— Aptidões?

— Todas as que quiseres.

— Disponível?

— Agora, neste momento, se for preciso.

— Preço?

— Pensionista. Sai de graça.

— E a desvantagem, qual é?

— Ele é cego.

Saindo do banho, Aélio soltou uma gargalhada bem alta.

— Não podes estar falando sério.

— Ah, mas estou, sim. E não te preocupes, pois ele tem um menino que cuida dele, e que o leva aonde for necessário. Pode ajudar-te a reconstituir o que houve na barca imperial com Antínoo e o deificado Adriano, e com todo o resto. Já solucionou assassinatos, profissionalmente, antes e depois de perder a visão.

— E o que te faz pensar que ele vai estar disposto a me apoiar nas pesquisas, sem compensação alguma?

Imediatamente Tralles jogou uma toalha para o amigo.

— Ele é um nômade, de corpo e alma. A idéia de viajar e fazer todo tipo de coisas é seu estilo de vida. Você precisa dar uma chance a ele, Aélio. Vai ficar satisfeito. Além do mais, já escrevi para ele, e ele vai estar esperando por ti quando chegares à Itália. Eis seu endereço. É só dizer onde e quando vais estar aportando que ele fará o resto.

A última pessoa que Aélio foi visitar antes de sair de Antinoópolis foi Ben Matias, que lhe passou um sermão daqueles sobre os males da capital.

— Não vais gostar de Roma, sabias? Barulho por toda parte, vagabundos às dúzias, roubam as solas dos teus sapatos de baixo dos teus pés, se não tomares cuidado.

— Ora, já estive em Alexandria e em Nicomédia, acho que não sou exatamente um caipira ingênuo.

— Pois sim! Veja só que comparação. Alexandria e Nicomédia. Centros de atração provincianos, voltados para viajantes militares! Já estive em

Roma vezes suficientes para saber que não gosto de lá e tu também não gostarás.

— Obrigado por estragar minhas expectativas, Baruc. Agora quero lhe pedir algo que só pediria a um ex-inimigo: conselhos sobre até que ponto é prudente fazer uma certa aliança.

Ben Matias bateu palmas, achando graça.

— Pois vou fazer um esforço para não parecer convencido, pode falar.

— Um homem chamado Gaio Aviola Paratus me foi recomendado para ajudar na minha pesquisa histórica. Vou me encontrar com ele na Itália no meio ou no fim do mês, ou em princípio de agosto. O que sabes sobre ele? Ele servia na guarnição de Domício Domiciano, mas saiu quando o general começou a Rebelião, e lutou no Delta do nosso lado até a vitória, em março.

— Paratus? Eu me lembro bem dele, embora "lutar" não seja o termo que eu aplicaria a um veterano cego que era chefe do serviço de informações. Espero que ele te sirva tão bem como serviu nosso mestre comum durante a Rebelião. Seu nome de nascimento é Breucus, se não estou enganado. Come só carne de porco e bebe Danúbio, como tantos de vós. Se eu descobrir mais alguma coisa sobre ele antes de partires, envio-te uma mensagem.

— Algum conselho antes de eu ir embora?

— É só um palpite meu. Mas dois homicídios, dois roubos, e dois atentados contra ti, se o louco que tentou te atacar nas ruas contar tanto quanto os que te atacaram na margem do rio, me cheiram a algo além de mera coincidência. Olha, não estou perguntando o que há nesses crimes que te fascina, mas já notaram que estás interessado.

— Então, fala logo. Tenho inimigos?

— Não sou oráculo, Aélio Espartano. Pergunta aos sacerdotes no templo de Antínoo: eles é que estão nesse ramo. — Ben Matias virou-se para o cavalete e ocupou-se de um pequeno pote de tinta, do qual, com um pincel fino, tirou branco suficiente apenas para realçar os olhos severos do seu modelo. — Inimigos todos temos. Eu procuraria me proteger ao máximo até o porto, e, a menos que conheças a tripulação, também a bordo do navio.

Aélio achou menos graça do que deixou transparecer.

— Não terias nada a ver com tudo isso, Baruc, ou terias?

— Eu? — Uma vez mais o pintor o encarou. — Se eu quisesse te matar teria ido pessoalmente me certificar de que a flecha penetrou mais fundo do que da última vez. — Mas a forma como Ben Matias disse isso, inclinando a cabeça para o lado, de olhos semicerrados, fez Aélio perguntar-se até que ponto o que aquele judeu dizia podia ser considerado verdade.

A zeladora supervisionava a superfície da mobília coberta com panos de linho quando Aélio voltou para casa. Ficou muito satisfeita por poder continuar com o apartamento alugado durante o verão, quando os turistas minguavam até se reduzirem a um bando de tísicos que vinham à cidade na esperança de assarem ao sol até a doença desaparecer.

— Comandante — disse ela, com toda a cautela, quando ele entrou —, faz alguns minutos entrou uma mocinha com um pacote para vós. Mandei colocá-lo no vosso quarto.

Aélio não havia comprado nada naquele dia.

— Que tipo de pacote? — indagou. E depois: — Deixaram algum bilhete com ele?

— Bilhete nenhum. A mocinha parecia uma aprendiz, portanto achei que fosse de alguma loja onde vós estivestes.

Aélio foi ver o pacote. Na sua cama, havia uma trouxa de roupa atada com todo o esmero com fio de lã, que ele desamarrou na hora. Dobrada com cuidado, lá dentro, uma túnica muito bem costurada, com faixas azul-escuras aplicadas, do tipo chamado *clavi,* na parte da frente. Uma combinação sóbria, que só de perto revelava o bordado minúsculo de cabeças de chacal azuis, ao longo do comprimento das listras.

Da porta, a voz da zeladora veio até ele.

— Ah, é da loja da Anubina. Que túnica mais bem-feita! Essa moça prosperou mesmo.

Dia 11 do mês de Epiphi (6 de julho, véspera das nonas de julho, quinta-feira)

Na manhã de sua partida, a vinda de Ben Matias ao seu apartamento o surpreendeu, mas o judeu estava ali, olhando com todo o interesse a bagagem sendo colocada nos lombos das mulas para a viagem, por terra, a Alexandria. Ele deu a entender que estava de partida para Oxirrinco.

— Portanto, como vamos seguir a mesma rota, achei que poderia ir contigo.

Aélio tinha acabado de dobrar a túnica dada por Anubina, colocando-a no seu baú, e sentia-se um pouco vulnerável no momento.

— É por esse motivo que estás aqui sem teres sido convidado? — indagou, lacônico.

— Na verdade, não. Vim porque me pediste para descobrir algo sobre o contato que teu amigo sugeriu.

Ben Matias também estava de roupas de viagem, e armado. Aélio inevitavelmente começou a se perguntar quantos de seus capangas ia levar consigo, e se devia acreditar nessa súbita viagem que ele precisava fazer. Claramente, sabia que sua caravana planejava percorrer a estrada ao longo da margem direita do Nilo, a partir de Hermópolis, através da bacia Arsinoíta, até o mar.

O judeu pareceu não se intimidar com o escrutínio do oficial.

— Pelo que posso dizer — continuou —, Aviola Paratus tem ficha limpa. Andou se oferecendo como voluntário para ensinar línguas no posto de comando da metrópole, e viajou para se encontrar com a família na Itália há um mês. Homem calado, paga suas contas, consegue permanecer ativo apesar de sua cegueira. Começou como policial em Roma, foi bem-sucedido, depois foi para o exército. Tem um ouvido incomum para línguas e dialetos, e sua especialidade até ele perder a vista era a criptografia. — Ben Matias deu um passo para o lado quando os servos domésticos ergueram o baú e o levaram para fora. — Foi uma perda para a Rebelião e para nossa unidade judia ele ter passado para o lado de Diocleciano.

— Eu te agradeço pela informação. E se não te importas, Baruc, viajaremos separados.

— Como queira, Espartano. Nunca fui de impor minha presença a ninguém. Mas planejo ir a Roma durante o outono, para ver umas propriedades que tenho ao norte dos Prados de Nero. Pode ser que eu te visite por lá, se houver oportunidade. E se viajares para Tibur, seguindo a pista do Sanguinário, veja se leva meus respeitos à tumba da Rainha Zenóbia. Aposto que hoje em dia ninguém mais se lembra dessa matrona.

Anotações de Viagem de Aélio Espartano:

Partimos de Antinoópolis hoje, dia 6 de julho, atravessando o rio até Hermópolis e dali seguindo para o norte. Originalmente, pretendia seguir a rota do lado esquerdo do rio, e atravessá-lo em Babilônia no Delta a caminho de Alexandria. Dado o estado do rio, agora isso é praticamente impossível, e, além disso, a polícia fluvial está desencorajando todos a viajarem daquele lado, por causa de recentes ataques a caravanas. Quando argumentei que não considerava isso um perigo para mim e meus homens, Rabírio Saxão em pessoa me disse que as autoridades locais não queriam assumir responsabilidade por nenhum acidente, e eu tive de concordar.

Há vantagens evidentes em se viajar ao longo da margem direita, uma vez que não é preciso atravessar o Nilo de balsa em nenhum ponto para se atingir Alexandria, mas, deste lado, o braço de rio que corre paralelo ao curso do rio de Abidos até o mar, quase 500 milhas no total, é também de certa forma um obstáculo, agora que estamos na estação da cheia. Como esta margem é mais baixa que a outra, grande parte dela já se encontra impraticável a pé e na maioria dos lugares a cavalo também. Por isso, vamos ter de ficar na estrada sobre os rochedos. Minha intenção é manter tanto quanto possível o ritmo de 40 milhas por dia, parando apenas para descansar e visitar alguns lugares associados ao deificado Adriano, mas meu objetivo é Alexandria, seu porto e o Felicitas Annonae.

Ao sairmos da cidade pelo portão setentrional, não vimos sinal algum de Ben Matias e seu cortejo na estrada. Fiquei mais desconfiado ainda por ele não querer viajar sozinho, mas seguir-me, se possível. Não confio nele nem nos seus homens, e procurarei manter-me vigilante caso eles apareçam nas redondezas. Tenho a vantagem de ter acesso imediato aos postos militares ao longo do caminho. Sem ter viajado para estes lados desde a Rebelião, presumo que alguns deles estarão muito desguarnecidos ou desativados, mas ainda assim vai ser uma viagem por lugares mais populosos do que no lado de Antinoópolis. Em Oxirrinco planejo perguntar sobre os comerciantes do Deserto da Líbia que costumam parar ali ao término das estradas das caravanas.

Primeiro Dia. Viemos sem impedimento, percorrendo a distância prevista. Quatro homens militarmente treinados podem induzir os tropeiros locais a fazerem milagres. Evitamos o sol do meio-dia, insuportavelmente quente, e ficamos distantes da beira do rio à noite, quando os insetos escurecem o luar. Duas cisternas fortificadas, completamente inúteis devido à falta de manutenção, estavam com a areia ao seu redor tão lisa que desconfiei que alguém poderia ter ocultado vestígios de sua permanência ali pouco antes de nossa passagem. Posso estar errado, ou pode ser algum outro viajante qualquer seguindo para o norte como estamos, mas dei ordens para que os soldados ficassem de prontidão, mesmo assim. O ramo natural do Nilo bifurca-se e retorna nessa área, mas se não tivéssemos o registro do mapa, não se notaria: a terra está totalmente inundada. Atravessamos duas aldeias dilapidadas, construídas sobre as titânicas ruínas de antigos templos ou fortificações. Estes também, tendo sido construídos de tijolos de barro, desmoronaram através dos séculos, deixando para trás montanhas de detritos ricos em sal. Cabras lambem as paredes em ruínas. Não se divisa nada do outro lado. Um vento forte vindo do norte sopra continuamente. Os mosquitos estão implacáveis.

Segundo Dia. Cinópolis. Dia da fundação da Ala Ursiciana, minha unidade armênia. Os homens e eu oferecemos sacrifícios no templo de Hermanúbis, que está muito mal conservado. Sua fachada desmoronou, e embora leiamos nos livros que houve uma época em que aqui era um famoso centro de culto ao deus com cabeça de chacal, a Cidade dos Cachorros agora é pouco mais do que uma aldeia — onde, aliás, todos reclamam dos impostos, e começaram a correr assim que chegamos, pensando que éramos cobradores de impostos. Depois que esclarecemos o mal-entendido, consegui trocar algumas idéias com um dos anciãos locais, cujo grego era tão abominável, que se não fosse por meus anos de prática com Anubina, há tempos atrás, eu teria ficado coçando a cabeça. Mesmo assim conseguimos entender que um grupo de 10 ou 12 homens está seguindo a nossa frente com a vantagem de metade de um dia. Eles não passaram pela cidade, e ele só sabe disso porque seus filhos, que estavam em um bote transportando alguma coisa ou outra, viram o grupo passando em fila na estrada sobre os rochedos. Uma vez mais, pode ser mera coincidência. É provável que, mais cedo ou mais tarde, seja por que eles andem mais devagar ou nós aceleremos, nós nos encontremos ao longo do caminho.

Terceiro Dia. Chegamos a Oxirrinco. Nossos misteriosos predecessores desapareceram completamente. Ninguém os viu, e estou achando que — por ser sábado — pode muito bem ser Ben Matias e seu bando nos seguindo, mas com o cuidado necessário para não desrespeitar o sabbath. *Eles estão se escondendo em algum ponto das vizinhanças, aposto. A cidade, antiga e venerável, sofre de manutenção malfeita, como tantas outras localidades egípcias. Eu tinha grandes esperanças de que o Templo do Deificado Adriano incluísse uma biblioteca, e fiquei terrivelmente decepcionado ao constatar que nem mesmo está sendo utilizado como lugar de adoração. Um juiz itinerante viaja de Arsinoíta até lá, uma vez por mês, para fazer julgamentos, e o anexo do templo está sendo usado como prisão. Três padres cristãos ou diáconos (não sei ao certo) estão ali aguardando julgamento. Os outros templos da cidade (dedicados a Kore, Serapis etc.) estão minimamente conservados; até mesmo o prédio da assembléia está sendo usado como prisão.*

A única coisa boa aconteceu quando surpreendi alguns operários atrás do mercado, removendo lajotas de calcário do pátio do ginásio de esportes. Disseram que era para "reutilizá-las", mas na verdade deve ser para vender ou transformar em calcário, a julgar pelo material combustível que também estava se preparando para despachar. A maioria do material vem de casas de cristãos (códices, livros, outros textos), mas alguns foram trazidos para servir como combustível e ferro velho às caravanas que voltam do Deserto da Líbia. Um verdadeiro achado! Um arquivo de uma cidade inteira da época do deificado Adriano, vindo de uma comunidade às margens do deserto chamada Ptolemaio, além de um tratado esquisito em latim, com o título Morte e Ressurreição *de Antínoo. Há um pequeno santuário para o Menino, aliás, muito bem conservado. O sacristão, que parece ser velho a ponto de recordar as viagens de Adriano, ou até a vinda de César, disse-me que, segundo uma lenda local, o imperador teve um sonho em Oxirrinco, no qual precisava matar Antínoo para acabar com a longa seca. Vamos ver se o tratado também conta a mesma história.*

Quarto Dia. Um longo trecho solitário, ermo, sem cidades, e ainda estamos ao sul de Heracléopolis. Os homens estão irritadiços, e eu também.

Quinto Dia. O instinto de um soldado nunca se engana. Quando paramos ontem, a solidão da estrada, o péssimo estado de conservação das torres de vigia, e uma indefinível tensão no ar nos fizeram tomar precauções extras quando acampamos. Eu mal tinha começado a escrever minhas anotações do dia no diário quando fomos atacados por um bando de assaltantes a cavalo, vindos do norte. Resistimos, embora fossem dois para cada um de nós (os servos não costumam ajudar numa situação como essa, e um deles até foi morto, por não ter se protegido). Durante uma meia hora, mais ou menos, a situação ficou feia, pois nosso grupo ficou atrás do frágil muro de um edifício abandonado sem ter para onde ir, com o deserto às nossas costas. Depois que conseguimos rechaçá-los, como eles só tinham espadas, não podiam nos desalojar de longe, mas mais cedo ou mais tarde poderiam voltar a nos atacar e nos matar.

Meu único consolo foi ter tomado precauções quanto aos objetos de valor, enviando-os na frente com minha escolta. Dessa forma, só tínhamos nossas vidas a perder. Então, exatamente quando calculei que os bandidos estariam preparando um ataque fatal, veio um bando de homens a cavalo, com arcos e flechas suficientes para matar três de nossos atacantes na hora, e convenceu o resto dos salteadores a fugir, mas não antes de recolherem seus mortos e levá-los consigo. Ambos os grupos tinham os rostos cobertos, à moda dos tuaregues. Eu diria que eles se pareciam com aqueles que me atacaram no Bosque de Benu, mas eles todos se parecem. Nossos salvadores não se detiveram por tempo o bastante para que eu pulasse o muro e fosse lhes agradecer. Assim como entraram em cena, saíram, e também seguiram rumo ao norte outra vez.

Por um momento fiquei tentado a crer que fossem os homens de Ben Matias os integrantes do segundo grupo, mas é mais provável que o velho rebelde tenha ordenado o primeiro ataque, e... vendo que resistimos, ou temendo que houvesse conseqüências sérias por esse atentado ao amigo do César, mudou de idéia e mandou outros atacarem os primeiros para garantir que não iriam traí-lo. Estou começando a desconfiar que ele esboçou meu retrato sem que eu percebesse para que seus sequazes pudessem me reconhecer. Quem sabe? Seja lá como for, se ele ou alguma outra pessoa estava procurando a carta do deificado Adriano, ela já está sã e salva em Alexandria com o chefe da minha escolta. Quanto a nós, enterramos o servo morto, e, esquecendo o resto, prosseguimos para Arsinoíta.

Estávamos já acampados em Aueris, onde há séculos fica a necrópole da cidade de Arsino. A maioria das pessoas daqui ganha a vida em atividades associadas a enterros. Há uma escola de embalsamamento, uma fábrica de mortalhas e pintores de retra-

tos mortuários especialistas na técnica da encáustica é que não faltam (um motivo a mais para pensar que foram os homens de Ben Matias que encontramos ontem). A guarnição do exército — embora praticamente inoperante — está funcionando, e ali me disseram que o banditismo é um meio de vida no oásis. Nenhum turista chega desacompanhado, e a população de crocodilos vem aumentado tanto que até mesmo assustou as caravanas de viajantes que costumavam vir de Alexandria durante a cheia. Água por toda parte. O Lago Moira, os riachos, rios temporários e canais formam uma mesa d'água contínua sobre o oásis.

Somos convidados de um proprietário de terras romano, "o último da sua espécie", conforme ele afirma, cuja propriedade, ao longo da estrada da Rocha perto de Filadélfia Arsinoíta, é refrigerada de maneira surpreendente e deliciosa pelo vento. Aqui em cima a maioria das outras propriedades foi devorada pela areia, devido ao estado desastroso das redes de irrigação.

Sexto Dia. Chegamos a Letópolis. O Egito que a maioria dos viajantes conhece; cidades e aldeias próximas umas das outras, templos e pirâmides, mercados e pomares. Essência de rosas vendida a preços razoáveis (comparavelmente falando). Deixamos os arrozais e campos de linhaça de Arsinoíta para trás, e agora estamos começando a encontrar um certo tráfego, caravanas elegantes, unidades do exército com uniformes decentes. Sendo o aniversário do deificado Júlio, e tendo sincronizado nossa marcha de propósito para chegar aqui nessa época, meus homens e eu sacrificamos um boi, como é de praxe. Aí lhes dei folga para que comparecessem a uma cerimônia no Santuário de Mitras no acampamento militar, e fui até o delicado templo de Antínoo, conhecido aqui como Antinoeion, ou também Hadrianeion. O templo está associado a um oráculo, e seu sacerdote é um homem culto que morou na Nicomédia há alguns anos. Ele não fingiu crer que as cascas de ovo banhadas a ouro guardadas no museu do templo são mesmo o que resta da última refeição de Antínoo antes de ele se afogar. Acha que ele está sepultado na villa Tiburtina de Adriano, em face dos indícios epistolares que leu quando jovem. Quando declinei, com tanta delicadeza quanto pude, de pedir uma resposta do oráculo para mim mesmo, ele me perguntou se eu tinha algo a perguntar que não dissesse respeito a minha pessoa. A morte de Dio Sereno me ocorreu, e aí me deixei convencer, e escrevi em um pedaço de papiro a pergunta: "Quem matou Dio Sereno?" Depois disso dobrei o papel até ele ficar bem pequeno e joguei-o no fogo aceso diante do altar. Em geral, conforme ouvi dizer, deposita-se uma pergunta oracular, e também se pode escrever "sim", "não" ou qualquer outra resposta possível, que o sacerdote então escolhe aleatoriamente. Aqui, porém, a pergunta era consumida pelas chamas. A resposta, segundo me disseram, estaria no livro oracular, que, sem olhar, eu deveria abrir diante do sacerdote. Eu estava quase... quase! começando a me empolgar, quando meus olhos bateram na primeira linha de uma página onde estava escrito: "Ele morreu como o abençoado Antínoo." Ora, eu não precisava de um oráculo para me dizer o que já sei. Como cada página, pelo que pude ver, tem uma lista de frases prontas começando por "Ela vai se casar..." "Ele morreu..." "Ele vai perder/ganhar dinheiro...", parecia que não estava acontecendo nenhuma intervenção sobrenatural. Mesmo assim ofereci um sacrifício, deixei uma oferenda, e educadamente me despedi do sacerdote, que agora até desprezo um pouco.

Sétimo Dia. Peguei uma febre, ou coisa assim. Sinto-me péssimo. Estamos em algum lugar perto de Terenutis, e as grandes pirâmides não estão longe. O Delta está inundado.

Oitavo Dia. Estou me sentindo horrivelmente mal. Estamos hospedados em uma casa de Hermópolis Menor. Os homens querem que eu me detenha por algum tempo, mas não quero. O Felicitas Annonae *vai zarpar depois de amanhã, e vou estar a bordo dele, nem que morra na viagem. Água por toda parte.*

Nono Dia. Ainda estou me sentindo mal, mas a febre está passando. Não estamos longe de Alexandria. Tudo parece claro demais também, barulhento demais, e eu gostaria de estar de novo em Antinoópolis. Sinto saudade de Anubina.

Décimo Dia. Mas quantas besteiras uma pessoa escreve quando não está se sentindo bem! Depois de uma noite pavorosa, suando e virando na cama de um lado para outro, voltei a ser o mesmo de antes. A cidade, inteiramente reconstruída depois da Rebelião, está tão linda como sempre, e se eu tivesse tempo, me meteria em todas as bibliotecas que ela contém — mas um outro dever me chama. O médico do exército me deu alta; portanto, depois de ter voltado a reunir toda a minha escolta, estou de partida para o Porto de Eunosto, com o salvo-conduto na mão, tempo perfeito, e sem mais ameaças de bandoleiros. O navio é colossal, mais de 170 pés de comprimento, que, aliás, está transportando uma unidade de cavalaria para a Sicília. Isso significa que vou ter alguns oficiais com quem conversar. Para imensa sorte minha, também havia uma cabine dis-

ponível à ré, que irá me permitir que eu tenha privacidade para pensar e revisar meu material. O mestre é um homem enérgico de Salone, homem competente, casado com uma egípcia, e cujo filho é um dos engenheiros que está trabalhando nas obras do palácio de Sua Divindade. Quanto ao capitão, é um napolitano casmurro que atende pelo nome de Expósito, e só quer saber da lida. A tripulação é toda egípcia, barulhenta mas — pelo menos à primeira vista — competente e trabalhadora. Segundo eles, o Felicitas Annonae *é o orgulho da rota comercial Roma-Alexandria (comentário que já ouvi sobre outros navios também), mas tem capacidade para transportar cerca de 15 mil artabas de trigo, o suficiente para alimentar todo um exército, além de não sei quantos animais selvagens para o circo, e várias libras de seda, no valor de pelo menos meio milhão. Todos os sacrifícios propiciatórios são favoráveis e não se esperam atrasos.*

Grãos e seda, cavalarianos, tripulação, animais para circo, minha escolta e eu; e além disso — sempre comigo ou perto de mim — a preciosa carta que trago comigo para Roma.

Parte II

O Soldado e o Assassino

Capítulo VI

Dia 21 do mês de Epiphi (16 de julho, domingo)

O mestre do *Felicitas Annonae* vinha percorrendo aquela rota Roma-Alexandria fazia 15 anos. Desde a época em que eles saíram do porto e se libertaram das correntes avermelhadas que desembocavam no Delta, ele afirmou que a viagem seria boa na primeira parte, não obstante os ventos norte-sul, contrários.

— É provável que mais tarde encontremos tempestades, mas caso o pior aconteça, paramos pelo caminho ou corrigimos a rota. — Disse essas palavras sob a grande vela principal debruada de vermelho, exibindo uma cornucópia transbordante, como se tivesse informações privilegiadas sobre todos os possíveis acontecimentos do decorrer da viagem. Mas também o homem tinha feito viagens em tempo recorde de uma semana, de Régio a Alexandria, e mesmo com os ventos etéreos soprando na direção contrária, tinha conseguido cobrir a trajetória oposta em menos de duas semanas. Aélio ouvia, com toda a intenção de desembarcar na Sicília, com parada prevista para ocorrer na Catânia, e atacar as livrarias por lá, pronto para seguir uma rota só sua para Bruttium, se parecesse que a viagem por mar ia sofrer um atraso muito grande.

Entretanto, os oficiais de cavalaria — dois irmãos de Aquiléia — começaram a enjoar quando o navio atingiu o mar aberto e começou a jogar nas primeiras vagas, e desapareceram, descendo para os conveses inferiores. Quanto aos duzentos e tantos soldados, contando os de Aélio e os demais, recolhiam-se ou não de acordo com seu nível de adaptação a viagens marítimas, ao passo que o resto do pessoal a bordo — tripulação, tratadores de animais e o próprio Aélio — estavam passando bem, e tratando de seus afazeres.

No caso de Aélio, deveria utilizar o período de inatividade forçada da viagem para pôr em dia seu trabalho de pesquisa. Verificar a lista de convidados que Harpocrácio lhe dera era uma coisa que podia esperar até eles voltarem ao Egito, mas agora havia outras coisas a fazer. Ele começou dando uma rápida olhada no *A Morte e Ressurreição de Antínoo*, o tratado que havia recuperado do depósito de lixo de Oxirrinco, em frente ao santuário do Menino. Aquela cópia era antiga, talvez datando de cinqüenta anos atrás, a julgar pela sintaxe antiquada, uma tradução grega de versos provincianos (provavelmente egípcios). Depois de encontrar um canto sombreado no convés, onde não atrapalhava os marujos, Aélio sentou-se para ler e fazer anotações em uma taquigrafia apressada, conforme as ondas, o giz e a ardósia permitissem.

Era uma narrativa tradicional de metamorfose, com todos os detalhes heróicos, paralelos mitológicos com outras vítimas jovens do destino e um final apoteótico. O que o deixou curioso foi o estilo retórico ligeiramente rebuscado que ele reconheceu como da época do deificado Adriano. Outra prova de que o tratado era quase contemporâneo a Antínoo eram as referências lisonjeiras e esperançosas ao sucessor eleito de Adriano, Aélio Vero, que tinha morrido alguns meses antes do próprio imperador. Uma paráfrase de Homero: "os olhos dele, cobertos com gaze, ele não viu/a mão divina empurrá-lo pelas costas" era provocadora demais para se ignorar, mas ambígua demais para se tirar qualquer conclusão dela. Na sua tabuleta sempre pronta ele anotou: *será que isso significa que Antínoo foi morto pelo Destino, ou por alguém que está desempenhando o papel de Destino?* A citação referia-se a Pátroclo, é claro, um equivalente mitológico apropriado para o Menino, caso se considerasse o deificado Adriano como Aquiles. Um jovem pede emprestada a armadura do seu amigo e morre em seu lugar na batalha, e seu amigo, que é poderoso, vinga sua morte. O herói passa a viver para sempre entre as estrelas. Será que Adriano havia vingado o amigo enquanto se encontrava ainda no Egito? Aélio não havia encontrado menção alguma disso nos arquivos de Hermópolis, nem em Antinoópolis. A menos que a "mão divina" homicida fosse a de Adriano, como alguns historiadores alegavam. Ele escreveu um lembrete para pegar uma cópia de *Ilíada*, assim que desembarcasse, e ler os livros XVI e XVII, analisando-os de forma bastante meticulosa.

A rota do *Felicitas* era muito usada, e todos os dias eles avistavam ou um navio militar ou um navio mercantil, embora muitas vezes fosse apenas à distância. No segundo dia em alto-mar, eles foram ultrapassados pelo *Penthesilea*, um navio mais pesado do que a maioria, de última geração, classe *lousorion*, que seguia a toda velocidade de Cesaréia para Cirene escoltado por um cardume de golfinhos. Os marinheiros trocaram cumprimentos e desejos e — acostumado aos impropérios do campo de batalha — Aélio não deixava nunca de se admirar com o controle supersticioso das blasfêmias que os marujos observavam desde o momento em que zarpavam até aquele em que atavam as amarras em segurança no porto de chegada.

À noite, a imensidão e a luminosidade do céu estrelado no mar aberto se comparavam apenas às vigílias feitas à beira do deserto ou nas montanhas da Armênia, tão diferente do céu das noites nubladas e enevoadas de sua infância, que de início ele não podia olhar para cima sem se sentir zonzo. Ele tinha se acostumado a elas com o tempo, mas agora a falta de pontos de referência em torno deles e a aparente continuidade entre céu e água lhe traziam de volta aquele sentimento de assombro e suspensão, misturado com a fragilidade ocasional de uma estrela cadente. As constelações destacavam-se da escuridão total em sua disposição estival, estando Câncer depois de Gêmeos, e Serpentário (que os almanaques diziam que trazia tempestades) pondo-se de manhã. Entre todas, a grande estrela Sirius pulsava como se o cão ao calcanhar de Órion estivesse piscando ou resfolegando. Mas no Egito, tendo o nome de Ísis, ela fazia a cheia ultrapassar as cataratas e correr desimpedida por todo o país.

Sentado diante de sua cabina, Aélio fechou os olhos para não ver aquela sucessão de constelações. Viajando entre o Egito e a Itália, ele não pertencia a nenhum desses dois lugares, e sua própria sensação de não ter um lar se acentuava, enquanto ele refletia como tinha se afastado de seus anos de infância. Começou a entender por que seu pai sentia tanto orgulho da casa que havia construído perto de Mursa, com dois andares, acabamento de reboco cor de rosa, estábulos, chiqueiros, indícios de uma vida estabelecida, e mesmo assim ele percebia a natureza finita dessa ambição. Anubina havia lhe perguntado sobre seus pais, e ele havia dito que, pelo que sabia, eles estavam bem. *Mas não vou voltar lá,* pensava enquanto falava com ela. *Todo livro que li e toda promoção que recebi, toda viagem que fiz, afastou-me daquela sensação de um lugar fixo, sólido e se eu desejo um lar, não é o do meu pai.*

O latido distante de um cão o assustou, e Aélio precisou concentrar-se um instante para se lembrar de onde estava, e de que direção tinha vindo o ruído, tão abafado e aparentemente distante. Ah, sim. O capitão do navio havia dito que uma matilha de cães destinada à arena estava sendo transportada para a Itália. Não era a distância, mas a profundidade onde os cães, junto com criaturas as mais exóticas, estavam alojados no porão. O som e a lembrança de animais preciosos e não tão preciosos viajando para morrer o deixou pensativo, e Aélio fazia sua vigília melancólico, enquanto, em pontos variados do convés, marujos e soldados dormiam ao ar livre e o vigia anunciava a hora de seu poleiro invisível.

Dia 24 do mês de Epiphi (19 de julho, quarta-feira)

No quarto dia de viagem, divisaram o *Lamprotate*, navio irmão do *Penthesilea*, voltando de Roma com uma enorme carga de vinho para vender em Canopo. Como o *Felicitas*, era coroado por uma gávea vermelho-vivo que emergia antes de tudo o mais no horizonte, como a crista de um galo, e depois, aos poucos, a estrela radiante pintada na gávea a distinguia de modo a ser facilmente reconhecível para a tripulação.

Ele em geral fazia um parada no seu porto de origem em Creta, durante dois dias, para carregamento de especiarias, mas, como o mestre (um tal de Soknopaios, originário de Canopo) explicou ao subir a bordo, tinha sido desviado de sua rota por uma tempestade ao sul de Siracusa, e agora estava tentando recuperar o tempo perdido indo direto para o Egito. Esse era o único motivo, segundo ele acrescentou, pelo qual ele havia precisado recusar um convite para jantar com os oficiais do *Felicitas*.

— Mas trago notícias e correspondência de Roma — informou. — E peço ao estimado capitão do navio, Expósito, que leves nossa correspondência à cidade quando chegares lá.

Homem de poucas palavras, Expósito disse que certamente levaria.

— Então, que novas trazes da cidade?

Seguiu-se uma atualização sobre negócios, gente conhecida do marinheiro mercante, detalhes sobre as docas e o porto, que dificilmente Aélio chamaria de notícias no sentido geral da palavra.

— Além disso — disse o capitão do *Lamprotate* —, todos nós, egípcios de Roma, unimos nossas preces a nossos irmãos da província, esperando um nível promissor de cheia e prosperidade nos meses vindouros. A comunidade envia suas saudações e desejos de feliz ano-novo. — Estava se referindo ao ano-novo egípcio, que iria ser dali a quatro semanas, mas, por superstição, mencionou-o como se fosse iminente.

Aélio, como o passageiro de mais alta patente, teve permissão para participar da reunião. Deixou a conversa entre os dois marinheiros prosseguir antes de perguntar sobre Lúcio Soter, cuja posição proeminente na comunidade de expatriados devia ser bem conhecida do outro mestre.

Soknopaios fez uma cara levemente de surpresa.

— Estava justamente para falar de Soter. Ias tratar de algum assunto com ele, comandante?

— Como assim, se "eu ia" tratar algo com ele? Eu vou tratar de um assunto com ele, sim.

— Infelizmente não vai poder. Soter morreu.

— Morreu? Quando?

— Morreu há dois dias, antes de zarparmos, um acidente deplorável. Sua casa perto das Termas de Tito pegou fogo, e ele morreu no incêndio. Ouvi dizer que uma lanterna caiu no escritório dele, e, dada a estação quente e os muitos tecidos que ele tinha guardados, tudo pegou fogo antes que os bombeiros pudessem intervir. Eles mal conseguiram salvar as casas próximas. Seu secretário ficou muito queimado enquanto tentava salvar parte da correspondência. Ainda não sabem se ele vai sobreviver. — Os marujos trocarám então palavras de choque e condolências, e aí Soknopaios passou para outras notícias, deixando Aélio com a estranha impressão de que a coincidência, se não outra coisa, havia acabado de lhe tirar uma fonte potencialmente importante de informações em Roma. Ele seguiu Soknopaios enquanto este se dirigia ao bote que iria levá-lo de volta ao seu navio.

— Capitão, o que a comunidade egípcia está comentando sobre a morte do Soter?

— Não há como discutir um incêndio no auge do verão, comandante. É lamentável, para todos nós, pois ele era um homem muito culto, e usava sua riqueza para financiar nossos interesses. Estando a economia difícil como esta, vários santuários de Ísis em Roma dependiam de seu amparo, e sabe-se lá como vão se virar agora. Seja lá qual for o assunto do qual irias falar com ele, tua única esperança é encontrar o secretário dele ainda vivo. O nome dele é Filo, e acho que o levaram para a casa do seu irmão, logo após a Porta de Óstia.

Agilmente, para um homem de meia-idade, Soknopaios estava descendo por uma corda até o bote, quando Aélio debruçou-se sobre a amurada, perguntando:

— Ele tinha família? Será que é possível encontrar-me com eles?

— Ele perdeu a família durante a Rebelião, comandante. O máximo que vais poder fazer é falar com o secretário.

Como o mestre havia previsto, o tempo ficou ruim no quinto dia depois de zarparmos de Alexandria, começando por uma bruma no horizonte ao norte. Depois, já de manhã cedo, a linha nítida entre água e céu ficou embaçada e desapareceu, gerando a ilusão de uma parede enevoada que estava disposta de forma a esconder o horizonte. O sol nascente não era capaz de penetrá-la; ela refratava a luz solar dando-lhe um tom de amarelo pálido muito claro, parecido com uma tempestade de areia. O mestre e os marinheiros trataram da sua faina diária, de olho naquela barreira clara. Diante de sua cabina, Aélio lia os velhos documentos de Ptolomeu e fazia anotações.

O mar ficou calmo até meio-dia, e a essa altura lufadas de vento quente vindas do norte começaram a passar rapidamente, e golpear a vela mestra; gradativamente, a água ficou turva, cuspindo cristas brancas que se entrecruzavam, cada vez mais rápido, como uma rede sobre o tumulto. Ainda era possível ler, mas Aélio precisou deixar de lado as anotações porque o navio agora jogava de forma imprevisível. Lá em cima, os mastros rangiam a cada lufada, e logo, dos lados e abaixo, vieram outros sons variados que cascos de navio de madeira produzem sob pressão. No intervalo de uma hora, a arfagem se intensificou tanto que tentar ler deixou Aélio nauseado, e ele precisou desistir.

Pelo menos ele havia tido a idéia de prender os poucos objetos soltos em sua cabina, e não precisou sair correndo pelo convés oscilante, como seus colegas cavalarianos, atrás de copos e objetos pessoais jogados para todos os lados. Preocupado com os cavalos e os outros animais, os soldados e tratadores ficaram no porão, mas se o vento permanecesse com a mesma intensidade e viesse uma tormenta para o lado deles, logo poderiam ser convocados a subir, e ajudar com as velas. O sol ainda estava brilhando, mas cada vez mais se empanava, à medida que aquela bruma ia se aproximando, ou talvez o navio é que estivesse se aproximando da bruma, até a luminosidade do céu diminuir. Aélio tinha fixado sua caixa de anotações no convés com pregos nos cantos, e agora estava fazendo o mesmo com seu baú. Quando saiu cambaleante da cabina, borrifos altos de água estavam subindo pela proa acima, e a cor do mar, modificada com o sumiço do azul do céu, tornou-se cinza-chumbo. Nem o mestre nem o capitão do navio pareciam preocupados, mas como um dos oficiais de cavalaria cambaleantes lembrou a Aélio, lúgubre, sabe-se que os marujos vão para seus túmulos no mar sem se sobressaltar.

— Acho que a coisa não está tão feia assim — disse Aélio, embora ele não tivesse a menor idéia de como estava a situação. —Vou lá para baixo dentro de alguns instantes para ver como está meu cavalo. Se quiseres, podes vir comigo.

— Não, não. Se o navio afundar, prefiro estar aqui em cima.

A tempestade foi realmente feia, e, embora a tripulação tivesse manobrado habilmente o navio para evitar o pior dela, a bruma transformou-se mesmo assim em chuva. Ela não tardou a cair em catadupas dos céus, e o mar, lá embaixo, estava revolto, fato mais exasperante porque o horizonte meridional, além do véu de chuva conturbado, parecia amarelado e sem nuvens. No fundo do porão, os animais estavam aterrorizados, de modo que seria um milagre se nenhum avestruz quebrasse uma perna ou morresse de medo; das jaulas dos leões vinha um fedor de excrementos e grunhidos, e os ruminantes, sedados como estavam, permaneceram todos amontoados e trêmulos. Aquele terror das criaturas, acorrentadas e aprisionadas, revoltou Aélio, cujo cavalo — já em sua quarta viagem por mar — parecia estar tão assustado quanto os outros da cavalaria. Presos com correntes, os cães, que antes uivavam, agora estavam acuados, e quando Aélio tentou afagar um deles, foi mordido.

Durante todo o tempo, apesar de seu otimismo, ficou de orelha em pé, esperando o estrondo que significaria que o casco havia se rompido, mas o *Felicitas Annonae,* mesmo carregado de grãos e gemendo, pareceu resistir bem, com o porão razoavelmente seco. Sua arfagem era acentuada, mas não havia banda, e se a pessoa se abstraísse do perigo e da chegada da noite em breve, podia até gostar de toda aquela agitação. Mas nem Aélio nem ninguém achou graça alguma quando a escuridão os envolveu e não se sabia como o mastro, as velas, os marujos e a água interagiam violentamente no convés, onde não se permitia a presença de mais ninguém. Como ele anotou sucintamente depois em seu caderno, "melhor esquecer" aquelas horas de desespero.

Dia 26 do mês de Epiphi (21 de julho, sexta-feira)

Sair da tempestade foi tanto um ato de vontade do mestre quanto uma questão de as condições atmosféricas simplesmente terem se deslocado um pouco mais para adiante. Na manhã do sexto dia, podia-se perceber que o navio já não se empinava nem mergulhava nas ondas como antes; o ângulo ficou menos agudo, a chuva parou. Ainda se notava espuma subindo acima da proa, mas não tão violentamente. Quando eles se afastaram da margem da tempestade para fugir ao mar agitado, Aélio — encharcado e sozinho com os marinheiros no convés — viu que a uma distância equivalente a algumas vezes o comprimento do navio, atrás deles, o mar continuava encapelado, e a chuva caía em círculos, sendo que a bruma encobria a luz incipiente do dia.

Agora Creta estava a nordeste, segundo Expósito, mais distante do que se eles tivessem mantido o curso.

— Estamos indo para a África, mas não por muito tempo.

Naquele trecho eles freqüentemente encontravam navios que faziam a rota Gortina-Cirene. Não se via nenhum, pois a tempestade devia tê-los dispersado também. Ao nascer do sol os marujos apontaram os destroços que boiavam a bombordo. Passou um barril quebrado, meio afundado, e uma iridescência agourenta indicava o naufrágio de um navio com carga de óleo. Durante duas horas o *Felicitas* circundou a área na esperança de encontrar sobreviventes, mas não adiantou. Quando um pedaço de vela com o nome *Tetis* apareceu sob um véu de água, Expósito ordenou a um homem que amarrasse uma corda na cintura e mergulhasse para içá-lo.

— Eu conhecia o mestre — disse, lacônico, e esse foi o único sinal de luto que se permitiu no navio.

Até a tarde, eles se arrastaram para longe da zona de perigo, e foi na direção de um sol poente inexoravelmente lento que o *Felicitas* por fim escapou às bandas mais externas da tormenta, fustigado pelos ventos, porém intacto, sua imponente vela recolhida e ensopada, e nada além dos grãos compactamente embalados ainda no seu lugar original. No amplo convés, a água escorria para o lado mais rebaixado do navio até ficar acumulada na altura dos tornozelos, mas sua vigorosa absorção com esfregões e o tempo mais seco no horizonte para onde estavam indo logo resolveriam o problema. Quando o sol batia naquela piscina agitada, parecia que punhados de ouro estavam sendo jogados de um lado para o outro, acumulando-se ao longo das pranchas.

— Deus é testemunha — disse um dos cavalarianos que passaram, ao seu irmão — que vou pedir uma transferência para um posto em terra, e essa é a última viagem por mar que vou fazer.

Foi naquela água salgada refrescante que Aélio lavou sua mão direita lívida e dura, cuja palma e dorso ao redor do polegar os dentes do cão haviam perfurado. Se fechasse os olhos (e não os havia fechado muito tempo na noite anterior, como todos os outros), poderia imaginar-se no rio, no Egito, como da primeira vez em que tinha subido o Nilo para combater os rebeldes. Ou até mesmo dessa última vez, quando sua única incumbência era estudar o deificado Adriano, e nem mesmo sabia ainda que Anubina havia se casado, e tido dois filhos.

A essa hora, pensou, no Egito a cheia devia estar se elevando sem barreiras acima do nível das valas e dos canais, transbordando sobre as barragens e penetrando na terra negra, desmanchando os muros de separação de propriedades feitos de argila seca ao sol. Os patos e gaivotas estariam certamente disputando o lixo, os porões, transbordando, os ratos, se afogando. Os crocodilos deviam ter deslizado para a água marrom que tudo invadia, invisíveis para suas presas até ser tarde demais. Até que ponto era insuportável o cheiro de sua carne ferida, comparado ao que tinha acontecido no Nilo a Sereno, e ao que, segundo Aélio sabia, pode ter acontecido com o próprio abençoado Antínoo.

— Daqui até a Sicília a viagem vai ser tranqüila — entreouviu o mestre profetizando, e o reservado Expósito grunhindo em resposta.

Pressionando a palma da mão, Aélio forçou as feridas a eliminarem sangue fresco e soro. Quando terminou de lavar a mão, notou que um dos tratadores de animais estava subindo do porão, e rapidamente levantou e foi até ele. O homem, que era da Sardenha, de pernas arqueadas, baixa estatura, olhos semicerrados, recebeu-o e disse imediatamente:

— Dei uma surra naquele cachorro por isso — esperando um acesso de raiva por causa da mordida durante a tempestade.

Aélio o interrompeu.

— Quantos animais estás levando?

— Ah, sim. — O tratador oscilou ligeiramente, procurando a corda mais próxima para se segurar e manter-se de pé quando a próxima onda viesse. — Ora, comandante, acho que aí uns 75. Seis pares de leões, uma dúzia de avestruzes, leopardos e um rebanho inteiro de gazelas, mais ouriços e cachorros-do-mato para açular contra os pigmeus.

— Quanto queres pelos cães?

— Já os vendi.

— Por quanto? Tenho certeza de que não é a primeira vez que vendes animais duas vezes.

O tratador parecia ser um homem honesto, seja porque refutou a acusação, ou desconfiou de alguma tramóia.

— Ora, comandante, eles não são apenas cães, são cachorros-do-mato.

— São vira-latas. Podes tê-los encontrado no mato, mas não passam de vira-latas comuns. Um deles até tem sinais de ter usado coleira.

— Pode ser, mas para mim deu tanto trabalho pegá-los quanto caçar lobos ou hienas.

— Quanto vão te pagar quando chegarmos ao porto de destino? Não mintas, porque tenho meios de descobrir a verdade.

O tratador confessou o preço.

— E isso sem o frete que estou pagando por eles.

— Eu compro a matilha.

O homem da Sardenha estendeu a mão, vendo que — como todos a bordo quando o tempo estava ruim — Aélio estava com sua bolsa de moedas pendurada no pescoço.

— E o que farás com eles, posso perguntar?

— Não te interessa.

O navio continuou a arfar e a balançar noite adentro, quando por fim as ondas se acalmaram, e uma vez mais o *Felicitas* passou a viajar com boa velocidade, embora ainda fosse na direção da costa meridional da Sicília para onde, de acordo com o mestre, estavam seguindo. A manhã do oitavo dia chegou antes que eles avistassem Malta, e mesmo aí um vento nordeste, forte e contínuo, impeliu-os para oeste, de forma que eles não puderam seguir imediatamente para Catânia e para o estreito.

1º dia de Mesore (25 de julho, terça-feira)

O ponto do litoral, banhado pelo sol e solitário, tinha o nome de Chalis de acordo com o mapa de Aélio. Ele sabia que, segundo os relatos históricos, tinha sido ali a grandiosa cidade grega de Chalis, sobre a qual Heródoto e Diodoro haviam escrito. Completamente destruída e abandonada durante quase quinhentos anos, do navio apenas o estuário do rio de mesmo nome e as ruínas lamentavelmente invadidas pelo mato assinalavam para o visitante onde ela ficava. Aélio gostaria de poder ter dito que reconhecia os muros gloriosos de Timoleão, e os lugares onde os cartagineses e gregos haviam acampado para lutar, mas não havia mais vestígio de absolutamente nada. Aliás, não havia nem mesmo um porto, só uma praia com quebra-mares meio submersos. Um pouco afastadas da areia, surgiam cabanas de pescadores, com seus botes, remos e redes penduradas e secas.

Mesmo assim, um navio militar estava ancorado ali perto, e avistava-se alguma atividade em terra. Viam-se montes de caixas, barriletes e materiais de construção, enquanto uma tropa de animais de carga já sobrecarregados aguardavam que seus condutores os levassem. Com o *Felicitas* fundeado a uma distância do navio da marinha que permitia ouvir gritos mútuos, Aélio apresentou-se e pediu para falar com o capitão. Ele informou que o navio estava escoltando o carregamento de peças de arte e materiais preciosos para a nova villa de Maximiano Augusto.

— Não vejo sinal algum de construção — observou Aélio.

O oficial da marinha indicou com um gesto vago o penhasco além da praia.

— Não fica por aqui. Fica a dois dias de viagem terra adentro, perto de Filosofiana.

Aélio verificou seu mapa e analisou por alguns instantes.

— Há alguma estrada que vá até lá?

— Não daqui, ainda não, mas depois que chegar lá estarás bem na via militar Agrigento-Catânia.

No entanto, o mestre havia decidido aproveitar ao máximo o que a situação oferecia, e conseguir mais provisões, bem como água doce; a vela tinha de sofrer pequenos reparos; e o lugar era perfeito para se descansar um pouco depois da tormenta.

— E quanto tempo planejas ficar por aqui? — indagou Aélio ao oficial do outro navio.

— Até amanhã. Depois zarparemos de volta ao nosso porto de escala, na Catânia, contornando o cabo Paquino.

— Quando chegarás lá?

— Se Deus quiser, por volta do meio-dia de domingo.

Aélio assentiu como quem tinha entendido.

— Então nos encontramos lá. Sairei daqui, com alguns suprimentos e homens, e viajarei por terra até Catânia.

— Como desejares, comandante, mas ficaremos aqui apenas um dia, e não vou esperar ninguém depois que recolhermos a âncora.

— Como queiras.

Os cachorros, libertados de suas correntes, correram até o convés e seguiram seu tratador cabriolando pela prancha de desembarque, onde ficaram em semicírculo farejando a areia e as algas embaraçadas que tinham sido trazidas para a praia pela tempestade.

— E agora? — indagou o homem da Sardenha.

— Se estás querendo matá-los tu mesmo, comandante, deixa-me pelo menos levar as carcaças para alimentar os leões.

Aélio fez um gesto de impaciência.

— Eu os levarei comigo para o interior.

— Ora, por que levá-los tão longe para matá-los? Nunca ouvi bobagem maior!

Anotações de viagem de Aélio Espartano:

Três homens e eu saímos da praia assim que terminamos de participar do sacrifício de ação de graças. Depois de negociar um pouco, consegui excelentes cavalos dos habitantes locais, pois os nossos deviam estar um pouco estressados devido à viagem por mar. Felizmente, embora não haja estradas pavimentadas, conforme mencionou o capitão da marinha, o tráfego de mulas, burros e operários, em ambas as direções ao longo da viagem para o local onde a villa imperial está sendo construída, abriu uma picada fácil de seguir. Há mesmo pequenos postos ao longo do caminho para se obter água e comida, e estamos viajando a boa velocidade, apesar da compa-

nhia dos cachorros. Por duas vezes achamos que havíamos perdido um deles, mas ele retornou nas duas ocasiões, e assim nós, prosseguindo sem demora no melhor estilo cavalariano, chegamos ao nosso destino, uma pousada na estrada na via militar chamada Gelensium Filosofiana, no princípio da sexta-feira. O canteiro de obras próximo é espetacular, e, se eu não tivesse visto a construção de Sua Divindade em Espalato, teria ficado encantado com o que está sendo feito aqui. O feitor deu uma olhada nas minhas cartas de apresentação utilíssimas, e imediatamente ofereceu-me um quarto, pediu que me fosse levado o jantar, e — convencido como está de que estou aqui a mando do imperador — começou a me mostrar tudo prontamente, enquanto me ditava uma lista dos detalhes que vai explicar amanhã. Decidirei depois se tenho ou não de seguir a lista.

Fornos de tijolos e cabanas de pedreiros cercam uma área enorme já parcialmente construída, e as tesselas a serem usadas para fazer mosaicos são tão numerosas que se formam montes de várias cores com elas. Operários africanos vieram trabalhar nos desenhos, e, apesar de nossa longa viagem, mostraram-me todas as caixas do que prometem ser hectares de mosaicos mostrando paisagens, cenas de caça, e todos os tipos de atividades sazonais e de entretenimento.

Depois de pedir licença, com uma desculpa educada, recusando a companhia do feitor tanto à mesa quanto na cama, comi ao ar livre com meus homens, e, logo antes do nascer do sol, subi até um santuário de uma montanha próxima erigido em homenagem ao deificado Adriano (que visitou estas paragens depois de sua famosa escalada para ver o arco-íris sobre o Etna). Este santuário, elegante e pequeno, encontra-se abandonado, e o bosque de loureiros em torno dele que antes devia ser cuidadosamente conservado, virou um mato cerrado que tive de abrir a facadas. Tinha comigo incenso suficiente para oferecer no altar, tão tomado pelo mato que chegava a estar meio torto, devido às raízes dos loureiros, que haviam penetrado sob o monumento.

Aprendi que os habitantes locais têm sua própria explicação sobre o que ocorreu ao abençoado Antínoo depois de sua morte no Nilo, achando que seu corpo jamais foi recuperado depois de ele ter se afogado, mas apareceu ao norte daqui nas águas do lago Pergo, depois de viajar no mundo inferior durante vários dias. Como prova disso, o feitor apontou para mim uma estátua de bronze de Apolo, muito bela — provavelmente do tempo em que os gregos estiveram na Sicília — a qual chamavam equivocadamente de "Antínoo, o Renascido". Tinham descoberto aquela imagem às margens do lago anos antes, e a trouxeram para cá através da estrada, onde está protegida por um pequeno teto, e passou a ser objeto de certa veneração por parte dos garotos camponeses e suas mães.

Pergo certamente é o mesmo lago mencionado no quinto livro das Metamorfoses *de Ovídio, nas proximidades do qual Hades raptou Prosérpina. O feitor descreveu vividamente suas águas salobras, que se transformam em sangue nesta estação "desde a morte do abençoado Antínoo", suas próprias palavras. Pode ter sido o adiantado da hora, mas a forma pelo qual ele falou do lugar chegou a me assustar. Mudando de assunto, para um mais amenos, metade dos pássaros da Sicília (aparentemente não os cisnes mencionados pelo poeta) fazem ninhos às margens do Pergo.*

Só por curiosidade, enquanto estávamos falando do assunto, perguntei ao feitor se há hipóteses locais sobre as circunstâncias da morte de Antínoo, e ele me falou que "ele morreu como Pátroclo". Confesso que me surpreendi bastante, pois era justamente isso que o tratado que comprei em Oxirrinco dizia. "Mas Pátroclo morreu em combate" objetei, e o feitor reagiu jogando a cabeça para trás e estalando a língua, um gesto siciliano que se vê em toda parte, deixando-me tão ignorante quanto antes.

Mesmo assim, contei ao homem que desejo deixar ali os cachorros, sob proteção imperial, e que pagarei as despesas para cuidar deles. Ele gostou muito mais disso do que eu esperava (os civis primeiro gemem, seja o que for que se peça a eles, para mostrar-te que estão te fazendo um favor), pois aparentemente raposas e lobos andaram rondando o canteiro de obras, e uma matilha de cães era muito bem-vinda.

Estou redigindo isso tarde da noite, pois é minha intenção não dormir, mas partir com meus homens bem antes do nascer do sol, e viajar pela muito bem construída via militar até Catânia. Vamos repousar amanhã à noite, provavelmente em Capitoniana, e chegaremos ao porto bem antes da data de partida do Felicitas Annonae *para Roma.*

Catânia, Sicília, dia 4 do mês de Mesore (28 de julho, sexta-feira)

Em Catânia, Aélio descobriu que o pelotão de cavalaria e seus capitães haviam desembarcado e seguido caminho até sua missão, e todos os avestruzes, dois leões, e vários porcos-espinhos haviam sido entregues aos funcionários locais encarregados dos espetáculos de entretenimento. Iria haver julgamentos de cristãos naquela semana, e embora o homem da Sardenha que gostava de semicerrar os olhos insistisse que iam atar os porcos-espinhos às suas costas para torturá-los, Aélio tinha lá suas dúvidas. Com seus homens já a bordo, havia tempo suficiente para ele parar em uma livraria atrás do teatro, onde encontrou um relato da viagem de Adriano à Sicília no oitavo ano de seu reinado.

O mestre era homem de palavra, e eles já haviam zarpado ao meio-dia. Logo, deixando para trás o maciço sorumbático do Etna, eles velejaram pelo litoral leste da ilha acima, procurando não perder de vista a via que seguia a praia até Messana. Depois do braço de mar do estreito da Sicília, pelo qual o *Felicitas* passou sem problemas, pela primeira vez na vida Aélio entrou no mar Tirreno. Ele escrevia sem parar, fazendo anotações para si mesmo destinadas a elaboração posterior:

Peixe-espada nessa época do ano, grandes cardumes azuis passando, um mar incrivelmente fértil. Golfinhos saltando, pedindo comida, e sorrindo o tempo todo. Cada lugar no litoral é um local histórico importante. Régio, cabo Palinoro, Vélia, Vesúvio, ilha das Cabras, Cume, Fórmie — passamos ou estamos por passar por todos estes, e mais. Estou empolgado demais para dormir. Tempo magnífico, embora o mestre fareje ventos que provavelmente irão nos impelir para algum ponto ao norte de Óstia. Expósito está reclamando, mas para mim tudo bem. Entrarei na Cidade pelo norte, pois o túmulo do deificado Adriano fica perto da Colina do Vaticano.

Nas águas em frente a Tarracina — onde os marujos saudaram em alta voz o templo de Júpiter em um terraço na montanha — o *Felicitas* encontrou o pequeno, engenhoso e novo em folha *Providentia Deorum II,* que avançava para o sul com ventos favoráveis na rota Âncio — Lepcis Magna — Cirene — Alexandria.

Depois houve a troca de correspondências e rapapés costumeiras, com desejos de boa sorte, enquanto os navios se encontravam lado a lado na água.

— Há alguma coisa para mim? — indagou Aélio. — Seria inconveniente as mensagens irem parar no meu alojamento no Egito, quando estou quase em Roma. — As mensagens foram verificadas rapidamente, e descobriram-se três endereçadas a Aélio Espartano, que lhe foram entregues. Duas eram respostas a perguntas que ele havia enviado semanas antes: uma confirmação de que existia um inventário oficial dos edifícios construídos no reinado de Adriano nos Arquivos do Estado, e uma lista de preços de livreiros. A terceira carta, em uma caligrafia estranha e irregular, era do seu possível colaborador com o qual Gavius Tralles havia entrado em contato em nome de Aélio. Com data da quinta-feira anterior, foi levada para bordo do *Providentia* no dia seguinte, e providencialmente lhe foi entregue ali, a caminho mesmo de Roma.

Carta de Aviola Paratus a Aélio Espartano:

De Gaio Aviola Paratus para o estimado comandante de regimento de cavalaria Aélio Espartano, saúde e saudações.

Foi com profunda alegria, senhor, que recebi a notícia, por carta de vosso antigo colega Gavius Tralles, de que talvez vos decidísseis a empregar meus conhecimentos profissionais no que entendo que seja um importante levantamento histórico relativo ao reinado do deificado Adriano. Embora eu não presuma que vais mesmo vos decidir a fazer isso, apenas a oportunidade de ser uma vez mais útil ao meu imperador por vosso intermédio me enche de esperança e representa para mim grande consolo. Por vossa própria experiência militar, sem dúvida entendeis o jugo de um veterano que ainda tem energia suficiente para servir, apesar das limitações de sua enfermidade. É meu sincero desejo que meu conhecimento de assuntos egípcios, história, línguas e várias ciências (inclusive, paleografia, astronomia e geografia, entre outras) possa ser digno de vossa consideração.

Atualmente, como vosso colega talvez tenha vos informado, encontro-me com minha família em Minturno, mas pronto a me encontrar convosco e oferecer meus serviços pessoalmente sempre que desejardes. Se resolverdes me conceder uma entrevista, bastará mandar recado por meio do estalajadeiro na Taverna do Urso de Casquete, diante do portal romano de Minturno. Em 1º de agosto, estarei, em vez disso, em meu próprio estabelecimento na milha XXII da Via Labicana, À Glória de Nosso Senhor Aureliano. *Prontamente viajarei até onde estiverdes no Egito ou em qualquer outra parte. Se vossas viagens o trouxerem à Itália, é claro, estarei à vossa disposição se necessário, assim que aportardes.*

Lembrando nossa luta comum durante a Rebelião, e com meus melhores votos de prosperidade, assino, atenciosamente, G. Aviola Paratus (tendo redigido este bilhete com suas próprias mãos, cujas incertezas caligráficas espero que o comandante desculpe, no dia vinte e seis de julho em Âncio, que estou visitando por motivos de família).

Era uma coisa que vinha mesmo a calhar para sua pesquisa esta oferta de auxílio de um profissional competente. Encantado com aquela carta, Aélio ansiava chegar ao destino no dia previsto, mas o faro do mestre para ventos contrários provou mais uma vez que era infalível. Um tempo ruim "em algum ponto entre os Montes Ausonianos e os pântanos", conforme ele explicou, gerou turbulência suficiente no mar para impelir o *Felicitas* para longe de Astura, de forma que precisou evitar as águas revoltas durante mais um dia inteiro. A Via Severiana, Laurência, Óstia e Portus pareciam fugir do lado direito, villas e bosques, quebra-mares, portos e faróis estavam decepcionantemente distantes. Outros navios também foram obrigados a seguir para o norte em busca de portos mais seguros, ao passo que os barcos pesqueiros permaneceram em mar alto. Expósito resmungava baixinho mas não havia como evitar a demora.

A manhã de quarta-feira, o último dia de julho, um vazamento de óleo no mar não poderia tê-lo tornado mais calmo. Apesar do céu cinza-chumbo acima dos muros férreos mais ao norte, perenemente assediados pelas tempestades e atingidos pelos relâmpagos — ou assim disse o mestre —, o tempo sobre Alsio lembrava um espelho polido, com uma aragem agradável, perfeitamente cálido.

— É melhor seguires daqui para Roma — sugeriu Expósito. — Vais levar menos tempo do que se continuares conosco.

Aélio estava mais do que desejoso de fazer exatamente isso. As instalações do porto eram modestas, mas adequadas; contudo, Alsio já não era mais como antes. Agora só algumas das grandes villas pareciam bem conservadas quando vistas da praia; os portões que davam para a praia estavam trancados, não havia sinal de uso recente em torno dos laguinhos para peixes à beira-mar, videiras invadiam os muros e os caminhos. A residência imperial, cujas obras de arte eram mencionadas em seu guia turístico, parecia estar trancada desde bem antes da Rebelião; os servos ao portão disseram que fazia dez anos que nenhuma comitiva do governo vinha visitar o lugar. De acordo com Harpocrácio, Dio Sereno tinha conseguido comprar uma coleção de livros ali, do guardião, dois dos quais — um dicionário latim-etrusco e uma gramática do idioma etrusco — dizia-se que estavam ali desde o tempo do deificado Cláudio. Dio, seu tráfico e sua morte pareciam estar a séculos de distância desta antiga nobreza, e mesmo Antínoo tinha ficado para trás na memória de Aélio, até ele reconhecer uma estatueta dele em um altar enfeitado de flores em um cruzamento. Ali ele se separou da sua escolta, mandando-a seguir em direção à *Castra Peregrina*, ou Unidade Estrangeira — agora o quartel de Agentes Especiais na colina Celiana. Ele iria continuar sem carga, a cavalo, para aproveitar sua primeira visita ao promontório italiano, no sul da Bonônia.

Escreveu as seguintes anotações para si mesmo:

Tudo que li nos livros sobre esta região é verdade, desde a villa onde Júlio César encontrou-se com nobres ao voltar da África até o maritimus et voluptuarius locus de Marco *(como se lê nos textos de Fronto). É mesmo um lugar muito aprazível à beira-mar, entre azevinhos e oliveiras, bosques frondosos e regatos cercados de arbustos, fontes minerais abandonadas, antigos túmulos de líderes etruscos sepultados (ver Strabo), pelo caminho. Cisra e Artena foram poderosas no passado, mas só restam cidadelas em ruínas no local. Estou se-*

guindo sempre para o sul, com o cuidado de não pegar a saída errada, pois as transversais multiplicam-se por aqui; devo seguir a Via Aureliana até o oitavo miliário antes de Roma, onde presumo que devo chegar ao cruzamento com a Via Corneliana e ver os muros da Cidade!

Um incidente curioso sucedeu-se assim que cheguei à pousada de Torres. Assim que me viu, sem nem mesmo saber quem eu era, o estalajadeiro me disse que, uma hora antes, dois homens haviam perguntado ao seu filho por alguém parecido comigo. Um engano, eu devia pensar. Como alguém iria saber da minha chegada, dado que estava previsto meu desembarque no porto de Roma? Ou isso, ou o que o Ben Matias havia dito, que eu devia estar atento a tudo mesmo a bordo do navio, é verdade. Os marujos aceitam suborno com facilidade, e é possível que por meio deles alguém tenha sabido que já cheguei, e até da mudança de local de chegada. Se for isso, quem são estes dois que estão me precedendo? Egípcios? Outros que querem evitar que eu ache a tumba de Antínoo, e os documentos supostamente contidos nela? A idéia de que uma conspiração contra Roma possa durar gerações ronda meus pensamentos sem tomar uma forma definida. Peço ao estalajadeiro que me descreva esses dois, mas ele não me deu essa descrição porque seu filho, que falou com eles, saiu para ir a Volaterra.

Agora, porém, graças a esse caso provável de confusão de identidade, a "beira poeirenta da estrada" até Bebiana da qual falou Marcial parece-me um pouco menos acolhedora, e estou vigiando cautelosamente todos aqueles que encontro pelo caminho.

Perto de Bebiana, a 15 milhas de Roma, Aélio não pôde resistir à tentação de desviar-se para ver a propriedade que pertencia a Virgínio Rufo, que por duas vezes recusara a coroa após a morte de Nero. Suas varandas eram feitas de pedra rica em incrustações de conchas, provenientes de umas pedreiras próximas dali. A menos de uma milha delas, um pequeno posto do exército ocupava o lado direito da estrada. Era limpo e elegante, com uma guarnição de soldados panonianos, o lugar perfeito para matar a sede do seu cavalo. O suboficial comandante tinha acabado de dar instruções à tropa e levantou-se para fazer a saudação ao visitante.

— Ele acaba de voltar de uma perseguição a um invasor de propriedades — informou o comandante a Aélio com a voz áspera de quem costuma gritar. — Mas se aquele safado era um caçador, comandante, eu mesmo sou um safado de marca maior.

— Por que diz isso?

— Ele estava sinalizando para um cúmplice dali de cima, do alto da pedreira.

— Os invasores não avisam a chegada do exército, por aqui?

— Não usando bandeiras e fazendo isso aqui. Veja só o que rapaz anotou.

Numa lousa, Aélio leu o seguinte, anotado com giz às pressas:

I esquerda – I direita; I esquerda – V direita; III esquerda I direita; II esquerda – II direita; IV esquerda – V direita; IV esquerda – III direita; IV esquerda – V direita; I esquerda – V direita; III esquerda – III direita; II esquerda – II direita; IV esquerda – IV direita.

— É a sinalização do exército, comandante.

— Estou vendo.

Houvera na Armênia noites assustadoras onde o único contato com a próxima unidade em um terreno infestado de inimigos havia sido o sistema de sinais. Aélio deteve com a mão a oferta de giz e tradução do suboficial, tendo sozinho decifrado a mensagem.

— Teu soldado entendeu a palavra "caçador"? — indagou ele, devolvendo a lousa.

— Ele perdeu tempo marcando a seqüência de sinais, e depois correu para cá para mostrá-la. O seu companheiro de patrulha ainda está procurando quem enviou e quem recebeu a mensagem, e ordenei que dois outros homens passassem o pente fino na encosta do morro. Não consigo imaginar o que quer dizer isso, mas não são caçadores coisa nenhuma.

— Depende do que se entende por caça. — Aélio já havia saído pela porta, e logo já estava montado. — Se esses homens forem capturados, prendeos aqui e manda imediatamente avisar a *Selecti Alae Ursiciannae*, meu corpo de guarda no Quartel de Agentes Especiais.

— Onde fica isso?

Atualizações na nomenclatura costumavam demorar para ser plenamente adotadas pelos soldados em geral.

— É o antigo Quartel da Unidade Estrangeira — explicou Aélio.

Era pouco mais de meio-dia, e as sombras haviam se recolhido para debaixo das árvores e muros de pedras empilhadas. As cigarras nos arbustos silenciaram quando Aélio retornou à Via Aureliana, e voltaram a ciciar depois de sua passagem. Mais à frente, o terreno cada vez mais sinuoso engolia a estrada, revelando-a mais adiante, engolia-a uma vez mais com um morro arredondado como a garupa de um burro, depois mais outro. Villas à venda se encontravam entre jardins ressecados, os beirais enfeitados com guirlandas de ninhos de andorinhas. Aélio continuou, entre inquieto e curioso, embora um tanto impaciente. Porque, ainda que os homens que tinham passado perto das Torres não estivessem procurando por ele, não havia como confundir uma mensagem de sinais que dizia: AÉLIO VENIT. Portanto eles o conheciam pelo nome, e sabiam que ele estava indo para Roma. Disfarçados de viajantes, confundidos com caçadores, dois ou mais homens o estavam seguindo. Aquilo, de certa forma, o deixava empolgado, pois o risco sempre o fascinara. Ocorreu-lhe de novo a lembrança de suas noites durante a Rebelião, e também do jeito como Anubina, em seu quarto, na penumbra, o ajudava a tirar a armadura e dizia: "Removo de ti este pedaço do perigo. E este também. E este." Até ele estar nu diante dela. *Sinto saudades dela*, pensou, *e saber que está casada e feliz, mãe de dois filhos, me faz sentir sozinho e com ciúmes.*

Em Lório (o estalajadeiro local, que estava ocupado impermeabilizando uma cisterna de tamanho respeitável, pronunciava o nome da cidade assim: Láurio), uma outra villa imperial destacava-se, com a mansão principal situada na encosta de uma colina, semelhante a um castelo cercado por uma planície, mais ou menos a uma milha de uma pequena ponte. O guia de viagem dizia que havia sido abandonada por Cômodo. Bancas de vendedores pouco expressivas alinhavam-se por um trecho da estrada, depois recomeçavam as subidas e descidas íngremes, no que Fronto havia chamado de "um monte de trechos íngremes e escorregadios". Pelo menos ele não teve notícias de estranhos que procuravam por ele.

Já era tarde quando Aélio atravessou nova ponte sobre o rio Arrone, um lugar chamado, para ele significativamente, de *Caput Serapi,* mas não havia nele qualquer referência egípcia nem templo de Serápis à vista. Mesmo o sepulcro redondo maciço que vigiava a margem, com suas estátuas desgastadas pelo tempo, não aparentava qualquer ligação com a África. Ali a estrada bifurcava-se, e no miliário lia-se "Via Portuense" recém-escrito sob o velho nome, "Via Vitélia". Ao longo da Via Aureliana, pradarias baixas cada vez mais cediam lugar a várzeas cobertas de bosques e repletas de pássaros. Enquanto os pássaros estivessem cantando, Aélio podia relaxar, pois significava que não devia haver homens escondidos no mato; o velho hábito de estar alerta permeava tudo que via, e ouvia, sem tirar a beleza da paisagem. Logo, as sombras começaram a alongar-se, jorrando de sob as árvores, tumbas e fazendas isoladas como um líquido. Na orla das colinas, os carneiros e bois de chifres longos de origem panoniana dirigiam-se para seus estábulos e apriscos.

Além de uma vala ao longo da estrada, onde os mosquitos eternamente presentes enxameavam as pegadas de cascos cheias de água, uma aldeia repleta de árvores, que não ostentava nome algum, estava identificada no seu guia como Buxus. Na verdade, o buxo ali era abundante, uma pequena touceira formada desses arbustos devia ser a *silva mesia* mencionada de passagem. A estalajadeira mais próxima era tagarela. Ela lhe deu uma quantidade imensa de informações desnecessárias sobre a vinda de cristãos para homenagear dois de seus mártires decapitados ali ("Rufina e Secunda, já viu só que nomes de plebeus para esses assim chamados santos?"), e quatro judeus convertidos para o cristianismo em um lugar próximo chamado Nympha ("Os pais também tinham nomes comuns, mas os nomes dos dois filhos eram impronunciáveis!"). Quando Aélio perguntou-lhe se alguém havia feito perguntas sobre a chegada de um oficial, ela respondeu que não.

— Mas também, com tudo que preciso fazer em uma pousada de beira de estrada, não dá tempo para escutar mexericos, nem nada.

Contando o dinheiro que Aélio tinha lhe dado pela forragem do animal e uma refeição rápida para si, ela ficou resmungando alguma coisa sobre a alta dos preços e a queda no movimento.

— Apesar de toda essa tolice deles, os cristãos até que nos trouxeram um certo movimento aos negócios. Agora há menos tráfego, com exceção dos tocadores de mulas, e eles quase não gastam nada. Se não fosse pelo roseiral ali adiante na estrada, eu iria ter de fechar meu estabelecimento.

A essa altura, o dia de verão já estava acabando. Aélio decidiu apertar o passo na direção do morro para que ainda pudesse avistar a cidade do seu cume, e pernoitar. Um pinheiral escuro invadia a estrada depois do roseiral mencionado pela estalajadeira (tinha sido propriedade de um dos libertos de Cômodo); e mais adiante, pelo que leu no guia, iria começar um trecho de terra acidentado, marcado por profundos vales de arenito, cânions causados por centenas de anos de exploração de pedreiras, touceiras de taquaras estendendo-se por milhas, fornos de olaria, cemitérios do exército e da marinha entre as colinas do Vaticano e Janículo. Um lugar ideal para emboscadas. Qualquer um que quisesse esperar por ele ali podia facilmente levar vantagem na luta. Agora a nomenclatura nos miliários dizia Aurélia-Cornélia; sabendo que logo as estradas se bifurcariam, e a segunda iria levar à própria porta da Tumba de Adriano, ficou ansioso para chegar ao cruzamento, mas a prudência lhe ditava o contrário. Depois de hospedar-se em um quartinho na pousada chamada *in Colle Pino*, Aélio resolveu recomeçar a jornada ao amanhecer. Mesmo assim, a impaciência o fez sair do salão onde alguns viajantes estavam comendo e descansando: saiu caminhando a esmo, à última luz diurna, até a orla do morro, onde uma fenda entre as árvores, sob um céu abrupto e ilimitado, mostrou-lhe Roma a seus pés.

Anotações de Aélio Espartano:

Eu vi a Cidade! Seria fácil demais afirmar que é impossível descrevê-la com palavras, ou melhor, que não há palavras que possam descrever a vista. Palavras não são suficientes, mas ajudam a dar uma idéia do que se testemunha. Imaginai uma colina gloriosa, semelhante a uma sacada, selvagem e solitária, com flancos cobertos por um bos-

que espesso de juncos, tão espesso que nem se vêem, nem se ouvem os riachos e córregos que passam por baixo deles. Rouxinóis cantam, interpelando-se e respondendo de um bosque para outro, como não ouvia desde a época em que estava na Armênia. Parado ali, sem nenhuma das emboscadas que eu havia imaginado terem acontecido, a estrada por mim percorrida do navio até este ponto parecia ter desaparecido totalmente, como se engolida na vida do homem que eu era antes de ver Roma.

Houve um instante em que eu mesmo me senti como se não tivesse vivido antes. Minha vida e obras até este ponto pareceram insignificantes e sem importância alguma, e minhas preocupações diárias, medíocres demais para merecerem menção. Vi por que meu pai, na sua teimosia e ignorância, queria que eu me educasse e me preparasse para um evento como este. Ele, que nunca viu Roma e jamais verá, mas lutou em seu nome durante quarenta e tantos anos. Meu avô que a viu uma vez, e nunca se cansou de falar dela. Os pais da minha mãe, que ensinavam ali como libertos na casa do imperador, durante o reinado de três soberanos. Todos estes me trouxeram até aqui; não minhas pesquisas, nem a investigação, nem as mortes suspeitas atrás de mim e a inesperada que me sobrevirá amanhã. Parece-me esta noite que tudo conspirou para me trazer até este ponto, inclusive o fato de ter sobrevivido à guerra e durante a Rebelião, inclusive a ternura da época que passei com Anubina, minhas viagens, minha raiva e meus temores. Entendo o impulso do deificado Adriano de dar forma em pedra ao acúmulo de sentimentos que suas perambulações e experiências devem ter gerado na sua mente genial.

Eu, Aélio Espartano, cresci em acampamentos militares estrangeiros e não sou ninguém. Não vou construir palácio algum, mas tive o privilégio de escrever a história dos homens que construíram esta magnífica Cidade, e cujo trabalho a gerou. Abaixo de mim, tochas e luzes tremeluzentes marcavam as milhares de ruas e becos de Roma: sob uma lua quase cheia, a primeira coisa que distingui foi uma pirâmide funerária, que me fez sentir como se não pudesse deixar o Egito de lado. Logo notei as termas, os templos monstruosos, a grandiosa tumba de Adriano à margem do rio, e a gloriosa ponte que leva a ela, branca como leite; o Palácio, uma cidade em si mesmo, centros de comércio, santuários. Distante e contra as colinas Albanas, envolto em brumas, porém inconfundível, o anfiteatro Flaviano, no bairro para o qual devo me dirigir amanhã. De longe, reconheci formas e telhados jamais vistos pessoalmente, reconheci lacunas onde o Grande Incêndio começou e se espalhou, os lugares onde os aristocratas reinavam na época republicana,*

* O Coliseu. *(N. da T.)*

as áreas e os bosques sagrados; cada silhueta de edifício fracamente delineada significava um episódio, um nascimento ou um assassinato, uma conspiração ou uma revolução inteira. Deuses habitam este lugar! Olhei ao meu redor e me perguntei: como é que alguém pode pôr em perigo a capital do mundo? Nossos inimigos ousaram, através dos anos, e sempre foram derrotados. Nós é que ensinamos o mundo a viver. Qualquer ameaça está — só pode estar — condenada ao fracasso.

A verdade é que eu poderia ter chegado facilmente aos portões da cidade e entrado nela esta noite mesmo, mas não tive coragem. Tive medo da sua imensidão, de seus muros. Talvez Ben Matias estivesse certo quando me recordou que sou um bárbaro, porque, exatamente como um, encolhi-me todo por dentro diante do poder desta capital do império, e não tive coragem nem sequer de encontrar uma caminha minúscula em um prédio minúsculo dentro dela.

Amanhã, porém, vai ser diferente. Outro mês, e o início da segunda parte da minha pesquisa. Alguém, dentro da grande Cidade que se espalha diante dos meus olhos, já sabe que venho e está esperando por mim. Os soldados não deviam cair em armadilhas das quais têm pleno conhecimento, mas não consigo, nem que me esforce ao máximo, pensar em um lugar mais magnífico para se fazer isso do que em Roma.

Capítulo VII

1º de agosto do mês das Calendas, terça-feira (dia 8 do mês de Mesore)

No primeiro dia de agosto, dedicado à Esperança e às Duas Vitórias, Aélio era um turista encantado em um nevoeiro de pontos turísticos e monumentos. Depois de entrar na Cidade pela Via Corneliana, atravessando os Jardins de Nero e Agripina, passou ao lado do hipódromo onde Tácito mandou executar os primeiros cristãos. Em seguida, no cruzamento com a Via Triunfal, passou pela pirâmide de mármore em direção à praça pavimentada em torno do mausoléu do glorioso Adriano (que circundou duas vezes, jurando passar horas a admirá-lo). Ao pé da ponte construída para chegar ao mausoléu, passou pelas muralhas através do Portão Aurélia, cujo imponente umbral ele beijou. Sem pensar no calor que anunciava chuva, assimilou tudo que pôde do bairro à direita da Via Flaminia, onde o deificado Adriano havia construído ou reformado tanta coisa. Templos, teatros, arcos, estádios, varandas... Ben Matias estava certo em chamá-lo de provinciano, mas totalmente errado em presumir que não podia nem tinha disposição para gostar de Roma. Aélio chegou ao Quartel dos Agentes Especiais ao pôr-do-sol, totalmente extasiado, sem ter nem mesmo parado para comer o dia inteiro, nem prestado mais do que atenção passageira à multidão e ao barulho da Cidade.

Na sexta-feira, graças a uma chuva que tudo envolveu com uma bruma pegajosa, Aélio convenceu-se a voltar ao trabalho de pesquisa. Por intermédio da sua escolta, já havia conseguido uma confirmação frustrante: o secretário de Lúcio Soter tinha morrido em conseqüência das queimaduras uma semana antes, portanto agora ele iria precisar perguntar ao irmão dele se tinha alguma informação a dar.

Ele morava em uma fazenda reformada, que não ficava longe do cruzamento exatamente diante da porta de Óstia, onde uma alameda sombreada acompanhava a Muralha Aureliana. Já estavam à espera de Aélio. A entrevista levou menos de uma hora, em uma sala de recepção pequena, na qual penetravam, pela janela, o perfume de ervas molhadas pela chuva e um odor pungente de urina de gato.

— Filo morreu tentando salvar seu amo — disse o irmão de luto. — Parece que terminou só conseguindo salvar os sacos de dinheiro. O que mais me amargurou foi que ele podia ter evitado entrar no escritório em chamas. Lúcio Soter já estava morto mesmo, portanto as chamas só iriam destruir os livros e as amostras de tecidos.

— Dizem que respirar fumaça é pior do que o fogo em si.

— Não foi bem isso, comandante. Pergunta aos bombeiros, eu lhes disse o que o Filo conseguiu murmurar para mim que seu amo estava com a garganta cortada.

A garganta cortada? Aélio procurou não demonstrar sinais de alarme.

— Tens certeza de que ouviste corretamente o que disse teu irmão? — indagou; e depois: — Como foi que começou o incêndio, exatamente?

— O fogo subiu da pilha de lenha para a fornalha. Ouvi os escravos dizendo isso e jurando que alguém devia ter jogado trapos em chamas pela janela do porão. Os bombeiros examinaram tudo, e concordam que não foi incêndio acidental. Toda a criadagem correu para apagar as chamas, momento esse que, na minha opinião, o assassino aproveitou para entrar. Lúcio Soter era obeso; movia-se devagar, portanto o primeiro impulso de Filo foi tentar ajudálo a sair do escritório, que ficava logo acima da sala da fornalha. Não havia como entender mal o que ele me disse, comandante. Ele encontrou o amo esparramado na cadeira, à escrivaninha, com um ferimento horrível, todo ensangüentado. O tempo que meu irmão precisou para ver que não ia adiantar tentar salvá-lo lhe custou a vida, pois o teto em chamas desabou em cima dele. Por que o mataram? Estamos em Roma, senhor. Lúcio Soter guardava dinheiro em casa, todos sabiam disso. Foram os bombeiros que encontraram o dinheiro no jardim, onde o coitado do meu irmão o jogou, pela janela. Prataria e jóias, encontramos derretidas nos estojos. Então os ladrões não tiraram nada, só mataram dois bons homens. Quanto ao resto, vai até lá, ver por ti mesmo se alguém poderia ter escapado daquele inferno.

A casa de Soter era uma daquelas que se encaixava em um nicho na encosta apertada entre as termas de Tito e os muros maciços das termas que Trajano construiu posteriormente. Tinha sido uma residência urbana e elegante, segundo Aélio ouvira dizer, que antes pertencera a um cônsul. Ocupando uma área reduzida, mas com três andares, sem ter uma faixa de terreno sobrando ao seu redor, e sem muita luz, sua porta encontrava-se a apenas trezentos passos do anfiteatro, embora não se pudesse vê-lo devido à localização da casa, que ficava em um recanto. Aélio viu logo que aquele incêndio havia colocado o bairro ao redor da casa em perigo, a julgar pelas casas em frente da Viela do Cobre, cujo muro havia sido visivelmente chamuscado pelas chamas e pela fumaça.

Sob o céu que estava clareando, devido às nuvens passageiras, via-se que muito pouco restava da propriedade de Soter. Os tijolos e o concreto caídos na rua haviam sido removidos; lajes desmoronadas, paredes desabadas e escombros irreconhecíveis acumulavam-se onde antes era a casa. O negociante de propriedades que estava fazendo um levantamento do local alegrou-se ao ver Aélio aproximando-se dele e começou logo a falar de negócios:

— Sois novo no bairro, Vossa Excelência? Há muito que se pode fazer neste lugar, sabeis. Se trouxerdes uma boa equipe para cá, e...

— Estou vendo o estado em que ficou.

— Ah, sim... Então, podeis ver que o que vais comprar aqui é basicamente apenas o terreno.

— Basicamente? Literalmente. Um terreno sem valor de apenas uns poucos pés quadrados.

— Mesmo assim, vede só que localização, perto de tudo.

— Espremido entre duas termas públicas. Aposto que na maior parte do tempo não dá para ouvir nem os nossos próprios pensamentos. E a entrada para as Termas de Tito parece que está para desabar, o que significa que metade da colina vai despencar com ela. Apesar de tudo isso — Aélio entendeu na hora a vantagem de fazer o papel de candidato a comprador. Passou por cima de uma viga quebrada para entrar no que antes era o átrio —, pode ser que fique com ele como investimento, e só, ou decida não fazer nada disso. Ouvi dizer que morreu um homem no incêndio, portanto duvido que haja fila de compradores para este terreno.

— Mas ficai à vontade, para observar o lugar. Caso decidais que vos apraz, podeis mandar chamar-me ali na esquina.

Depois de ficar sozinho, Aélio mal conseguiu distinguir o espaço onde ficava o escritório de Soter. O teto e parte do telhado haviam caído dentro dele, e embora os bombeiros houvessem aberto uma passagem por entre os escombros para resgatar o corpo, vigas imobilizadas, tijolos enegrecidos, tocos chamuscados de difícil identificação — provavelmente móveis — ocupavam a maior parte do andar. O pavimento em si estava todo coberto de fuligem, todo manchado; dele e do entulho ali emanava o odor ácido da umidade em objetos queimados, um cheiro acre de cinzas. Ali, tanto quanto Aélio podia deduzir, estavam a abertura de uma janela indicada por restos retorcidos de uma grade, e também a escrivaninha, ao longo da parede sul do térreo. Aélio reconheceu as garras de metal da escrivaninha e da cadeira, maçanetas e dobradiças manchadas. Papel e pergaminho, totalmente queimados, não deixaram vestígios senão uma camada finíssima semelhante a um véu, misturada aos restos das prateleiras no grande nicho da estante. Fragmentos negros lembrando asas de morcego, presos em vários pontos, deviam ser os resíduos das amostras de tecidos.

Seria assim que um homem obeso morre queimado? A quantidade de gordura que besuntava o chão no ponto onde a cadeira devia estar presumivelmente marcava o lugar onde o corpo havia sido consumido pelas chamas. A alguns passos deste ponto, uma soleira de pedra indicava onde era a porta.

As escadas para o segundo andar, certamente feitas de madeira, também tinham desaparecido: marcas dos degraus na parede interna ainda de pé indicavam sua localização.

Em virtude da grade da janela, quem quisesse entrar no escritório precisaria passar pela única porta. O irmão de Filo havia dito que a casa tinha duas saídas: uma que dava para o sul, para a Viela do Cobre, e a outra que era uma passagem nos fundos, dando para o norte. Apertada entre as paredes sem janelas das duas termas, não teria sido fácil entrar na casa pelo segundo andar também, muito menos pelo terceiro. Havia um cão de guarda que aparentemente havia se perdido três dias antes do incêndio. Na parede ao lado da porta, ao qual tinha sido acorrentado, um elo quebrado mostrava que ele tinha fugido ou sido libertado. O elo havia resistido às chamas, assim como o pedaço de reboco do ponto onde ele estava preso. Aélio tinha certeza quase absoluta de que o elo havia sido limado para poder arrebentar quando o animal se esforçasse para se libertar da correia. Na casa de Soter apenas uma cerca baixa separava o átrio da rua, um obstáculo que não deteria um cachorro grande que quisesse escapar. Um detalhe significativo, dado o que havia acontecido depois. Em uma cidade como Roma, um cachorro podia até não encontrar facilmente o caminho de volta para casa; a menos, é claro, que tivesse sido capturado e contido voluntariamente para que se pudesse atear fogo à casa com tranqüilidade. Por que ter todo esse trabalho para cometer um roubo, por que parar para matar um homem idoso que nem podia se mexer, por que sair sem a prataria? Não fazia sentido, a menos que Soter precisasse ser eliminado por causa de alguma coisa que soubesse — o quê? Será que esse assassinato teria algo a ver com a carta de Adriano, com as mortes no Egito, com uma conspiração bem mais ampla? Aélio formulava uma hipótese após a outra, meio perdido. O irmão de Filo havia afirmado que Soter havia colocado tabuletas de madeira nos cruzamentos do bairro informando que daria uma recompensa a quem achasse o cachorro. Aélio descobriu mais ouvindo o porteiro das termas de Tito, que concordou em pregar uma das tabuletas no quadro de avisos da sua parede.

— Acharam o cachorro, afinal? — perguntou Aélio.

— Até o dia do incêndio, não. E depois dele, quem mais iria se preocupar com isso?

O cachorro havia sido encontrado, afinal. Aélio só precisou fazer algumas perguntas em algumas casas depois da residência de Soter, em uma loja no fim da Viela do Cobre, perto da Escola de Treinamento de Gladiadores. Sim, encontraram-no e trouxeram-no de volta, mas... como a casa havia desaparecido com o seu dono, a pessoa que tinha encontrado o cachorro, decepcionada, levou-o consigo, na esperança de vendê-lo. Ele era um dos assistentes da *Ludus Magnus,* conhecido no bairro. Provavelmente colocou o cachorrão para servir de isca em um dos espetáculos de caça do anfiteatro.

Uma pena, acrescentou o lojista.

— Era um cachorrão enorme, muito bonito, e aposto que vale mais dinheiro do que darão para vê-lo ser devorado por um urso na arena.

Houve época em que os jogos gladiatórios o atraíam, antes de os mestres escolhidos para Aélio pelo pai dele incutirem em sua cabeça — a certo custo — a repulsa refinada pelo desperdício mercenário de vidas humanas e animais. O que o incomodava não era assistir a homens se matando (dado seu treinamento militar, não havia progredido filosoficamente a esse ponto), mas ver os animais serem trucidados, de forma que concordava inteiramente com a restrição de despesas com o circo prescrita por Sua Divindade, sentindo-se aliviado com ela. Depois disso tudo, Aélio viu-se atravessando a Via Labicana em direção ao quarteirão movimentado onde ficavam as escolas gladiatórias, sabendo, antes de chegar lá, que iria sentir o cheiro de homens e de agressão que, sendo tudo a mesma coisa, ele conhecia também da sua vida no exército. Tinha começado a chover de novo, as nuvens estavam esgarçadas e azuladas. No caminho, apenas seu forte senso de dever o demovia da idéia de parar para admirar cada conjunto de edifícios primorosos, cada famosa esquina de rua, ou lugar renomado próximo ao anfiteatro, entusiasmado como estava com tudo que se erguia e o fascinava ao redor de si.

O assistente da *Ludus* estava comendo a um dos balcões onde se serviam refeições quentes, em frente ao lugar onde trabalhava. Havia tanto alho no seu prato que Aélio precisou recuar quando ele, sem a menor cerimônia, virou-se para o seu lado e falou com a boca cheia.

— Não, ainda não vendi o cachorro, não. Quem deseja saber?

O uniforme caro de Aélio falava por si. O homem demonstrou deferência na mesma hora, embora engolir não amenizasse em nada o seu hálito forte.

— Acho que vou ficar com ele, comandante, até encontrar alguém que pague o que ele vale ou pelo menos a recompensa. Aliás — acrescentou, avaliando se o visitante tinha dinheiro para isso —, só poderia vender o cão pelo preço integral dele, pois já paguei mais do que o preço da recompensa só na comida que dei a ele.

— Difícil acreditar nisso, pois deves receber tua quota de carcaças da arena. Mas dize como é que conseguiste capturar, e levar contigo um cão de guarda treinado para atacar?

— Crio cachorros para o circo para ganhar um dinheiro por fora. Também foi assim que descobri que esse era bom demais para ser atirado aos ursos.

Não era possível ver o cão naquele momento, pois o canil do homem ficava atrás dos muros do anfiteatro, onde ele morava.

— É depois dos Dois Loureiros,* meio longe — disse. — Mas a menos que estejas interessado em comprá-lo comandante, por que é que...

— Ele estava de coleira e correia quando o encontraste?

— Estava de coleira, sim, senão não saberia de quem era. — O assistente passou os dedos na tigela para comer o resto de comida. — Nela se lia o de sempre: o nome do cão, do dono, o endereço. A correia, ora, essa estava quebrada, o pedaço que veio com ele arrastava pelo chão, portanto deduzi que um elo fraco deve ter se partido. — Depois enxugou as mãos em um pano muito usado sobre o balcão. — Fiquei com ela, para não me acusarem de tê-la quebrado. De qualquer forma, aposto que agora nem mesmo dá para ver onde a correia estava presa à parede, depois do incêndio.

Aélio não disse que já tinha ido à casa e verificado isso.

— Não estou interessado em comprar o cão, mas se o mostrares a mim, pode ser que isso te renda algum dinheiro.

— És criador de cães?

Aélio já estava se afastando. Seguindo para a ladeira que passava pela Escola Dácia de Gladiadores, voltou à Viela do Cobre.

* Nome de um antigo cemitério onde muitos mártires cristãos foram enterrados, assim chamado por causa de dois loureiros existentes no lugar. *(N. da T.)*

— Se quiseres, podes ganhar dinheiro com isso — gritou para trás. — É só o que vou te dizer.

Minutos depois, o mesmo negociante de propriedades que Aélio encontrou na casa incendiada de Soter estava no estabelecimento em que Aélio entrou para procurar hospedagem em Roma. Dinheiro não era problema, pois ele tinha crédito irrestrito para suas despesas de viagem, por ser emissário de Sua Divindade; mesmo assim, não estava disposto a pagar uma quantia exorbitante. Exigiu que o lugar fosse mobiliado, numa colina ou pelo menos com vista panorâmica da Cidade, que não fosse luxuoso e que ficasse distante das ruas mais barulhentas.

— Mais alguma coisa? — indagou o negociante, meio contrariado, tomando notas.

— Para dizer a verdade, sim. Gostaria de estar perto de uma boa biblioteca ou de livrarias com um bom acervo. Quanto tempo precisas para encontrar moradia para mim?

—Vamos ver — disse o homem. Em uma pilha de papéis, o negociante pegou uma lista de propriedades para alugar, e enterrou o nariz nela. — Pronta, mobiliada, com servos, tem uma casa, na colina, com vista para o Altar da Paz. Um lugarzinho lindo. Também terias uma vista para o templo de todos os deuses, a tumba do deificado Augusto e o relógio de sol, as colunas comemorativas... e além disso tudo, é claro, os Jardins de Domícia e a Tumba de Adriano, do outro lado do rio. Ou podes também alugar um apartamento de dois andares do lado leste da colina Celiana, perto do antigo Quartel da Unidade Estrangeira, em frente ao Quartel dos Guardas, antigo e novo. Não é o que se chamaria de bairro tranqüilo, mas está ficando mais elegante agora, e pelas janelas do andar de cima vêem-se as Termas Antoninas, os jardins perto da Velha Esperança e vós estaríeis perto de quatro das principais estradas que saem de Roma. As bibliotecas públicas estão em toda parte, portanto, a escolha é vossa.

A casa em frente ao monumento de Adriano era tentadora, mas havia vantagens práticas que faziam a balança pender para o lado do bairro dos quartéis, uma vez que ele ia ter de preparar sua escolta mais cedo ou mais tarde.

Aélio escolheu sem nem mesmo ver o apartamento, lembrando-se de que as famílias históricas moraram na colina Celiana, e três imperadores haviam chamado aquela área de lar.

Naquela noite, escreveu no seu diário de viagem:

O lugar é perfeito. Meus aposentos dão para a rua que leva ao Quartel da Antiga Unidade Estrangeira – Agentes Especiais (a oeste) no fundo do vale. Imediatamente à minha esquerda está a V Coorte da Brigada de Incêndio e Patrulha Noturna, e um pouco mais longe, mais para o centro do morro, a estrada se divide sob o arco de Dolabella e Silano, chegando ao Templo do Sol e o do deificado Cláudio. Em frente à entrada a nordeste fica a imensa residência dos Valerii, e atrás dela, os bordéis dos militares; estes ficam de frente para o aqueduto, e as residências de Licínio, dos Anicii e Nicomachi. Na casa, termas, quartos para a escolta e áreas de serviço ficam no térreo, e o escritório, o quarto de dormir e a salinha de jantar com uma sacada ficam no segundo andar. A janela do meu escritório dá para o lado da fachada e do vale; há uma sacada na sala de jantar com vista para o vale; o quarto dá vista para os fundos; não há janelas no andar de cima do lado do quartel da coorte.

Não são só as grandes famílias que têm suas fabulosas residências urbanas neste bairro, cujo nome foi tirado de Ísis e Serápis; um dos tiranos derrotados por Aureliano (Tétrico) morou aqui, como também Filipe e Cômodo; o quarto onde ele foi assassinado eu já fui ver, valendo-me das cartas de apresentação sempre úteis fornecidas por Sua Divindade. O guardião (mas não sei até que ponto se pode crer nessas coisas) mostrou uma alcova com manchas de sangue ainda visíveis na parede, onde ficava a cama do soberano corrupto.

O nome Castra Peregrina — *Unidade Estrangeira — foi retirado da fachada do quartel, como por ordem imperial (mas ainda se encontra afixado ao lado do portão de entrada), embora o povo se refira ao quartel por esse nome, por hábito. Apesar da grande concentração das unidades do exército nesta encosta, o lugar é sossegado, e o barulho é mínimo. Os jardins dos ricos abafam os sons. Com relação a minha pesquisa, ao chegar procurei logo guardar a carta do deificado Adriano em um lugar seguro. As bibliotecas mais próximas são a das Termas de Tito e principalmente a grande, nas termas de Trajano. Não muito longe da casa de Tétrico fica o templo popularmente conhecido como de Ísis de Metelo, que já admirei por fora. De seus sacerdotes, logo irei inquirir se alguém pode me fornecer as informações sobre Antínoo, sua morte e o local de seu sepultamento de forma que eu tanto esperava receber do falecido Soter.*

3 de agosto, Supplicia Canum *(Suplício dos cães), quinta-feira (dia 10 do mês de Mesore)*

No dia em que — antigamente — os cães de guarda eram crucificados em memória de seu silêncio durante a invasão de Roma pelos gauleses, Aélio continuou a fazer suas incursões turísticas com a máxima intensidade. Procurou formar um mapa mental da cidade dentro da Cidade que Adriano havia construído, da colina de mármore dedicada a Vênus e Roma até o templo de todos os deuses, e da finalização da coluna dácia pintada em cores vivas até as restaurações em toda parte. Nenhum templo era dedicado a Antínoo apenas, embora existisse uma ordem religiosa com seu nome no templo de Ísis no Campo de Marte. Seu retrato também podia ser reconhecido nas barras decorativas do arco do triunfo da rua Larga, e em um ou outro altar de beira de estrada. Em sua biografia, Adriano jamais havia mencionado um santuário para o Menino intramuros, nem um local de sepultamento; Aélio levaria algum tempo ainda para escolher quais seriam os lugares onde ele devia investigar. No entanto, os livros e papéis dele estavam sendo organizados na parte superior do sobrado, onde, depois de saber que a chegada de Aélio na Itália não havia passado despercebida, o chefe de sua escolta e dois homens escolhidos a dedo insistiram em ficar também, para protegê-lo.

Aélio a princípio protestou, e mesmo depois de ceder, pareceu-lhe que não havia motivo para tanto alarme, mas a preocupação dos seus soldados prevaleceu, ou então o cansaço da viagem o venceu, porque ele teve pesadelos. A um certo ponto, sonhou que estava em frente a uma torre cintilante que ia até o céu, que subitamente irrompeu em chamas como que atingida por fogo grego.* O lugar não lembrava nem Roma nem Nicomédia, mas uma cidade que somente os deuses sabiam onde ficava: ele só sabia que estava diretamente abaixo da torre, e não havia como escapar do que parecia vir despencando do próprio céu. Acordado, no escuro, não conseguiu a princípio lembrar-se de

* O fogo grego (também chamado fogo bizantino e fogo líquido) era uma arma usada pelo império Bizantino principalmente no mar. (*N. da T.*)

onde estava deitado, e levou algum tempo para controlar o medo que sentiu, mas de repente percebeu que a cama debaixo dele era real, que pela janela via Roma inteira, e a casa queimada de Soter foi a explicação que encontrou para isso.

4 de agosto, sexta-feira (dia 11 do mês de Mesore)

Pela manhã, ele recebeu um convite solicitando sua presença no banquete do Senhor Anúbis de Filo. Aélio calculou que deveria ser um jantar fúnebre, em uma das instituições religiosas chamadas Casas da Vida ofertado pelo irmão do secretário. O endereço era no bairro do grande santuário de Ísis no Campo de Marte. Como essa era uma oportunidade de apresentar-se diretamente à comunidade egípcia em Roma, ele aceitou o convite, e depois se permitiu gozar três horas de lazer e arte nas Termas do deificado Trajano.

Na tarde de domingo, continuou tratando do assunto do cachorro de guarda de Soter. Pegando o caminho mais comprido, fez uma excursão até o Auditório e os monumentais apartamentos que pertenceram à família Varian; ali perto ficava a arena do quartel, que Aureliano havia fundido com os muros, preenchendo com tijolos parte de suas arcadas. A visão deste prédio antes impressionante e isolado (como tinha sido a tumba piramidal antiga perto da porta de Óstia ou o Campo Pretoriano) o deixou decepcionado, pois estava ligado a bastiões deselegantes, feitos às pressas. Pela primeira vez depois de tantas horas de admiração, Aélio recordou-se de que o perigo existia, até para Roma. Aqueles tijolos com argamassa e as camadas adicionais de pedras cimentadas, portas bloqueadas e edifícios cercados de muros significavam alguma coisa na vida da Cidade. Podia ser que a segurança nacional — cada vez mais comemorada ultimamente em monumentos e moedas, bem como outras expressões oficiais sobre a eternidade, a paz, a invencibilidade — fosse uma idéia que precisava ser reforçada.

Era apenas uma arena antiga, construída para o exército, engolida pelos muros. Mas a antiga carta de Adriano falava de risco para o Estado, e isso não parecia tão remoto diante deste lugar, construído para entreter o exército e depois usado pelo exército como barricada contra agressões. Totalmente fora da Cidade estavam os Jardins dos Varian: sua parte mais ampla, onde ficava o hipódromo, encontrava-se cercada por mato crescido — o obelisco marcando-lhe o centro havia caído em algum momento durante os últimos trinta anos —, chafarizes cobertos por ervas daninhas, caminhos invadidos pelo capim. Nada que uma boa limpeza não pudesse tornar belo outra vez, pensou Aélio quando passou por ali a caminho da estrada principal, mas, sem saber por quê, teve a sensação de abandono planejado para assim ficar durante um longo tempo, se não para sempre.

O canil ficava à margem da Via Labicana, na IV milha que saía do grande portal de travertino sobre o qual passavam vários aquedutos, e de onde partiam as estradas para Pareneste e Labicum. Aélio guiou o cavalo a trote largo ao longo do muro do jardim e das touceiras que davam nome à vasta propriedade imperial de Dois Loureiros, perdida atrás de árvores repletas de pássaros. Torreões e cúpulas, telhados revestidos de telhas apareciam aqui e ali. Logo além, ele havia lido, Aníbal havia acampado há quinhentos anos. Do outro lado da estrada, se as fontes estavam corretas, a primeira vítima das guerras contra Cartago, Atílio Régulo, havia trabalhado na sua modesta fazenda. Atualmente ali era o cemitério da Guarda Imperial.

Aquele lugar estava tão saturado de história quanto uma esponja; se ele pudesse ser espremido, nunca seria possível extrair dele todos os fatos históricos. Agora a propriedade imperial estava visivelmente mais envelhecida, depois de cada verão alvejante; os loureiros haviam crescido descontroladamente, e nada restava dos antigos hábitos frugais. Campos de grama cortada, santuários à beira da estrada e túmulos, silenciosos e sem sombras, pareciam estar encantados. Aélio perguntou-se como estaria este pedaço de terra dali a mais quinhentos anos, se a Cidade o invadiria com seu barulho e pavimentação, ou se muros e santuários iriam ficar ainda mais decadentes, como havia sucedido com as grandes cidades egípcias cobertas pelo deserto hoje. Certamente ninguém iria saber que ele, uma vez, havia seguido aquela estrada para cumprir esta tarefa, nem se importaria com isso, nem com o sucesso ou fracasso de sua missão.

Depois das arcadas do aqueduto de Severo Alexandre, ao pé de uma ponte estreita, ele reduziu a marcha e depois parou o cavalo para olhar. Sua primeira impressão foi a de que os cães haviam se soltado das jaulas e subido uma encosta até a direita da estrada, onde se podiam ver suas silhuetas agachadas contra o céu branco, mas ao aproximar-se percebeu que a encosta era, na verdade, um aterro funerário coberto por um jardim, e os cães, estátuas de cachorros. Não teria lido em algum lugar que o deificado Adriano havia construído monumentos para seus cães de caça prediletos? Aquilo lhe pareceu um sinal, e quando ele chegou perto o bastante para ler a inscrição, constatou que eram realmente monumentos.

Os cães vivos, ao contrário, podiam ser ouvidos ao longe, mais adiante, onde a estrada descia ligeiramente entre touceiras de taquaras. Uma tabuleta feita à mão indicava uma trilha à esquerda como se ela levasse a Vivaiolo. Menos impiedoso que os céus egípcios, e bem mais aberto que quaisquer outros que ele tivesse conhecido em sua infância nebulosa e na sua vida de soldado nas montanhas, o horizonte não tinha cor alguma, na plenitude do início da tarde. À esquerda e à direita da trilha, tirando um ou outro túmulo de família (a maioria deles desgastado pela chuva e exibindo bustos em mármore cada vez mais irreconhecíveis), propriedades esparsas pontilhavam os contrafortes, com seus jardins perdidos atrás de muros e trilhas revestidas por amoreiras atarraca-
4 das ou ciprestes desiguais.

No canil, aguardava-o uma decepção. O assistente da *Ludus* coçou a cabeça ao falar.

— Uma viúva veio aqui ontem com a serva, procurando um bom cão de guarda, comandante, e como ela me ofereceu o preço que eu queria, não pude deixar de vender o cão a ela, mas fiquei com a coleira e a corrente para vos dar, pois ela queria escolher uma correia ela mesma, essas coisas. As mulheres não deviam escolher cachorros, porque se derretem toda e acabam pondo capinhas neles e outras besteiras desse tipo, e lhes dão nomes ridículos, como Querido e Berloque.

Quando recebeu os elos da correia, Aélio viu logo que eles haviam sido limados. Um plano muito bem executado havia permitido que pelo menos um assassino entrasse na casa de Soter sem ser interceptado. Tarde da noite, todos estariam sonolentos, se não adormecidos; podia ser que ninguém tivesse notado estranhos entrando e saindo da casa, na confusão de gente que sucede qualquer incêndio. Por que, então, os assassinos não haviam levado os sacos de dinheiro na hora, permitindo que ficassem onde estavam, para que Filo os resgatasse? Por que não levaram a prataria? Talvez o único objetivo de todo o plano tivesse sido assassinar Soter.

Aélio colocou o elo da corrente no saco de viagem.

— Alguma idéia de quem seja essa viúva?

— Pela forma como ela falou com o cachorro, achei que já o tinha visto antes. — De uma chaleira sobre uma fogueira, o assistente enchia tigelas com uma mistura de mingau de aveia e pedaços de carne para os cães. — Estava com o rosto coberto, entendeis? Talvez fosse esposa do morto ou sua namorada. Ora, sim, senhor, eu concordo, não faz sentido ela pagar pelo que lhe pertence: além da recompensa, quero dizer. Mas ela ofereceu o preço integral, portanto não ia discutir.

Longe de ser casado, segundo os mexericos concisos de Theo, os gostos sexuais de Soter eram completamente diferentes. Aélio ficou intrigado diante da idéia de uma mulher misteriosa ter vindo, com véu, na companhia de uma só serva, pronta a pagar mais do que o cão valia. Será que planejava livrar-se do animal, caso os bombeiros viessem procurá-lo? Se ela era uma cúmplice, por que não tinha pedido a corrente quebrada, prova de que o incêndio e o crime tinham sido planejados?

Não houve como arrancar mais nada do assistente da *Ludus,* além do fato de que a viúva parecia ser jovem, falava baixo, e sua serva não era romana.

— Ela tinha sotaque sírio ou de algum outro lugar próximo de lá. Também foi ela que falou durante a maior parte do tempo.

Aélio pôs uma moeda na mesa.

— Seria ela egípcia?

— Obrigado, senhor. Podia muito bem ser. Se eu fosse o senhor, comandante, perguntaria no III Distrito. Os egípcios todos se conhecem por lá. — Com uma tigela em cada mão, o homem começou a dirigir-se para a porta dos fundos, onde era o canil. — Escutai como eles recebem a refeição, todos satisfeitos, esses idiotas, não sabem o que os aguarda no próximo espetáculo de caça. Quereis dar uma olhada, tenho cães que arrancam o braço de um homem?

— Não.

Na volta, Aélio procurou livrar-se da melancolia sentida ao lembrar daqueles cães presos brigando por comida. Lá no céu, o sol mal havia começado a se pôr a oeste. Pombos circundavam pombais isolados, como quando ele havia viajado para a casa de Pamíquio e encontrado o liberto morto. Ameaças e sonhos de ameaças pareciam muito distantes desta paz temporária. Mesmo assim, dois dos homens da sua escolta haviam-no seguido à distância, cavalgando pelos campos; estavam completamente fora do seu campo de visão, mas agora ele havia vislumbrado um deles virando os cavalos e voltando no momento em que foram flagrados.

Se ele tivesse continuado no miliário XII, ao longo dessa mesma estrada, teria chegado ao lugar onde morava Aviola Paratus — o colaborador panoniano que Tralles havia lhe sugerido, o veterano cego sequioso por ação e nada disposto a aceitar a aposentadoria. A princípio Aélio tinha pensando em mandar chamá-los aos seus aposentos da colina Celiana, mas dada a enfermidade de Paratus e sua patente de oficial, ele é que iria visitá-lo. Faria isso agora, sem se fazer anunciar, mas queria passar pelo canil outra vez, e haveria tempo suficiente para falar com o veterano durante a semana. Antes do cair da noite, em vez disso, esperava falar com o chefe dos sacerdotes no templo da Ísis de Metelo, que Soter freqüentava e para o qual havia contribuído desde sua chegada a Roma.

O cricrilar dos grilos invisíveis nos campos acompanhou o retorno de Aélio ao portal Prenestina; os aquedutos entrecruzavam-se, dissecando a pavimentação em uma alternância ofuscante de luz e sombras, e, como uma onda sonora, o barulho da Cidade passava sobre o muro.

Depois de um trecho de jardins muito bem cuidados no cruzamento com a rua do Melro, a arcada tripla encimada pela estátua da deusa grega aparecia, e aí o templo da Ísis de Metelo, em frente à casa com pórtico de Tétrico. Cercada por lojas e bancas sombreadas por toldos, apinhada de vadios, a Via Labicana continuava além da belíssima fachada do templo, e no final Aélio mal conseguia distinguir o quartel da marinha e a praça em torno do anfiteatro. O pátio sagrado de Ísis, entre o que restava de dois bosques sagrados, apresentava uma decoração condizente com sua característica exótica, inclusive o rosto sorridente de novilha de Hator, que o fazia lembrar-se de Anubina.

Porém, este não era o bairro egípcio, as lojas e os negócios egípcios existiam em toda a cidade — restaurantes, centros comunitários, santuários. Mesmo assim, ele tinha ouvido dizer que o templo era bastante freqüentado e relativamente rico. Dada sua proximidade aos ginásios e arenas de esportes violentos, oferecia um ponto de encontro não só para crentes do sexo feminino (senhoras respeitáveis, segundo se esperaria), mas também de prostitutas, tanto do sexo feminino quanto masculino. Sobre o portão do recinto, na sonolenta sensualidade da tarde, elas ocasionalmente chamavam da sombra das varandas, mas, durante a maior parte do tempo, ficavam só sentadas, abanando-se.

— Isso foi uma desgraça — disse-lhe o sacerdote, depois de ouvir o motivo pelo qual Aélio tinha ido até ali. — Uma perda lamentável. Talvez já saibas que Lúcio Soter, nós o conhecíamos pelo seu nome egípcio, Nebos, veio de Antinoópolis para Roma logo após a Rebelião. Como sugere o nome que recebeu ao nascer (significa senhor), ele era abastado, culto, vinha de uma família sacerdotal. Um dos últimos a ler fluentemente os escritos antigos. Sua paixão por tecidos provinha do fato de que ele era originário da capital mundial dos tecidos finos. — Conduzindo o visitante, chegou a uma saleta que levava ao pátio interno. Completamente careca, sua cabeça bronzeada lembrava os ovos dourados cujas cascas Aélio tinha visto em Letópolis, supostamente a última refeição de Antínoo nesta vida. Se ele tivesse sobrancelhas, elas teriam se unido quando ele pronunciou as palavras seguintes:

— Mas o que Soter realmente era, seus empreendimentos em Roma mostram com toda a clareza: um embaixador, e um representante cultural, um sustentáculo para todos que vinham do Egito e tinham dificuldade para se integrar aqui. Era um estudioso de todos os soberanos romanos que incentivaram a religião e a arte egípcias. Foi com dinheiro doado por ele que restauramos templos e santuários de bairro. Ninguém nesta comunidade quer acreditar que ele tenha sido assassinado, a sangue-frio, por ladrões, mas não conseguimos encontrar nenhuma outra explicação para que alguém tirasse a vida de alguém assim tão respeitável. Imaginai, ele estava esperando um visitante do Egito, um historiador que havia sido recomendado a Soter por amigos, e a oportunidade de debater assuntos tão caros a ele o entusiasmara.

— Pois eu sou esse visitante.

— Então perdestes uma oportunidade única de obter informações, comandante.

Aélio não tinha imaginado que Soter fosse tão insubstituível. Como se isso não bastasse, o aroma daqueles lugares religiosos sempre era acentuado, algo entre perfume feminino e picles adocicado. As paredes recendiam a esse cheiro. Ele aproximou-se de uma janela, enchendo os pulmões de ar fresco e morno. Disse, sem mostrar sua decepção:

— Há alguma outra pessoa que possa me indicar os principais edifícios egípcios em Roma e traduzir textos se for necessário?

O sacerdote fez uma careta entre negação e hesitação, uma expressão curiosa que Aélio não soube como interpretar, fora o fato de que parecia artificial, uma camada de fingimento sobre alguma outra coisa. Também lhe ocorreu que Theo jamais tinha dito que mandaria uma mensagem a Soter sobre sua vinda — ou teria? Como é que Soter poderia estar esperando por ele se não tivesse recebido um aviso?

— Ninguém conhece a Roma egípcia tão bem quanto Lúcio Soter conhecia, comandante. Nem mesmo os sacerdotes.

Aélio resolveu não insistir, só porque queria ver quanto tempo se passaria até lhe darem uma alternativa. Sem dúvida devia haver uma. Talvez uma sobre a qual já houvessem concordado, uma vez que ele era, afinal, o soldado e o estranho que vinha perguntar sobre assuntos externos à sua cultura e fé. E também tratar de negócios.

Com a luz do pátio incidindo por trás dele, a silhueta do sacerdote parecia mais fina do que era, quase um boneco de papel, com aquela cabeça de ovo dourado. Sem preceder a descrição com rodeios como: "*Pensando bem, existe uma pessoa, sim*", ou "*Estou me lembrando de uma pessoa agora*", ele disse diretamente:

— O nome dele é Onofrius, versão latina de *unnophre*, Osíris o Ressuscitado. Um ex-adepto nosso que se converteu ao cristianismo, durante os primeiros anos do governo de Aureliano, quando isso era fácil, e agora é ex-cristão.

— Ah — disse Aélio, porque não conseguiu pensar em mais nada para dizer.

— Sinto muito. Tendes algo contra apóstatas?

— Não particularmente. Não faço julgamentos.

— Então não vos importareis. — O rosto do sacerdote, encimado por aquela careca, abriu-se em um sorriso, como um ovo se rachando.

— Esse Onofrius era guia turístico dos egípcios que vinham visitar Roma, e imagino que continuou fazendo o mesmo para quem depois passou a vir para ver as execuções dos cristãos e os locais onde foram sepultados. Ele nunca esteve oficialmente associado ao *nosso* templo, mas naturalmente nós sabíamos dele. Sei que ele é um guia confiável, mas eu vos deixarei julgar se deves ou não contratá-lo.

É vossa responsabilidade se o escolherdes, entendeu Aélio.

— Onde mando vos procurar?

— Pelas minhas mais recentes informações, ele morava em um apartamento perto das Grandes Tartarugas.

— Não sei onde fica isso.

— No Campo de Marte, em frente às Termas de Severo Alexandre. Deveis dobrar à direita, fica antes de chegardes ao depósito de mármore. É uma área de habitações coletivas, vais ter de perguntar.

— Antes ou depois do hipódromo do Domiciano?

— Antes.

Guardando de memória essas instruções, Aélio pediu detalhes sobre Soter e seu papel entre os egípcios urbanizados, mas tudo se resumiu em bondade, cultura, afeição por todos, surpresa diante de sua morte. Tinha ouvido palavras semelhantes da boca do Harpocrácio, e parecia que para esses sulistas lacônicos era assim. O apóstata Onofrius, talvez mais língua-solta do que seus compatriotas, estava começando a lhe parecer interessante.

Como o sacerdote foi conduzindo-o com toda a delicadeza até a porta, Aélio indagou:

— Só mais uma pergunta: Soter era casado ou tinha alguma parente?

— Ele perdeu a mãe e as irmãs durante a Rebelião.

— Eu sei disso. Mas era casado, ou...?

— Ele, não.

Pouquíssimas palavras. Impressionante como as pessoas usavam frases secas e curtas para recusar-se a dar informações. Aélio percebeu que tinha atingido o muro inamovível do que não deveria ser dito, portanto saiu da sala perfumada, bastante aliviado.

No muro, quando ele saiu do pátio ensolarado do templo, avistou fileiras de avisos religiosos na língua de costume: o grego. Inscrições fúnebres, calendários festivos e dias santos passaram-lhe diante dos olhos curiosos. O último cartaz antes da porta dizia: *Em memória de nosso Senhor Anúbis, banquete para Lúcio Soter, celebrado por seus amigos da comunidade egípcia nove dias após sua morte.* O antepenúltimo cartaz, porém, mencionava o banquete fúnebre em junho custeado por Lúcio, em honra e memória do seu finado amigo de Antinoópolis, o *justificado* Dio Sereno. Depois do texto em grego, sinais e figuras da antiga escrita egípcia, presumivelmente uma tradução do texto grego na língua egípcia que tão poucos conheciam hoje em dia.

Restava saber se uma ligação com a morte de Sereno havia causado o assassinato de Soter, num incêndio, com a garganta cortada. Teimosamente, Aélio, já que o sol só iria se pôr dali a algumas horas, foi até o posto da II Coorte da Brigada de Incêndio e Patrulha Noturna, em cujo distrito ficava a casa de Soter. Ali, conseguiu facilmente obter informações sobre a "senhora de luto" que o morto (ou seu cão de guarda) devia conhecer. O inspetor de polícia mostrou-lhe toda a deferência possível, mas pareceu achar a pergunta no mínimo engraçada diante da situação. Como muitos homens uniformizados, ele levava a masculinidade muito a sério, e fez um gesto obsceno para referir-se a Soter.

— O negócio é o seguinte, comandante: aquele comerciante de tecidos egípcio era um maricas. Freqüentava as casas de rapazes solteiros, e procurava ser muito discreto, para não haver motivo para querermos saber mais. Exatamente o que observamos na nossa ronda. Ultimamente, posso vos dizer que ele tinha adotado um garoto que mora na rua do Melro. Ele supostamente é de algum lugar perto de Nápoles. Vive de explorar os homens ricos. Discreto, fala macia, não se mete em encrenca. Ninguém sabe muito sobre ele, a não ser os íntimos. E eles não vão dizer muita coisa.

— Nenhuma mulher?

— Pelo que sei, nenhuma. Aliás, o incêndio foi definitivamente criminoso. As palavras do secretário Soter pode ter chegado aos vossos ouvidos, sobre o fato de ele já estar morto antes da casa desabar. Pode até ser, mas o lugar já estava um forno quando chegamos lá, e não restava quase mais nada do Soter quando nós passamos o pente fino pela casa. Sobre aquele outro assunto, será que ajudaria se eu vos desse o endereço do sodomita?

— Sim, mal não vai fazer.

— É muito cedo ainda, ele não deve ter começado a rondar uma nova vítima. — O inspetor era como tantos que Aélio havia conhecido, ligado no seu trabalho até a rotina não parecer mais motivo suficiente para se levantar de manhã. Ele procurou ajudar, somente porque podia lhe render alguma vantagem. Então forneceu instruções, uma escolta, tudo de um jeito plácido e tranqüilo, pois provavelmente não importava para ele se Aélio aceitaria ou não. Aélio disse que achava que era capaz de encontrar o endereço, e que iria descobrir por si só.

— Então, comandante, é só isso que posso fazer por vós. Quando voltardes à Corte, podeis por favor lembrar-vos de que fomos úteis, aqui na II Coorte? Meu nome é Procullo Vatia: não Proculus, sim? Pro-cu-lus.

Quando Aélio saiu da delegacia, o dia longo já estava próximo do fim. Deslumbrantes raios de luz verde espalhavam-se de um ponto invisível a oeste, onde construções que ele não conhecia — depois dos velhos muros sérvios —

ocultavam o sol poente, e as nuvens sob o horizonte causavam esses efeitos fantasmagóricos. Ele reconheceu os Jardins de Mecenas, logo adiante, e a torre da qual dizem que Nero assistiu ao incêndio de Roma. Era uma torre antiga e resistente, envolta por alcaparreiras, repleta de pombos a essa hora do dia, sob aquela coroa de raios esverdeados. Não era a torre assustadora e reluzente, cenário de seu pesadelo, explodindo em chamas e desabando sobre ele para esmagá-lo.

5 de agosto, Nonas, sábado (dia 12 do mês de Mesore)

O endereço fornecido por Procullo levou Aélio a uma estreita casa de tijolos chamada Caesares Septem. Ali, olhar lânguido sob uma cascata de cachinhos negros, o companheiro de Soter se encontrava a entrada de um confortável quarto do segundo andar, vestia uma túnica cinza que revelava seu torso e os quadris como que através de uma bruma. O rosto era feminino, ele fazia um biquinho sedutor. Aélio viu mamilos escuros destacando-se na gaze a um ângulo aberto e arrebitado, uma coisa surpreendente no corpo de um homem. Nem um pouco femininas, as coxas eram bem longas e esguias. O que estava entre elas, sob um ventre inexplicavelmente arredondado e baixo, Aélio não iria saber dizer.

Talvez por ter sido atrasado por aquele servo imprestável até simplesmente tê-lo empurrado e subido as escadas, mais provavelmente porque estava irritado por se encontrar ali, antes de mais nada, Aélio recuperou-se da surpresa com rapidez suficiente para resumir seu desprazer.

— Olha aqui — explodiu —, duas vezes eu me vi com prostitutas que revelaram ser homens, e, em ambos os casos, eu os espanquei tanto que eles quase morreram. Portanto, o que tu és, homem, mulher, o quê?

— Ai! É sempre um dramalhão. Por isso é que não gosto de soldados.

— Tu és o quê?

O prostituto deu de ombros, meio intimidado e claramente enfadado diante da idéia de ter de mostrar o que ele era. Tendo ouvido o motivo da visita (Aélio descreveu-se como funcionário do governo investigando o caso de Soter), estalou os dedos para o servo ir pegar um xale.

— Muito bem — e encarou de frente o visitante. — Sou mulher, tu me desmascaraste. Não creio que isso seja lá grande coisa para o enviado de Sua Divindade, mas, por via das dúvidas, não vou responder a pergunta alguma. A menos que estejas disposto a espancar-me até quase me tirar a vida, mesmo no estado em que me encontro.

Prostitutas e seus subterfúgios, como ele as desprezava. De repente, por associação, Aélio ficou mortificado ao ver-se pensando em Anubina ainda como uma prostituta, guardando silêncio sobre a filha dele como tinha guardado, mas Anubina nunca tinha sido atrevida assim. Como outras meninas pobres, tinha sido vendida pela mãe viúva para ser prostituta e procurado defender-se como podia. Na primeira noite que passaram juntos, ele a sentou nos seus joelhos e, sem fazer amor, eles dormiram abraçados na cama.

Essa lembrança o deixou ainda mais irritado.

— Isso é ridículo. Por que diabo... seja lá qual for seu nome... tu te venderias como homem para quem tem essas inclinações, e se descobririam no ato?

— Meu nome é Cleópatra Menor, e a sua pergunta é ridícula. — Ela tirou bruscamente o xale das mãos da serva que o havia trazido e cobriu os ombros e o ventre com ele. — E se fosse porque certos homens têm um gosto um pouco mais complexo? — Ela entrou no quarto e sentou-se ao pé da cama, uma perna dobrada sob o corpo. — Pode ser difícil para um soldado entender, pois viveis competindo para ver quem dá o arroto mais forte ou fala o palavrão mais cabeludo.

Aélio não sabia se devia avançar ou simplesmente retirar-se.

— Realmente não sabes nada sobre soldados — resmungou do batente da porta —, portanto vamos parar por aí. Pensei que todos soubessem que Soter gostava de homens.

— E de mulheres também, posso lhe assegurar. — E fez aquele biquinho sedutor, uma expressão que Aélio já tinha visto antes em mulheres, ocasionalmente deixando-se seduzir por ela. Helena, da Corte, era especialista nisso, e também em outras coisas. E Cleópatra Menor prosseguiu:

— Ele sabia quem eu era antes de me contratar e passar os últimos dez meses comigo. Estou esperando um filho dele, portanto entendes como a morte dele me abalou pelo menos sob três diferentes aspectos.

Aélio estava começando a sentir como tinha sido tolo de entrar num bordel, um desconfortável sentimento precursor da empolgação. Não tinha estado em lugares assim durante sua carreira, em quartos assim, e descoberto que, depois de satisfazer o corpo ainda restava uma dorzinha — como um espinho no peito — buscando alívio? Não tinha sido Anubina a única que tinha conseguido curar aquela dor? Na Corte ele tinha dormido com Helena, com as manhas de uma rameira experiente e os lençóis de uma rainha. Nem mesmo assim tinha recebido o que Anubina tinha sido capaz de criar: um canto sossegado e seguro, tão próximo da paz quanto um soldado podia ter. Aquela moça que tinha diante de si era linda, seria bela depois de a gravidez ter chegado a termo, mas sua tarefa a cumprir com ela nada tinha a ver com beleza. Procurando pensar nos motivos pelos quais estava ali, disse:

— Posso adivinhar dois motivos pelos quais a morte de Soter te abalaria — disse ele. — A perda do teu sustento, e o dano a tua reputação como travesti. — Mas já estava deixando de sentir raiva. — A menos que também o amasses. Neste caso sinto pena de ti, pois é difícil perder alguém.

— Como se soubesses. — Com um floreio inesperado, Cleópatra Menor agarrou aquela cabeleira revolta e removeu-a, expondo um corte de cabelos masculino. Subitamente pareceu ser menor, menos ameaçadora e menos atraente. Levantou-se da cama, e Aélio recuou para deixá-la passar.

Fora do quarto, um espaço coberto por tapetes estava mobiliado com uma mesa e cadeiras de braço; avançando em direção às cadeiras, a moça fez-lhe sinal para que a seguisse. Sentou-se, com uma expressão cínica de cansaço no rosto sem maquiagem. Vinte anos, calculou Aélio, talvez 21, no máximo. Ele tinha conhecido mocinhas assim na Ásia e na fronteira, e elas pareciam feitas da mesma substância quebradiça, coberta por uma camada de amargura.

— De qualquer modo — disse ela —, não posso aparecer em público durante os próximos três meses. Depois vou ter de pagar as despesas com a criança e a conta da ama-seca, portanto preciso encontrar trabalho. Alguns dos meus velhos clientes estão se perguntando o que há de errado comigo. A história de que estou de luto por causa do Soter está perdendo a credibilidade, portanto, vou para Nápoles, com a desculpa de aprender novos truques com os garotos do Fortunato. Sabes, aquele bordel masculino que começou em Pompéia e era sustentado pelos deificados Trajano, Adriano e daí por diante.

Aélio aproximou-se da porta do quarto, mas não se sentou.

— Soter morreu de um jeito que ninguém merece.

— Até algumas semanas atrás, visitava-o com freqüência. Podia estar lá com ele e ter morrido também.

— Em vez disso, fostes buscar o cachorro dele.

— Como é que... — A surpresa dela foi genuína, mas não havia como saber se escondia uma preocupação de que ele houvesse descoberto. Ela passou as mãos nos cabelos ralos das têmporas, colados na pele devido ao calor do dia; tudo sem encará-lo, o que não era comum para uma prostituta. Aélio não era vaidoso, mas perguntou-se se ela não estaria se sentindo atraída por ele, ou, ao contrário, sentindo-se pouco atraente para homens naquele estado. Vestida como um jovem, ele não a teria notado na multidão. Como moça, mesmo "no estado em que se encontrava", ela estava bem próxima de atraí-lo; e ele não estava querendo que ela desconfiasse disso.

Disse, rudemente:

— Eu sei, e pronto. E o Soter? Notaste se ele estava agindo como quem tem medo ultimamente?

— Posso te dizer que Soter estava com medo, sim, mas isso não era novidade. — Ela usou a bainha do xale para enxugar o pescoço, com os olhos fechados. — Como todos os ricos, temia que o roubassem ou coisa pior. Pelo menos duas noites por semana ele passava aqui. Mandava os servos deixarem-no aqui na minha casa, e em geral eles vinham pegá-lo durante o dia. Quando ele ficava aqui até tarde e precisava trabalhar de manhã, o cortejo parecia uma procissão, tantas eram as tochas e círios.

— Ele disse se temia alguém em particular?

Os olhos dela voltaram a abrir-se e fixaram-se nele justamente no momento em que ela pronunciou as palavras.

— Se os homens contassem às rameiras o que está acontecendo nos seus negócios, nós todas seríamos mortas mais cedo ou mais tarde. Eu não saberia te dizer, e, francamente, não te diria nem que soubesse.

Ele se perguntou se Anubina tivera aquelas olheiras debaixo dos olhos enquanto estava grávida de seus filhos; se ela também continuara a trabalhar até o tamanho da sua barriga desagradar aos clientes.

— Tu me disseste que há um prostíbulo masculino em Nápoles que o deificado Adriano sustentava. Estou interessado nisso. O que podes me dizer?

— Isso nada tem a ver com a morte de Soter.

— É um lugar histórico, como disseste?

Ela ficou um pouco irritada. Falou olhando para um ponto indefinido do ombro dele, achando um pouco de graça, evitando olhá-lo.

— Ora, em certos círculos, é até legendário! A versão oficial é que ele conheceu Antínoo na Ásia Menor, mas contam-te uma história diferente em Nápoles. Dizem que ele estava, sabes, o Adriano, passando pela cidade a caminho de alguma terra distante, quando parou para divertir-se um pouco no caminho. Antínoo tinha acabado de chegar ao prostíbulo, e mal tinha tido tempo de se acostumar à sua caminha, quando foi raptado. Há uma tabuleta com uns versos sobre esta história na entrada do prostíbulo e que também narra como foi a vida de Antínoo depois disso.

— E como foi ela?

— Ora o que todos sabem: ele caiu no Nilo, afogou-se e o enterraram. Nada especial, mas o poema até que é bonitinho, eu gostei.

— A tabuleta diz onde ele foi enterrado?

— Não me lembro exatamente. — Uma gotícula de suor escorreu-lhe da testa, que ela enxugou com o dedo anular.

— Acho que a tabuleta diz que ele foi sepultado onde o imperador morreu mais tarde, uma coisa assim.

As unhas dela estavam roídas quase até o sabugo. Aélio notou isso e viu que ela havia percebido que ele havia notado, pela forma como escondeu a mão sob o xale. Ele então disse:

— Tu estás te referindo a Baia.

— Creio que sim. Ninguém se importa mais hoje em dia.

Longe disso, pensou ele. Esta era nova para ele. Nunca tinha ouvido dizer que Antínoo tinha trabalhado em um bordel napolitano.

— Tu sabes ler?

Ela dessa vez olhou para ele, com alguma atenção.

— Por quem me tomas? Claro que sei. E não adotei o nome Cleópatra Menor sem saber quem era a Grande Cleópatra.

— Estou querendo é saber se leste a tabuleta com teus próprios olhos.

— Deves estar acostumado com vadias ignorantes nos teus bordéis militares! Escrevo poesia eu mesma. E sei ler, sim, li a tabuleta, e até anotei os versos. Copio poesia em todas as partes aonde vou, mas o que isso tem a ver com o Soter?

— Tens esse texto contigo?

— Tenho, como não. — Por um momento, ela demonstrou estar divertindo-se muito com aquilo. — Sabes, nem desconfiei, mas agora estou começando a pensar que és maricas, afinal de contas.

— Não precisas ficar assim tão esperançosa, estou só curioso.

Ela afastou-se durante o tempo necessário — Aélio viu isso pela porta — para pegar um rolo de pergaminho de uma estante no quarto.

— Eis os versos. — E ela voltou, entregando o pergaminho a ele. — Diverte-te.

Escrita em latim, e copiada com uma caligrafia legível, o texto da tabuleta "engastada", segundo ela disse, "na entrada do prostíbulo" dizia:

Nascido no Oriente, sepultado no Ocidente,
Morto no Sul, Agora o Bitínio,
que seu amigo imperial aqui conheceu
para deleite mútuo
nada mais é que sombra e pó,
próximo de onde Adriano deste mundo partiu
a bordo do carro de Hélios.

Os versos não eram lá grande coisa, na verdade, e, fora a informação sobre a estadia do Antínoo em um bordel, era quase inútil. Aélio percebeu que esse detalhe fora omitido da história oficial do relacionamento, por respeito ao deificado Adriano. Quanto à biografia do imperador, ele jamais havia dito realmente onde tinha conhecido o Menino. Só que isso tinha acontecido quando Antínoo tinha 11 anos e Adriano, 45.

— Aqui não diz que o Menino foi sepultado em Baia — comentou Aélio.

— Mas foi lá que Adriano morreu, não foi?

A história dizia que, enquanto seu sepulcro estava sendo terminado em Roma, Adriano foi, na verdade, cremado e enterrado em Puteoli, perto da cidade balneária de Baia. O poema abria a possibilidade de que Antínoo tivesse terminado ali também, mas, por algum motivo, Aélio duvidava disso. O herdeiro de Adriano, Antonino, não tinha recebido o sobrenome de Pio apenas por sua piedade filial: era improvável que tivesse permitido que o imperador compartilhasse seu sepulcro com um amante plebeu.

Tudo isso também suscitava a pergunta: teria Antínoo se travestido de mulher, além de fazer o papel de uma?

Quando Aélio perguntou isso a Cleópatra, ela disse que não sabia.

— Quem pode saber? Dizem que Trajano gostava de homens adultos, inclusive de alguns de seus oficiais casados.

Aélio limitou-se a resmungar que as coisas na corte haviam melhorado bastante desde essa época. De Adriano, ora, ele tinha lido que gostava de mulheres casadas e rapazinhos. Isto significaria que para Antínoo tinha aberto uma exceção movido pela paixão, escolhendo-o como seu companheiro de cama quando ainda era criança, ou implicaria alguma outra coisa? Teria o Menino sido adotado como apenas um pajem predileto até o final da adolescência, quando a atração física levou ao ato? Seria possível, mesmo remotamente, que a relação nunca tivesse sido carnal? Isso explicaria por que os historiadores, que sempre tinham acumulado ignomínias sobre as cabeças dos amantes imperiais, não falavam muito sobre Antínoo. Apenas os cristãos pareciam ter interpretado aquela companhia constante como uma coisa licenciosa e possivelmente violenta. Ora, um homem que constrói monumentos para seus cães não vai colocar seu querido amante (ou namorado) em uma caixa em qualquer lugar, mas e os papéis do governo que deviam estar no sepulcro? Será que Adriano teria cometido a imprudência de marcar o túmulo, quando os inimigos de Roma (ele jamais soube ao certo se todos haviam sido eliminados, fossem lá quem fossem) poderiam violar o sepulcro e, removendo qualquer prova de sua existência, profanar o corpo? Até que ponto Adriano havia adoecido, enlouquecido ou se descuidado antes de sua morte, para não se certificar se suas ordens de derrotar o inimigo haviam sido cumpridas?

— Ainda estás aí? — indagou Cleópatra Menor. — Pareces que estás querendo ir a Baia tu mesmo.

Ele a olhou de relance. Anubina, provavelmente, devia ter ficado tão madura e exausta durante a gravidez quanto ela. Como as próximas palavras lhe vieram aos lábios, ele não soube explicar, por que as disse com a liberdade que o lugar e a mulher lhe permitiam, mas significaram mais do que um cumprimento, uma forma de consolo.

— E, sinceramente, parece-me que poderias fazer fortuna nesta cidade mesmo sendo mulher.

— Obrigada. Não viste a concorrência, posso deduzir.

— Já vi, mas não de perto.

Olhando para ele, ela sorriu, ou do elogio implícito ou por desconfiança.

— A vida é dura, soldado. Tenho certeza de que sabes. Voltando a Antínoo: no prostíbulo de Fortunato, soube que ele tinha sua própria casa em Roma, mas não há como vê-la agora.

— Por quê? Foi destruída?

— Soterrada. E, a menos que tenhas recursos para escavar nas Termas Antoninas, nada feito. Vês? Os historiadores pensam que sabem tudo, mas as histórias picantes sobre prostitutas e amantes homossexuais costumam passar despercebidas para eles. Os meninos do Fortunato dizem que a casa do Antínoo dava vista para a Via Ápia, e ia-se até lá por uma ruazinha transversal perto do Arco Druso, aquele que chamam de Arco da Recordação. Deve ter umas inscrições egípcias nele. Dizem que a casa foi soterrada bem antes das termas terem sido construídas, por ordem de Antonino Pio.

No banho de vapor do meio da manhã, Aélio saiu da casa em Septem Caesares pelo portão dos fundos, que o velho servo lhe havia indicado.

— Se tu ainda estiveres em Roma depois de meados de outubro — disse-lhe Cleópatra Menor quando ele começou a descer as escadas — já terei regressado de Nápoles por essa época.

Atravessando o jardinzinho bem cuidado, ele entreouviu latidos vindos da sala do vigia e espiou lá para dentro. Um cão preto enorme rosnou para ele, puxando a longa corrente que lhe permitia movimentar-se para a frente e para trás. *Uma pena os animais não serem capazes de falar,* pensou ele. Claro que era ela quem havia ido recuperar o cão, mas tarde demais para salvar Soter. Nas atuais circunstâncias, Aélio não tinha pistas sobre os homens que Soter temia durante seus últimos dias, e se sua morte tivera algo em comum com aqueles que primeiro haviam amedrontado e depois matado Dio Sereno. Os mesmos que, provavelmente, haviam ateado fogo ao depósito do Theo, e foram prevenidos da vinda de um emissário do César a Roma. Fogo, sangue, água: desses elementos compunha-se aquela ameaça anônima, capaz de atacar em várias províncias diferentes, ao que parecia, e continuar invisível. Os "caçadores" que haviam sinalizado sua chegada a Roma nunca foram identificados, muito menos presos. Pelo que Aélio sabia, podiam estar vigiando-o naquele exato momento, do outro lado da rua.

Indo para a Biblioteca do Estado pelo caminho mais longo dos novatos, Aélio teve tempo para analisar que talvez os versos simplesmente haviam empregado uma licença poética e distorcido os fatos. Podiam significar que a alma de Antínoo habitava ao lado da do imperador após a morte, e não que ele havia sido enterrado no túmulo temporário de Adriano, em Puteoli. De acordo com a tradição, o sepulcro originalmente havia pertencido à família de Cícero, e, pelo que Aélio sabia, ainda existia, vazio depois que Antonino Pio removeu os restos mortais de seu predecessor e os transferiu para Roma. Ele ia precisar ver por si mesmo, a menos que encontrasse uma descrição precisa disso em alguma parte.

Havia correspondência do governo na Biblioteca Ulpiana do deificado Trajano, e, em geral, era necessária uma permissão do prefeito da cidade para consultar esses documentos. Como os registros estavam na iminência de serem embalados para serem removidos à biblioteca das novas Termas de Sua Divindade, Aélio procurou expressar aos empregados a sua urgência de receber um passe de leitura. Escrutinando os caixotes sob o controle do contrariado bibliotecário, examinou detidamente os originais e cópias, e tentou se manter afastado da constante tentação de se perder entre pistas históricas aleatórias. A História, maior do que qualquer de suas partes, o chamava e o tentava, procurando fazê-lo esquecer-se da urgência angustiante de sua tarefa. Ele não tinha tempo, tempo algum; portanto limitou-se a fazer uma anotação de toda carta particular, toda minuta oficial que teria de reler quando trabalhasse na vida de outros soberanos.

Ao pôr-do-sol, quando a hora de a biblioteca fechar interrompeu-lhe a leitura, Aélio só teve tempo de pegar instruções de como chegar da biblioteca ao endereço que irmão Filo havia lhe dado. Ali, em uma escola religiosa na rua que levava da Viça do Palácio até o templo de Ísis no Campo de Marte, o banquete de Nosso Senhor Anúbis começaria em breve.

Foi uma sorte a familiaridade com o Egito o haver acostumado a essas visões, porque o grande santuário ergueu-se diante dele como um perfeito delírio de imagens e obeliscos em uma mistura de estilos, fantasmagórico à meia-luz. Leões, esfinges, babuínos, deuses anões e deuses com cabeça de cachorro amontoaram-se em torno dele enquanto procurava a entrada — particular, oculta em um nicho na parede, sem iluminação — da Casa da Vida.

Carta de Aélio Espartano a Diocleciano César:

Ao imperador César Gaio Aurélio Valério Diocleciano Pio Félix Invicto Augusto, de seu Aélio Espartano, saudações da eterna líder do mundo, Roma.

Pode ser importante, meu Senhor, o fato de que comecei meu levantamento dos prédios do deificado Adriano no dia do supplicia canum. *Devido a vossa clemên-*

cia, o dia não mais exige a crucifixão anual de animais inocentes, mas nos remete à vigilância sempre necessária para manter a segurança do Estado. Conforme relatado em minha primeira carta apressada da capital, as necessidades organizacionais de minha pesquisa histórica e tarefa investigativa foram alcançadas graças à excelente hospedagem e disponibilidade espantosa de informações nas muitas bibliotecas e arquivos. Em especial, fico absolutamente encantado só de entrar na Biblioteca Ulpiana, com toda a riqueza de sua coleção, e também o lugar onde os ancestrais de minha mãe foram alforriados receberam a manumissão durante o reinado do deificado Adriano e se tornaram libertos.

Esta noite, compareci a um banquete fúnebre perto do templo de Ísis no Campo de Marte, onde tomei conhecimento de alguns detalhes interessantes sobre as fortunas da comunidade egípcia em Roma e também sobre o homem cuja morte me impediu de reunir informações. Parece que, antes do incêndio, Lúcio Soter disse a alguns amigos que se sentia observado; o irmão de Filo não chegou a admitir isso, mas tinha mencionado a mim como a polícia fez pouco da inquietação do seu mestre, a ponto de convencê-lo a não substituir o cão de guarda depois que o seu desapareceu. O que eu esperava obter de Soter diretamente vou agora ter de reconstituir peça por peça, mas não me sinto desanimado.

Na verdade, ao me preparar para conhecer Aviola Paratus, confio que cada passo por mim dado nesta Cidade abençoada me aproximará mais não só de esclarecer os assuntos que tocam ao deificado Adriano, como também de resolver o que cada vez mais me parece ser uma seqüência intencional de eventos iniciados pela descoberta, feita por Dio Sereno, das antigas instruções do soberano. Quanto a essas, foram guardadas em um lugar seguro, em segredo, por minhas próprias mãos.

Com relação ao estado físico de Roma, sobre o qual desejas detalhes, posso relatar que as obras em vossas monumentais termas continuam, pouco a pouco, e vão abranger uma superfície de pouco menos de 29 acres. A Irmandade da Fortuna Feliz foi totalmente indenizada para que, derrubando sua sede, se construísse uma monumental piscina para natação. Duas mil e quinhentas do total de 3 mil bacias projetadas encontram-se instaladas. Calcula-se que a inauguração oficial ocorra em menos de dois anos. O Grande Fórum está quase todo repavimentado, e isso 11 anos depois do desastroso incêndio que engoliu do sopé da capital até o templo monumen-

tal de Vênus e Roma, erigido pelo deificado Adriano (ainda precisando de reformas), todas as três obras de restauração importantes que ordenastes que fossem feitas estão terminadas agora. Quanto ao Senado (Cúria), reconstruído desde seus alicerces, suas portas de bronze acabaram de ser instaladas, e o piso de mármore está quase terminado. O Aqueduto de Marciano, menos de dez anos depois do terremoto que tanto danificou seu castelo de distribuição, foi não só consertado (como vistes na vossa última visita em novembro passado) como também o volume de água está atualmente sendo potencializado.

Mesmo assim muitos prédios aguardam atenção: estádios, anfiteatros e outros lugares de entretenimento público trazem as marcas de manutenções descuidadas durante administrações anteriores; ouço dizer que rachaduras abrem-se a cada dois dias, e que uma chuva pesada costuma resultar na queda de sofitos e cornijas, pondo em risco a vida dos cidadãos romanos. As termas de Décio, na Colina Aventina, estão fechadas, e estruturalmente abaladas. Se o teto do salão da piscina tépida desabar, segundo me disseram, o prédio inteiro pode desmoronar. Uma curiosidade: o Mons Testaceus, *formado por jarros de vinho e de óleo descartados à margem do rio, atingiu a altura de cem pés, e foi apelidado jocosamente de Morro dos Bêbados.*

Também perguntastes, Senhor, sobre a perseguição aos cristãos na Cidade. Aplica-se a coerção conforme a lei, mas os julgamentos não são tão visíveis como em outros lugares do império, talvez porque aqui os hábitos citadinos moderam o extremismo religioso e os acusados são mais cautelosos. Os locais de culto estão fechados, mas os cemitérios (inclusive as catacumbas e o feioso feito uma craca ao lado do hipódromo de Gaio no Campo do Vaticano) não foram desrespeitados. De certo interesse entre os julgamentos atuais é o do soldado Ciríaco, porque diz respeito tanto a vossa clemência e aos vossos banhos monumentais. Aliás, este é o mesmo homem que — da casa vizinha concedida por ti a sua seita anteriormente — vem trabalhando como ministro (e provavelmente agitando) os cristãos, condenados a trabalhos forçados no canteiro de obras. Aliás, o bispo líder dos cristãos (ou "papa") Marcelino parece que abjurou durante sua prisão recente, um ato que lhe valeu a acusação de traidor entre seus companheiros na fé, mas agora dizem que se retratou de sua abjuração.

Em uma folha à parte, Senhor, enviar-vos-ei uma lista de preços selecionados de mercadorias e serviços observados em Roma. Entretanto, continuo a procurar por toda parte o local de sepultamento do menino Antínoo, procurando ter em mente sempre o ditado Si monumentum quaeris, circumspice!

Com gratidão e saudações, redigido por Aélio Espartano, em Roma, no sábado, 5 de agosto, Nonas de agosto, no vigésimo primeiro ano da aclamação de Nosso Senhor César Diocleciano, sétimo ano do consulado de Maximiano Augusto, e oitavo ano do consulado de Aurélio Valério Maximiano Augusto, também ano 1057 desde a fundação da Cidade.

Capítulo VIII

6 de agosto, domingo (dia 13 do mês de Mesore)

Naquela noite, Aélio jurou para si mesmo que nunca mais iria comparecer a um velório egípcio em sua vida. Não só todos os lugares-comuns sobre o povo e sua religião haviam se confirmado, como ele também havia se sentido deslocado, sem compreender as preces ininteligíveis, as bebidas rituais e os cânticos. Era o mesmo Egito cruel, que conhecia bem, ao qual, sem saber por quê, vivia retornando. Depois de terminar a carta para Sua Divindade, tentou dormir — sem conseguir. Então sentou-se e ficou andando de um lado para outro, parando finalmente na pequena sacada que dava para o vale.

Com uma concha inclinada, a lua minguante despejava uma luz avermelhada sobre construções conhecidas e desconhecidas. Lá embaixo as Termas Antonianas erguiam-se na Via Ápia, destacando-se na sua *piazza* reluzente como uma ilha alta; onde a estrada bifurcava-se, logo adiante, um trecho de escuridão mais acentuada indicava o arco do qual Cleópatra Menor havia falado: o Arco da Recordação. Ali, sob o canto mais distante das termas, ficava a casa de Antínoo, antes de ser soterrada e de se empilharem milhões de tijolos sobre ela. Aélio podia imaginar os quartos sem janelas cheios de terra, e temia a possibilidade de o sucessor de Adriano, depois de ter, por fanatismo intolerante, apagado esta lembrança do Menino, ter destruído também seu túmulo. Seria possível? Teria isso ocorrido? Poderia ele apostar na possibilidade a ponto de relaxar, desistir dessa parte complicada de sua pesquisa, porque nesse caso — dissesse a carta de Adriano o que dissesse — nem ele, Aélio, nem ninguém mais poderia pôr as mãos em uma prova de conspiração contra Roma.

Aqueles que havia conhecido naquela noite (Nilo de Tal, Lótus sei-lá-de-quê... nomes adotados por egípcios de segunda e terceira gerações que sequer foram ao Egito, mas procuravam aderir ferozmente à tradição) insistiam que Antínoo estava enterrado na propriedade de Adriano, em Tibur. Será que eles haviam estado lá? Não, mas seus antepassados estiveram, e tinham visto o obelisco que assinalava o túmulo. O sacerdote de cabeça de ovo reluzente, que se revelou um tremendo tagarela durante a refeição após as cerimônias, discordou. Claro que ele discordaria. Para ele, Antínoo estava enterrado em Antinoópolis. Apenas um velho conhecia a versão de Cleópatra Menor, pois anos antes haviam lhe mostrado o túmulo do Menino perto de Nápoles, mas perto de Nápoles era um tanto vago.

Cânticos e recitações à parte, não havia como interrogar os mortos, nem como embalsamá-los para entrarem na vida eterna. Por um instante, Aélio sentiu-se tentado a pedir ajuda de... ele não podia imaginar de quem. Deuses, o Deus único, o Mitras de seus homens, Osíris, ele não acreditava em nenhum destes. Só no dever cívico de observância devota, segundo o costume romano, que para ele já era um objeto de fé suficiente.

Depois do arco, túmulos agrupavam-se dos dois lados da antiga estrada que sulcava o vale. Soter havia escolhido ser enterrado na quarta milha dela, ao passo que Filo descansava no Campo do Vaticano. Seu irmão nada sabia da recente correspondência do comerciante de tecidos, mas confirmou que Soter e Dio Sereno tinham sido amigos no Egito antes da Rebelião.

Daria qualquer coisa para saber se Sereno tinha enviado uma carta a Soter sobre sua descoberta. Em caso afirmativo, o que Soter teria a me revelar, que alguém precisou cortar sua garganta para evitar? Seria porque ele falava a língua antiga, e poderia me ajudar a ler os documentos?

Tudo parecia estar completamente desconectado e sem solução naquela noite, uma confusão sem fim. Se ele olhasse para cima, mais confusão: constelações brilhavam apenas quando não estavam perto da meia-lua, cujo halo apagava as estrelas como se fossem um pavio. Ele só reconheceu a constelação de Cisne, a estender asas intermináveis lá no alto, e a Águia, inclinada como se estivesse reunindo forças para mergulhar; em suas garras, um aglomerado de luzinhas fracas, uma das quais se chamava Antínoo — a "nova estrela" que os astutos sacerdotes egípcios disseram ao cético Adriano que apareceu depois da morte do Menino.

Depois, de alguma parte do morro, atrás da casa, vieram até Aélio o toque e os passos da patrulha noturna, um som familiar e consolador naquela imensa, estranha e escura Roma.

7 de agosto, segunda-feira (dia 14 do mês de Mesore)

Com o passe de leitura na mão, ele estava de novo na Biblioteca Ulpiana bem antes do horário de abertura das termas.

Levou até meio-dia para descobrir, arquivado com papéis sobre assuntos imobiliários e contas pagas pessoalmente pelo deificado Adriano, um extenso relatório do empreiteiro que tinha reformado a tumba republicana para seu hóspede imperial temporário. O relatório havia sido enviado ao sucessor do imperador 166 anos antes, um mês depois da morte de Adriano, e oito anos completos após a morte do Menino.

A descrição do monumento era atenta, até tediosa, por ser tão detalhada. Aélio pulou as medidas e os comentários sobre a espessura e a largura das cornijas e lajes de mármore, para descobrir o que estava procurando.

> O interior do monumento, excelente Senhor, tinha sido deixado intocado desde sua construção para a filha de Cícero há dois séculos. Como faz muito tempo desde que alguém trouxe oferendas a manes* de Túlia dentro dele, a porta foi lacrada pelos administradores da cidade de Puteoli para garantir que a urna não fosse violada. O que planejo fazer, seguindo as ordens que se originam de vossa piedade filial, é o seguinte:
>
> Como há um simples nicho na parede da câmara, e ele contém a urna mencionada acima, eu a removerei, e a confiarei aos fun-

* As almas dos mortos, para os romanos, invocadas como divindades sobre os túmulos. *(N. da T.)*

> dadores da cidade até a época em que Vossa Excelência resolver para onde ela deverá ser trasladada.
>
> Com exceção da estátua de bronze de Túlia, uma mesa de libação, um altar e um banco semicircular (todos de excelente mármore), não há outros objetos na câmara. Isso me parece ao mesmo tempo uma vergonha e uma oportunidade. Uma vergonha porque não consigo imaginar as cinzas de vosso pai descansando em lugar tão despojado, pobre até para os padrões modernos, e inadequado para representar a importância de um imperador na vida e na morte. Uma oportunidade, porque me permitirá — se e quando eu receber vossas ordens — redecorá-lo como convém a um Regente de Roma.

Seguia-se uma descrição abrangente dos melhoramentos que o construtor planejava fazer no interior. Aélio decidiu mandar copiar para possível uso futuro, mas não era importante agora. A penúltima frase, porém, era curiosa, e, em relação a esta fase da investigação, definitiva:

> Assim, permanecerá um corpo, um homem abrigado nesta câmara e, dada a excepcionalidade do caso, para que uma tumba imperial não seja cercada por outros túmulos como se fosse apenas uma entre muitas, destruirei os monumentos de libertos da família que, através dos séculos, proliferaram em torno dele. Todos os cuidados apropriados serão tomados para com os que ainda contiverem restos mortais, que primeiro serão lacrados pelos sacerdotes, sendo removidos os caixões para outro lugar, conforme a lei, a piedade e a tradição.
>
> Dessa maneira, o monumento de vosso pai erguer-se-á sozinho no centro de uma área cultivada com loureiros e carvalhos, como deve ser, e se tornará inteiramente visível para todos os que passarem próximo à propriedade de Cícero a caminho da cidade de Puteoli ou regressarem dela.

Não há nenhum outro túmulo em torno do sepulcro temporário. Um corpo, um homem enterrado nele: o próprio imperador. Isso parecia confirmar que Antínoo estava em outro lugar. Poupava Aélio de uma viagem a Campânia, mas também encerrava mais uma alternativa em sua busca do lugar em que o Menino teria sido sepultado.

8 de agosto, terça-feira (dia 15 do mês de Mesore)

Aélio tinha visto soldados cegos antes. De todos os ferimentos de guerra, a perda da visão sempre lhe pareceu o mais difícil de suportar, pois força a pessoa, acostumada a cuidar de si mesma, andar livremente e agir por conta própria, a depender de uma outra pessoa para a simples tarefa de olhar antes de atravessar a rua. Sobre o caso de Aviola Paratus, ele sabia que a enfermidade não tinha acontecido por acidente nem durante uma batalha. Tinha sido infligida a ele de propósito, enquanto prisioneiro, depois da campanha fracassada de Numeriano contra os persas, vinte anos antes. Os persas, Tralles havia lhe informado, haviam massacrado a unidade de Paratus, executando os oficiais comandantes que sobreviveram ao massacre, e cegando os oficiais subalternos, abandonando-os depois à própria morte — ou por mero acaso, voltar às apalpadelas, passando sabe-se lá por que dificuldades e infindáveis estradas. Como tal, Paratus, mesmo antes de Aélio conhecê-lo, devia representar todo aquele estoicismo e resistência do passado. Que reservas de amargura deviam forçosamente jazer por trás de tudo aquilo, ainda restava saber.

O homem que ele conheceu, a uma mesa ao ar livre da bem montada taverna *À Glória do Nosso Senhor Aureliano*, parecia-se perfeitamente com alguém que desempenha esse papel, à exceção da falta de qualquer amargura aparente. Com cabelos raspados, que os imperadores do exército haviam tornado popular, assemelhando-se a um capacete cinzento que acabava na altura da barba, ele era descarnado e magro, mas de compleição física sólida, membros longos, vigoroso, como se feito de madeira antiga. O crânio alongado, nortista, era ao mesmo tempo delicado e firme, com linhas horizontais vincando a testa, sinais de meditação, ao que parece, em vez de preocupação, e uma boca firme que parecia prestes a sorrir, irônica e sensível. Atrás dele, nos fundos da taverna, vinhedos estendiam-se pelos morros, repletos de uvas, cobrindo quase toda a terra avermelhada. Casinhas caiadas, cercas retas, ausência de ervas daninhas — tudo revelava uma disciplina militar familiar.

Paratus cumprimentou Aélio primeiro, e depois, quando Aélio estendeu-lhe a mão, apertou-a com força.

— Não fazes idéia, comandante, do que significa para mim ser chamado uma vez mais para servir o meu país.

Aélio ficou calado. Já esperava essas palavras. Meio retóricas, talvez, mas aí ele se lembrou como, pelo menos duas vezes, na Armênia e na metade da Rebelião, ele havia se sentido bastante usado por este país, e não muito feliz com a idéia de ser pouco mais do que parte de uma muralha de carne lançada contra o inimigo. Agora as palavras desse cego o envergonhavam.

— Tua carta chegou na hora certa — decidiu dizer então. — Portanto, achei que devíamos nos conhecer.

O que deveria dizer em seguida foi para Aélio outro motivo de hesitação. Pelo que sabia, Tralles só havia informado Paratus de sua pesquisa sobre a morte de Antínoo. Um homem que esteve no serviço de informações podia, por hábito, manter-se informado de tudo mais que dissesse respeito ao assunto em pauta (a verificação informal de Aélio sobre os julgamentos dos cristãos, o fato de ele investigar a morte de Dio Sereno), e tirar conclusões do que ouvisse. Paratus ficou ali parado, impassível, e até quando Aélio convidou-o para se sentar ele esperou até ouvir que seu convidado o precedera.

— Tomei a liberdade — dizia-lhe Paratus, agora com a mão à procura de um rolo que tinha diante de si — de fazer uma listinha de lugares que têm ligação com o deificado Adriano, que podes querer visitar enquanto estás em Roma.

Aélio recebeu o texto. Ao lê-lo, constatou que as distâncias de Roma às localidades estavam indicadas, assim como as estradas ao longo das quais os vários lugares ficavam.

— Teria feito melhor, se pudesse fazer os levantamentos pessoalmente — desculpou-se Paratus — e desconfio que existam atalhos que não conheço, construídos posteriormente.

— Não sei o que te dizer — disse Aélio, sacudindo a cabeça. — Este levantamento das obras e propriedades do deificado Adriano é tão minucioso quanto o que eu mesmo fiz, depois de muito trabalho, em semanas. Tu ainda incluíste na tua lista algumas construções que nem sequer pensei em incluir.

— Conhecendo as fontes, é compreensível. — Encabulado, Paratus sorriu, esticando os lábios tensos. — Não é muito, mas percebo que para convencer-te de que posso ser útil, devo fazer o melhor que puder com as lembranças que tenho e minha forma policialesca de obter informações.

Passou uma aragem, e Paratus encheu os pulmões de ar fresco, prosseguindo:

— Lembro-me de tua unidade do tempo da Rebelião. Operastes maravilhas no pátio de Thoth, em Hermópolis.

— Custou-nos muito suor e sangue.

— Mas ganhou o dia. Muita gente sentiu inveja dessa batalha, pois te colocou em posição extremamente favorável diante de Sua Divindade. Acho que foi aí que Ben Matias jurou te matar. *Tu* eras a pessoa a ser eliminada. Ficamos bem preocupados no quartel-general. Felizmente, tudo terminou bem.

— Sorte de panoniano. — Aélio não sabia que colegas seus haviam sentido inveja dele por seus êxitos militares. Perguntava-se agora se seu velho amigo Tralles ainda nutria esse sentimento, e havia se recusado a ajudá-lo por ressentimento. Só para sua informação, perguntou:

— Em que província nasceste?

— Brigetio.

— No acampamento do exército?

— Não, no lado sul da cidade civil, ao lado da vidraria. Mas meu tio Breucus, cujo nome me deram, serviu na I Legião Adiutrix. Tens ido a Brigetio ultimamente?

— Não. Ouvi dizer que perdeu parte de sua população depois do último tumulto na fronteira, e algumas propriedades foram abandonadas.

— Ouvi a mesma coisa, e felizmente não vi nada. — Paratus pôs as mãos sobre a mesa, com as palmas abertas, os polegares se tocando. — Falando de coisas agradáveis, é com imenso orgulho que te informo que comecei minha carreira na ronda urbana da V Coorte, Patrulha Noturna, no Segundo Distrito, que abarcava: 4.600 prédios populares, 27 depósitos e 85 termas, na minha época. Saí-me bem, e fui promovido a comissário da VI Coorte no Grande Distrito do Fórum Romano, com tudo que é importante em Roma reunido em 14 mil pés quadrados, além de quase o triplo de santuários de beira de estrada do distrito anterior, perto de 3.500 quarteirões de habitações coletivas e 86 termas. Naquela época eles nos escolhiam porque éramos altos e bonitos, e só a guarda — com aquelas roupas caras — fazia mais bonito do que nós nos desfiles.

Aélio sorriu consigo mesmo, porque seu pai e os maridos de suas irmãs sentiam orgulho de seus uniformes militares a ponto de se envaidecerem por isso.

— Antes eu adorava trabalhar à noite — acrescentou Paratus —, nas ruas escuras. Quem diria que eu iria voltar a caminhar no escuro depois da campanha persa? Mas era assim. Agora, quando não estou viajando, cuido deste lugar, que vai bem porque é a melhor estalagem fora de Roma antes de Ad Quintana e meu vinho é melhor. A esposa fica em Minturno, com nossos dois filhos que têm negócios por lá. Eles puxaram a ela, são acomodados, sabes, dóceis, eu diria, gostam de ganhar dinheiro na fábrica de azulejos do avô materno, que vem tendo lucros excelentes desde que passaram a administrá-la. Ela é uma boa senhora, e sabe que preciso passar muito tempo fora. Tem netos, agora, portanto não sente muita saudade de mim, ou pelo menos é isso que diz. E tu, comandante?

Comparada à de Paratus, a vida de Aélio lhe deu a impressão de poder ser resumida com rapidez. Aélio sacudiu os ombros, descontraindo-se na sombra refrescada pela brisa.

— Servi na Armênia depois do Egito, e fiquei na Nicomédia até a primavera. Quanto ao resto, como qualquer filho de soldado, minha vida inteira está ligada aos eventos do exército. Fiz 8 anos no dia em que os sármatas e os quadi invadiram a Panônia, e me lembro bem disso; minhas irmãs gêmeas nasceram um ano depois, quando Carus entrou na Mesopotâmia vitorioso e depois o encontraram morto na sua tenda. Aos 10 anos, meu pai já estava fora fazia bastante tempo, quando o exército de Numeriano rebelou-se depois da morte de Carus e acabou aliando-se a Sua Divindade.

— Que tal uma taça de vinho?

— Pode ser. Por que não?

Um vinho ainda frio da adega foi trazido até a mesa. Farejando a brisa verde do vinhedo, Paratus relaxou os ombros ao levar o copo cheio à boca.

— Quando tuas irmãs nasceram eu estava com Numeriano na Pérsia. Até hoje ouço o estrondo dos cascos dos cavalos persas, o caos de cascos trovejantes quando eles se empinavam, apavorados, enquanto nossas espadas colidiam com os escudos do inimigo no campo de batalha; e aí nossa linha recuando, rompendo-se, aquele fedor inesquecível de suor de cavalo e de homens chocando-se conosco a plena velocidade. Levei um ano para voltar, tateando os obstáculos pelo país do inimigo, antes de, finalmente, ouvir os vivas dos partidários imperiais gritando o nome de Diocleciano. Lembras-te de que a Síscia tinha caído nas mãos de rebeldes; era um suicídio tentar passar por aquela região.

Aélio concordou, como se o homem diante de si pudesse notar esse gesto de assentimento. Sempre era assim, no exército. Media-se o tempo de acordo com as campanhas, havia troca de atualizações, nas cidades e nos acampamentos de fronteira, um espírito de equipe inquebrantável; nenhum civil jamais entenderia completamente como eram necessárias essas preliminares para todas as transações. Ele tomou um gole da bebida fria e saborosa, retendo-a um pouco no fundo da boca antes de engolir. Pelo fato de o deificado Adriano já ter sido soldado, essas atualizações podiam ser significativas para ele, também. Como Antínoo, que nunca fora à guerra, teria medido sua curta vida?

Em seguida Aélio resumiu os objetivos de sua pesquisa na Itália, incluindo seu interesse no túmulo de Antínoo, como um elemento em sua reconstituição biográfica. Ouvindo com os ombros muito aprumados, a cabeça ligeiramente inclinada para trás, Paratus assentia, baixinho.

— Como ex-policial — falou em seguida —, a questão da morte do Menino me fascina. As pistas que reuniste no Egito parecem promissoras. Posso ajudar-te a reconstituir o cenário de sua morte. Já procuraste o relatório do incidente, exigido pela lei egípcia?

— Sim, mas não adiantou. Os arquivos foram danificados pela cheia anos atrás. Só descobri a resposta do governador do nomo ao relatório, e também estava danificada. As linhas onde deviam estar os detalhes sobre o estado do corpo de Antínoo foram apagadas.

— Mas que pena. Vale a pena consultar os Arquivos do Estado aqui de Roma, caso tenham enviado uma cópia para cá, como medida de segurança. Caso não tenha sido enviada, vamos nos virar com o que temos. A correspondência particular contemporânea da classe senatorial pode ser útil, pois o deificado Adriano era criticado no Senado. Nada disso poderia ser encontrado nos Arquivos do Estado. Porém, as cartas de apresentação de Sua Divindade proporcionariam a ti acesso a coleções particulares. Posso preparar uma lista de famílias existentes ainda hoje cujos pertences poderiam ajudar a esclarecer esses antigos acontecimentos.

Era algo que ele deveria ter pensado antes. Aélio sentiu vontade de dar um pontapé em si mesmo por ter de ouvir isso de outra pessoa, mas ficou grato pela sugestão. Por que não havia procurado um parceiro de pesquisas logo de cara? Sentado ali, sentia uma certa pena por de ter de manter em segredo o resto: as três mortes, o medo de uma antiga conspiração que poderia ainda (ou continuaria?) causar dano a Roma, a menos que sua identidade — oculta na tumba de Antínoo — fosse revelada. A prudência mandava que ele mantivesse certo sigilo por enquanto, embora sentisse uma extrema necessidade de dividir informações com um homem cujos sofrimentos provavam valor interior, e com o qual ele tinha tanto em comum.

Paratus estava dizendo, como quem pede desculpas:

— O lugar de repouso final do Menino, desconfio que não posso ajudar-te fisicamente a encontrar, embora não seja de todo destituído de recursos. Tenho um jovem servo que me acompanha às grandes bibliotecas ocasionalmente, para ler os textos para mim. Se estiveres disposto a caminhar, posso te dar indicações. Tudo, como percebes, termina na minha súplica para que me permitas ser útil novamente. Não espero que me respondas agora, mas por favor, reflitas sobre o caso e me envies uma resposta.

Aélio já havia se decidido, mas resolveu responder simplesmente "Vou pensar", quando se levantou. Imitando-o, Paratus procurou a mão estendida de Aélio.

— Isso já me deixa satisfeito.

O que já poderia ser uma despedida, mas seu instinto infalível de policial o fez sondar seu interlocutor quanto a argumentos possivelmente não apresentados.

— Há mais alguma coisa que eu deva saber, comandante?

— Nada mais.

Um pequeno cavalariço rubicundo, com cara de tapado, trouxe o cavalo do exército do estábulo. Aélio montou agilmente ("o roçagar do couro da cavalaria", disse Paratus, com um meio-sorriso; "que som bonito") e logo os dois homens, um seguindo a cavalo devagar para permitir que o outro o acompanhasse andando, vieram até a beira pedregosa da estrada.

Paratus procurou e encontrou com o pé a coluna que marcava a XII milha, e o final do caminho que levava até sua casa. Uma vez mais farejou o ar, enchendo os pulmões. A brisa havia parado.

— É uma dessas tardes que parecem tão tranqüilas quanto pinturas, não é? As cercas de vime todas carregadas de videiras, e nem uma folha sequer se mexendo — aposto que as fitas coloridas pendem das estátuas de jardim como se fossem engomadas.

— É mesmo — disse Aélio.

— Bonito?

— Muito.

— Sinto muita saudade, mentiria se dissesse que não. Sabes, eu costumava me perguntar para onde vão os pássaros, em dias como este. Nenhum no céu, e toda a grama virada para uma única direção, ou totalmente de pé. Juro, nós víamos tardes como esta na trilha da campanha e nos apaixonávamos por aquela paz e quietude, até a paz explodir, e aí tudo parecia uma mistura disparatada de corpos esculpidos em caixões de pedra, ou nas colunas bélicas de Roma. Tu também já tiveste essa sensação?

— Mais de uma vez. — Quando Ben Matias o ferira no Egito, o dia estava exatamente assim. Aélio lembrava-se do silêncio, depois do tumulto, do impacto da flecha penetrando, e do sangue espumando na sua garganta como se fosse vômito adocicado.

Paratus ergueu o rosto coberto de cicatrizes para o céu.

— Já me sentei montando guarda nas montas de Comagena, acima da floresta, onde os deuses de pedra enfileiravam-se altaneiros. Sentei-me, durante a noite, ao lado das cabeças caídas desses gigantes, no monte que o Grande Rei construiu para si. As estrelas sobem à tua direita se olhares para as estátuas, mas, à esquerda se olhares para o vale, o que, no fim das contas, era minha tarefa. O vento é tudo que se ouve na noite, e também a grande respiração do céu lá em cima, onde, uma a uma, as figuras se formam, deslocam-se e depois somem, até serem vistas como um diagrama preso ao céu, que se apaga ao nascer do dia. Este é o Caçador, Órion, com seus cães correndo ao seu lado, todos como se pulassem na grande terra, a estrela Régulo, anunciando a constelação do Leão a seguir, acima dele Capricórnio, a cabrinha, e o olho cintilante do Touro já pastando na terra. Há sinais no céu e na terra. Para os *capazes de lê-los,* são tão evidentes no escuro quanto durante as horas do dia. Para os analfabetos de espírito, são incompreensíveis, assim como os estalidos e o zumbido dos insetos é ininteligível e, no fim das contas, destituído de significado. O que dizes disso?

Aélio pensou nas constelações dos mosaicos da barca de Adriano, uma verdadeira carta fixa nos céus. Paratus seria mesmo útil. Estalando a língua, incitou o cavalo a voltar.

— Digo que também cumpri turnos de vigia à noite, e ouvi o vento, e também sei *ler.*

Em seus aposentos, uma carta de Diocleciano o aguardava, enviada de Salone, no dia 12 de julho. Tinha sido entregue por um mensageiro, logo após Aélio ter saído pela manhã, e recebida, assim como toda correspondência, pelo chefe da sua escolta.

— Nunca saiu de minhas mãos, comandante — disse-lhe o soldado. Era uma rotina preestabelecida, de modo que Aélio não prestou atenção especial a ela. Um borrão no lacre de cera escura dava a impressão de que o sinete imperial tinha sido aplicado duas vezes, mas era razoavelmente comum que o carimbo derrapasse. *Soldados de escolta são assim mesmo,* disse Aélio para si mesmo, e, com um gesto polido da cabeça, entrou no seu escritório para ler o texto.

Era a resposta à mensagem que ele havia enviado no dia 28 de junho de Antinoópolis. Diocleciano, de modo geral, incentivava-o a continuar sua pesquisa, sem esquecer dos seus deveres adicionais de fazer os relatórios dos preços e de informá-lo sobre os julgamentos religiosos. Antes de terminar, acrescentava: "Com relação à investigação, que tens feito com minha permissão, procura aplicar-te a ela com zelo, pois é meu desejo que o bem-estar do Estado seja o primeiro dever de todos. Crimes particulares e públicos são uma abominação contra a ordem romana, e assim sendo deves usar tua autoridade como emissário do César para descobrir a verdade. Além disso, esse veterano que mencionaste, Aviola Paratus, foi no passado uma das melhores aquisições para nossa causa. Durante a Rebelião, portou-se com distinção, apesar de sua enfermidade. Recomendo-o a tua atenção, pois sua experiência de policial deve ser útil para ti na procura de possíveis inimigos — antigos e novos — do maior império da terra."

Se ele soubesse disso algumas horas antes, sua conversa no *À Glória de Nosso Senhor Aureliano* teria ido além dos detalhes históricos. Aélio ficou satisfeito com aquela confirmação, e pronto para perdoar Tralles por suas evasivas iniciais. Aliás, já havia começado a escrever um bilhete para o amigo, quando lhe anunciaram a chegada de Onofrius — *guia de turismo dos exigentes.*

Depois de Aviola Paratus, o apóstata pareceu insignificante. Com sapatos baixos, usava uma barbicha, que era na verdade uma continuação das suíças e circundava todo o rosto; um bigode fora de moda irrompia da base do nariz até os lados da boca. A julgar por suas roupas mal-ajambradas, não ganhava lá muito bem como guia turístico. Como lembrava vagamente um batedor que tinha levado sua unidade da Armênia a cair em uma emboscada que poderia ser sido mortal, Aélio o achou antipático de imediato. Os batedores do exército, necessários numa região montanhosa entre os exércitos combatentes, tinham sido a salvação da pátria para as unidades romanas durante a campanha persa; disperso ao longo de desfiladeiros estéreis, seu regimento foi traído ao atingir o platô seguinte; apenas porque alguns dos cavalos do exército não estavam castrados e se assustaram ao sentir o cheiro de éguas persas, eles perceberam a presença do inimigo oculto. Quanto a este Onofrius, que lembrava o traidor tanto na aparência como no modo de se vestir, provavelmente não era perigoso, apenas antipático.

Ele apareceu com cartas de apresentação do sumo sacerdote do Templo de Ísis no Campo de Marte, e de dois totais desconhecidos que haviam empregado seus serviços. No escritório abarrotado de livros da casa de Aélio, Onofrius ouviu seu empregador em potencial com as mãos unidas e a cabeça baixa, procurando parecer devoto, ou pensativo, ou ambos. Uma janela estava aberta atrás dele, dando para um céu onde grandes nuvens se deslocavam, e apenas se podia distinguir sua silhueta. Sua voz, quando ele falou, tinha aquela exata entonação sulista monótona, que enfadava Aélio.

— Precisas começar procurando os obeliscos, comandante. Onde há um obelisco, há um túmulo.

Aélio saiu de trás da escrivaninha para alcançar o parapeito da janela e ter a vantagem de olhar para o guia em plena luz.

— Não é verdade — comentou. — Há obeliscos no meio de hipódromos e praças.

— Ah, sim, mas isso é em Roma. No Egito...

— No Egito também há obeliscos diante dos templos.

— Ora, vais ter de confiar em mim. Se encontrarmos o obelisco de Antínoo, teremos descoberto sua tumba. O que, neste caso, devido a seu status de deus, também pode ser um templo.

— Ah, isso é reconfortante! Roma está cheia de obeliscos.

— É verdade. — Aparentemente resignando-se a ser escrutinado, Onofrius ficou com os olhos obstinadamente pregados no chão. — Mas sei o que a maioria deles é, e de onde vieram. Digo que devíamos começar pelos obeliscos de Roma, e, se não encontrarmos o que queremos aqui, olhar fora da cidade, especialmente na villa imperial em Tibur, ou Preneste.

— Estava com a esperança de que, na tua profissão, soubesses onde os amigos imperiais e seguidores do César estão enterrados.

Visíveis manchas de comida, apenas desbotadas pelas lavagens, podiam ser a razão pela qual Onofrius mantinha uma das mãos sempre sobre o peito. O gesto dava a impressão de que ele estava jurando de pés juntos, como Aélio tinha visto certos comerciantes fazerem, ao garantirem que seus preços eram justos. Ele disse, olhando de relance para o alto:

— Nunca ouvi dizer que existisse uma lista de túmulos de favoritos imperiais. Até porque, comandante, seria uma lista imensa — seria preciso uma verdadeira enciclopédia. Por outro, alguns túmulos foram demolidos quando as memórias de seus amos foram oficialmente condenadas pelo Senado: o do notório Setoro, de Cômodo, por exemplo, ou o companheiro de corrupção de Elagabalus, Górdio. Eu mesmo vi os soldados de Sua Divindade usarem picaretas no mausoléu de um dos preferidos de Carino, no caminho para Portus.

— E portanto?

— Portanto, como os santuários erigidos em sua honra ainda estão abertos em toda a parte, eu diria que o túmulo de Antínoo ainda deve estar de pé, mas onde é outro problema. Por isso é que digo que deves procurar o obelisco.

O homem devia mesmo conhecer seu ofício, afinal.

— Não sei onde estava com a cabeça antes de vir para Roma, mas agora parece que estou procurando uma agulha no palheiro. — Aélio saiu menos irritado de perto da janela, e o egípcio tornou a tecer um comentário.

— Ahá! Se com "agulha" estás te referindo a um obelisco, excelente. Muito bom. Mas estás procurando uma agulha em uma caixa de costura. Se é que posso afirmar isso, minha familiaridade com a origem da maioria dos obeliscos de Roma tornará tua tarefa menos desanimadora.

— Então prossegue.

A mão esquerda de Onofrius, os dedos abertos, para contar, serviu de ábaco.

— Para começar, podes eliminar o obelisco que está no Circo Máximo, trazido ali do Egito por Augusto César, assim como o de seu relógio de sol monumental. O do hipódromo do Vaticano veio de Alexandria na época de Gaio; Domiciano erigiu alguns deles perto da Tumba de Augusto, onde ainda se encontram. — A mão esquerda fechou-se, virando um punho cerrado. — Estás vendo, já reduzimos o número a apenas alguns. Domiciano encheu o Templo de Ísis no Campo de Marte de obeliscos de todos os tamanhos, que ainda vês lá hoje em dia. Aquele que chamam de "da Lua", nos Jardins de Salústio, foi inscrito em Roma, copiando o que se lê no do Circo Máximo.

— E o do Capitólio?

— Não sei muito sobre esse, a não ser que é muito velho. Também há o obelisco do teatro de encenação de combates navais de Adriano, a naumaquia, atrás do seu túmulo. Mas não há inscrições nele, portanto não vai nos ajudar em nada. —Voltando a segurar os dedos um a um, Onofrius fingiu calcular grandes números. — Há pequenos obeliscos em toda parte, em jardins particulares e lugares públicos. Cômodo construiu três falsos para substituir os perdidos no grande incêndio durante seu reinado.

— Há um de médio porte que vi nos Jardins dos Varian.

— O caído? É, existe esse. Nunca o incluo nos meus roteiros porque está coberto pelo mato e muito danificado.

Aélio soltou um suspiro de impaciência.

— Está tudo muito bem, mas sabes ler a escrita egípcia antiga?

— Melhor do que qualquer outra pessoa em Roma, comandante.

Encolhendo os ombros, circundado por aquele halo de luz diurna, mesmo sem Aélio poder distinguir-lhe as feições, Onofrius era o símbolo da modéstia.

— Quando se trata de cartas antigas, existia um homem cujas sandálias eu não seria digno de desatar, mas ele morreu, portanto eu é que sou a pessoa que pode ajudá-lo.

— Estás falando de Lúcio Soter, não?

— Sim, daquele que chamávamos de Nebus. Que perda irreparável! Mas, por outro lado, com a morte dele entra mais dinheiro no meu bolso, então para que me lamentar?

Anotações de Aélio Espartano:

Como não há tempo como o presente, logo depois de nossa entrevista inicial comecei a examinar os obeliscos de Roma com Onofrius, e já posso afirmar — depois de tantos começos frustrados e curvas erradas — que finalmente estou tendo sorte. A proximidade e o calor do dia nos levou a começar pela colina Celiana (há dois obeliscos pequenos no pátio interno de um palácio que agora é propriedade do Estado, perto do Quartel dos Agentes Especiais), e naturalmente terminamos saindo da Cidade pelo portal Asinaria e acompanhando as muralhas. Portanto, nos encaminhamos aos Jardins dos Varian, direto para o hipódromo, que é de bom tamanho, um pouco mais longo do que o do Vaticano, me parece. Não tem spina, ou se já teve um obelisco central assim, seria uma estrutura de madeira, que não deixa vestígio.

Por fora da extremidade arredondada fica o obelisco que eu tinha visto de relance no meu caminho para o canil ao procurar o cão de guarda do Soter. Não há explicação para sua construção, se é que ele foi alguma vez usado para marcar o meio do hipódromo, devia agora estar assim caído. Talvez tenha sido trazido até aqui mais para o final do reinado do malvado Elagabalus, e nunca foi instalado.

Enquanto Onofrius foi apressado ver se podia libertar o obelisco dos arbustos espinhosos e urtigas que o cobriam, sentei-me nas arquibancadas junto às ervas daninhas que brotavam entre os bancos de pedra, depois de já ter invadido o chão de terra onde corriam os carros e se davam os jogos. Aqui Elagabalus inutilmente tramou matar seu primo Severo Alexandre, e aqui os soldados vieram procurar por ele e por sua mãe intrometida para lhes cortar as gargantas. Virando ligeiramente a cabeça, contemplei a poderosa cascata de tijolos da Muralha Aureliana incorporando os velhos aquedutos em ângulos os mais variados, e metade da arena. Tudo aquilo lhe mostrava como as coisas haviam encolhido! Provavelmente Roma nunca fora tão extensa, e mesmo assim esses edifícios dissecados e mutilados, preenchidos e cegados por tijolos nas janelas e arcadas, já falam uma outra língua. Não podia adivinhar a idade dos monumentos e chafarizes em torno do hipódromo, mas os jardins em si estão tão maltratados e crescidos, que duvido que seja porque o César resida em outra cidade. O deificado Adriano mal residiu em Roma durante seu reinado, mas tudo indica que as coisas corriam perfeitamente bem na sua ausência, inclusive a manutenção das repartições e edifícios públicos.

Aqui está o spiritus loci, *pensei, quando uma pequena serpente veio deslizando entre os fragmentos de pedra, como uma série de gotas verdes de água. Sentei-me e contemplei o silêncio dos arbustos e cercas-vivas crescidas, os chafarizes secos, a imobilidade das nuvens fofas além dos aquedutos. Tudo parecia equilibrado e imóvel, como Paratus havia dito, e como tinha acontecido comigo em outra época: perfeitamente ligado por enquanto, mas não particularmente significativo.*

Só que o espírito do lugar tinha vindo mesmo me receber: logo ouvi o Onofrius me chamar, produzindo ruídos semelhantes a um camelo cuspindo. Ele alegou ter lido algo interessante no obelisco, mas havia trepadeiras demais em torno dele para ler o resto. Costumo trazer comigo uma pederneira, assim como meu alforje, portanto parecia que vinha a calhar, e seria uma boa idéia queimar as urtigas e livrar a pedra delas. Mas não parei para pensar (nem ele que, sendo de um clima mais quente, deveria se lembrar disso) que o dia estava muito seco. O fogo começou brando, em um punhado de capim seco, mas tomou conta do resto dos arbustos e começou a descontrolar-se. Não se podiam enxergar as chamas, por causa da claridade do sol, mas a fumaça subiu em rolos piores do que no dia da fogueira dos livros do velho engenheiro em Antinoópolis. Era um incêndio criminoso, infelizmente. Não fosse pela brigada de incêndio da II Coorte, e pelo regato próximo, que forneceu a água aos patrulheiros, tudo podia ter terminado muito pior.

Levaram algum tempo e tiveram muito trabalho para apagar as chamas, jogando terra em todos os arbustos e touceiras de capim que eles não podiam alcançar com a água. O chefe da brigada de bombeiros ficou furioso — com razão — e portanto precisei recorrer a um contra-ataque, acusando-o de pôr a cidade em risco por não tirar o mato de áreas abandonadas, para mantê-las bem conservadas e fora de perigo, como a lei exige desde a época de Nero. Nós saímos na briga, aos berros, mas no fim ele desistiu de me prender e me levar a julgamento. Teria sido um aborrecimento, antes de qualquer outra coisa, pois afinal eu sou o emissário do César. Mesmo assim, não queria perder nem um instante, agora que o Onofrius (o safado deu no pé assim que as autoridades chegaram, e só voltou, meio ressabiado, depois de eles irem embora) jurava que tinha descoberto alguma coisa. Ele até se esqueceu que tinha se retratado e deu graças a Jesus Cristo pela descoberta.

Então, o que era? Depois da briga com o patrulheiro e com uma fumaça acre subindo e ainda pairando sobre nós, eu não estava nem um pouco disposto a embromar. Onofrius — que vou mandar espancar se estiver mentindo — me mostrou os pictogramas no obelisco quebrado onde leu o nome de Antínoo. "O que mais ele diz?", insisti, e ele traduziu outra palavra aqui e ali, aparentemente uma fórmula de comemoração da vida do Menino.

Por maior que fosse a tentação de sair gritando de alegria, para comemorar, entendi que era improvável que...

1. O obelisco tivesse sido trazido para cá para ser instalado.

2. O túmulo de Antínoo estivesse ali por perto.

3. A inscrição se referisse a um funeral em vez de ser meramente comemorativa.

Como o granito ainda estava quente do fogo, Onofrius não teve como raspar as raízes e os galhos espinhosos enegrecidos a ponto de impedir sua leitura. Conseguimos remover a sujeira da parte de cima do obelisco, meio enterrada nos sedimentos, que ele concluiu que representa Antínoo como o Morto Justificado, em frente a um deus. Cenas semelhantes estariam supostamente entalhadas nos outros três lados, mas a menos que possamos desvendar o que diz o resto do obelisco, não vou saber com certeza se essa é a primeira descoberta significativa de minhas muitas semanas de viagem. Sem me convencer de que posso confiar nesse egípcio, pus dois dos meus homens para vigiá-lo, com ordens de observá-lo, dia e noite, durante pelo menos duas semanas. Enquanto isso, agora, tarde da noite, escrevendo, também mandei meus panonianos ficarem discretamente de olho no hipódromo dos Varian.

9 de agosto, Sol indiges, Quarta-feira (dia 16 do mês de Mesore)

Pela manhã, Aélio percebeu que nem tudo era tão simples. O comissário da II Coorte veio visitá-lo de manhã cedo, e com educação e firmeza pediu para ver seus documentos, cartas de apresentação imperiais, em suma, identificar-se e enumerar os motivos pelos quais se encontrava na Cidade.

Dado o incidente do incêndio, Aélio procurou comportar-se de maneira conciliadora. Depois de apresentar os documentos solicitados, pediu desculpas por não informar a Coorte de sua pesquisa, e informou o comissário que, nos próximos dias, iria enviar uma equipe para desenterrar o obelisco do jardim dos Varian e, se possível, recolocá-lo em posição vertical.

O comissário, um homem que parecia um buldogue, de olhos grandes e esbugalhados, sacudiu a cabeça.

— Infelizmente não será possível, comandante.

— Como assim?

— Não podes voltar a entrar nos Jardins dos Varian sem permissão.

Entrar sem permissão era o que Aélio vinha fazendo desde que havia sido enviado por Diocleciano para cumprir aquela missão, e nem tinha chegado à metade dela. Ficou tranqüilo, pois sabia que os policiais teimam até a morte diante de um oficial superior se uma nesga de lei permitir isso.

— Como já viste pelos documentos, o salvo-conduto de Sua Divindade me permite circular, sem qualquer impedimento, pelas propriedades imperiais.

— Já li isso, mas não vi nenhuma permissão para começar incêndios.

— Não teria precisado do fogo se o lugar não tivesse tantas ervas daninhas e lixo espalhado por toda parte.

— Ora, comandante, uma transgressão não justifica uma nova transgressão.

O argumento era incontestável. Aélio procurou não se deixar levar pelo aborrecimento, escolhendo uma desculpa como mal menor.

— Foi imprudência minha, e me arrependo disso. Podes ficar tranqüilo que não haverá mais incêndios, portanto eu vos agradeceria se concedesses permissão, a mim e a minha equipe, para visitar os jardins dos Varian outra vez.

— Só que não depende de mim, entendes? — Devolvendo os documentos enquanto girava o pulso lentamente de propósito, o comissário comprimiu os lábios como se fosse dar uma cusparada. — Esse tipo de permissão é competência exclusiva do prefeito da cidade. Estás com sorte, porque o gabinete dele fica aqui perto, na rua da Mãe Terra, ao lado das Termas de Trajano. Assim que o prefeito voltar de sua viagem poderás estudar seu pedido, e aí em uma ou duas semanas será concedida a permissão.

— Há algum vice-prefeito ao qual eu possa dirigir esta petição?

— Há, mas as permissões são concedidas exclusivamente pelo prefeito. Ele está na Sardenha, mas sempre volta de suas viagens antes do fim do mês.

Aélio ferveu por dentro de tanta raiva. Se estava gostando do episódio, o comissário demonstrou um autocontrole excelente. Deu meia-volta, com toda a educação, e foi até a porta.

— Até lá — acrescentou, olhando para trás, ao sair, sorrindo todo satisfeito —, por favor, não uses tua escolta para vigiar lugares públicos à noite. São cavalarianos da Panônia, não são? Eu sempre gostei dos panonianos, ao contrário daqueles que os consideram meio lentos de raciocínio.

Não havia nada a fazer no momento. Quando Onofrius apareceu, pontualmente, Aélio precisou contentar-se em ser arrastado pela Cidade de um obelisco a outro, sendo que para ele nenhum era tão interessante quanto o interditado. Pior ainda, a versão que o guia tinha a apresentar da viagem fatal ao Nilo era idêntica à oficial que Aélio tinha ouvido no templo de Antínoo. Nada de novo nela. Apenas as opiniões batidas de Onofrius sobre a controvérsia cristã a respeito da apostasia tornaram mais suportáveis — nessa época de perseguição oficial — a penosa peregrinação a relíquias egípcias e pontos ocasionais de interesse cristãos. De Ísis do Mar a Ísis da Viela Patrícia, dos relevos comemorativos dos sacerdotes até a esguia pirâmide funerária de Gaio Céstio e seu gêmeo mais impressionante à margem da Via Cornélia, Onofrius vomitou informações. Aélio ficou convencido de que Roma era mais que um palheiro quando se tratava de monumentos egípcios, e o interior da província, um campo repleto de palheiros. Encontrar o local de sepultamento de Antínoo não parecia mais fácil do que quando ele chegou ao Egito.

À noite, voltando após o pôr-do-sol, quando as grandes termas fechavam, Aélio aceitou o conselho de Sua Divindade — Quando estiveres em dúvida... — e passou quase três horas de lazer nas termas de sua habitação. Olhando as cicatrizes de seu corpo sob a superfície da água, ele soltou a imaginação, pensando em coisas desconexas, íntimas e freqüentemente negligenciadas. Seria possível que ele, por sentir falta de Anubina, sentisse algo além da nostalgia daquelas noites? Com que freqüência havia afastado a lembrança dela nos últimos dois meses, dizendo a si mesmo: "Ela está casada, feliz", quando estava querendo dizer "Que pena que a perdi!?" Os soldados ficam tão acostumados a comprar suas noites que esquecem como as mulheres também alegram seus dias, se eles as amarem. Mas o amor é uma palavra muito solene: Aélio procurou evitá-la, nadando e pensando em outras coisas. Depois tratou de pôr a correspondência em dia, escrevendo uma confirmação para Aviola Paratus de que seus serviços seriam bem-vindos.

10 de agosto, quinta-feira pela manhã (dia 17 do mês de Mesore)

Menos de duas horas depois que seu mensageiro partiu para a taverna de Paratus, Aélio recebeu uma mensagem de Paratus logo após ter se levantado. O mensageiro ainda devia estar na XII milha àquela altura, portanto não seria possível, mesmo para um veterano com consciência de si mesmo, prever as coisas com precisão tamanha de modo a responder a um convite oficial antes de recebê-lo. A mensagem — uma única linha, na caligrafia arrevesada do cego — nada tinha a ver com uma aceitação agradecida. Deu a Aélio a sensação doentia de que, fosse o que fosse que ele mesmo estivesse investigando, algo ardiloso e monstruoso tinha voltado a atacar, e tinha falhado apenas por acaso.

Não houve necessidade de comentários diante do vinhedo devastado. O trabalho de anos havia sido destruído com o corte das videiras rente à raiz, portanto levaria tanto tempo para elas voltarem a produzir vinho quanto tinha levado para que crescessem antes, naquele mesmo terreno.

As servas de Paratus choravam na soleira da taverna. Seus servos estavam no outro lado do vinhedo, verificando com os trabalhadores se alguma das videiras mais distantes havia sido poupada ou se podia ser aproveitada.

Paratus não estava demonstrando sinais de raiva nem nervosismo. A dor suprema devia ter há muito tempo condicionado seu rosto a não demonstrar reações a estímulos de somenos importância. Sua voz, porém, revelou um sentimento que não era medo nem indignação, mas antes a expectativa de que certas coisas fossem esclarecidas.

— Comandante, servi exatamente como serviste. Durante mais tempo que tu, atrevo-me a dizer, e posso perceber quando se cumpre uma ameaça quando ela me atinge. — Sem dar a Aélio chance de perguntar o que havia acontecido (seria uma pergunta retórica, ambos sabiam), acrescentou: — Não é coincidência eu encontrar-me contigo na quinta-feira e no sábado eles não só fazerem isso comigo, mas revirarem meus documentos e correspondência pessoais. Sou o primeiro a admitir a importância da história, mas não creio, nem por um instante, que seja para me impedir de ajudá-lo a obter informações sobre uma biografia imperial que acabaram com a minha casa e o meu vinhedo. Há mais alguma coisa por trás disso tudo, pois eu mesmo peguei alguém revirando meu escritório e o sujeito me jogou para um lado e ficou me agredindo para eu dizer onde está "a carta do Adriano", como se eu guardasse documentos governamentais. Estou vivo só porque ainda sei revidar, e o ataquei, e ele fugiu sem um dos dedos (tenho certeza disso porque o chefe dos agricultores encontrou-o no chão depois). Portanto, preciso saber o que está havendo. Como houve rumores, antes de eu sair do Egito, de que não uma, mas duas mortes pareciam ser de teu interesse especial, creio que tenho o direito de me proteger.

Aélio se perguntou se imaginar o dano, tateá-lo, seria tão horrível quanto vê-lo. O odor de uvas esmagadas, ainda verdes para a colheita, atravessava o vinhedo destruído como uma onda verde.

— Muito bem — disse Aélio, pausadamente. — O que é que tu pensas?

— Com o devido respeito, não é tarefa minha formular hipóteses.

— O assunto é... um tanto complexo.

— Ah, é? Então te direi, há algumas pistas estranhas em tudo isso: a menção de uma correspondência imperial antiga em que, por algum motivo, alguém quer pôr as mãos, embora eu ignore esse motivo; tua tarefa ligada ao deificado Adriano, que parece uma coisa inocente, a não ser pelas mortes no Egito, que também foram investigadas por ti. Como eu sei? Os policiais falam, tanto no Egito quanto em toda parte, se não mais. — Dando as costas para o vinhedo, sem ajuda, Paratus foi tateando até o terreno sombreado atrás da taverna. — O que devo pensar? A primeira vítima foi um vendedor de livros antigos; a segunda, o servo dele. Se eles dizem que o primeiro morreu em um acidente num barco, o liberto foi definitivamente assassinado. Talvez tenha havido mais crimes dos quais não tenho conhecimento, pois saí do Egito antes de ti.

Aélio seguiu-o, irritado a ponto de pensar em soltar uma imprecação.

— Leva-me para dentro, onde possamos conversar, por favor. — "Dentro" era um pequeno escritório revestido de livros no canto de um aposento ao qual se chegava facilmente através da sala principal. — Preciso pedir a eles que leiam para mim — explicou Paratus — porque ler é um hábito do qual eu não quis desistir. Quanto à porta, sempre a deixo entreaberta — gosto de ouvir o que acontece na taverna.

— Mas agora vou fechá-la.

Paratus parou à sua mesa, que sozinha ocupava um terço do espaço, e esperou Aélio puxar sua própria cadeira para perto dela antes de sentar-se.

— Pelo jeito — disse —, encontraste alguma ligação entre as duas mortes no Egito. Portanto, pode ser que Dio Sereno estivesse prestes a dar-te um documento, exatamente como te vendia livros de história durante a Rebelião. Seria a carta da qual falavam? Talvez, e talvez o servo fosse o intermediário, mas quem mataria por uma folha de papel? Seria para evitar que a recebesses, e, caso fosse isso, onde foi parar? Talvez estejas aqui para encontrá-la, pelo que posso deduzir.

Aélio disse, na maior cara de pau:

— Não estou.

E até certo ponto, era mesmo verdade.

— Ora, então talvez alguém pense que estás. Ou, dado o que houve na noite passada, que a tinhas e a deste a mim, sabe-se lá por quê. — Pela janela, vieram as vozes dos clientes, perguntando aos servos o que havia acontecido — "Foi mesmo?", e "Quando?" e "Ninguém está a salvo hoje em dia" — e o murmúrio das vozes respondendo.

— Agora, comandante, há somente duas razões prováveis para homens cometerem assassinatos por causa de um documento: ou ele vale dinheiro ou é valioso em termos de poder. Por que alguém iria destruir meu vinhedo por causa de uma "carta de Adriano", depois de tantos anos, quando ele deve ter escrito milhares delas? Acho que há um mapa do tesouro (todos nos lembramos da história do capitalista Herodes Ático, que encontrou o ouro de Xerxes), ou algum tipo de jogo de poder que ainda continua até hoje. Se eu ainda estivesse trabalhando no serviço de informações e isso não parecesse fantástico, me arriscaria a dizer que envolve alguma ameaça política. Por parte de quem? — Os cotovelos na escrivaninha, Paratus descansou o queixo nos punhos cerrados. — Pode escolher. Nossos exércitos não foram traídos por um determinado aliado germânico há trezentos anos? Acha que o massacre da floresta de Teutoburgo foi um incidente isolado? E no Oriente, da Armênia ao Egito, do outro lado do Tigre e do Eufrates, os persas invadiram a Pártia, e nos pressionam ao longo de toda a fronteira. Estão formando alianças com os clãs sarracenos, tribos inteiras, assim como nós. Enquanto isso nossas guarnições são derrotadas por pequenas unidades treinadas em tática de guerrilha. Se olhares para fora do império, Aélio Espartano, verás as muitas formas de nosso inimigo.

Aélio sentiu-se exausto, pela primeira vez desde que dera início a sua missão em Espalato. Estes meses de pesquisas despreocupadas que ele tinha recebido como um presente da corte estavam começando a se transformar em uma corrida contra o tempo, a não ser pelo fato de que ele não sabia qual era a data em que o prazo se encerrava. Pistas a princípio inteiramente sem relação com sua tarefa revelaram-se peças necessárias de um quebra-cabeça maior e mais sinistro, envolvendo maiores riscos e adversários desconhecidos.

Explicou tudo em poucas palavras, sem acrescentar nada de suas especulações. Paratus escutou-o sem interrompê-lo, e até o fim do relato ele ficou sombrio, como os policiais costumam fazer para permitir que toda uma hoste de outros sentimentos corram sem ser detectados.

— Então eles sabem que estás em Roma — disse ele depois de certo tempo, durante o qual seus olhos cegos, fundos e cobertos pelas pálpebras, tinham parecido a Aélio dois poços distantes, que nunca dariam água nem serviriam aos passantes outra vez. — O homicídio de Soter e o incêndio que visava destruir sua biblioteca provam que eles sabem que estás aqui. Fico satisfeito em saber que há algum problema político por trás disso, em vez de dinheiro. Também me alerta para o fato de que podes estar correndo o mesmo risco que corrias no Egito, talvez mais. E isso muda consideravelmente minha posição quanto ao serviço que ia prestar-te.

Aélio inspirou profundamente duas vezes.

— Podes desistir, se quiseres.

— Depois de receber confirmação de que aceitas meus serviços? Não, estás confundindo minhas intenções. O que estou querendo dizer é que antes só ia te ajudar na tua pesquisa. Agora é imperativo que eu também procure vigiar-te, para ver se não corres nenhum risco, força de expressão, é claro.

— Não preciso que ninguém me vigie — começou Aélio, mas o tom pretensioso de suas próprias palavras o fez modificar o sentido da frase. — O que preciso é de alguém com quem discutir meus planos.

— Só que não podemos nos esquecer de que o perigo é real. Não vou te perguntar se estás com a carta, nem onde ela está guardada. Se estiveres, não me digas, nem digas a ninguém onde está nem quem está de posse dela. Se os adversários não conhecem seu teor, é a única coisa que está te mantendo vivo em toda essa sórdida trama. Se uma outra pessoa souber o teor desse documento, mesmo parcialmente, pode estar apenas esperando a hora mais propícia para liquidar-te, e assim o túmulo do Menino jamais ser descoberto.

— E o homem que surpreendeste neste mesmo aposento?

Uma descrição visual, naturalmente, era impossível. Paratus achou que devia ser do sul, grego, talvez, mas não necessariamente, egípcio.

— Podia ter sido um soldado que serviu muito tempo no Egito, como aqueles da patrulha fluvial. Só posso lhe dizer isso, e talvez tenha ido longe demais nas minhas hipóteses. Tinha acabado de descobrir que o vinhedo tinha sido destruído, e minha gente estava toda ocupada com isso. Ele fugiu sem um dos dedos, o anular, que, infelizmente, não guardamos para estudá-lo com mais cuidado posteriormente. O chefe dos agricultores, que foi o primeiro a ir até onde eu estava, disse que o dedo tinha pele morena e unha gasta e suja, mas não me deu mais detalhes para tentar entender o ofício do homem. Os vestígios de sangue deixados indicam que ele atravessou a estrada, onde provavelmente um comparsa o esperava; as pegadas dos pés dele tinham pedacinhos de uvas esmagadas no chão onde nós lutamos, portanto ele foi um dos que cortou as videiras.

Paratus estendeu a mão para apalpar os pequenos objetos em sua mesa, tinteiro, tabuleta encerada, papel em branco, como que para se certificar que todos estavam no lugar certo.

— Temos cães e um guardião, e todos dormiam durante a invasão. Literalmente foram dopados. Descobrir quem pôs algo na água para fazê-los dormir vai ser a próxima investigação.

— Tens esperança?

— Não.

Os comerciantes entravam e saíam, não só na taverna de Paratus como também em todos os estabelecimentos ao longo deste trecho movimentado da estrada. Almocreves, soldados e viajantes desocupados engrossavam esse número. Em geral não era necessária segurança especial em parte alguma, além dos guardas e dos cães. Na estimativa de Paratus, dada a extensão do prejuízo, pelo menos quatro homens haviam participado do ataque, e teriam levado, com o equipamento certo, pelo menos umas três horas para fazer o que fizeram.

— Estou menos chateado com o prejuízo do que por ter sido pego de surpresa — falou Paratus fazendo um claro esforço para controlar seu gênio, irritando-se agora que precisava se conformar com o papel de vítima. — Não sou de abaixar a guarda. Isso me deixa envergonhado, acima de qualquer outra coisa. Advertências em geral me fazem ficar intolerante. Falaste com alguém que virias me ver da primeira vez?

— Não. E viajei sozinho até tua taverna, como fiz agora.

— Isso também precisar mudar, dependendo do que descobrirmos. Duvido que eu seja a caça, sou um possível colaborador teu. Tu é que permaneces sendo o alvo por definição. Conta-me, eles já tentaram atacar-te?

— Não que eu possa afirmar com certeza, mas aconteceram uns dois episódios...

— Eles tentaram atacar-te, pode ter certeza. Dá-me mais detalhes.

Aélio ficou impaciente. Enquanto falava da emboscada do Nilo, dos bandidos cercando seu grupo no caminho para Alexandria, as mãos de Paratus fecharam-se, formando punhos cerrados, cada vez com mais força. Ele fez mais perguntas depois, e a tensão não se aliviou.

— Este Onofrius, comandante, o que sabes a respeito dele?

— Não muito. Eu sei — ele mesmo me falou — que foi apóstata três vezes, fazendo sacrifício, oferecendo incenso e passando certificado. Queria garantir que escaparia de qualquer punição, a qualquer custo.

— É melhor eu ficar de olho nele. Os informantes vêm sendo a minha salvação, e vários deles ainda me devem favores.

— Falando nisso, vou mandar pagar uma indenização a ti pelo prejuízo que teu vinhedo sofreu.

Os punhos de Paratus abriram-se ligeiramente.

— Obrigado, é muita bondade tua. É um lembrete para um soldado entender o que a violência causa a um lugar e ao ganha-pão de alguém. Eu mesmo atropelei umas tantas lavouras na minha época, pisoteando tudo, sem nem mesmo pensar no assunto.

Capítulo IX

10 de agosto, quinta-feira à tarde (dia 17 do mês de Mesore)

Apesar da sua atual dificuldade, Aviola Paratus lembrou-se de dar a Aélio uma lista contendo alguns nomes de descendentes aristocráticos de famílias que tinham ligações com a corte na época de Adriano. Todos passavam o verão fora de Roma, acrescentou ele, o que era de se esperar. Entretanto, por sua própria conta, Aélio já havia conseguido obter uma outra promissora informação: viúva de um senador estava de férias, num lugar um pouco depois de Preneste. De manhã enviou um mensageiro à casa dela com uma carta de apresentação, solicitando uma entrevista.

Por volta da hora nona ele já tinha regressado da propriedade destruída de Paratus.

Onofrius estava esperando-o à sua porta.

— Teu guarda-costas não me deixou entrar — queixou-se. — Aqui não tem nem um toldo, nem uma sombrinha para remédio, e eu já estou meio assado.

— Poderias ter sentado à sombra daquelas árvores ali, ou então acolá.

O guia olhou nas duas direções que Aélio indicara, à esquerda e à direita de seus alojamentos.

— De jeito nenhum, comandante. Não quero ficar perto do quartel, e ali embaixo... tem bordéis para militares!

— Mas diz-me, a que vieste?

— Disseram-me para me apresentar todas as manhãs, e fico pensando se vais me pagar pelas vezes em que não estiveres aqui ou que resolveres não utilizar os meus serviços.

— Tu serás pago.

Onofrius levou a mão ao lado esquerdo do peito em sinal de gratidão.

— Agora, preciso falar do obelisco. Não tenho certeza se poderei traduzir o que está escrito nele, mesmo que consigamos limpar a sujeira.

— E por que não?

— Se foi esculpido por ordem do deificado Adriano, e estou só supondo, entendes, pode ter sido feito em Roma, e isso em geral é sinônimo de trabalho malfeito. Há por aí uma porção de inscrições falsas, que apenas se parecem com a língua egípcia. Os escultores ignorantes copiam um desenho aqui outro ali, aglomerando as letras uma ao lado da outra, fingindo que são palavras.

— Ainda não sabemos o bastante sobre o obelisco para dizer quem o escreveu e quando. O que há contigo? Estás com medo de alguma coisa?

— Somente de ti, comandante. Caso não consigas o que queres, seja lá o que for. As autoridades até já interferiram, e eu não quero confusão para o meu lado.

Poderia ser verdade, vindo de um verme que renegava suas crenças religiosas sempre que lhe dava na telha. Ou podia também ser um caso de covardia, como a do Tralles.

— E o monumento de Lúcio Soter — perguntou Aélio, fazendo sinal para que Onofrius entrasse, subindo as escadas para seu escritório — está escrito em hieróglifos?

— Não vi o monumento.

— Não importa. Tenho outro trabalho para ti. Disseram-me que há diversas estátuas e objetos egípcios na villa imperial em Tibur. Vais lá comigo.

— Amanhã?

— Não te preocupes, eu te avisarei.

Da janela, misturado às vozes, que vinham das termas lá embaixo, e ao movimento da tarde na estrada ouvia-se o canto estridente das cigarras nas árvores. Aélio serviu-se de água e vinagre, a bebida do exército, de sua botija e encheu um copo também para Onofrius.

— Disseste que Soter era uma autoridade em coisas egípcias. Tu o conhecias?

Onofrius esvaziou o copo.

— Tive a honra. Quando todo mundo na comunidade me culpou por causa da minha inconstância religiosa, ele me mandou um presente no ano-novo egípcio. Até mesmo deixou cuidar de parte de sua correspondência quando o seu secretário Filo viajou para sua terra natal, Alexandria, por motivo de morte na família.

Não percebendo o crescente interesse de Aélio ou talvez fingindo que não o percebia, mudou os pés de posição, como se estivesse cansado de estar de pé, mas Aélio não lhe ofereceu uma cadeira.

— Não houvesse muita procura por esse tipo de informação, mas quando se tratava de textos antigos, sempre o chamavam. A nossa comunidade é pequena, e agora todos vão ter de recorrer a mim, até mesmo aqueles que não me trataram bem.

— Soter e eu tínhamos conhecidos em comum em Antinoópolis.

— A maioria dos amigos dele era do Médio Egito. Eu sou mesmo da Arsinoíta.

Aélio tomou um longo gole diretamente da botija.

— Então ele deve ter conhecido o fornecedor do exército, Dio Sereno.

— Conhecia sim. Recebia maços de cartas dele. No mês em que eu estava substituindo seu secretário, devo ter arquivado uma dúzia. Podes me dar um pouco mais de água? Obrigado. Depois que Dio se afogou, Soter deixou de participar dos eventos da comunidade. Até mesmo o namorado dele, a quem chamam de Cleópatra Menor, teve de ir visitá-lo em casa. Vamos ver como a comunidade vai ficar agora, sem o seu apoio.

— Será que alguém *da comunidade* atearia fogo à casa dele?

Por alguns instantes Onofrius parou de mexer os pés, mas não pareceu surpreender-se com a pergunta, por não ter ligação com o fato de ter sido contratado, nem se perturbou com isso.

— Se ele tivesse feito um testamento que beneficiasse a comunidade egípcia, pode apostar que sim. Os templos querem a sua parte dos fiéis ricos e os sacerdotes não vão deixar de receber contribuições, sigam eles a Ísis ou a Cristo.

Tudo parecia estar perfeito demais, encaixando-se bem demais. Difícil de engolir, essa versão de que Soter teria sido morto de forma tão escancarada por causa de seu dinheiro. Aélio ficou tentando descobrir se Onofrius estava só fazendo um mexerico ou lhe passando de propósito uma história bem engendrada, impaciente para receber o relatório que os informantes de Paratus estavam preparando sobre esse rancoroso homenzinho.

— Devo vir amanhã de manhã, comandante?

— Não, venha depois de amanhã.

No dia seguinte, perto do meio-dia e como tinham combinado antes de partir, Aviola Paratus iria chegar e alojar-se no antigo Quartel da Unidade Estrangeira, onde se reservavam alguns aposentos para oficiais aposentados ou que estivessem de visita. A proximidade simplificaria a comunicação entre eles sobre a investigação e proporcionaria ao veterano a proteção de paredes resistentes.

Antes do cair da noite, o mensageiro de Aélio voltou da propriedade da nobre dama Carmínia Repentina, muito senhora de si, pela forma com que o apressou a visitá-la ("Estou morrendo de tédio mesmo") e escolheu a data ("No início da próxima semana, o mais tardar na terça-feira, e avise-me de antemão"). Era uma notícia muito bem-vinda: tendo o direito de usar o título *clarissima foemina,** ela era parente, por afinidade, de Márcio Turbo, amigo do deificado Adriano e famoso escritor de epístolas. Passando o verão no campo, era o tipo da aristocrata bem relacionada, cuja biblioteca e conhecidos poderiam vir a ser úteis a um pesquisador e, quem sabe, também a um investigador. Visitá-la era uma das prioridades da lista de Aélio.

11 de agosto, vigília dos Idos, sexta-feira (dia 18 do mês de Mesore)

Esperando até o meio-dia, Aélio foi perguntar quando o prefeito da cidade voltaria da Sardenha. Um vento que soprava do oeste trouxe massas de nuvens que passavam rápidas sobre a cidade sem, entretanto, aliviar o calor, que aumentava no vale onde antes se encontrava o lago redondo de Nero, substituído pelo anfiteatro de Flávio. Enquanto Aélio o atravessava a cavalo, a altura

* Famosíssima Senhora. *(N. da T.)*

e o tamanho da arena contornada por uma estreita faixa de sombra sob o céu de verão, faziam tudo parecer menor; entretanto, tudo ao seu redor era colossal – os terraços, as rampas, os 130 pés da estátua de bronze nua que antes era de Nero e agora representava o Sol. Certamente, até mesmo nos tempos do deificado Adriano, os vendedores de flores e guirlandas aos pés dos arcos da arena deviam parecer pequenas formigas. As pessoas em Roma pareciam pequenas. O cavalo de Aélio espantou-se quando, vindo do lado do cone de mármore da Fontana Sudata, ou Chafariz Suarento, um fino jato de água soprado pelo vento o atingiu, e em seguida o animal tentou beber da bacia.

No gabinete do prefeito, na rua da Mãe Terra, disseram a Aélio que, se o tempo permitisse, o magistrado estaria de volta entre o último dia de agosto e o dia 2 de setembro. Nesse ínterim, na sala do vice-prefeito, estava acontecendo o julgamento de dois importantes diáconos cristãos. Seguindo o murmúrio das vozes que vinham da sala, Aélio, de repente, resolveu assistir. Contudo, logo em seguida, fosse pelo calor ou pela opressiva repetitividade do processo – onde a insensibilidade das perguntas só era comparada à apatia das respostas, uma vez que nenhuma das partes tinha a menor intenção de mudar de opinião –, ele começou a sentir uma dor de cabeça que atingiu o auge no momento em que o juiz proferiu a sentença: decapitação, no *lugar de costume*. Neste caso, o caminho legal para execuções significava um cruzamento na IV milha da Via Labicana – o caminho que Aélio tinha percorrido alguns dias antes para chegar ao canil, e pelo qual tinha passado duas vezes para visitar Paratus na véspera, o lugar com horizonte desbotado, fileiras silenciosas de tocos de amoreiras e ciprestes desiguais. Quando o tribunal perguntou se Aélio desejava assistir à execução, devido ao seu papel de observador oficial, ele disse que sim, convencendo-se de que somente o estava fazendo para esfriar a cabeça com um passeio pelo campo.

Parentes e amigos do condenado, que não tiveram permissão para entrar na sala de julgamento, esperavam diante do gabinete do prefeito. Aélio surpreendeu-se com o aspecto rotineiro do julgamento, sem nenhuma demonstração de raiva nem do juiz nem do acusado, ao contrário do que ocorria no Egito. Com muita dignidade os diáconos acenaram com a cabeça em resposta às saudações da pequena multidão, convidando-os a segui-los, e essa foi a única reação. Em seguida o cortejo seguiu pela Via Labicana. Aélio cavalgava bem à frente deles, preocupado com sua dor de cabeça. Quando se aproximou do arco de Ísis, uma revoada de pombos fez com que olhasse para cima em direção à cornija, onde a suave deusa sustentava contra um céu fugidio sua jarra inclinada, num gesto eterno e encantador de atenção religiosa.

Depois da execução, Aélio ainda estava ali no cruzamento, quando reconheceu Aviola Paratus no viajante que se aproximava montado numa robusta égua conduzida por um servo a pé e seguida por um rapaz com uma mula de carga.

— Sinto cheiro de sangue — comentou Paratus. — Uma execução, não foi? Estamos na quarta milha?

— Estamos.

— Comandante Espartano! És tu? Não esperava encontrar-te aqui.

Aélio explicou rapidamente. Lado a lado, tendo ordenado que os servos seguissem adiante para que tivessem privacidade, continuaram a regressar para Roma, passando de vez em quando pelos que choravam os mortos e voltavam a pé da decapitação dos diáconos. O vento estava amainando, e com isso o calor abafado e as nuvens aumentaram, porém a dor de cabeça de Aélio estava começando a melhorar. Ele respirou fundo o ar quente quando Paratus perguntou:

— Como foi?

— Como qualquer outra execução. Rápida. Só fiquei curioso ao ver que, logo antes da decapitação, os seus seguidores desdobraram guardanapos em frente aos dois para encharcá-los com o sangue dos condenados.

— Ah, sim. Depois vão cortá-los em tirinhas e quadradinhos e guardá-los como relíquias. No tempo em que servi na V Coorte já haviam começado a vendê-las.

— Parece idolatria, para quem jura ter um deus sem rosto.

Paratus deu um sorriso afetado.

— Todos nós precisamos de imagens, tanto para amar quanto para odiar. Se não as tivermos diante de nós, temos a tendência de colocar outras no lugar ou de inventá-las, como disseram que o deificado Adriano fez já no final da vida, vendo intrigas por toda parte. O pior inimigo é o que não tem rosto.

— Concordo totalmente.

— Olha só o meu caso: depois de tantos anos de escuridão, ainda preciso imaginar os rostos dos que me cercam. O da minha mulher idosa, os dos meus filhos que se tornaram homens, e aí preciso imaginar como seus rostos de criança ficaram depois de eles terem crescido. Também fiz uma imagem mental do teu rosto, mas como nunca te vi, e nunca verei, baseia-se somente nos rostos das pessoas que conheci antes de perder a visão.

Eles tinham percorrido menos de meia milha desde que haviam se encontrado, e já conseguiam divisar à distância os portões da villa de Dois Loureiros. Ao longo de todo o caminho, manchas e trilhas de sangue sobre as rochas vulcânicas da estrada indicavam que os corpos dos diáconos tinham sido carregados para serem sepultados.

— O tempo passa e muda tudo. E por isso fico curioso para saber por que uma coisa acontecida no tempo de Adriano poderia ter conseqüências agora. Já faz mais de um século e meio! Tenho pensado sobre a minha primeira hipótese: os inimigos do norte, os persas, as tribos do deserto... Todos com os quais lidamos através dos séculos e que derrotamos ou detivemos. O preconceito militar falou mais alto em mim, e, segundo creio, talvez tenha falado em ti também. Nós vemos inimigos em toda parte, ligamos acontecimentos que não têm nada a ver um com o outro, para estarmos sempre alertas e justificarmos nossas carreiras. O império está diferente hoje em dia, o próprio modo de nos encararmos como cidadãos romanos está muito longe do modo como nos víamos naqueles anos. Realmente acreditas que um perigo possa durar por tanto tempo?

Era a pergunta que Aélio vinha fazendo a si mesmo desde o princípio. Será que ele tinha errado confundindo acidentes que vinham acontecendo com ameaças, para dar importância a si próprio e à sua busca? Por que ele sentia a iminência de um grande perigo quando objetivamente não havia nenhum? À medida que se aproximavam da villa, ele fixou seu olhar nas lápides da Guarda Imperial, bem próximas umas das outras, que ocupavam o seu terreno, do outro lado da estrada. Logo estariam bastante próximos delas para distinguir os sobrenomes panonianos entre os muitos germânicos.

— A carta do imperador não especifica, mas três mortes já são demais em se tratando de uma ameaça política já há muito esquecida.

— Quatro, a menos que consideres acidental a morte de Filo no incêndio.

— Certo. Enquanto ainda estava no Egito comecei a examinar as ameaças ao governo de Adriano. No final das contas, concluí que houve mesmo conspirações contra ele.

— Que foram todas descobertas a tempo e tratadas devidamente, desde quando o seu cunhado falou mal dele para Trajano quando este último ainda nem tinha sido nomeado imperador até os vários conluios que nunca ninguém levou a cabo. Porém tu é que és o historiador e tens mais experiência nisso.

Aélio fitou os monumentos aos soldados. Cuidadosamente conservado, como todos os cemitérios do exército, este, apesar de velho, tinha melhor aparência do que os gloriosos jardins imperiais em frente. Num pedaço de terra deixado de pouso ao lado do cemitério, distante da estrada, os carrascos estavam enterrando suas vítimas, sob o sol escaldante.

— Estou me lembrando de Palma e Celso — disse Paratus — e de Nerácio Prisco, mas eles eram apenas homens ambiciosos com objetivos pessoais, sem intenção de dar nenhum golpe de Estado. Vamos pôr de lado as histórias da viúva de Trajano, mandando um ator desempenhar o papel dele por trás da cortina do seu leito de morte, e nomeando Adriano como seu sucessor. De tudo que tenho lido, as supostas animosidades de cônsules, juristas, generais e parasitas imperiais não deram em nada. Nenhum deles tinha poder suficiente para causar danos.

— Houve uma revolta mais para o final do reinado de Adriano.

— Estás te referindo à Guerra Judaica? Sim. Sabemos como *essa* terminou.

— Entretanto, foi uma ameaça ao império, a julgar pela forma como se espalhou, e há menos de oito anos ambos estivemos lutando no Egito para restabelecer a paz.

— A Rebelião do Egito não teve nada a ver com os judeus.

Pássaros negros invisíveis assobiavam no denso parque da residência imperial. Paratus virou a cabeça na direção do som, e Aélio, instintivamente, fez o mesmo.

— Não os eliminaria assim com tanta pressa, comandante. E o Ben Matias?

Esse assunto deixou Aélio contrariado.

— Se ele estiver envolvido, é esperto demais para ser surpreendido. Arrependo-me de ter ido falar com ele. Não sei por quê, desde aquele momento sinto que tem alguém de brincadeira comigo. No Egito, desconfiei dele na hora, e até pensei em mandar decretar sua prisão preventiva. Agora já não tenho mais tanta certeza. Paradoxalmente, até acho que, com todas as suas lides comerciais e conhecidos, ele poderia ser útil, mas seria possível confiar nele? Se não, se ele sentir que estamos de olho nele, simplesmente concentraria suas atividades em um dos seus lugares-tenentes. Ele tem amigos e sócios em toda parte.

— E companheiros de religião, não te esqueças. — Paratus tocou no pescoço de sua paciente égua. — Eu me considero um homem tolerante, mas digo-te que hoje estamos proclamando os cristãos como um perigo para o Estado, como se eles não fossem senão judeus de segunda mão. E enquanto eles, desde o princípio, destacaram-se por seus hábitos anti-sociais sem sentido, pagando com suas vidas por isso, os judeus se comportaram e permaneceram livres para tramar suas intrigas. Mas só porque pagam impostos e para todos os efeitos procuram não se meter em encrenca, não significa que não estejam tramando uma de suas vinganças. Eles nunca esquecem, tu sabes.

— Sei. Ben Matias poderia estar querendo empatar o placar com o nosso exército.

— E tu, Aélio Espartano, não confies nele. Ele vai tentar entrar em contato contigo, verás. Vai te escrever ou vai vir a Roma "a negócios", ou então vai te encontrar *por acaso*. Ambos sabemos como ele jogou sujo durante a Rebelião. As pessoas se lembram dos nomes de Aquileu e Domício Domiciano, mas tendem a esquecer dos que os aconselharam. *Eu* sei, porque fazia parte do pelotão de Domício quando ele se revoltou. Um era irmão do Ben Matias e o outro era um fanático vindo diretamente da Judéia para traficar armas e incentivar a sublevação.

A dor de cabeça de Aélio tinha passado e ele quase chegava a gostar do tráfego que aumentava na estrada à medida que se aproximavam do portão da cidade. Um cheiro apetitoso de peixe frito vinha das tabernas e das barraquinhas de comida apinhadas de pessoas a esta hora. Paratus tinha razão. O desprezo de Adriano pelos judeus estava comprovado pelas medidas restritivas que havia criado e pelas severas campanhas militares. Ben Matias não escondia que sabia da presença de Aélio no Egito por ordens imperiais, porém, o que mais ele sabia? Seus asseclas mantinham-no informado e estavam em toda parte. Era difícil distinguir os judeus dos egípcios, por maior que fosse a inimizade ancestral existente na história dos dois povos.

— Sim, disse ele, os únicos povos que poderiam, há tanto tempo assim, representar uma ameaça para Roma, seriam os partos e os judeus. Desde a época do deificado Adriano, cerca de 13 imperadores lutaram contra os partos e seus governantes persas.

Paratus assentiu.

— Sei disso muito bem. Muito bem lembrado.

— Porém Adriano nunca os combateu.

— Não. Combateu os judeus.

— Que os deuses nos livrem de uma nova Guerra Judaica e da Armênia dos partos. Que tal pararmos para comer alguma coisa?

Enquanto almoçavam, no *Burro Assado*, o mormaço transformou-se em chuva. Cavalariços saíram correndo pela porta larga para levar os cavalos e mulas para locais abrigados, enquanto os transeuntes procuravam uma porta ou apressavam o passo. Paratus comeu lentamente, aproximando a comida da boca com cuidado. Aélio prestou atenção no tamborilar da chuva no telhado, como aumentava e depois ia se transformando num gorgolejar dentro dos canos. Esperou o homem que estava na mesa perto deles, um militar, pagar a conta e sair para começar a falar.

— O que me irrita — disse — é a *sensação*, não tenho como explicar, de que há muita gente envolvida nesse assunto. Tu sabes que as premonições de uma ameaça invisível dos soldados são seu pão de cada dia durante a campanha, seus sonhos, sua salvação. Estou sem saber se digo a mim mesmo: "Não existe ameaça nenhuma. É sua imaginação", ou se admito que há uma ameaça clara e iminente, com raízes antigas, seja lá quem for aquele que a está engendrando. Eles, sim, eu sei, "eles" é uma palavra muito vaga, porém, afinal de contas, alguém que sabia que eu estava vindo para Roma conseguiu passar à minha frente ainda a tempo de obter informações antes de mim.

— *Algumas* informações, não todas.

— Sim, mas o que consegui, foi por sorte. O mexerico do Theo sobre o depósito, até o obelisco quebrado aqui em Roma, se, no final das contas, for genuíno. Foram surpresas, não contava com nada disso, mas ainda não são suficientes para que eu tire minhas conclusões.

Paratus pôs um pedaço de pão na boca e mastigou-o antes de passar a mão direita perto do prato à procura do seu copo de vinho.

— E com isso quer dizer que vamos voltar a procurar o sepulcro do Menino, que foi onde tudo começou.

A chuva já estava estiando quando saíram da taverna. Caía de maneira uniforme, agradável, e os acompanhou na subida da colina Celiana. Pelo ângulo da ladeira, para surpresa de Aélio, Paratus foi capaz de dizer a distância que já haviam percorrido para chegar ao quartel. A certa altura, disse:

— Agora não estamos distantes – observou. Posso sentir o cheiro das cidônias nos jardins dos Valerii e dos bordéis também. Sinto perfume de mulheres.

— Não sinto cheiro de nada.

— Não é preciso. Tu tens olhos.

Paratus ergueu o rosto para a chuva, sorrindo.

— Quando se é cego chega-se a criar o hábito de se imaginar num lugar tão intensamente que é como se estivesses lá. A escuridão apaga tudo o que te rodeia na realidade, e liberta a mente para *enxergar* como antes teus olhos viam. É assim que eu ainda vejo as noites em Comagena, até a estrela mais pequenina ou o jogo de sombra e luz que o aqueduto projeta ao longo desta estrada nos dias de sol. Creio que deveríamos imaginar a noite durante a qual Antínoo morreu e reconstituir os movimentos daqueles que estavam a bordo. Pergunta a ti mesmo: Que horas da noite eram? Em que ponto do rio isso aconteceu? Teria havido uma razão para ser naquele lugar? Não importa como o lugar é agora, pois o que resta do culto do Menino, com certeza, o tornou memorável. Agora vendem lembranças lá, não há dúvida, e tudo o mais. Como será que era há quase dois séculos?

Chegando à casa de Aélio, os dois entraram para se enxugarem e trocarem de roupa, uma vez que não havia pressa por parte de Paratus para ocupar seu alojamento no Quartel de Agentes Especiais.

— Bem — disse Aélio, esfregando a cabeça com uma toalha. — É a velha fronteira entre o Médio Egito e a Tebaida, onde o exército procura os eremitas cristãos. A estrada de Adriano ainda não havia sido construída.

— A estrada de Adriano. Nossa, eu me lembro dela, ia direto para o litoral, e de lá se podia voltar pela Montanha de Pórfiro onde estão as pedreiras, terminando ao sul de Abidos. Já estiveste lá?

— Já percorri todo o rio, a jusante e montante, dependendo do ponto de referência. Da Primeira Catarata até a ilha de Marfim onde fica aquele posto do exército. População: seres humanos, 16; crocodilos, pelo menos trezentos.

Com a ajuda do seu servo, Paratus vestia roupas secas. Cicatrizes nos antebraços e nas pernas eram o resultado das guerras pelas quais ele havia passado, além da cegueira. Aélio se lembrava de como Anubina tinha reparado nas cicatrizes do corpo dele com o olhar crítico de uma costureira analisando o trabalho do cirurgião e de ela lhe dizer que não voltasse com mais nenhuma. E agora tinha de tratar apenas dos calos de seu marido fazendeiro, que nada mais lhe custavam além de um dia lidando na terra.

— Quanto ao lugar onde Antínoo caiu — continuou ele —, li tudo o que pude sobre o assunto e até fui pessoalmente até lá, porém nada vi de extraordinário, geograficamente falando. À margem direita, naquela época, deviam existir pelo menos cabanas de pescadores e atracadouros para os seus barcos. Esse trecho do rio vai desde as ruínas de um lugar chamado Her-wer, no interior, até as paredes de barro de um santuário dedicado a Bes. Agora tudo é Antinoópolis. Do outro lado do rio, tanto quanto pude reconstituir, bancos de areia, ruínas e rochedos.

— De alguma importância histórica ou religiosa?

— Não nos tempos de Antínoo, que eu saiba, mas, claro, não muito distante da margem esquerda fica Hermópolis, com seu santuário e o pátio de Thoth. Dizem os nativos que o antigo nome do lugar era Khnumu, que significa "oito", em homenagem aos oito grandes deuses do Egito. Uma lenda conta que ali do caos nasceu o cosmo.

Agora completamente vestido, o próprio Paratus estava amarrando suas botas, algo que Aélio também sabia fazer no escuro, habituado que estava ao toque de alvorada antes do nascer do sol.

— Ah, sim. Foi esse o lugar onde surgiu Maat. A Justiça, a Ordem Cósmica, o Direito. Um local de grande significado para o favorito do imperador morrer, eu diria. Será que *isso* não sugere algo sobre o significado do lugar?

— Somente quando acreditamos que sim. E, se assim for, poderia significar um lugar de geração...

— Ou *regeneração.* — Paratus bateu uma palma da mão na outra, causando um eco alto no quarto de vestir. Estás indo bem. Muito bem.

Induzia as respostas como um professor exigente.

— Um lugar onde se instaura a ordem em meio à confusão, onde o mundo começa ou recomeça. Será que Adriano acreditava nisso? E os que com ele viajavam? E o Menino? Podia ser que significasse muito para o Menino ser o sacrificado para salvar o deificado Adriano, se ele pudesse escolher. Se quiseres solucionar a charada, Aélio Espartano, tens de te familiarizar com o palco, os atores, a história e o *deus ex-machina.*

Apenas um chuvisco restava da chuva quando os dois homens saíram da casa. Andorinhas iam e vinham das calhas que pingavam, e o sol já incendiava os telhados distantes. Nuvens pesadas na parte de cima, porém lívidas embaixo, cruzavam o horizonte além do templo do deificado Cláudio; as cores sobressaíam como se fossem manchas. Aélio respeitou o pedido de Paratus de não ser conduzido pela mão até o quartel, e limitou-se apenas a continuar conversando para dar ao velho cego um ponto de referência.

— Devo dizer que estou inclinado a excluir o imperador da lista dos suspeitos. Pensa no outro incidente que ocorreu durante a viagem, o episódio do qual Pancrates fala em seu poema: a caçada ao leão. No final das contas, naquela ocasião, o leão atacou mesmo o cavalo de Antínoo. O imperador não precisava fazer nada se tivesse desejado que o acidente acontecesse.

— Mas comandante, a princípio ele não fez nada mesmo.

— Depois matou o leão, salvando a vida de Antínoo.

Paratus deve ter sentido a repentina irregularidade das pedras do pavimento, pois procurou apoiar-se discretamente no cotovelo de Aélio.

— Muito bem, então. Podemos deduzir que o Menino, por meio desse ato, passou a dever sua existência ao imperador?

— Qualquer um deve, até certo ponto.

— Dispenso essa retórica de tribunal. — Impacientemente Paratus se recuperou de um passo dado em falso numa poça. — Podemos? Podemos deduzir que Adriano agora era o dono dessa vida e podia fazer dela o que quisesse, até acabar com ela, se fosse necessário?

Aélio, chocado com essas palavras, pisou na poça seguinte sem perceber.

— Ou podemos deduzir que a vida de Antínoo já estava de qualquer forma perdida por ter escapado por um triz, e a partir daí era como se ele já estivesse morto? Ele poderia então entregar-se voluntariamente aos deuses do inferno ou ao destino, ou seja lá o que for, para beneficiar o imperador.

— Exato. Pense em Alceste, entregando sua vida por Admeto. Pense em Orfeu, tentando salvar Eurídice. Pense em Deméter procurando sua filha no inferno, ou Ísis ressuscitando seu marido. O mundo conceitual está cheio desses mitos.

Era um assunto tão empolgante que Aélio desejou que a entrada do quartel, que se aproximava cada vez mais, se distanciasse para que não precisassem interromper a conversa.

— Sim, e eu os vi desenhados no chão do barco imperial, mas o que significam? Por que o imperador procuraria alguma espécie de renascimento?

Não se pode ressuscitar ninguém, principalmente se essa pessoa nem morreu ainda. O deificado Adriano continuou vivo por mais oito anos.

— Sim. Um ano para cada um dos oito grandes deuses do Egito.

Paratus parou e Aélio também.

— Tente raciocinar, se é que podemos chamar isso de raciocínio, como aqueles que acreditam em horóscopos. Será que o imperador teria durado tanto se o Menino não tivesse se entregado por ele? Até mesmo Dio Cássio sugere... Mas aí abanou a mão, como que para afastar o pensamento. — Não. Não. Isso é conversa esotérica sem nenhum sentido, e jamais conseguiremos raciocinar como uma pessoa que já morreu há tanto tempo, e entender suas crenças mais íntimas. Estamos perto do quartel agora?

— Bem perto, mas não o bastante para que alguém nos ouça.

— Bom. Vamos voltar rapidamente aos motivos que não requeiram o uso da imaginação. Inveja, ciúme, desânimo, ressentimento, vingança, essas são as circunstâncias de conflitos na maioria dos suicídios e assassinatos.

— E a hipótese do acidente?

— Um acidente não é nada mais que isso. O que há mais para ser dito? Afinal, quando se tratava de morte natural, o imperador não entrava em muitos detalhes para homenagear o defunto. Um funeral de Estado, um templo para as senhoras da família e só. Até mesmo depois que o seu herdeiro eleito morreu, não me consta que tenham se fundado cidades, construído santuários nem se instituído sacerdócios. Vamos — apressando Aélio de leve, ao pressionar seu cotovelo, Paratus voltou a caminhar. — Estou ansioso para tentar contornar a interdição do obelisco.

Na entrada do quartel tiveram de esperar que o guarda chamasse o oficial do dia. A tarde havia esfriado bastante na colina, trazendo a agradável sensação de que todo o cansaço havia se esvaído.

— Antes que me vá – disse Aélio –, queria dizer-te que vou com o Onofrius até a cidade do deificado Adriano em Tibur. Está mais do que na hora de visitá-la. A propósito, descobriu alguma coisa sobre ele?

Paratus deu de ombros.

— Não muito, mas o que descobri é suficiente. O Onofrius é um joão-ninguém. Ninguém o quer, nem os egípcios, nem os cristãos. Só se pode confiar nele se o mantivermos no escuro. É verdade que ele substituiu o secretário de Soter, mas isso foi no ano passado. Se estiver sendo remunerado por alguém, além de ti, ele vai se trair começando a gastar dinheiro.

15 de agosto, terça-feira (dia 22 do mês de Mesore)

Anotações de Aélio Espartano:

Finalmente cheguei à grande villa. O muro que a cerca, ao lado da estrada que leva a Tibur um pouco mais adiante, foi projetado, no passado, para ser completamente ocupado por defensores. Consta em livros que se postaram cerca de mil soldados ao seu redor, embora agora as cabines e os postos de observação estejam vazios, à exceção dos que estão dos dois lados da monumental entrada.

O dia era quase perfeito, de sol e nuvens que se alternavam por causa dos fortes ventos. Vim a este lugar como se fosse uma ilha que há muito procurava, embora para mim não faça nenhum sentido sentir-me assim. Não posso dizer que o local me pareça familiar, uma vez que nunca estive aqui, e as descrições dos autores – acima de todas as do próprio deificado Adriano, que descreveu sucinta porém exaustivamente a construção e o papel que essa residência representava – dificilmente preparariam alguém para a ordem caótica desta propriedade. Não estando completamente certo da minha capacidade de fazer justiça por meio de palavras escritas, eu disse a Onofrius (a quem deixei livre para inspecionar as inscrições egípcias, com a condição de que não me atrapalhe) para ir aos arquivos de Tibur e conseguir uma cópia da planta da villa.

O conjunto, contendo centenas de aposentos, pátios e outros espaços, é planejado sobre três eixos, de forma que o visitante vai se achar mudando de direção quase sem perceber, seguindo uma colunata que repentinamente chega à entrada de um longo pátio interno, perpendicular à colunata através de uma série de pequenos corredores ou piscinas de mármore. A sensação é de se estar de repente sendo redirecionado e perdendo o caminho original. Dessa forma, o efeito é o de um labirinto, embora não haja um centro objetivo em nenhuma parte. Trata-se de uma constelação de palácios, piscinas e prédios auxiliares em diversos andares, jardins suspensos alternados com vales artificiais de tal maneira que só se pode ver estreitas faixas ou quadrados de céu, bem no alto.

As estátuas de Antínoo estão em toda parte, dando a impressão de que ele nos observa o tempo todo, porém de um modo amistoso. O perfume de madeira de buxo e murta, crescendo livremente sob o sol do meio dia, é inebriante, especialmente ao redor do teatro. Abundam os sicômoros, ciprestes e palmeirinhas anãs. As espirradeiras se transformaram numa floresta, e o que antes eram outeiros cobertos de grama estão reduzidos a nesgas bastante arrasadas de ervas daninhas. Antigas roseiras continuam a florir aqui e ali ao longo dos passeios e, ao redor dos santuários menores, há vasos vazios, que provavelmente continham anêmonas, como nos jardins de Adônis.

Os cães que circulam livremente pela propriedade, segundo me disseram, descendem das muitas matilhas que o deificado Adriano criava nesses terrenos. Os cães que compõem esse bando são bonitos, esguios, com orelhas curtas, cabeças alongadas e caudas enroladas, na maioria brancos e pretos, chamados pelo pessoal local de Gyptii, cujo nome, acredito, é uma corruptela do termo original — "Aegyptii".

A maioria da mobília há muito foi retirada das grandiosas salas e quartos de dormir; uma parte dela está guardada em Tibur, em depósitos fechados a sete chaves e lacrados por prudentes representantes locais de Sua Divindade. Outras peças, incluindo esculturas, foram removidas para a residência imperial em Preneste (aonde pretendo ir em breve), outras foram transportadas para o Palácio da Cidade, pelos regentes que vieram depois do deificado Adriano, especificamente Cômodo, Caracala e Elagabalus, de acordo com a contabilidade ainda existente nas instalações.

O superintendente vive na cidade, na encosta da colina, segundo entendi, em uma pequena propriedade não muito distante da residência que eles chamam de Quintiliolum, de frente para as cataratas do Anio. Ele tinha sido informado da minha chegada, e por isso veio razoavelmente rápido, em se tratando de um civil. Quando apresentei em detalhes os motivos da minha visita e minha intenção de ficar por alguns dias, imediatamente ele se ofereceu para me hospedar em sua casa, e quando recusei, agradecendo-lhe, teve a ousadia de insistir, acrescentando que tem quatro filhas. Não que os soldados de certa patente não estejam acostumados a serem convidados por pais ansiosos para casarem suas filhas. Entretanto, achei graça nessa sua tentativa, porque, realmente, foi muito provinciana.

Para não ofendê-lo (logo terei de pedir-lhe alguns favores, e por isso é melhor continuar prendendo seu interesse), finalmente concordei em ir jantar em sua casa pelo menos duas vezes durante minha estadia. Ele concordou quando eu lhe disse que só poderia ir à noite, porque haverá ocasiões em que não vou querer interromper as minhas observações para ter de trocar de roupa e ir até a casa dele. As moças devem ser realmente umas beldades, para que ele se dê a tanto trabalho. Aparentemente, educou-as bem, e a mãe delas era uma das belas moças da época, de "pura descendência sabina". O tipo de moças que Rômulo e seus homens atraíram para serem raptadas!

Os salões cerimoniais estão todos vazios. Faltam não só os móveis, como também os quadros e cortinas e, em alguns casos, também se retiraram as portas. Alguns assoalhos foram feitos para serem cobertos por tapetes, os quais também foram levados. Os tetos são tão altos que os nossos passos retumbam, ricocheteando de uma parede a outra. Nichos que continham livros estão vazios, acumulando poeira. Ainda há ferragens para lanternas instaladas, que aparentemente ainda podem ser usadas. Pretendo verificar hoje à noite. De um modo geral, as janelas estão intactas, sendo que cobriram com pergaminhos os pontos onde uma ou duas vidraças caíram ou se quebraram.

Fui informado de que os reservatórios de água ainda funcionam bem, embora estejam sendo ligados apenas duas vezes por ano: no verão, para dar uma limpeza em todas as fontes, e no inverno, para terem certeza de que os canos não arrebentaram em algum lugar ao longo do complexo sistema das tubulações subterrâneas. Há torneiras e bicas às centenas e duas grandes piscinas térmicas. Todas as piscinas do exterior, exceto as maiores, estão vazias e razoavelmente limpas, embora seja um trabalhão catar as folhas, a terra e os gravetos que rapidamente se acumulam nas bacias.

As piscinas maiores ao ar livre, no entanto, estão em um estado deplorável, transbordando com as chuvas, razão pela qual repreendi o superintendente. Minha intenção, no fundo, era obrigá-lo a abrir completamente todas as torneiras novamente e deixar que a água corresse pela villa, embora a abertura da estação já tenha se realizado no começo de julho. A água das piscinas ao ar livre é parada e malcheirosa, por causa do lodo e das plantas parecidas com algas que se alojam no fundo da piscina, o que propicia a criação de mosquitos e aranhas d'água, bem como de sapos e tartarugas aquáticas, que vi pularem para dentro da lagoa esverdeada e nadarem preguiçosamente.

Especialmente deploráveis são as condições da parte mais magnífica da villa, pelo menos a meu ver, até o presente momento da minha investigação. A área chama-se Canopo, um estreito vale artificial com uma série de arbustos e flores, no meio do qual está uma piscina comprida (o superintendente a chama de "Euripus", *mas está errado, uma vez que tais fontes têm eclusas que se podem abrir e fechar e criam um fluxo e refluxo igual ao da massa d'água natural que leva esse nome. Isto é mais parecido com o que se denomina de* "Nilo" *(ver a descrição de Plínio, o Jovem), e não vejo como alguém pode cometer esse erro. O vale inteiro reproduz, tão claramente, uma paisagem nilótica que fiquei estupefato quando a vi pela primeira vez, como se tivesse naquele instante sido transportado novamente para Alexandria ou nunca tivesse saído de lá.)*

Como disse, Canopo está em péssimas condições, algo lamentável, pois esse é o monumento da villa com o qual o deificado Adriano queria homenagear o Menino. Estátuas que o retratam, gigantescas e perfeitas cópias daquela que eu vi no templo em Antinoópolis, ladeiam o amplo pavilhão em forma de concha à cabeceira da longa piscina, no sopé da colina. Descreverei depois as profundezas fulgurantes e a maravilhosa arquitetura do pavilhão, mas primeiro devo explicar porque este Nilo antes devia ser muito parecido com o seu homônimo.

Mesmo algumas das estátuas ornamentais tendo sido derrubadas de seus pedestais e jogadas dentro da piscina lodosa, consegui "ler" imediatamente todos os pontos geográficos, reconhecendo como as imagens grotescas dos silenos, que se pareciam com Bes, no lado direito do espectador, representavam a antiga Besa, perto do qual Antínoo faleceu. De frente para essas figuras há uma estátua de Hermes, simbolizando Hermópolis, do outro lado de Besa; um crocodilo cuspindo água representa, abaixo de Hermes, a cidade de Crocodilópolis, abaixo do qual um Apolo de mármore representa a cidade de Apolinópolis Magna, e assim por diante. Perto dos silenos, figuras de donzelas segurando cestas funerárias, que antes serviam de suporte para um elegante e frágil entablamento de mármore, talvez destinado a trepadeiras. Tudo isso agora veio abaixo devido à derrubada proposital das estátuas.

Fiquei tão zangado que insisti em ouvir os motivos de tão inaudita violência, que o superintendente prometeu ir buscar um servo decrépito que alegava ter estado presente quando tudo isso aconteceu. Amanhã pretendo interrogá-lo. Entrementes, quando o confrontei diretamente perguntando por que não colocou as estátuas no lugar, ele replicou que uma antiga ordem imperial foi a causa da remoção. De qual dos Césares? Perguntei, e não fiquei surpreso em ouvir o nome daquele monstro, Elagabalus. Vou verificar a veracidade dessa pretensa ordem em Roma, uma vez que deve estar arquivada em algum lugar.

Com uma planta detalhada da villa nas mãos, Aélio decidiu passar a noite ali. O superintendente fez tudo o que podia para desencorajá-lo, principalmente porque teria de suprir o mínimo necessário para providenciar um quarto de dormir decente. Quanto a Onofrius, nem quis ouvir falar em ficar, por conta de uma história tola — na qual, claro, ele asseverou não acreditar por questão de fé — sobre demônios que se escondiam na villa desde que "a viúva e seus filhos foram aqui martirizados por César Adriano".

Aélio olhou para ele.

— Que bobagem é essa?

— Não é bobagem. Os Atos especificam que ela era a irmã de Eugênio, um empregado da cidade em Tibur quando Telésforo era papa. Ela foi afogada e seus sete filhos foram mortos aqui, diante do templo de Hércules. Não sou cristão, bem sabes, mas não vou passar a noite onde há demônios.

— Mas que ignorância a tua! — riu-se Aélio. — O templo de Hercules fica na cidade de Tibur, não aqui.

— Não faz diferença, comandante. Lembrai-vos que, enquanto estávamos nos aproximando saindo de Roma, quando apontei-vos aquele lugar ao longo da estrada chamado de Sete Irmãos, eu não quis olhar? É ali que eles estão enterrados. O lugar inteiro é mal-assombrado.

— Tudo bem, mas eu vou ficar.

As sombras tinham começado a se alongar sob os ciprestes e os sicômoros quando trouxeram uma cama, roupa de cama e outros artigos necessários até o alojamento destinado aos oficias da guarda. O superintendente voltou pessoalmente trazendo o jantar e um molho de chaves dos poucos edifícios que ainda permaneciam trancados. Insistiu em deixar servos:

— Há somente uns poucos escravos no campo, bem longe dos limites da propriedade, à distância de uma milha, e que jamais vos ouviriam se os chamasses.

Jogou as mãos para cima quando Aélio perguntou:

— E por que eu os chamaria?

Abriram a válvula da latrina e da piscina dos fundos, no fim do corredor, para o qual dez quartos sem portas se abriam, cada um com três alcovas. Havia banheiros e tanques escondidos no complexo inteiro, e quando – sem ser visto ou ouvido — um servo abria a torneira em algum ponto das partes mais altas, parecia até um passe de mágica. Com a impetuosidade de uma onda vermelho ferrugem, como o sangue de uma ferida, a água jorrou dentro da piscina de banho e quase que instantaneamente tornou-se límpida. Fria ao tato, revolveu umas poucas folhas que se achavam no fundo da piscina e rapidamente a encheu. Perto dali, fontes e ralos acordaram e cantaram. Aélio bem podia imaginar a villa inteira, tempos atrás, com suas inúmeras bicas com água saindo aos borbotões e transformando-se em ondas. Escolheu o décimo quarto do alojamento dos oficiais e pediu aos servos que trouxessem da habitação mais próxima uma lanterna de múltiplos pavios para que, à sua luz, ele pudesse sentar-se e estudar a planta da villa. Depois finalmente ficou sozinho para poder trabalhar e refletir.

Tarde da noite, convencido de ter decorado de modo geral a planta da villa, pegou as chaves e saiu para ir à torre do posto de observação oriental. Somente o luar e um céu estrelado não seriam suficientes naquele labirinto de edifícios, e uma lanterna portátil não ajudaria em quase nada. Começar foi fácil, seguindo à esquerda logo que saiu do quarto e para fora do alojamento dos oficiais até um pátio pavimentado. Ali, os altos muros da villa e uma infinidade de telhados criou a primeira incerteza. Em um dos lados, uma escuridão mais profunda indicava uma das fontes do pátio, provavelmente a mais estreita para a qual davam as bibliotecas. Era melhor aventurar-se a passar sob o pórtico da residência e seguir a fileira escura de colunas ao longo do lado oeste. Com segurança, Aélio virou à esquerda na esquina e seguiu o lado mais curto, encontrando a porta e um terceiro pátio com jardim. Foi aí que cometeu o erro de escolher um lance de escadas curto que descia para um nível inferior, indo parar no espaço circular murado da residência da ilha. Uma villa fechada em miniatura no meio de um canal redondo, cercado por uma escuridão circular onde os passos de Aélio geravam ecos lúgubres. O canal era raso, porém brilhava como um cinto de metal. Uma série de espaços à sua direita filtrava o luar por janelas ou o despejava através dos buraquinhos de treliças, rompendo a escuridão. Aélio prosseguiu de aposento em aposento, saindo em um jardim semelhante a um estádio, com arbustos crescidos e piscinas de água parada. Os pulos dos sapos dentro d'água chegou aos seus ouvidos, assim como os sons de animais que furtivamente dividiam o espaço com ele. Aélio reconheceu o salão com arcadas pelo desenho de cruzes pretas, vermelhas e brancas no piso de mármore. Tornou a sair, por pouco tempo, através de uma outra arcada, entrando no vestíbulo principal com os seus nichos e estátuas de mulheres resplandecentes como donzelas despertadas à porta de casa. Saiu de novo ao ar livre. Cães ladravam nas fazendas distantes; um farfalhar de folhas, um ranger de portas à menor rajada de vento; centenas de aposentos, como numa cidade deserta ou um acampamento abandonado do exército. Se o fantasma de Antínoo não assombrasse este lugar, seria improvável que os cristãos o assombrassem.

A complexidade da disposição dos elementos na planta, a princípio parecendo aleatória ou, no mínimo, ter resultado de várias modificações ao longo da construção de acordo com os caprichos do construtor, estava começando a fazer sentido para Aélio. Não havia descoberto ainda qual era o significado do projeto da villa; mas essa sua excursão noturna, nascida da curiosidade de um biógrafo pela mente de Adriano, já estava começando a adquirir um outro sentido. Por que ele esperava encontrar um corredor aqui, e um edifício isolado ali, e encontrava ambos? Não era somente o mapa desenhado na carta ou no desenho. Ele ainda não podia afirmar, mas a villa podia ser um labirinto e uma chave.

Passando pelas cúpulas dos grandes banhos, Aélio subiu com mais confiança para além do pequeno Egito de Canopo até uma elevação. Espirradeiras, murtas e canteiros de lírios estrangulavam a subida da rampa para a torre de observação oriental, a qual se encontrava trancada. Aqui, como se tivesse sido combinado, o vento apagou sua lanterna, e ele teve de, com os dedos, ir experimentando chave após chave no buraco da fechadura até encontrar a chave certa. Acima dele, como no seu sonho, a torre bloqueava as estrelas e parecia inclinar-se. Em seu pesadelo, a alta estrutura desabou em meio a chamas. Aélio abriu a porta e se apressou a entrar, tateando para encontrar as escadas, subindo cada vez mais até uma passagem que conduzia para o lado de fora, onde havia uma sólida colunata arredondada e um terraço firme ainda mais alto, onde o céu noturno aproximou-se dele vindo de uma tal imensidão que quase recuou, assombrado.

16 de agosto, sexta-feira (dia 23 do mês de Mesore)

Continuação das anotações feitas por Aélio Espartano:

Estou cada vez mais convencido de que esta enorme villa não é apenas um lugar de prazer. Se ela sobreviver às espoliações e aos desgastes do tempo, os historiadores e outros peritos, centenas de anos depois, vão intrigar-se diante da mesma pergunta sobre a qual venho meditando desde que passei através de seus portões. O que significa sua planta complexa? Por que, enquanto persigo um adversário esquivo (e por ele sou perseguido), importa para o meu conhecimento do deificado Adriano que eu perceba o elo entre sua mente e esta villa, entre esta villa e seu pesar? Será que o luto se transforma em pedra para que perdure? Em que se transforma uma conspiração para que obtenha o mesmo resultado?

O velho empregado que me foi recomendado está com seus 90 anos. Perdeu todos os dentes, e suas gengivas se tornaram tão duras como o bico de uma tartaruga, e, no entanto, apesar da perda, ele consegue falar muito claramente. Em contraste, tem cabelos espessos cortados rente ao crânio, de um branco amarelado. Embora recurvado pela idade, parece sadio e lúcido. Depois de uma longa existência como servus villicus, *aposentou-se e ganhou uma casinha boa nos limites desta imensa villa, no planalto atrás da torre de observação. Nada mau para um escravo rural. Como muitos idosos, alega não se lembrar do que comeu no jantar ontem à noite, mas recorda-se perfeitamente de episódios que se passaram há sessenta, setenta, oitenta anos atrás. Se alguém pode me dar alguma informação sobre o sepulcro do Antínoo, esse alguém é ele.*

Segundo ele, o estrago em Canopo aconteceu quando Elagabalus passou uma temporada na villa, no verão anterior ao de seu assassinato, em março, há 82 anos. O escravo, cujo nome é Opiliano, e nessa época tinha cerca de 12 anos, era ajudante de jardineiro, portanto ocupava-se de trocar os vasos das flores que haviam ficado muito pequenos e de varrer os caminhos no lado sudeste da villa, onde até hoje se situa Canopo.

Aparentemente, esta foi a mesma visita imperial durante a qual Elagabalus zombou dos escravos, ordenando-lhes que juntassem mil libras de teias de aranha.

— Muitos de nós ficaram aleijados nesse dia — disse-me Opiliano, furioso — e um escravo quebrou o pescoço e morreu ao cair de uma escada enquanto tentava limpar uma teia do teto da sala do trono.

Não vou perder tempo repetindo outros absurdos que aquele doido imaginou durante o seu reinado ocioso, até porque meu amigo da Nicomédia, que é advogado do exército, Aélio Lampridius, está trabalhando numa biografia dele. Não o invejo, e agradeço a minha boa estrela por não precisar fazer um relatório sobre aquele animal.

Mas como eu ia dizendo, segundo Opiliano, Elagabalus apareceu com centenas de cortesãos, a maioria deles mímicos e bufões, e durante dois dias e duas noites a villa inteira foi palco da sua licenciosidade. Entendi pelas indiretas do velho (a menos que eu esteja cego pela antipatia que sinto por aquele tirano) que, sendo muito jovem, Opiliano tornou-se o alvo de intenções impronunciáveis do cocheiro Górdio, e somente porque sua mãe interveio, dizendo que ele tinha tuberculose linfática nas suas partes íntimas, ele foi poupado e até passaram a evitá-lo.

— Eram um bando pitoresco apesar de tudo — continuou Opiliano —, por isso fiquei curioso. Tudo o que faziam, comiam e falavam era para mim uma grande maravilha. Vossa Excelência há de compreender que nessa época a villa já estava vazia desde o tempo de Antonino Caracala, havia mais de dez anos, e até aquele momento, em minha curta juventude, eu não havia visto ainda visitantes de alta categoria aparecerem no portão.

Aqui é a parte verdadeiramente intrigante, que transformou os mexericos do escravo numa valiosa narrativa (preciso recomendá-lo a Lampridius antes que ele bata as botas, porque ele é uma mina de ouro de relatos detalhados dessa visita). Quando lhe perguntei se havia ouvido os motivos para a vinda de Elagabalus, ele respondeu sem nem sequer piscar:

— Ele queria ver o lugar onde foi sepultado o favorito do deificado Adriano.

De repente, a minha inspiração de vir a Tibur parecia ter sido recompensada, e de sobra. Antes que eu explique como essa informação depois veio a se tornar bem menos direta — digamos — do que eu esperava, relatarei palavra por palavra a conversa que aconteceu entre nós:

Aélio: — *Queres dizer que o abençoado Antínoo está enterrado nesta villa?*

Opiliano: — *Onde mais estaria? Todo mundo sabe disso em Tibur.*

A: — Podes me mostrar o lugar exato?

O: — Bem, depende... depende do sepulcro a que Vossa Excelência está se referindo.

A: — Existe mais de um?

O: — Sim, claro. O primeiro foi bem aqui. (Observação: estávamos de frente para o pavilhão e ao pé da piscina; ele indicou um local à direita, onde havia restado uma das donzelas que seguravam as cestas, copiada daquelas de Atenas, sustentando os restos de um entablamento misto curvo e reto. Como mencionei, originalmente outras estátuas iguais, como aquelas que lembravam Bes, formavam uma fachada em forma de pórtico no lado oeste da piscina). Existia uma agulha (e com isso Opiliano queria dizer um obelisco) atrás das estátuas, cuja base ainda podeis ver. Ele indicava o local onde o Menino foi sepultado.

Fui depressa ao local indicado pelo velho. De fato, aqui estava uma base de pórfiro com marcas de que antes havia ali um obelisco quadrado cimentado e sustentado por um vergalhão. Por prevenção ou pura inclinação militar para os detalhes, havia observado a textura granulada do obelisco nos Jardins dos Varian e fiquei encantado em descobrir que ele se encaixaria perfeitamente na base de Tibur. Entretanto, por precisão histórica, perguntei a Opiliano se Elagabalus havia mandado remover o obelisco.

— Se ele mandou? E como! Foi durante um banquete no qual eles corriam por toda parte em torno da piscina e nadavam nela, despindo-se, jogando as sandálias, que saíram boiando como barquinhos de brinquedo na vala ao redor da mesa de jantar do pavilhão. O imperador estava vestido de mulher (vou omitir os detalhes obscenos do seu

traje; Lampridius pode citá-los em sua biografia, se desejar). Saltitando por toda parte, dizia que era Ísis procurando o falo (não foi a palavra que Opiliano usou) do marido morto, Osíris. Minha mãe era egípcia – que Deus a tenha em sua glória – e por isso eu sabia o que isso significava. Também sabia que o abençoado Antínoo tinha se transformado em Osíris pelo afogamento no Nilo, e daí depreendi que Elagabalus pretendia escavar o sepulcro do Menino sabe-se lá com que intenções. Nessa altura, podeis ter certeza de que o superintendente (naquela época era Ingenuus Regalianus, posto lá por Clódio Albino César, depois da morte de Cômodo) estava arrancando os cabelos aos punhados. Como deveis saber, também Cômodo esteve procurando o corpo de Antínoo e não o encontrou na sepultura egípcia.

O último detalhe, descobri por intermédio de Theo no Egito, e respondi que sim, sabia, sem acrescentar que, por ter tido a mesma decepção, podia confirmar que o cadáver do Menino não estava lá.

Opiliano agora estava entusiasmado. Parecia estar relatando cenas que havia testemunhado horas atrás, com tal precisão de detalhes que não tenho dúvida de que tem uma lembrança absoluta daquele dia tão longínquo.

Parece que Elagabalus, bêbado, ordenou aos escravos que lhe trouxessem o jardineiro e seus ajudantes. Quando estes últimos prontamente apareceram, mandou que começassem a cavar ao redor do obelisco, o qual sempre indicava, segundo ele disse, o sepultamento de um homem importante ou um deus. Também disse a Górdio que, se ele morresse, prometia-lhe um monumento igual sobre a sua sepultura. Górdio parece que não gostou da idéia. Enquanto isso, Opiliano cavava com os outros, e logo encontrou dificuldade de remover pedras que pavimentavam o espaço ao redor do obelisco formando uma estrela. Quando já haviam trabalhado bastante, segundo o desiludido Elagabalus, constatou-se que não havia nenhuma sepultura ali. Elagabalus então ordenou-lhes que trouxessem cordas e pusessem abaixo o obelisco, porque era provável que o caixão com as cinzas do Antínoo (palavras de Opiliano que não sei se realmente foram ditas por Elagabalus) estivesse sob a base do próprio obelisco.

— Daí, puxamos com toda a força, com todos aqueles anões safados e acrobatas malcheirosos ao nosso redor, até que finalmente a agulha veio abaixo e se quebrou em duas partes – aqui, mais ou menos aqui – derrubando os silenos. Não havia nenhuma cavidade na base da agulha e nenhum caixão. Elagabalus ficou furioso, não pelo fato do

prejuízo causado, mas porque não pôde ver o pênis de Osíris. Gritando para que amarrássemos cordas em torno das estátuas restantes e as arrastássemos para dentro da piscina, com o objetivo de castigá-las por "mentirem a César", segundo ele. Foi uma pena arruinar aquele lindo jardim da piscina onde aprendi a cuidar das flores e onde estavam meus arbustos preferidos, mas tínhamos de obedecer às ordens. Outras estátuas vieram abaixo de um e de outro lado, com gritos de aprovação a cada vez que caíam de nariz dentro da piscina, espirrando água para todos os lados. Nessa altura Elagabalus já estava farto da diversão e se retirou com um amigo para dentro do pavilhão, onde eu não poderia ter adivinhado o que estariam fazendo, não fosse pelos gritos e risadas, que nos deram uma idéia. Meu amo cobriu-me os ouvidos com as mãos a certa altura e me levou para longe dali.

Eu anotava tudo febrilmente, já me preparando para revirar mais um possível repositório dos restos mortais do Menino. Então, lembrei-me que Opiliano tinha mencionado que havia mais de uma sepultura dentro dos limites da villa, e perguntei-lhe se poderia me mostrar onde era o outro.

— Claro — respondeu de pronto. — É o monumento redondo, lá em cima da colina, perto da Gruta de Hades, ao lado do bosque de loureiros. Foi construído sobre uma câmara funerária na época da primeira villa.

Acho que ele estava se referindo à propriedade dos sogros de Adriano, que precedeu a grandiosa villa e constitui um dos seus núcleos.

— Mas devo alertar Vossa Excelência que depois daquela visita maluca do imperador, nós jardineiros tivemos de nos dedicar a consertar os prejuízos. Fomos proibidos de endireitar as estátuas, mas a agulha desapareceu e os canteiros precisavam ser reconstituídos e replantados. Pareceu uma boa idéia plantar pervinca ao redor da base vazia de pórfiro, bem aqui onde estais parado. Podeis ver que conseguimos fazer um bom trabalho de reconstituição do desenho de estrela.

Nesse ponto, embora estivéssemos completamente sós, o velho passou a sussurrar.

— Foi aí que a pá do nosso amo arranhou alguma coisa branca, uma laje quadrada de mais ou menos um pé de lado. Ele continuou a trabalhar, até encontrarmos seis lajes, que não haviam sido cimentadas, mas que já tinham feito parte de uma espécie de caixa solta. Dentro dela não havia nem mesmo um alfinete, mas imaginamos que foi

ali que o deificado Adriano colocou as cinzas do Menino, e foi só porque Elagabalus se entediou que não a descobrimos antes. Porém, quem a esvaziou, e quando, ninguém sabe.

Certo até aquele momento de que Antínoo tinha sido mumificado, a revelação de Opiliano atingiu-me como um golpe duplo. Primeiro, parece claro que Canopo era um sepulcro, mas não é mais; segundo, eu poderia estar procurando uma caixa pequena o suficiente para caber numa caixinha de um pé de lado, em vez de num caixão do tamanho de um homem. Como o velho já estava cansado, deixei-o ir. Quem apareceu foi Onofrius, pronto para dar-me uma interpretação das inscrições nas estátuas egípcias e nos objetos maiores que ainda se achavam em seus lugares. Pretendo começar (e depositar nos Arquivos do Estado) uma lista das estátuas e relevos que ainda povoam a villa: são inúmeras, e é melhor que se faça uma lista delas antes que algo mais aconteça.

À tarde tive mais notícias ruins. Onofrius relatou que as inscrições egípcias espalhadas pela villa eram datadas de séculos antes de Adriano, o que as tornava inúteis para a pesquisa atual. Já de mau humor, Aélio perdeu a paciência quando descobriu provas de danos mal reparados em outra parte da área de Canopo.

Opiliano, que deveria encontrar-se com ele perto do monumento redondo, estava sentado à sombra do aglomerado de arbustos de louro e balançou a cabeça filosoficamente.

— Não, o estrago de que estais falando não tem nada a ver com Elagabalus. Aconteceu bem mais tarde, uns trinta anos atrás. Foi a rainha cativa que fez isso escondida, quando Aureliano César estava ocupado, lutando contra os bárbaros.

— Estás te referindo a Zenóbia?

— A própria. Era uma mulherona, mas mulheres não deviam ser governantes. Uma verdadeira megera, mandando e desmandando em nós o tempo todo, como se pertencêssemos a ela ou coisa assim. E eu, já idoso, tendo de tomar conta da minha casinha. Vossa Excelência fique sabendo que foi uma coisa vergonhosa deixá-la aqui, vadiando e divertindo-se com homens como se estivesse na sua própria casa. Tivemos de fazer das tripas coração para impedir que ela quebrasse tudo.

De onde estava Aélio, somente a borda irregular do vale de Canopo era visível, e ele desviou os olhos.

— *Quebrasse tudo*? Por que ela faria isso?

— Não vos contei? — Opiliano coçou o queixo mal barbeado. — Bem, acho que não. Ela derrubou o resto da treliça de mármore do obelisco. Estava procurando a mesma coisa: a sepultura do Menino. Sei que Vossa Excelência não é de sangue azul, pois é soldado, portanto posso dizer: todos os nobres são desmiolados. Casamentos demais entre parentes. A rainha faria escavações à noite, se não estivéssemos de olho nela. Posso mostrar-vos os lugares onde ela mesma escavava, quando a impedíamos de pagar trabalhadores para o fazerem.

— Não faz nenhum sentido. Por que uma rainha estrangeira ia se interessar por saber onde o Menino foi sepultado?

— Não sei, Excelência. Meu filho era o chefe dos jardineiros naquela época, aliás, o último, uma vez que o cargo não foi renovado depois da morte de Aureliano e todos fomos de mal a pior desde aquela ocasião. Meu filho, que se chamava também Opiliano, como eu, caiu nas graças da rainha, e ela disse-lhe que compraria a sua liberdade se ele a ajudasse a encontrar a sepultura do Menino.

— E daí?

— Daí que, primeiro meu filho estava feliz com a sua sorte e não estava com pressa de virar pedinte naquela época em que os empregos eram escassos. A coisa não melhorou muito de lá para cá. Depois não gostou da idéia de destruir canteiros de uma propriedade imperial e escavar monumentos para ninguém, muito menos para uma mulher. Recusou-se a cumprir as ordens dela, dizendo que estava obedecendo a ordens imperiais etc. Daí, ela mesma escavava à noite, especialmente no fim da sua vida. Para nós aquilo já tinha virado até piada.

Aélio se lembrou de Ben Matias, que havia mencionado Zenóbia, prisioneira durante anos em Tibur, e que precisava visitar "a sepultura da velhinha". Deixemos de lado a visita. Por que uma rainha oriental e um inimigo de Roma estariam interessados no sepulcro de Antínoo? Judeus, partos, aliados persas de Zenóbia: haveria possivelmente um sentido não muito claro à primeira vista em tudo isso?

— Ela encontrou alguma coisa? – insistiu.

— Não encontrou nada. Nós a observávamos para ver se não estava causando muito estrago. Neste monumento bem aqui ela conseguiu entrar, mas nós a pegamos em flagrante e fechamos a porta com pregos. No dia que ela morreu, todos nós ficamos aliviados. Os filhos dela nunca mais vieram visitar a villa, e acredito que ainda estejam vivos, se ninguém os matou. O meu próprio filho morreu há um ano atrás, e até a última hora ainda estava preocupado com a possibilidade de alguém vir escavar o jardim.

17 de agosto, quinta-feira (dia 24 do mês de Mesore)

Continuação das anotações de Aélio Espartano:

Aqui eles o chamam de herôon, à moda grega. É um edifício de mármore com o formato de uma cesta redonda, cercado de 22 colunas. Algumas pessoas acreditam que esta seria a idade de Antínoo quando morreu e duas vezes os anos que ele passou com o seu amigo e amo. A porta, cuja chave há muito foi perdida, não abriu, e nem abriria devido ao acúmulo de sedimentos ao seu redor. O monumento inteiro parece como que submerso pelo passar dos anos. Os pregos que o filho de Opiliano colocou para impedir a entrada estão enferrujados, de modo que os arranquei sem muito esforço hoje, na festa de Portunus, deus das chaves e aberturas. Olhando através da fresta de uma das nove janelas, pude distinguir um sarcófago lá dentro. Daí, penso que o corpo de Antínoo esteve pelo menos por algum tempo guardado aqui, a menos que o monumento seja em homenagem a alguém especial, cujo corpo esteja enterrado em outro lugar, igual ao do Egito. Como não adiantaria forçar a porta para abri-la, pedi ajuda a um bisneto de Opiliano, um menino de 8 anos, que poderia espremer-se através de uma das aberturas e me dizer o que via. Tinha pouca esperança de que ele pudesse abrir a porta pelo lado de dentro para que eu entrasse, mas o garoto era bem esperto, e a fechadura não foi difícil de abrir. Admirei-me, levando-se em consideração as geadas, chuvas e a ferrugem acumulada durante todos aqueles muitos anos.

Não pude deixar de pensar quanto tempo fazia que a luz do dia não iluminava aquela câmara mortuária. Ninhos de ratos e folhas secas cercavam um sarcófago perfeitamente comum, o qual, decidido, por causa do meu dever, apesar das reclamações de Opiliano, mandei que os servos abrissem, o que não foi simples, por causa do tamanho da tampa e do espaço exíguo. Dentro (não sei dizer se esperava isso ou não), encontramos um vaso de alabastro que no Egito chamam-se "vasos canopos" ou "canópicos". Lembrei-me de que Theo me havia dito que, depois do afogamento, Adriano viajou rumo ao sul, para Ptolemaida e Tebas, levando o coração do Menino num "vaso" com uma tampa onde se encontrava esculpida a cabeça humana de Imseti, que está sob a proteção de Isis. Este vaso, com efeito, tem uma tampa de cabeça humana. Se era somente isso que a sepultura devia conter, ou se o corpo em si – cinzas, múmia – estiveram ali antes, ficou por conta da minha imaginação.

Dentro deste recipiente selado e translúcido, pensei, estava o que antes era o coração palpitante de alguém profundamente amado! Onofrius, tremendo, por ser supersticioso, disse-me que os caracteres do vaso queriam dizer, se é que posso crer nisso: "Antínoo, o Justificado." Na parte de trás do vaso (Mu), *três linhas onduladas;* (khebs) *um disco solar seguido de uma perna humana e o que parece ser um arado. Onofrius disse que significa "roubo da água" ou "ladrão da água", o que me fez lembrar do sonho de Dio em que o Menino tirava água do Nilo com uma concha, e do sacerdote que me disse no Egito que rezar para Antínoo nos protege dos ladrões d'água. Isso me ajuda na investigação? De jeito nenhum. A minha única consolação foi que o vaso media pouco menos de um pé de altura, daí que podia ser o conteúdo destinado à caixa de mármore sob o obelisco de Canopo. Então, será que existe uma múmia? Será que existiu um dia? Com o coração pesado, mandei recolocar o vaso no sarcófago, sem abri-lo.*

Tendo terminado esta tarefa, embora não houvesse nuvens cobrindo o sol, a luz do dia começou a desaparecer. Antes que me desse conta de que estava ocorrendo um eclipse, os servos se espalharam como bons supersticiosos que são, e não houve explicação nem ameaça que os detivesse. Deixaram-me sozinho perto do herôon, e lá perma-

neci para provar como era tola aquela superstição, até que o disco do sol ficou completamente escuro e as estrelas cintilaram novamente no céu de um cinza lívido. Contudo, aquela coincidência mexeu comigo de uma tal forma que, o inusitado frio produzido pelo fenômeno, me fez imaginar o que poderia significar, senão até mesmo pressagiar.

Capítulo X

19 de agosto, sábado (dia 26 do mês de Mesore)

Rascunho de uma carta de Aélio Espartano a Sua Divindade:

As excursões com Onofrius nos levaram hoje aos jardins da mãe de Nero, no Campo do Vaticano, e aos Jardins de Domícia, vizinhos a eles. Já passamos o pente fino em metade da cidade procurando monumentos egípcios obscuros, e agora no teatro de combates navais, chamado Naumaquia de Adriano, meu repelente guia — fonte de infindáveis curiosidades — insiste que aqui o patriarca cristão chamado Cefas, que é o termo hebraico que designa "pedra" (portanto Pedro, como é conhecido entre eles), foi executado por ordem de Nero. Isso, pelo que observei, é uma variação da tradição segundo a qual ele foi sepultado aqui por perto, teste Tácito, *no hipódromo construído por Gaio Calígula, exatamente como diz* Tácito. *O modesto sepulcro de Pedro, aliás, está à vista de todos, testemunhando o tratamento ameno de todos os Césares desde os eventos que se seguiram ao Grande Incêndio.*

Aproveitando uma oportunidade de perambular sozinho, voltei à Via Triunfal (os jardins da Senhora imperial são antigos, mas ainda se podem notar vestígios de formas modeladas nas plantas pelos topiários). No cruzamento com a Via Cornélia, que passa diante do mausoléu de Adriano, passei de novo pela pirâmide de mármore que me impressionou quando cheguei à Cidade. A essa altura eu já tinha visto outras maiores (inclusive a de Céstio, do lado oposto da cidade), ao passo que as pequenas estão em toda parte, e apesar de os camponeses se referirem a todas como Meta, elas dificilmente lembram os postes cônicos que demarcavam a pista de corrida de carros num estádio.

A essa altura Onofrius veio caminhar ao meu lado, e começou a me contar histórias de julgamentos de cristãos onde todos os tipos de milagres aconteceram, desde raios que atingiram o juiz até círculos de fogo protegendo a virtude das rés. Ele até me contou que algumas flagelações não deixaram marcas na pele do mártir, que leões na arena recusaram-se a morder a vítima etc. Quando perguntei, então, como é que nenhum deles sobreviveu à lâmina do carrasco, ele emudeceu. Por isso entendi que ele ou não tinha resposta, ou tinha medo que eu pensasse que ele ainda era cristão. Seria um prazer deixar de lado suas tolices e a Cidade, excessivamente quente, durante alguns dias.

20 de agosto, domingo (dia 27 de Mesore)

Carmínia Repentina era chamada de Minula por seu finado marido Tuscus, eleito cônsul com aquele Anio Anulino — agora pró-cônsul na África — com uma imensa quantidade de julgamentos de cristãos na agenda. Aélio, que tinha conseguido suportar dois jantares intermináveis na companhia das filhas do superintendente em Tibur, foi à casa de Carmínia em um dia em que o vento parecia ter se enfiado debaixo do tapete do mundo.

Os escravos estavam jogando baldes de água nas sacadas, o que fazia com que o vapor subisse no jardim. Através dessa bruma, como uma ninfa de meia-idade, Repentina avançou para recebê-lo e perguntou de imediato se havia notícias de Roma. Já esperando a pergunta, Aélio tinha se atualizado com os mexericos da cidade o melhor que podia, e citou alguns nomes no momento adequado, e compensou o resto dando de presente à sua anfitriã uma nova edição de um livro de poemas.

— Ora veja — exclamou ela — Samônico Júnior! Como sabias que eu gostava de poesia filosófica?

— Eu não sabia, mas como era a mais recente edição disponível, achei que talvez não a tivesses comprado ainda.

Não havia como chegar ao assunto antes de concordar em ver a árvore genealógica, a máscara mortuária do Tuscus, uma dúzia de bustos de ancestrais, e os muitos diplomas honoríficos exibidos em tabuletas penduradas nas paredes dos corredores. Placidamente, Aélio aceitou aquela doutrinação toda, com a intenção de obter em troca a visita prometida à biblioteca, mas também com real interesse pelas opiniões de uma nobre de família tradicional.

— As grandes famílias estão em extinção — disse Repentina, em um sussurro aristocrático muito bem ensaiado, acima do leque, que abanava rapidamente. — Logo não vamos mais existir, e aí Roma vai perceber que perda irreparável sofreu. Ora, nunca houve tantos olhos azuis no funcionalismo público! Quando eu era pequena, podia-se ir a uma festa, e não se ver nem um único par de olhos azuis.

— É um fato no qual vale a pena ponderar — disse Aélio, reprimindo um sorriso irônico. — Gostaria de saber como era essa coisa da cor dos olhos na época do deificado Adriano.

— Sabes, não é para me gabar, mas a família do finado cônsul conhecia bem os assuntos imperiais. Do lado materno, eles são Anicii, tão antigos quanto as colinas e gloriosos durante séculos, o ancestral em questão é aquele Márcio Turbo que sufocou a rebelião na Mauritânia e se tornou comandante da guarda depois de sua missão na Dácia e na Panônia. É sua correspondência que deves ler. O filho de Márcio, Lúcio, viajou com o imperador. — Uma vez dentro da sala de jantar de verão, entrecortada por janelas estrategicamente colocadas, ela se sentou em uma cadeira de braços de vime e pediu a Aélio para fazer o mesmo. — Ele era excelente alpinista (todos os homens na família do finado cônsul têm pernas lindas, muito vigorosas), e acompanhou Adriano ao cume do monte Etna e do monte Casio, onde um raio quase os atingiu enquanto faziam um sacrifício. O sacerdote morreu, e ele também era parente nosso, mas por afinidade, e por isso não vou aprofundar-me nesse detalhe, Lúcio ficou com os cabelos chamuscados por causa do raio. — Um monte de cachos, fora de moda, para não dizer antiquados, davam a Repentina a aparência antiga de uma máscara de teatro, embora a severidade das feições, bem evidentes apesar dos sinais cuidadosamente retocados, revelasse a formidável guardiã de virtudes ancestrais. Minula era um apelido contraditoriamente encantador para ela, e Aélio teve a impressão de que nenhum homem, nunca muito menos o ex-cônsul, tinha conseguido fazê-la mudar de opinião. Chamando um servo com o dedo indicador, mandou-o abrir a biblioteca.

— Verás que me preparei para tua visita.

— Eu vos agradeço deveras.

Ofereceram-lhe frutas produzidas na villa, e ele teve de provar todas, muito embora preferisse começar a examinar as estantes.

— Lúcio também viajou para o Egito com o imperador? — conseguiu perguntar.

Repentina olhou-o, pensativa, talvez avaliando se deveria lhe conceder a honra de uma resposta.

— Sim — disse, então, naquele seu sussurro áspero. — Ele era um dos rapazes dourados, mimados, de cabeleira cacheada, e supostamente foi preciso o pai usar a vara e pagar três mocinhas gregas muito caras para trazê-lo de volta ao bom caminho depois. Os rapazinhos do Adriano todos tinham cabelos cacheados. Ora, o Lúcio também, e fez amizade com todos os outros.

— Todos?

— Sim, com os outros, os contemporâneos do Antínoo. Havia montes deles, e eles faziam o que fazem todos os garotos: caçar, andar a cavalo, dar festas, estudar com afinco, também, porque Adriano gostava que seus companheiros tivessem uma educação à altura. E sempre eram oito ou nove deles, assim diz a história da família. Os nove ídolos, era como os chamavam, Pancrates é que os chamava assim, porque era um mexeriqueiro, e é um milagre não ter sido decapitado, charlatão e poetastro que era, como muitos foram por muito menos.

Aélio achou prudente não fazer cara de extremamente ansioso e estendeu a mão para pegar uma ameixa.

— Eu nunca li nada disso nos textos de Pancrates.

— Pois estou surpresa diante do simples fato de leres Pancrates. Quase ninguém lê suas obras hoje em dia. Mas esses detalhes não estão em seus poemas, estão nas cartas do secretário imperial, Suetônio. Suetônio mantinha correspondência com Márcio Turbo, que se preocupava com o fato de seu filho

Lúcio conviver com o grupo de rapazes imperial. Essas ameixas são excelentes para a saúde, aposto que podes notar a diferença.

— Não há comparação com as ameixas que se compram no mercado, madame. Seria Antínoo um dos nove?

— Se é que podemos confiar em Suetônio, ele era o décimo ídolo, e o mais importante. Pensa só, as mudas dessas ameixeiras foram trazidas da Sicília pelo finado cônsul. Um verdadeiro Cincinato, os historiadores deviam escrever sua biografia o mais breve possível. Naturalmente, eu preferiria que um romano a escrevesse.

Aélio entendeu a indireta, e disse que conhecia pelo menos dois colegas nascidos na Cidade que receberiam esse desafio de braços abertos.

— Por acaso ainda existe alguma carta dessas de Suetônio para Márcio Turbo?

— O finado cônsul mandou fazer várias cópias delas, e sim, estão bem aqui, mas só as verás se ficares até o final da semana.

— Madame, eu vos agradeço imensamente.

— Mas aceitas?

Ficar ali representaria atrasar-se em quatro dias na sua programação.

— Aceito com satisfação — apressou-se a dizer. Correspondência particular desse tipo era difícil de se encontrar, e além disso, apesar das ameixas e da galeria de retratos, ele entendia como o verão no campo para uma viúva devia ficar tedioso depois de certo tempo. — Poderias me explicar esse mexerico do Pancrates?

Repentina levantou-se da cadeira e disse:

— Vem comigo — convidando-o a segui-la com um gesto elegante da mão. — Parece que quando a comitiva imperial saiu da Arábia e seguiu para o Egito, tinha havido uma discussão violenta entre Adriano e Antínoo. Pode ser que tivesse alguma coisa a ver com o fato de Adriano ter levado Lúcio consigo na escalada (não poderia evitar, a meu ver, porque ele era bom alpinista), ou com o fato de Antínoo ter cortado os cabelos bem curtos e estar deixando a barba crescer. Ambos os motivos aparecem nas cartas de Márcio como possíveis. A biblioteca fica por aqui, cuidado onde pisa.

Ai, mas é incrível o que acontecia naquelas viagens, pelo que se pode deduzir. Rompantes, portas batendo, e ataques de gênio piores do que os de uma cabeleireira antes de um casamento. Os garotos começaram a escolher lados, pelo menos aqueles que estavam na comitiva do imperador durante essa fase da viagem.

— E quantos deles havia?

— Não me lembro, vais ter de ver por ti mesmo, se as informações estiverem nas cartas. Sei que Lúcio e o jovem Modesto e Alcibíades e, naturalmente, Antínoo estavam lá. Podia ser que houvesse outros.

A biblioteca, também sala de leitura, era bem iluminada e impecavelmente isenta de poeira. De uma prateleira baixa, Repentina tirou um índice encapado e colocou-o nas mãos de Aélio, prontas para recebê-lo.

— A situação ficou tão intolerável que a imperatriz pediu para desembarcar com suas amigas e suas damas de companhia. Até mesmo Adriano já estava cansado de tudo aquilo no final, e aproveitou a ocasião da caçada aos leões para sair da barca.

Evitando abrir o índice, o que foi extremamente difícil, devido a sua ansiedade, Aélio procurou comportar-se da forma o mais contida possível.

— Pensei que o imperador tivesse levado Antínoo consigo.

— Não de acordo com Márcio Turbo. Ele diz que Lúcio devia ir, mas ele, sendo seu pai, acabou convencendo o imperador que ele devia ficar a pretexto de estar com o ombro dolorido. — Com o dedo, criteriosamente, a aristocrática senhora percorreu a beirada da prateleira mais próxima. — Adriano talvez quisesse ficar sozinho (ele adorava caçar, como sabes), já que não insistiu para nenhum dos garotos substituir Lúcio.

— E Antínoo, o que fez?

— Ele foi porque quis. É um episódio grotesco, porém de menor importância. Flegon, Suetônio e outros cronistas contemporâneos ignoram-no, mas encontra-se razoavelmente bem descrito em uma das cartas. — Repentina abaixou ligeiramente a cabeça, e o deixou sozinho.

O índice remissivo, com entradas bem destacadas, facilitou o trabalho de Aélio. A correspondência em grego e latim encontrava-se relacionada separadamente, por autor e por assunto: Emílio Papus, Atiano, Avídio Cássio — desfilavam diante de seus olhos nomes que ele só tinha visto antes em livros de história. Nomes empoeirados, glórias esquecidas: qual a probabilidade de ele descobrir pistas para uma conspiração? Através da janela aberta, partículas de pólen vindas do jardim dançavam cintilantes em torno dele, no momento em que ergueu uma página do meio do livro para examiná-la à luz solar e sentiu, antes mesmo de ler detidamente o documento, que tinha encontrado o que estava procurando.

Era uma carta de Márcio Turbo a Suetônio Tranqüilo, *ex-diretor da correspondência imperial*. O fato de o grande historiador ter sido despedido da corte por uma suposta indiscrição era conhecido de Aélio, mas apenas a data do documento, dias depois da morte de Adriano, justificava o atrevimento do intercâmbio.

Estás lembrado, Tranqüilo, das palavras de Cícero, sobre a coragem ser um hábito da alma? O Menino resolveu que não ia ficar para trás, e, assim que pôde, conseguiu um guia, bestas de carga, e seguiu o imperador. Rapazinho mais tolo! Não tinha ouvido os relatos feitos à comitiva imperial sobre o leão que aterrorizava o campo? Ou será que acreditava que era páreo para o animal ou para os exímios caçadores do imperador? Embora tenham dito na época (e Flegon, o plebeu, descreveu o episódio em seu tom costumeiramente pomposo) que Adriano e Antínoo saíram para caçar juntos, não foi esse o caso. Adriano nem mesmo sabia que o Menino estava ali por perto. Presumia que Antínoo, e disse-me isso ele mesmo depois, ainda estava na barca, ou em um dos muitos locais em que eles pararam durante a viagem.

Aquele jovem problemático fez o mesmo na Sicília e na Síria — não querendo ficar para trás, tinha se perdido nas montanhas na primeira vez (há um santuário ainda existente a meio caminho do cume do vulcão, lembrando a sorte que tinha sido ele haver sido encontrado por um grupo de busca, muito depois de o imperador haver descido após ver o arco-íris da aurora), e, da segunda vez, tinha se arriscado a ser atingido por um raio, mesmo enquanto seu mestre encontrava-se com meu Lúcio no alto da montanha. Dessa vez Antínoo adentrou sem cautela alguma no território onde o leão, sem que ele soubesse, estava agachado, à espreita. A fera derrubou seu guia da montaria, e devorou-

o diante dos olhos do rapaz; as bestas de carga e servos da caravana saíram correndo para todos os lados, e o Menino ficou sozinho diante do leão, com uma lança mais adequada para caçar cervos do que para presas mais perigosas.

Foi um milagre Adriano, depois de chegar mais perto da cova do leão com sua comitiva, achando que os animais e servos estranhos que viu estavam fugindo da fera, ter decidido ir averiguar o que estava havendo. Imagina a surpresa que teve ao ver Antínoo, cujo cavalo havia sido ferido pela fera e estava morrendo, diante do leão, que já armava o ataque fatal. Foi preciso apenas um instante para que o regente lançasse um dardo infalível direto no coração do felino, mas deixo ao teu julgamento o que poderia ter ocorrido se ele tivesse demorado mais, ou... o que poderia ainda ser mais provável... estar em outro lugar totalmente diferente naquele momento. Meu Lúcio, a salvo comigo na barca, não só foi poupado daquela cena arriscada, mas também da terrível cena de recriminação que provavelmente aconteceu entre os amantes.

Uma vez mais me perguntas se tenho informações seguras sobre a morte de Antínoo, mas eu te disse pessoalmente tudo que sei. Dizes que conspiradores misteriosos o abordaram no Egito, que tirando vantagem de seu desespero momentâneo, tentaram atraí-lo para o seu lado. Ignoro quem sejam tuas fontes, pois jamais ouvi esses boatos. Já perguntaste a Cesário Quinto? O que sei com certeza é que o imperador mandou fazer um obelisco funerário para Antínoo na sua villa em Tibur, na intenção de transferi-lo com o corpo mumificado para Toma, mas não teve tempo de fazer isso antes de morrer.

De pé, cercado por aquela luz solar, Aélio ficou parado contemplando as partículas cintilantes em torno de si. Esta era a primeira confirmação indireta de que uma conspiração realmente existira na época de Adriano, e havia alcançado até a comitiva imperial durante a viagem ao Egito. Quem eram e qual era o motivo importavam menos agora do que saber que podia admitir a existência de uma conspiração. Teria Suetônio seguido o conselho de sondar Cesário, a quem as ordens perdidas de Adriano haviam sido endereçadas?

Com relação ao sepultamento de Antínoo, a sentença final da carta era ambígua. Podia ou significar que o corpo havia sido transferido para Roma sem o obelisco, ou que nenhum deles havia chegado à cidade. Uma coisa estava confirmada, porém: eles o haviam mumificado, como Theo e seu colegas afirmaram. Se Onofrius fosse capaz de encontrar um lugar (um ponto preciso, um bairro, uma cidade — qualquer coisa ajudaria) no obelisco dos Jardins dos Varian, o penúltimo passo para encontrar o sepulcro talvez estivesse bem próximo.

À senhora Repentina, quando ele foi chamado por um servo para jantar, Aélio só disse que havia considerado a correspondência de grande valor e que havia provas abundantes da importância da família. Na verdade, a coleção continha, na sua maior parte, mexericos da corte sem valor nenhum, e ele só levaria um dia para ler suas mais de cem cartas. Conformou-se em fazer companhia à viúva, com todo o prazer, só por essa descoberta. Mencionou os nomes de Júlio Capitolino e do Muito Honorável Vulcácio Galicano como possíveis autores da biografia de Tuscus, e forneceu detalhes sobre a Corte de Nicomédia, a Rebelião, e a produção de frutas do Egito.

— Bem de perto — disse-lhe ele enquanto consumiam um faisão assado criado na villa, e ele achava que ela nunca mais ia calar a boca — tu me fazes lembrar um retrato de Agripa quando jovem, um pouco sério demais, mas agradável. Os cabelos grisalhos dão-te uma aparência distinta, apesar de teres olhos azuis, afinal, nada podes fazer a respeito deles. É ótimo que gostes de conversar, pois, ora, pode-se dizer que tu tens *urbem in rure,* e é verdade mesmo que os confortos da cidade não faltam aqui, graças ao último cônsul. Mesmo assim, aqui é um lugar provinciano, e uma visita é sempre um prazer ao qual não se pode renunciar. Aliás, pretendo não deixar-te sair da propriedade enquanto estiveres aqui, porque não vejo motivo para ires a pé, como dizes que estás disposto a fazer, até as antigas propriedades imperiais de Subíaco e Preneste, que estão semi-abandonadas, e de onde os servos vêm roubando coisas faz séculos. Não há bibliotecas em nenhum dos dois lugares. Talvez seja bom que o emissário do César seja visto, de vez em quando, no recinto. Como militar, poderás usar os termos apropriados e restringir os abusos de residentes da proximidades, tais como: conectar as villas abandonadas a suas propriedades por meio de encanamentos, os libertos e novos-ricos fazem isso, sempre fizeram e sempre farão, a menos que alguém os vigie como falcões; cortar lenha nos bosques, matas e pomares do governo. Já vi fazerem isso eu mesma, e gritei, como podes imaginar, para que os culpados parassem de imediato e saíssem correndo, embora fosse apenas uma mulher gritando de sua liteira. Andaram também roubando bancos dos parques do palácio para reutilizá-los em seus pátios insignificantes, e coisas assim. O finado cônsul ficou convencido de que maus exemplos dados por regentes que não mencionarei (sabes quem são, prezado Espartano), que se associaram a servos e libertos, dando-lhes acesso a estes lugares, é que causaram essa situação. Olhos azuis por toda parte, é uma invasão dos nossos órgãos públicos! Percebo que estou puxando um pouco a sua orelha, mas se é preciso puxar-te um pouco a orelha para que te lembres de informar tudo isso ao Senhor Diocleciano, então, que seja. *Repetita juvant* é o que sempre digo, nunca é demais repetir. — Repentina ficou incentivando os servos a encherem o prato de Aélio, sem parar de falar. Quando ele lhe fez uma pergunta, ela parou apenas o suficiente para deixar as poucas palavras do seu visitante passarem através da tagarelice incessante dela, e ergueu as sobrancelhas.

— Se acho que o sepulcro de Antínoo é em Roma? Mas claro que é! Márcio Turbo costumava passear com o filho diante dele, para recordar-lhe o que significa ser o preferido. Onde, em Roma? Não faço a menor idéia, mas posso te dizer como chegar ao monumento dos Marcii.

Aélio precisou de todo o seu tato para manter sua promessa de ficar depois de receber um bilhete de Paratus, na quinta-feira, informando-o de que tinha conseguido, por intermédio de velhos conhecidos nas fileiras da patrulha noturna e da brigada de incêndio, obter permissão para "escavar, limpar e reparar" o obelisco quebrado nos Jardins dos Varian. A substituição dele, no seu próprio pedestal, às suas expensas, também podia ser considerada uma possibilidade, se pudesse ser feita etc. Aélio permaneceu até sábado, mordendo-se de raiva, na residência de Repentina. Aí, tirando vantagem do primeiro dos três dias das comemorações do feriado de *Mundus Patet*, em memória dos mortos, ele partiu para a Cidade, depois de prometer a Repentina que iria conseguir um historiador romano para escrever a biografia do finado cônsul.

24 de agosto, quinta-feira (o primeiro dos seis dias egípcios intercalares, ou epagômenos)

Um céu de meio de tarde, de um verde bem claro, estendia-se à espera de estrelas quando Aélio chegou ao Quartel dos Agentes Especiais. Já havia visto lençóis finos tingidos dessa cor, pendurados sobre portas no Egito e formando cortinas meio desmazeladas; o severo edifício do exército, ecoando de tantas passadas e vozes que gritavam, amenizava-se diante da leveza e do tom suave desse cenário. *Se,* pensou ele, *agora e durante dois outros dias, os mortos caminharem pela terra, devido à abertura do fosso sagrado que chamam de* mundus, *irão apreciar deveras a beleza deste céu dos vivos.*

Durante os poucos dias que Paratus tinha passado em seu alojamento apertado, havia conseguido "instalar-se", conforme disse, com a ajuda de seu servo leitor e as informações que recebia de fora. Bem de acordo com seu currículo de policial, aconselhou prudência sobre os boatos de conspiração, mas a notícia produziu nele o mesmo efeito que havia produzido em Aélio.

— Quando era mais jovem suportava a expectativa com muito mais facilidade — confessou. — Mas agora que estamos tão perto de decifrar o obelisco, mal consigo suportá-la. Não ouso perguntar o que mais poderias ter descoberto.

— Descobri uma outra versão da morte de Antínoo, bem mais idealista que as outras. Ciúme e despeito entre favoritos, e o medo dele de ser substituído. Mas como Márcio Turbo era o pai preconceituoso de um dos "garotos dourados", vou precisar dar um desconto quanto a essa narrativa. Nas villas imperiais de Preneste e Subíaco não encontrei nada que prestasse, embora o mosaico do Nilo, em Preneste, no santuário de Fortuna, seja semelhante aos que vi em Antinoópolis, o sacerdócio em nome do Menino não existe mais lá. Também há uma tradição familiar que praticamente confirma a localização, na Cidade, do túmulo de Antínoo, mas não se sabe o lugar exato. Presumivelmente extramuros, ao longo de uma das estradas consulares. A coisa menos confiável de todas foi um mexerico de Suetônio para Márcio Turbo, alegando que — segundo ele — "Antínoo era filho ilegítimo do quase defensor dos cristãos, Plínio, o Jovem", concebido enquanto ele era procônsul da Bitínia.

— Mas que absurdo!

— Foi mais ou menos isso que eu disse à minha anfitriã. Ela é menos cética, pois, na época de Trajano, Suetônio era amigo muito chegado de Plínio, e há rumores de que o procônsul, mais ou menos aos 50 anos, sem ter tido filhos de suas esposas, finalmente uniu-se a uma jovem local, nascida livre. Parece improvável que o Menino terminasse em um bordel homossexual em Baia. Quanto à conspiração, na biblioteca da madame, passei o pente fino nos biógrafos do deificado Adriano para ver se encontrava alguma palavra que pudesse confirmar isso, mas essa informação, passada em particular pelo Suetônio, foi tudo que encontrei. Mesmo assim estou muito animado.

— Suetônio seria bem capaz de torcer a verdade — recordou-lhe Paratus. — Eu te agradeço por me mandar o relato de tua estadia em Tibur. Como nunca visitei essa grande villa, ouvi a leitura do teu relatório com grande interesse. Francamente, porém, não foi prudente passares a noite lá sozinho. Qualquer um poderia ter te seguido e esperado uma chance para te assassinar.

Aélio sentia-se otimista demais para se importar.

— Pois desafio os assassinos a passar por aquele labirinto, principalmente no escuro. Além disso, postei meus guardas nas entradas. Espera até eu te contar uma hipótese que elaborei durante minha visita à villa e aperfeiçoei na biblioteca da madame. E tu, o que me dizes? Tens notícias da tua propriedade?

— Algumas. Um de meus filhos vem de Minturno para administrar a taverna na minha ausência, e vamos começar a trabalhar no vinhedo de novo. Meu outro filho fica com minha esposa, só por via das dúvidas. Já lhe dei bastante preocupação durante todos esses anos, e não desejo que nada aconteça a ela. —Virando a cabeça para a janela, pela qual se ouviam os sargentos gritando ordens do lado de fora, Paratus pareceu ligeiramente perdido depois dos sons de exercícios militares. — Não sentes falta da vida militar?

— Não.

— Eu sinto. Estar aqui me faz bem. Aliás, na tua ausência também tratei de contratar uma equipe e, se tu aprovares, os operários estão prontos a começar a trabalhar no obelisco amanhã mesmo. A II Coorte vai mandar uma dupla de policiais para observar, mas só pode ser vantagem para nós ter a fiscalização deles. O único obstáculo é aquele desclassificado, o Onofrius, que alega que um grupo de comerciantes de Alexandria está vindo a Roma para uma visita guiada, e quer tirar o corpo fora. Eu o fiz jurar que vai aparecer regularmente à tua porta, logo de manhã cedo.

— Excelente, obrigado.

Paratus foi se deslocando às apalpadelas pela salinha até a janela, por onde o eco das ordens militares reverberava.

— Quase excelente. A II Coorte não quer concordar em deixar tua escolta participar da vigilância. No teu lugar, eu pediria aos teus homens para permanecerem por perto mesmo assim.

Portanto, agora tudo estava se organizando: ele tinha um tradutor, um colaborador, tudo estava à sua disposição na Grande Cidade. Ele saiu do Quartel dos Agentes Especiais muito bem-humorado, desceu a rua até sua casa, para ler a correspondência, e em seguida permitiu-se o luxo de relaxar nas termas públicas antes da hora de fechamento do estabelecimento. Dada a característica fúnebre do feriado, muitos procuravam não ir a lugares públicos, de modo que ele escolheu as Termas de Trajano, com a intenção de depois dar uma olhada nas livrarias próximas da Viela dos Sapateiros.

Aélio não seria capaz de explicar o que aconteceu depois. Num momento, estava estendendo o braço por cima do balcão da livraria apinhada para pegar um volume, e no próximo, sentiu um baque. Não, um baque e tanto, aliás um baque cortante, como o som de sapos pulando nas piscinas de Tibur, o silêncio de um corpo penetrando em outro, e isso teria permanecido uma vaga lembrança impressa na memória, se ele não tivesse visto o arco reluzente de gotas de sangue respingando nas costas e rostos das pessoas ao seu redor. A cena veio acompanhada de uma dor semelhante a um golpe na clavícula, embora a atenção de Aélio estivesse voltada para o movimento do arco de sangue, e como um aço de formato semelhante ao de um peixe tinha-o traçado no ar. Um tumulto em torno dele, corpos colidindo uns contra os outros, e, por instinto, uma necessidade de estender o braço para deter a mão que segurava a arma. Um rosto surpreso destacou-se em meio ao tumulto, sobre o ombro de outra pessoa, os lábios murmurando algo parecido com "tem uma faca", e aquele impacto cortante de novo, o arco brilhante espargindo gotas, uma umidade doentia sob seu braço, a mão subindo até ele antes de estender-se de novo para a lâmina pisciforme. Sua mão espalhou sangue dessa vez, e não conseguiu agarrar, as pessoas amalgamaram-se e separaram-se. Durante todo esse tempo ele estava perfeitamente consciente da loja, das feridas, do sangue jorrando, seu guarda-costas jogando-se contra ele como um touro. A escuridão durou um instante, mas nela, pequenos animais fazendo barulho e debatendo-se em águas rasas, o movimento lento da mão de Anubina pondo o prato diante dele, e a luminosidade do vaso de cobre na sua sala, tomaram corpo. O guarda-costas gritava, pressionando com o punho um maço de pano contra sua clavícula e seu pescoço. Dali por diante, Aélio continuou plenamente lúcido, embora não se lembrasse de nada entre o momento em que o esfaquearam e o momento em que um cirurgião da marinha fez uma careta e disse: "Ih, rapaz!"

26 de agosto, sábado (terceiro dia Intercalar)

Uma linha fina, mais fina que uma fita, separava o sono profundo de um estranho estado de suspensão animada, durante o qual — a noite inteira — Aélio percebeu pessoas indo e vindo, um murmúrio e dor, amortecida e cansativa. Acima de tudo, angústia por ser incapaz de intervir, como se paredes de pano o separassem dos outros, deitado de costas, inerte. Parecia impossível que esses trapos transparentes bastassem para segurá-lo. Eles flutuavam acima dele às vezes, como um emaranhado tremulante, tremeluzente de algas, curvando-se devido à corrente, enquanto ele jazia no fundo, semiconsciente, sem forças. Entrando e saindo naquele estado febril, submerso, Aélio afundou e subiu à tona durante horas, durante toda a segunda manhã. Depois a sede e inquietude, a irritação diante das vozes multiplicando perguntas e explicações em torno dele, o fizeram voltar à plena consciência, recuperando as energias, embora não com todo o vigor.

— Eu sei o que houve, eu estava presente. — E mandou todos saírem, menos Paratus, que tinha ficado de pé à cabeceira da cama, pelo menos, durante as últimas três horas, e a quem Aélio disse: — Pelo amor de Deus, senta-te também tu.

— Cortaram a garganta do soldado da escolta que estava à entrada da loja — disse-lhe Paratus. — Acho que não sabes disso. O mesmo teria acontecido a ti se a multidão não impedisse um ataque pelas costas; mesmo assim foi um milagre não terem tentado cortá-la de lado. — O veterano olhou-o de um jeito frustrado e raivoso que revelava como se sentia inútil devido a sua cegueira. — O chefe da tua escolta me contou a cena. Como eu desejaria ainda ter meus olhos, jamais teria permitido que matassem o assassino, porque agora nunca saberemos quem ele era, nem quem o mandou. Mas a comoção atraiu os seguranças das termas para lá, e eles o abateram a golpes de espada.

Aélio tateou as bandagens, endurecidas pelo sangue seco e pelos remédios aplicado nas feridas.

— Ele estava segurando algo identificável?

— Segurando, não. Havia nele mesmo uma coisa inconfundível. Tinha perdido um dos dedos da mão esquerda. Podemos presumir que seja o mesmo do bando que atacou minha taverna, mas não mais do que isso. — Apesar de magro e alto, Paratus parecia menor diante do seu fracasso do momento, a ponto de Aélio, já lamentando a morte de seu guarda-costas, sentir-se culpado por sua imprudência. — Ainda bem que o quartel-general da Frota de Miseno é bem perto dali — continuou Paratus, com os cotovelos na mesa-de-cabeceira. — O cirurgião da marinha parece ter deduzido que o assassino era marinheiro, pelos calos nas mãos dele. Também disse que a hemorragia que sofreste no pescoço foi tão grave que ele achava que tu não irias resistir. Isso eu sei por experiência: vão se passar alguns dias antes que possas fazer algo sobre o obelisco ou qualquer outra coisa.

— Não. — Ao tentar erguer a cabeça, Aélio sentiu uma dor terrível, e foi obrigado a desistir. — Não. Não há tempo. Quero Onofrius nos Jardins dos Varian com a II Coorte, a escolta, qualquer coisa. Quero que leiam aquele texto e o traduzam hoje mesmo.

— Isso também vai ser impossível. Onofrius não apareceu. Ao contrário do que ele tinha dito antes, não estava com nenhum grupo de comerciantes de Alexandria. Dois de teus homens foram buscá-lo na manhã de ontem, e descobriram que ele saiu da cidade com suas tralhas e o último pagamento. A polícia está procurando por ele, para ver se não teria algo a ver com o atentado contra ti.

— Ele não se atreveria...

— Não, mas provavelmente foi ele que te traiu para os seus comparsas, e aí convenientemente tratou de fugir.

Aélio sentiu suas forças erodindo-se como se estivesse sendo encoberto por água, e desmanchado por ela, como se fosse feito de areia, quando desesperadamente queria ficar inteiro.

— Se tivesse mandado meus homens vigiá-lo por mais tempo, além das duas semanas — disse, talvez apenas para si mesmo —, isso nunca teria acontecido.

Durante as 24 horas seguintes uma febre altíssima o impediu de qualquer atividade, dando-lhe tempo para se acalmar da cólera que sentia. As vozes voltaram a murmurar no quarto, as mãos frias do cirurgião o tocavam, apalpando, causando dor.

— Onde está a carta? — pensou ter ouvido alguém perguntar. — Onde está? — Mas o quarto estava vazio, azul como a casa de Anubina, apenas dilatado de forma a parecer um espaço sem fronteiras onde ele devia afundar.

No fim da manhã do terceiro dia, já estava lúcido o suficiente para amaldiçoar a necessidade de ficar imóvel contra a sua vontade, e ouvir Paratus dirigir a conversa cautelosamente para as informações que haviam conseguido reunir.

— É verdade, Aélio Espartano. Considera isso um trabalho preparatório para a leitura do obelisco: dada a traição do Onofrius, talvez até um substituto è leitura. Se nos dias que passaste na villa de Adriano formulaste uma hipótese útil, conta-me, que veremos até onde ela nos levará.

Apoiado em travesseiros, Aélio ficou olhando fixamente o teto.

— Porcaria, só posso fazer isso mesmo. — Mandou o servo que estava à porta ir pegar a planta da villa e desdobrou-a na mesa-de-cabeceira diante de Paratus. — Minha teoria tem menos a ver com a causa da morte de Antínoo do que com o momento no qual ele morreu, talvez. Eu a princípio tive um pressentimento na villa, mas depois de estudá-lo detidamente na biblioteca da madame Repentina, convenci-me de que aquele aparente emaranhado de edifícios em Tibur tinha mesmo um objetivo, afinal.

— Um objetivo?

— Não sei bem... Um significado, pelo menos.

— Bom, em geral, todos acham que o imperador estava maluco, pouco antes de morrer. — Paratus estendeu a mão para pegar a planta, apalpando-lhe as beiradas com as pontas dos dedos. — Há aqueles que dizem que a villa ainda não estava completamente pronta naquela época, e outros, que ela representa apenas a inconstância de seu humor.

Aélio voltou a deitar-se impacientemente protegendo os olhos da luminosidade do dia que penetrava pela janela.

— E sua paixão por viagens, já sei.

— Dizem que beirava a obsessão.

— Mas nasceu da necessidade. Não me lembro de nenhum historiador que tivesse comentado que o deificado Adriano viajasse meramente por esporte.

— Até governar é um esporte, para alguns. — Paratus deu seu indefinível sorriso isento de raiva, uma expressão de quem quase chegava a admitir, até mesmo para si mesmo, que era peão em um imenso jogo, mas com pleno consentimento. Com a cabeça virada para longe da luz brilhante da janela, Aélio observou aquele sorriso. Refletiu como apenas os impassíveis, como seu pai, nunca desenvolveram ironia àquele ponto, tendo servido e dado baixa ainda inteiramente convencidos de que a vida militar ainda era a melhor oportunidade para os homens conhecerem o mundo. Isto é, se não morressem enquanto serviam.

— Não posso provar que a villa é muito mais do que um museu de lugares visitados em torno do mundo, Paratus. Os estudiosos que sabem mais do que eu parecem pensar que ela não passa disso. O que me deixou espantado é como olhar para a planta de um jeito abstrato mostra que parte do terreno, pelo menos, destina-se a representar o firmamento.

O sorriso de Paratus mudou perceptivelmente.

— Não podes estar falando sério.

— Mas estou. Põe as mãos nessa folha que tens diante de ti, notarás que fiz furinhos sobre as linhas dos prédios com um alfinete, do verso para o anverso, para que possas senti-los com as pontas dos teus dedos.

A expressão de zombaria desapareceu do rosto do veterano quando seu dedo indicador e o polegar tocaram de leve a planta.

— Continua.

— No princípio, como partes diferentes do complexo foram construídas em épocas distintas, eu, iludido, procurei entender esses elementos isoladamente. A residência e suas áreas de serviço, o Canopo e o quarteirão egípcio, o assim chamado Campos Elísios, daí por diante. — Aélio descobriu que, se fechasse os olhos e bloqueasse a claridade do dia, a febre o incomodaria menos, e ele aí poderia pensar com mais clareza. Tinha sido a mesma coisa no Egito, quando o ferimento tinha sido bem mais grave, e ele tinha jurado a si mesmo que se sobrevivesse iria encontrar uma moça e constituir família. O que encontrou foi Anubina, e por lar teve o quarto azul, e guerras em outros lugares. Com a boca seca pela hemorragia, ele estendeu a mão para pegar o cantil a seu lado. — Aí comecei a perceber que a disposição final ou quase final de todos os elementos compunha um desenho unificado. — A mistura de água e vinagre estava fria o bastante para lhe refrescar a língua; saboreando-a, Aélio observava a mão de Paratus mover-se sobre a planta, hesitante como ele a perambular pela villa à noite, engolido por este ou aquele corredor ou pórtico que enegrecia as estrelas. — Sabe-se com certeza que o deificado Adriano era astrônomo amador. Na barca imperial, em Antinoópolis, eu tinha visto um mosaico representando a região do céu onde se vê a constelação de Órion, sem entender sua importância até perceber que, na villa também, graças às paredes de comunicação, as piscinas, os jardins, os prédios, tudo se combina para formar um conjunto de oito constelações.

— Prossegue, prossegue.

Aélio olhou-o de relance.

— Nesse lugar que teus dedos estão tocando fica a área residencial. Salões de recepção, bibliotecas, aposentos oficiais e semi-oficiais, que deviam ser "lidos" ao longo de seu perímetro comum, e reconhecidos como Órion, com suas principais estrelas marcadas pelo triclínico, pátio externo, alojamentos de oficiais e a residência da ilha. Se te deslocares ligeiramente acima do complexo, vais encontrar o salão de audiências, que acho que é a Lebre. À direita de Órion, a constelação que os astrônomos chamam de Unicórnio é representada pela grande varanda, e ali perto os dois cães que acompanham Órion: o Cão Maior, com Sírius, onde o vestíbulo de entrada permite que se adentre a villa, e o Cão Menor, com Prócion marcando o ponto da torre de observação.

— E essa linha reta?

Aélio engoliu a água, sedento, antes de responder.

— É o caminho do jardim que leva do vestíbulo até o pavilhão do Nilo. Ele combina a linha direta entre Sírius e a estrela chamada, não por coincidência, Canopo, por causa do herói que tem esse nome. A quilha do Argos, Carina, é representada pela parede do terraço da academia. Ali, se prestares atenção, um pórtico quádruplo ocupa o espaço que no céu é ocupado pelo mastro, em formato de cruz, acima da Carina.

— E Argos é a constelação que Manilo ligou ao afogamento. — Com movimentos delicados, os dedos de Paratus percorriam as linhas perfuradas. — Se for verdade, é absolutamente assombroso.

— É absolutamente assombroso, e se não for verdade, ou proposital, é uma coincidência miraculosa.

— O legendário navegador Canopo não morreu afogado?

— Alguns dizem que não só ele se afogou ao largo do litoral egípcio como também seu nome foi dado à estância balneária do Delta perto de Alexandria, e, segundo todos nós sabemos, à estrela-guia do hemisfério sul para os que viajam por terra ou mar. Qualquer marinheiro pode confirmar isso, ou qualquer de nós que serviu em lugares distantes o suficiente para ver Canopo. — Estava começando a ficar cansado de falar. A impaciência de Aélio estava combatendo um desejo entorpecente de dormir, ou ficar apenas deitado, sem fazer mais nada. — Aquele canalha do Onofrius me contou que para os egípcios também é a estrela dos mortos, representando Hórus no horizonte.

— E Hórus é filho de Osíris.

— Sim. É claro, Órion identifica-se com Osíris no Egito.

Os dedos de Paratus continuaram a procurar e a seguir as linhas, procurando entender o desenho diante dele.

— E Sírius os egípcios chamam de Sótis, a estrela do Nilo de Ísis, identificada com Anúbis, que vela pelos mortos. Portanto, esse furinho aqui...

— O monumento fúnebre redondo? — E Aélio acabou com a água do cantil. — Ele assinala a constelação da Pomba, voando à frente do Navio.

— Mas só que não existe no seu mapa uma estrela importantíssima: a que tem o nome de Antínoo.

— As memórias do imperador negam que ela tenha aparecido quando o Menino morreu — na verdade, ele já havia observado essa estrela anos antes. Canopus representa Antínoo na villa.

— Mesmo assim, tudo me parece virado de cabeça para baixo. — Sem aviso, Paratus virou o mapa ao contrário.

— Claro, eu entendo. Este mapa está orientado não pela estrela do Norte, mas pelo Sul, a direção da qual os egípcios acham que vem toda vida e morte.

— E não é só isso. Nas beiradas da folha também se encontram as constelações de Erídano e da Serpente Marinha. Esses são os dois riachos que margeiam o contraforte onde foi construída a villa.

A chegada do cirurgião interrompeu a conversa durante algum tempo. Paratus ofereceu-se para sair da sala, mas Aélio, que ainda não queria ceder à fadiga, disse que não, que não ia levar muito tempo, porque se sentia melhor mesmo, e por aí afora. Envolto pela luz da janela, como se fosse uma aparição, o cirurgião parecia estar curiosamente discordando da opinião do paciente; respondeu laconicamente que não importava como ele se sentia, que iria ter de ficar na cama até que recebesse permissão para se levantar.

— Sabes — animou-o Paratus quando o cirurgião saiu —, acho mesmo que desperdiçaste teu talento escolhendo liderar um regimento de cavalaria de elite, Aélio Espartano. Com essa tua capacidade de análise, elaboração de teorias, dedução, és um soldado capaz de raciocinar, e há melhor utilidade para esse tipo de soldado.

Se Paratus tivesse sorrido ao dizer isso, Aélio teria se sentindo menos encabulado pelo elogio. Apesar de seus protestos, sua energia estava se esgotando depois da longa conversa, e até ficar encabulado o deixava cansado.

— Nem mesmo tenho certeza de que essas reflexões sejam importantes para a minha tarefa original. Elas parecem me proporcionar uma chave, mesmo que eu não saiba como nem por que o Menino morreu, e elas não me informem onde fica seu túmulo. A planta da villa parece refletir a visão mais significativa que se poderia observar no fim de outubro em um clima sulino *na época do afogamento de Antínoo.* O arquiteto imperial não deixou pistas, mas aquele instante no tempo, seja o que for que ele tenha realmente significado para o deificado Adriano, perpetuou-se na pedra: seria a confissão de um assassino, construída para durar gerações? Prefiro pensar que ele não foi responsável pela morte do Menino, que morou na villa e passeou por ela como se percorresse o itinerário de uma procissão.

— Os futuros historiadores vão quebrar as cabeças até descobrirem o que é, mas não sei se sua hipótese sobre a planta da villa exime Adriano de culpa. Estás tirando conclusões apressadas. Pode ser que essa disposição dos elementos seja uma forma de obter expiação e perdão, quem sabe.

— Talvez.

Os dedos de Paratus afastaram-se do mapa.

— De qualquer forma, é estranho ninguém ter entendido a villa antes. Tu és muito esperto e astuto.

— Sim, e sem dúvida devia ter feito coisa melhor que ficar no exército. — Sentindo-se lisonjeado pelas palavras do veterano, Aélio deu um sorriso irônico. — Droga, é impressão minha ou esta sala está muito clara? Meus olhos estão doendo. Não sou tão esperto assim. Provavelmente ninguém antes de mim teve motivo para procurar sentido em um capricho imperial. O deificado

Adriano não pretendia tornar a interpretação pessoal de sua casa funerária óbvia para todos. O traçado astronômico indica que a villa deveria ser entendida como uma casa da vida, como os egípcios pensam, ligada a um aprendizado espiritual e a ritos de mumificação.

— Isso nos leva de volta a Canopo, que pode ser o sepulcro.

— Pode muito bem ter sido, mas não por muito tempo, pois Elagabalus descobriu que não era, depois de ter desmontado uma boa parte da villa.

Paratus fechou uma cortina, mas apesar de ter amortecido a luz, isso não aliviou o desconforto de Aélio. A verdade era que a febre e a dor estavam voltando. Se Paratus compreendeu seu esforço para continuar pelo tom da sua voz, poupou-o fingindo muito bem que não notava. Porém, com a desculpa de voltar para seu alojamento e "ver se algum de seus informantes havia descoberto o paradeiro do Onofrius", ele se retirou pouco depois.

Foi uma cortesia que Aélio apreciou. Beber não aliviou sua sede, e se movesse a cabeça de um lado para outro, a sala fedendo a remédio parecia oscilar como a cabine de um navio. Ele ficou deitado cobrindo os olhos com o antebraço. Ficou imóvel e calado, como tinha feito à noite na villa imensa e solitária, sob um céu tão perfeitamente negro e estrelado que sua admiração havia se transformado em inquietação, e depois em medo. A escuridão que tinha sentido em torno de si naquele instante — antes profusamente iluminada, certamente, mesmo a altas horas — e as trevas da montanha de Tibur tinham-se conjurado para torná-lo pequeno e perdido. Não insignificante, isso não, mas minúsculo em comparação a grandes vidas e à grandiosidade, a tragédia da Vida em si.

Ele dormiu durante o resto do dia. Naquela noite, quando as cartas e uma lanterna foram colocados à sua cabeceira, Aélio precisou admitir que ainda se sentia indisposto demais para ler as listas dos livreiros de costume e as contas dos copistas. Apenas um bilhete curto escrito em papiro entre o resto das cartas chamou-lhe a atenção, e depois de olhá-lo, indeciso, terminou estendendo a mão para pegá-lo. A dor lhe percorreu o ombro apenas com aquele gesto, e até abrir o bilhete o fez sofrer.

Endereçado a ele aos cuidados do escritório do prefeito da Cidade, foi um milagre o bilhete ter chegado às suas mãos. Não havia cabeçalho elegante, e a letra era de um iniciante: pequena, incerta; mas todas as palavras estavam soletradas com grande clareza.

De Anubina para Espartano, minhas mais sinceras saudações. Para começar, oro para que estejas com boa saúde, toda manhã e toda noite. Minha filha Thaësis e meu filho Sabourion te enviam agradecimentos pelos presentes que deixaste, e te informam que também estão orando por ti, para que estejas bem. O nosso sacratíssimo Nilo atingiu 16 cúbitos na cheia, e vai começar em breve a vindima, que é na mesma época do ano em que vieste pela primeira vez a este Nomo. Desejando que permaneças na benevolência de todos os deuses, escrito pela minha própria mão no distrito de Filadélfia, metrópole de Antinoópolis, no dia 15 de Epiphi (10 de julho).

Nenhum murmúrio afetuoso ouvido nos últimos oito anos, nenhum sinal de amor físico dado ou recebido, desde então, o emocionou tanto quanto as palavras "*na mesma época do ano em que vieste pela primeira vez a este Nomo*", entre sinceras frases de saudações e despedida. Como podiam ser simples as coisas, e por que ele sempre procurava complicações? Por que temia voltar para casa tanto assim, embora sonhasse com isso? Aélio considerava-se um homem calejado, que não se emocionava com facilidade. Certamente era a febre, mas ele viu-se a ponto de chorar diante daquela carta da Anubina, e o que ela realmente significava para ambos. Sentia que não precisava respondê-la. A noite chegou e se foi, e também a dor, e com ela a febre. O que ficou — e não havia remédio, nunca tinha havido — foi a tristeza uma vez mais insuportável de ter se afastado dela.

30 de agosto, quarta-feira (1 de Thoth, ano-novo Egípcio)

No primeiro dia em que Aélio saiu da casa depois do acidente, numa manhã em que os pardais anunciavam chuva com seu canto, Baruc Ben Matias deu de cara com ele em frente ao Cadastro de Imóveis do Estado.

— Ora veja só, que coincidência, comandante! Mal ponho os pés em Roma, e já te encontro. O mundo é menor do que um terreiro de granja. — Ele havia cortado os cabelos e aparado a barba, parecendo-se com um viajante experiente, à vontade em toda parte aonde vai. — É tua pele nórdica, ou estás parecendo meio esverdeado?

Era aquele tom brincalhão grosseiro de costume. Por mais que Aélio procurasse algo de inquietante no tom de Baruc, reconheceu apenas aquela camaradagem fingida na qual era tão difícil confiar. Estava acompanhado por seus truculentos guarda-costas de hábito, que, porém, estavam concentrados em se misturar aos habitantes locais, em ambas as extremidades da Encosta Sagrada.

— Pensei que estivesses planejando viajar para cá só no outono.

— Mudança de planos.

— Então deixa-me adivinhar por que estás em Roma. Seriam negócios ou negócios?

— Estás absolutamente correto. Negócios, pelo menos em dois sentidos: um contrato com a casa da vida de Ísis no Campo de Marte que vai me deixar rico, e um casamento. Da minha filha. Lembra-te dela, aquela que faz bolos doces como os da tua mãe.

— Parabéns. — Como Aélio estava caminhando na direção dos fundos do prédio do Cadastro, Ben Matias o seguiu até lá. — E como foi que saíste do Egito?

— Como sempre saio. Como uma rameira que não tem mais clientes que bastem e tem contas demais para pagar. Os preços vivem subindo, os julgamentos de cristãos processam-se rapidamente, mas estamos ambos vivos, portanto que tal irmos beber alguma coisa refrescante?

— Não, obrigado.

Sob a grandiosa placa de mármore mostrando a planta da cidade, exposta para os visitantes na parede de trás, o judeu cinicamente observou Aélio tomar notas.

— Pensei que só estivesses interessado em saber que ninguém mais foi morto no círculo onde estavas investigando, os comerciantes homossexuais e seus servos.

— É mesmo? Que alívio.

— Só que tenho duas notícias tristes: seu companheiro de guerra Gavius Tralles foi morto em um acidente enquanto andava a cavalo ao longo do Nilo, não tivemos nada a ver com isso, se estiveres nem que seja remotamente pensando que temos, e dizem que vai haver epidemia devido à cheia. Quem morava a montante do rio estava começando a sair da província na época em que parti, portanto não estou com muita pressa de voltar para lá.

Aélio olhou para ele.

— Era amigo do Gavius havia tempo; uma pena ele ter morrido.

— Também achei.

— Quanto à epidemia, nem moras perto da montante do rio.

— Não, mas em Hermópolis já houve algumas mortes entre os que trabalham no rio. Mandei minha família para os morros das Arsinoítas, onde o vento do deserto mata os micróbios.

— E Antinoópolis, algum contágio no bairro de Filadélfia?

Espantados pela aproximação dos dois homens, pardais tinham alçado vôo mas agora haviam voltado para disputar migalhas das bancas de mercado próximas.

— Não — respondeu Ben Matias. — Mas nunca me arrisquei além da minha capacidade de suportar as adversidades, portanto estou aqui com a minha menina. Ela vai se casar com um judeu local.

— Estou vendo que estás ampliando teus horizontes, Baruc.

O judeu fez cara de convencido.

— Podes até dizer isso, sob vários aspectos. Mas não fui só eu que saí de lá. Em Alexandria ouvi dizer que o *Pietas Augustorum Nostrorum* zarparia alguns dias depois do meu navio, e Theo, o comerciante de especiarias, planejava embarcar nele. Não, não, não o conheço pessoalmente, mas acho que tu o conheces.

— Isso não é da tua conta.

— Não é mesmo. É só que pareces estar com azar com teus conhecidos, ou melhor, eles parecem ficar azarados quando te conhecem. — Apontando com o polegar para o mapa de Roma, prosseguiu: — E tu? Resolveste trabalhar no planejamento urbano, ou eles ainda estão atrás de ti?

Mas que descaramento, o daquele homem. Aélio sentiu o sangue subir-lhe à cabeça, pontadas de dor no pescoço e no ombro. Ficou tão evidente que estava se esforçando para não dar-lhe uma resposta à altura que Ben Matias desatou a rir.

— Creio que ainda estão te perseguindo, embora para mim isso não faça a menor diferença. E o Sanguinário, ainda estás pesquisando a vida imoral dele? Deixa-me contar-te umas histórias da nossa revolta durante o reinado dele...

Naquela tarde, estando o vento oeste a soprar mais forte, impelindo as nuvens para longe das montanhas, retiraram o corpo de Onofrius do rio perto do cais de mármore no sopé do monte Aventino. Ele já estava morto fazia algum tempo, seis ou sete dias, pelo menos, mas não havia como dizer quando exatamente o cadáver tinha sido lançado à água. Tinha sido homicídio, alguém o havia esfaqueado várias vezes nas costas. Paratus ouviu isso dos seus ex-colegas da V Coorte que tinham sido chamados à cena do crime.

— Ele só foi identificado porque tem egípcios trabalhando no cais, e eles o reconheceram pela barba e pelas roupas. Impressionante alguns deles estarem trabalhando, aliás, pois é o ano-novo deles.

— Não sei o que pensar. — Voltando de um dia inútil no Cadastro, porém, com provas documentadas da ordem de Elagabalus para deixar Canopo sem reparos, Aélio ficou surpreso demais para explicar. — Por essa realmente eu não esperava.

— Ah é? — Paratus, ao contrário, mostrava a frieza de um policial no rosto martirizado. — Eu te disse que ele ia se trair começando a gastar dinheiro. Seja lá quanto foi que cobrou para te trair, não chegou a aproveitar a bolada.

Eles pararam no portão do Quartel dos Agentes Especiais, havia um vento que trazia gotas de uma chuva distante. O sol poente atravessou as nuvens apenas o suficiente para lançar um raio dourado ofuscante nos telhados dos templos e santuários, e depois desaparecer. Aélio sentiu nojo ao pensar no cadáver inchado pela água conspurcando pedras que seriam destinadas a construir templos. Então, a morte havia chegado violenta afinal, para quem tinha tentado evitá-la de todas as maneiras. Estava quase gelado na encosta varrida pelos ventos, primeiro presságio do outono.

— Por sinal — disse Aélio sem rodeios para chegar ao assunto —, Baruc Ben Matias acabou de chegar a Roma.

Paratus sacudiu a cabeça. Emoldurado pelo portão, à penumbra do pôr-do-sol, lembrava a cabeça de pedra de uma estátua de soldado, mais do que um homem.

— Acabou de chegar, nada, Aélio Espartano. Ben Matias já está em Roma desde a semana passada.

Capítulo XI

31 de agosto, Vigília das Calendas de setembro, quinta-feira (dia 2 do mês de Thoth)

Anotações de Aélio Espartano:

Cheguei a um beco sem saída. Tudo que fiz até agora me levou apenas a um lugar no qual eu podia ter chegado facilmente desde o início. Antínoo ou se matou (por vontade própria ou sem querer), ou o mataram. Conforme dizem que Ísis construiu um santuário em todos os lugares onde encontrou uma parte de Osíris, assim o deificado Adriano construiu monumentos funerários ao Menino em toda parte a que ia. Contei quatro até agora: dois no Egito (ao longo do Nilo e no santuário de Antinoópolis), e dois em Tibur (o Canopo e o monumento redondo). Outros lugares são puramente legendários, como o suposto memorial no monumento de Cícero em Puteoli. O lugar de descanso eterno de Antínoo ainda é um mistério para mim, embora esteja razoavelmente convencido de que fica em algum ponto entre os milhares de monumentos fora dos muros de Roma. Parece que não há como descobrir. Minha pesquisa nos Arquivos e no Cadastro Nacional nada revelou sobre o edifício nem sobre o registro de tal sepulcro. Nenhuma fonte, nem Suetônio, nem outras, até Mário Máximo, Dio Cássio e o deificado Adriano ele mesmo, nada dizem sobre o assunto.

Cesário Quinto, cônsul no último ano de Adriano, que nunca recebeu a carta que deu início a minha investigação, aparentemente desapareceu da história. Quase nada se sabe sobre seus feitos. Não existe carta assinada por ele, e sua família morreu faz muito tempo. O curioso é que Márcio Turbo aconselhou Suetônio a perguntar a ele sobre uma suposta conspiração, mas as informações param por aí.

Até mesmo a descoberta de que constelações se repetiam na barca imperial e na planta da villa não me diz muita coisa, a não ser que a época da morte de Antínoo tinha sido prevista por seu amo — que mandava fazer seu próprio horóscopo todo mês de janeiro — ou lembrada depois do fato. Aviola Paratus insiste para que eu me concentre no túmulo do Menino, e tem razão. Mas, incluindo minha escolta, já chegam a seis os mortos em conseqüência dessa investigação. Foi mero acaso eu não ser um deles.

Hoje planejo voltar ao monumento do deificado Adriano, e observar uma vez mais os túmulos espalhados pelos jardins de Agripina e Domícia, e os de Nero, que são próximos (o cemitério egípcio nessa área complica as coisas, pois abundam as esfinges e pequenos obeliscos). Amanhã vou examinar a área suburbana da Via Tiburtina, que leva à grande villa do imperador, e depois de amanhã, a Via Labicana de novo, perto da qual encontrei o obelisco de Antínoo.

Depois que Onofrius morreu, e Ben Matias surgiu inesperadamente na cidade, as coisas estão se complicando. Sua Divindade talvez logo se canse de me conceder tempo para fazer uma pesquisa, e queira que eu faça relatórios sobre outros assuntos. Além disso, estou preocupado com Anubina e seus filhos no Egito, por causa da praga que anda grassando por lá.

Nada existia além de propriedades do governo do outro lado da ponte que levava o primeiro nome do deificado Adriano — e o próprio nome de Aélio. Ali, a rampa que antes era a propriedade suburbana da mãe de Nero encontrava-se com os jardins contíguos herdados pela esposa de Domiciano. Os antigos espaços de lazer tinham, através dos anos, cedido lugar a uma variedade de usos: o hipódromo construído por Gaio Calígula, há muito abandonado, estábulos, apriscos e cemitérios particulares. A ponte de Nero a jusante, atravessando a curva do rio onde a Via Triunfal leva ao norte, tinha perdido parte do parapeito, e estava interditada para o tráfego, por uma treliça de vigas.

No meio do hipódromo, o alto obelisco egípcio erguia-se rosa-acinzentado, em meio a touceiras verdes e fileiras de árvores não podadas, contra o cenário das colinas do Vaticano, revestidas por um cerrado pinheiral e arbustos de um amarelo estival. Ao pé da ponte de Aélio Adriano, uma ampla praça de pedra de Tibur continha os jardins em torno do mausoléu tão alto que dava a impressão de tocar o firmamento. De base quadrada como uma fortaleza, suportava uma torre de mármore ampla com uma infinidade de estátuas, arrematada por uma carruagem triunfal folheada a ouro.

Aélio costumava passear por esse lugar, percorrendo a Via Cornélia até seu cruzamento com a Via Triunfal, ao longo dos caminhos serpeantes que cortavam o cemitério que cresceu ao lado do hipódromo, usando o próprio muro dele. Os cristãos (inclusive o patriarca Pedro) e os seguidores de Ísis eram enterrados lá. Uma pequena esfinge com cabeça humana tinha sido erguida em memória sabe-se lá de quem. Os nomes arranhados em tijolos e mal riscados na pedra revelavam a origem do morto: Soknopaios, Nilus, Amon. Aliás, a área inteira era chamada de "Egito", e o tema se repetia na pirâmide anônima da encruzilhada, na frisa com palmas e jarros de uma torre funerária de travertino próxima, e especialmente naquele possante monumento rosa-acinzentado que Onofrius tinha dito que viera de Alexandria.

Aélio sentou-se à sombra da acácia, pensando pela primeira vez que talvez tivesse errado ao seguir a pista do Egito. Antínoo era grego, Adriano era apaixonado pela cultura grega. Por que o Menino não poderia estar sepultado na Bitínia, onde sua mãe — fosse lá quem fosse, fosse lá quem fosse seu pai — certamente ainda estaria morando na época? As pistas acabam influenciando a gente, condicionando-nos. E se a verdade estiver em outro lugar completamente diferente, e eu tiver seguido pistas ilusórias desde o princípio?

A leste do mausoléu de Adriano sons e vozes erguiam-se da estrada pavimentada elevada do novo cais de descarga de mármore, destacando-se como uma língua maciça de cimento e traves a penetrar na corrente. Aélio até podia imaginar a cena, a jusante do rio no outro cais, onde Onofrius tinha aparecido boiando diante dos marmoreiros. Ao pé da ponte, dois de seus guardas vigiavam, porque — a um pedido insistente de Paratus — eles nunca mais o deixariam sumir de sua vista, mas essa segurança também era uma ilusão, como o atentado na livraria havia provado.

Aélio saiu do bairro do Vaticano pela estrada reta do lado direito do rio, que levava aos Jardins de César, que atravessou ao entrar na cidade através da ponte que o fiel Agripa havia construído na época de Augusto.

Na manhã seguinte, ele saiu a cavalo pela Porta de Tibur, passando pelo Campo de Veranus e atravessando o rio Anio, quase no lugar chamado Septem Fratres que tanto irritava Onofrius. Era um itinerário de cascalheiras e oratórios (interditados e lacrados pelo governo), engastados nas encostas das colinas. Insetos escureciam o ar ao longo deste ou daquele ponto pantanoso, até as margens da estrada. Um dos oratórios, marcado por uma esfinge com cabeça de cão, lembrava um liberto da casa de Adriano, nascido em Hermópolis Magna. O teto tinha desmoronado, ao passo que o monumento ao lado tinha perdido parte do frontão. Caso se erguesse a cobertura de hera sobre este último, o nome mutilado de alguém chamado ANT... era legível, nada além disso. Havia também um pedestal, mas se antes havia uma estátua retratando o falecido, restavam apenas as marcas de seus pés de bronze.

Como toda noite, ao voltar, ele parou no quartel para encontrar-se com Paratus e analisar o dia. A notícia que o aguardava era que um vizinho tinha visto Onofrius vivo pela última vez na tarde de sábado, dirigindo-se para o templo de Ísis no Campo de Marte.

— Provavelmente, os comerciantes de Alexandria iriam se encontrar lá — acrescentou o veterano —, portanto não podemos tirar conclusões precipitadas desse fato.

— Deixa isso para lá — Aélio disse, pronto para se agarrar a palhas, e a prudência de Paratus o aborreceu. — Mandaste alguém perguntar sobre o paradeiro dele no templo de Ísis?

— Mandei. Disseram aos meus informantes que Onofrius não apareceu por lá naquele dia.

— Mas e os tais comerciantes do Egito que estavam visitando o santuário?

— Os de sempre. Se ainda é como era na minha época, aquele estabelecimento serve de intercâmbio, ponto de encontro, e tenho certeza de que as prostitutas ainda fazem ponto lá. Os comerciantes egípcios fazem do templo de Ísis seu lar, quando não estão na sua pátria.

Aélio procurou não se esquecer de sua desconfiança do comerciante judeu.

— Baruc Ben Matias era um deles, podes me dizer?

Paratus sacudiu a cabeça, um gesto entre assentimento e incredulidade.

— Sim, mas ele não é de Alexandria.

— Droga, Paratus, ele veio de lá a bordo de um navio!

— Precisas de provas, Aélio Espartano. Por enquanto só sabemos que alguém surpreendeu Onofrius enquanto ele estava indo ao santuário. Provavelmente foi em algum beco ou porta, pela qual ele passou, senão alguém teria denunciado o ataque. Nem mesmo podemos ter certeza se eles simplesmente o esfaquearam pelas costas ou se ele tentou fugir e foi morto ao tentar. — Uma vez mais aquela sacudidela moderada da cabeça, e a solidariedade com o colega. — Estou entendendo como estás te sentindo tentado ligar esta morte às outras, até ao atentado contra ti. Mas se tudo for como pensamos, até mesmo o fato de ele o ter entregado a pessoas desconhecidas, pode ter atraído atenção para si mesmo mostrando que estava cheio de dinheiro. A pobreza e o desespero não são uma exclusividade meramente egípcia atualmente. Se Ben Matias estiver por trás dessa conspiração também, vai atacar de novo. Atacar-te, se tiver chance, ou a mim, ou ao comerciante de especiarias do qual ele tão argutamente te falou. Mas não te esqueças que meu vinhedo foi destruído bem antes de ele haver chegado aqui.

— Grande consolo. — Aélio já estava à porta quando virou-se de novo para Paratus. — Ah, já ia me esquecendo. O prefeito da cidade voltou. Já tinha ouvido falar do incêndio no hipódromo dos Varian, e me passou um sabão por isso. Alegam que estou usando o nome de César para desrespeitar a lei, o que é um exagero, e quer que lhe comuniquem qualquer outra invasão de propriedades do governo da minha parte, como ele as chamou.

2 de setembro, sábado (dia 4 do mês de Thoth)

Por mais que fosse desanimador ver os personagens incompreensíveis no obelisco caído, Aélio foi aos jardins dos Varian na segunda-feira. Depois seguiu as arcadas imponentes do aqueduto até a Via Labicana, para reexaminar as primeiras milhas suburbanas até a saída para o canil. Havia a possibilidade remota de que Antínoo tivesse sido sepultado no terreno da propriedade imperial de Dois Loureiros, portanto ele negociou com o guardião uma visita guiada por seu vasto parque. Os mausoléus de pederneira e mármore branco, estes últimos datando do reinado de Aureliano, haviam sido construídos desordenadamente por toda a extensão das campinas e dos arvoredos. Vários datavam dos anos do deificado Adriano, três deles — as inscrições gravadas em pedra porosa e lavadas pela chuva — tinham o formato de pequenas pirâmides sobre pedestais quadrados.

— Mas não sei por que o estás procurando aqui, excelência — disse-lhe o guardião, intrigado, ao escoltá-lo pelos portões da propriedade. — A família da minha mulher é dessa província, e eles podem te dizer onde está sepultado o deificado Adriano, no Egito.

Era mais ou menos como um círculo vicioso. Aélio voltou a seu apartamento na colina Celiana sem querer falar com ninguém, nem mesmo com Paratus. Dispensou o guarda-costas. Durante dois dias ficou recluso, não respondeu cartas, nem leu, nem escreveu. Até mesmo no dia dos Grandes Jogos, quando a cidade inteira comemorava com procissões e corridas de cavalos, ele ficou trancado em casa. Com os pés na água, sentou-se à beira das piscinas do térreo, onde a luz externa e os sons chegavam abafados através das janelas estreitas nas paredes grossas. Se fechasse os olhos, sentia uma dor no pescoço e via o Egito. A laje antinoana varrida pelos ventos e a estrada de Adriano, marcada por túmulos de soldados, a árvore que fazia sombra na casa azul de Anubina, crocodilos tomando sol com as bocas abertas, prontos a cortar, ferozes, as águas do rio denso e lento para se alimentarem. Entre aquele lugar e o resto do mundo estava enterrado Antínoo, e com ele o alerta de perigo para Roma.

No terceiro dia, sem dizer nada a ninguém, ele saiu pela porta de Óstia.

5 de setembro, Nonas, quinta-feira (dia 7 do mês de Thoth)

O *Pietas Augustorum Nostrorum* tinha atracado perto dos armazéns de sal apenas alguns minutos antes da hora. Era uma embarcação robusta, boiando nas águas sujas do porto de Trajano sob uma revoada de gaivotas. Todos os passageiros ainda estavam a bordo, e as mercadorias ainda não haviam começado a emergir do porão. Aélio encontrou o capitão do navio ao pé da prancha de desembarque, e depois de trocar com ele algumas palavras, foi até o quebra-mar.

Resplandecente, com uma túnica branca toda bordada, Theo reconheceu-o primeiro, e fez um gesto gracioso à guisa de cumprimento. Logo, imediatamente após a oração de agradecimento ter sido feita pelo eficiente capitão, os dois estavam parados lado a lado no convés oscilante.

— Que dia gloriosamente ensolarado para se chegar ao porto. — Theo sorria radiante, com os olhos voltados para a movimentação em terra. — Nossa viagem foi fabulosa, tivemos bom tempo durante todo o percurso. Vejo que estás bem de saúde, e estou satisfeito em te ver: estás aqui esperando alguém?

— Estava esperando por ti.

— Ah, mas quanta honra. Não imaginava que soubesses da minha chegada. Meninos, minha bagagem está logo em cima, e cuidado com ela, hein. Sim, é aí mesmo. De qualquer maneira, como eu planejava mesmo ir visitar-te em Roma, Termutis me disse para te dar lembranças. Ah, sim. Sim, a epidemia atingiu Antinoópolis. É em parte por isso que estou aqui. Estamos todos nas mãos divinas, comandante.

Aélio assentiu, distraidamente.

— Estão tomando medidas contra a doença?

— Medidas seria uma palavra forte demais, porque não há nada de oficial nelas. Todos com um pouquinho de capacidade de raciocínio subiram para lugares mais altos há três semanas.

— Entendo. Tens alguma notícia da costureira do portão meridional?

— Aquela que antes trabalhava para Termutis como prostituta? — Theo inspirou a maresia com toda a força, piscando ao sol. — No dia em que parti ela entregou os dois pares de túnicas que eu tinha lhe encomendado. Excelente, não? Esta é uma delas. Ela depois fechou a oficina, provavelmente também foi para o interior.

Era a melhor notícia que Aélio podia esperar por enquanto. Quando Theo acrescentou, sorrindo:

— Mas não vieste aqui para me interrogar sobre uma costureira.

E Aélio só respondeu:

— Depois conversaremos com mais calma. Tu já ouviste falar da morte de Soter.

O rosto jovial do comerciante fez uma expressão compungida.

— Coitado. Sim, já ouvi. As mãos divinas, como eu estava dizendo. Aliás, sei que ele iria querer que eu... sabe, como vim mesmo até aqui, planejo tomar conta do garoto.

— Cleópatra Menor? Ele foi para Nápoles. E acho que ele não é o seu tipo.

— Por que não? Como é que podes saber disso?

Aélio não quis acrescentar mais nada. Se Theo tirou alguma conclusão de seu silêncio, resolveu se calar. Depois de sua bagagem, os marinheiros haviam começado a erguer pacotes e potes de especiarias do porão, de modo que ele chegou mais perto para ficar de olho no trabalho deles, preocupado.

— Falando dos garotos, já encontrou aquele túmulo?

— Ainda não. E não espero ter muita sorte com isso, pois perdi o homem que ia traduzir o texto do obelisco de Antínoo.

— Ah, sei. Descobriu mais alguma coisa sobre aquela viagem fatídica ao Egito?

Aélio mencionou Márcio Turbo, o que deixou o comerciante alarmado.

— Mas que besteira! Nada disso é verdade. Antínoo jamais teria desobedecido as ordens do imperador, é tudo invenção. Turbo estava extremamente decepcionado porque o filho dele, Lúcio, não era o favorito que esperava que se tornasse. Por que acha que os outros parasitas embarcaram seus filhos na barca? Como não entendiam o que havia entre Antínoo e o imperador, fracassados foram seus esforços desde o início. Metade deles tinha sido amante do

Trajano, e quanto a Suetônio, via sujeira em toda parte. Não confia nessas cartas de cortesãos despeitados. A dignidade era a regra do jogo no lar imperial, como é até hoje. Antínoo jamais seria chamado de querido pela imperatriz se ele tivesse se comportado de forma a constrangê-la ou ofendê-la com licenciosidades ou demonstrado abertamente que havia intimidade física entre ele e seu marido.

Esse rompante foi inesperado, e Aélio o considerou curioso.

— Mas os textos...

— Os textos que se danem. Todos derivam de um não-texto, que é a fofoca. Meninos, tendes de ter cuidado com minhas coisas! Olha, comandante, pensas realmente que Adriano conheceu "por acaso" o Antínoo durante suas viagens?

— Acontece que existe um prostíbulo masculino em...

— Balelas! O Menino já havia sido escolhido desde o seu nascimento, os horóscopos o indicavam claramente; ele sabia desde o início qual seria seu papel ao lado do imperador, e que não seria mero azar a sua morte em tenra idade, mas a culminância de uma sucessão de eventos, há muito preestabelecida, na qual ele participou com total consciência.

— Tal como?

— Como é que vou saber? Destino! Estava escrito nas estrelas! A história é bem mais bela do que as fofocas de invejosos a fazem parecer, mesmo que eu possa estar errado sobre os cabelos longos dele na época da morte. Mas, espera aí um instante, estás me dizendo que sabes do obelisco de Antínoo, e que seu túmulo não é ali perto?

Depois de dois dias ponderando sobre o assunto, Aélio já estava cansado de revisitar a mesma pergunta.

— É uma longa história. Para encurtar o assunto, vou dizer que sim.

— Pelo menos espero que seja pequeno.

— O obelisco? Está quebrado, mas parece bem menor do que os erguidos no hipódromo. Por quê?

— Ora, os obeliscos funerários são pequenos, em geral dois ladeando a entrada de um túmulo, e de um lado estão inscritos o nome e os títulos do falecido.

— Não quero nem mesmo começar a pensar em outro obelisco idêntico ao que tenho. É pequeno e tem inscrições em pelo menos três lados, o quarto ainda está enterrado.

— Mas é legível? — De vez em quando, repreendendo os marinheiro, Theo observava-os descarregar as coisas com um olhar de falcão. — Se for simplesmente uma questão de leitura, eu mesmo posso lê-lo.

Aélio ficou mudo. Lembrou-se de Theo sendo apresentado a ele como "alguém muito versado em clássicos e religião", mas essa oferta generosa o pegou totalmente de surpresa. Até mesmo perguntar "És capaz de decifrar os caracteres antigos?" foi difícil para ele.

— Dio Sereno e eu somos os últimos de uma geração que era capaz de fazer isso.

Em Antinoópolis todos sabiam do conhecimento de escrita antiga egípcia de Theo, e talvez até em outros lugares soubessem disso. Qualquer intenção que Aélio tivesse de protegê-lo do perigo, por humanidade, gratidão pelos conselhos dados antes, ou apenas por causa de Termutis, desapareceu diante da esperança renovada de ler o epitáfio de Antínoo.

— Os relevos do obelisco parecem estar em bom estado — apressou-se a dizer Aélio. — E o motivo para querer encontrar-te lá é simples. Vamos dizer que, antes de partir, vou te contar onde ficar aqui em Roma por enquanto.

Theo ergueu as mãos, espantado.

— O que queres dizer, comandante? Já tenho hospedagem garantida e paga, perto do templo de Ísis no Campo de Marte!

— É precisamente o local onde não podes ficar. Confia em mim, e se não confiares, pensa no fim que teve Soter, e reflete se os negócios valem mais do que tua vida. Sim, há perigo. Vou mandar limpar o obelisco e fazer cópias das inscrições, para serem entregues a ti. Não contes a ninguém, nem aqui, nem no caminho, onde vais te hospedar. Leva contigo o mínimo necessário, nenhum servo, e espera notícias minhas.

A felicidade de Theo de estar seguro em terra parecia ter se evolado totalmente. Ele perdeu visivelmente o interesse pela beleza do dia, pelas costas bronzeadas dos marujos e ouviu as instruções de Aélio com uma cara desanimada, como um garoto crescido que levasse uma repreensão do mestre.

Sugeri que ele não entrasse diretamente na cidade. O lugar que escolhi não fica longe da estrada, mas é suficientemente recôndito. É o Nó de Ísis, na Pullia Saxa, logo no interior, vindo de Óstia. Preferi que Ben Matias não soubesse onde Theo estaria hospedado, pelo menos até ele ter terminado de traduzir o obelisco.

Paratus disse que aprovava inteiramente.

— Se toda vez que não nos encontramos durante alguns dias tu voltares com notícias extraordinárias como esta, vamos nos encontrar apenas uma vez por semana sempre. — Apesar do calor que fazia nos alojamentos militares, a janela do veterano estava fechada, talvez para evitar que ele ficasse com nostalgia dos gritos militares.

— Já é de tarde, eu sei, mas... como não há tempo como o presente... Temos luz diurna suficiente para chamar a equipe?

— Sim, está ficando nebuloso por causa do calor, mas ainda há tempo suficiente para ir aos Jardins dos Varian.

Perto da hora terceira, com patrulheiros da II Coorte protegendo seus olhos do sol para observar os procedimentos, uma equipe de carpinteiros, sob as ordens dos engenheiros da escolta de Aélio, deu início às operações fora do hipódromo dos Varian. Folhas de grama nova, já brotada entre as urtigas queimadas semanas antes, foram esfaceladas por enxadas e pás. Na pouca sombra que as espirradeiras proporcionavam, Aviola Paratus sentou-se em um banco de pedra a dez passos de distância, enquanto Aélio procurava afastar-se apenas o suficiente para não estorvar ou atrapalhar a escavação. Logo, apesar de o solo em torno delas ter endurecido pelo calor do verão seco e do fogo, todas as três peças do obelisco foram escavadas, e a terra foi toda removida. Sobre uma armação de madeira, o obelisco, de granito rosado, parecia agora ter uns 30 pés de comprimento, cada uma de suas faces intrincadamente talhada de cima a baixo, em dois registros paralelos. Depois lavou-se a pedra com água trazida em baldes, limpando-lhe a superfície com escovas molhadas, e em seguida dois estenógrafos militares começaram a tarefa laboriosa de reproduzir os pictogramas.

Este conjunto de signos, pensou Aélio, deve significar o nome de Antínoo ou os títulos do imperador; palavras amáveis, a história de sua vida, preces. Se não fornecerem a localização do túmulo, tudo termina aqui. Se até mesmo o obelisco guarda esse segredo, o Menino estará para sempre a salvo das mãos humanas. E Roma? O que poderá ajudar a salvá-la, encontrar o túmulo, ou não encontrá-lo? Eu adoraria saber.

Andorinhões gregários descreviam círculos ruidosos acima deles enquanto as sombras começaram a alongar-se. O ângulo da luz ajudou o trabalho dos copistas tornando mais evidentes as ranhuras e as figuras, mas nos cantos quebrados a dificuldade de se identificar os pictogramas persistia, portanto o trabalho se desenrolava tediosamente. O pôr-do-sol chegou antes que os estenógrafos tivessem chegado à metade do trabalho.

Embora Paratus se oferecesse para montar guarda ali à noite, Aélio não quis saber disso. Todos foram dispensados do lugar, exceto dois patrulheiros da Coorte e um piquete de seus próprios soldados. Durante o dia, os curiosos tinham sido afastados pela polícia. Agora a patrulha noturna assumiu o lugar dela, e não havia como dizer o que os viajantes ocasionais estariam pensando sobre a presença de homens armados protegendo um hipódromo abandonado fora dos limites da cidade.

Como já tinha feito muitas vezes quando estava em campanha militar, Aélio estendeu um cobertor do exército no chão e ficou de vigia no seu turno, como os outros. Enquanto sua vez não chegava, ele ficava sentado, contando as estrelas.

6 de setembro, sexta-feira (dia 8 do mês de Thoth)

Na sexta-feira, entre o nascer do sol e o meio-dia, os estenógrafos terminaram a cópia. Só agora, com os rolos do material precioso nas mãos, Aélio tinha o suficiente para informar Paratus que iria para casa dormir algumas horas.

— Empolgado como eu estava, não consegui pregar o olho a noite inteira. Faz-me o favor de ficar aqui, enquanto eles enchem o buraco e puxam o obelisco para mais perto da parede — disse. — Está ficando nublado, e pode chover a qualquer momento. De qualquer forma, não é recomendável tentar consertar o obelisco sem ajuda de especialistas, e antes de sabermos se o texto foi copiado corretamente.

Com a cabeça nua, ao sol escaldante que precede uma tempestade de verão, Paratus deu aquele seu sorriso sem nenhum sinal de agressividade.

— Creio que estás confiando na capacidade de um cego para inspirar respeito. Mas claro que ficarei, e tratarei de impedir que alguém vá bater à porta do teu quarto.

Theo seguiu o conselho de Aélio com toda a seriedade, e quase não saíra do quarto que lhe foi destinado. Quando o soldado chegou, porém, ele desceu e foi encontrar-se com ele na sala de visitas, onde um gato listrado era o único outro convidado. Uma chuva surpreendentemente fina já estava caindo fazia uma hora, de forma que o aroma de ervas e flores reanimadas invadia a janela do jardim.

— Há muito para ler — comentou o comerciante de especiarias depois de dar uma olhada na cópia do obelisco. — Mas nem tudo vai ser de suma importância para o que queres, se encontrar a sepultura é o objetivo final. Além disso, o obelisco foi entalhado por alguém que não era egípcio. Deixa-me olhar essas inscrições por uma hora, para tentar encontrar pistas da localização geográfica, e volta para ver o que descobri.

Aélio não tinha a menor intenção de sair do recinto. Foi até o aposento ao lado, onde ficou andando de um lado para outro durante algum tempo, depois encontrou o sofá encostado na parede, irresistível com aquele barulhinho de chuva. Estava ferrado no sono, com o gato aninhado na dobra do cotovelo, quando Theo aproximou-se para sacudi-lo algum tempo depois.

— Sim, sim! Já fiz tua tradução — disse ele, mascando um raminho de hortelã fresco. — Também estão aí uns guardas teus, muito robustos, para te ver. Será que eles precisam ficar sempre de olhos pregados em ti?

Sozinho, Aélio tinha ficado várias vezes, apesar de os soldados conviverem muito de perto nos acampamentos e quartéis. Ele sempre havia procurado certificar-se se havia chance de ele se afastar dos outros, passar o tempo que fosse possível sem ninguém por perto. Para pôr os pensamentos em ordem, ou — como costumava dizer — arejar suas próprias diferenças. Isso o havia ajudado a refletir e tomar decisões na campanha da Armênia. Estar só tinha sido útil em muitas ocasiões, muito embora se afastar do grupo aumentasse o risco.

Esta tarde, indo para o campo depois de sair do alojamento de Theo, teve a sensação de estar afastado de todos, andando a esmo, sem os meios práticos de pedir apoio. A estrutura que tinha construído durante as últimas semanas (não, durante os vários meses desde que tinha pisado de novo naquela terra cruel que era o Egito), havia desmoronado totalmente sob seus pés, não aos poucos, mas de uma só vez, e sem esperança de ser salva por uma rede de segurança. Seu erro, como uma luz insuportável acesa em um quarto que se pensa estar arrumado, mostrava não só a poeira em vários pontos ou pequenas imperfeições; mas como o quarto todo tinha desabado, e nada dentro dele parecia ter, naquele momento, condições de ser recuperado.

Podia ser significativo também que tudo o atingisse em uma encruzilhada, um lugar assombrado, se é que isso existia. Sua situação crítica espelhava um cruzamento sem sinais, criando quatro direções diferentes, cada qual tão provável ou improvável quanto a outra. Em sua realidade externa, ele encarava uma dessas estradas transversais, bem construída, mas não pavimentada, de terra esbranquiçada tão socada que lembrava cimento. Só uma chuva ou ventania provaria que não era, e o céu lavado abriu-se impiedosamente claro exatamente nesta hora. Túmulos distantes marcavam a estrada mais adiante; ela levava a alguma aldeia, sem dúvida, onde as pessoas que ele jamais havia conhecido nem conheceria passavam toda a sua vida, ignorando o que significava o seu erro, e portanto não dando a menor importância a isso. Nem a ele.

Atrás, a mesma estrada — só que não a mesma, pois ela terminava na encruzilhada dando início a outra. Outros túmulos, fazendas, e mais para trás propriedades e casas que proliferavam, espalhadando-se como um cinturão vivo além dos muros de Roma. A própria Roma, repleta de gente, era para ele o símbolo de sua solidão.

Para os lados, ora, ele mal podia fazer um esforço para olhar. Para o lado do mar, invisível a não ser pelo céu mais escuro pendente acima dele, árvores e arbustos baixos, um santuário de beira de estrada oculto pelo mato crescido até perder a forma, como uma verruga peluda na terra. Na direção das montanhas, dedos de antigas torrentes de lava estendiam-se como garras, amenizados pelos vinhedos que os cobriam. As pessoas moravam ali também, cada qual no seu lugar, e com seu dia difícil ou tranqüilo já meio transcorrido.

Aélio Espartano, tão cuidadoso na hora de fazer suas anotações e se orgulhava de sua memória, tinha confundido homens e fatos completamente. Era como se tivesse se desgarrado do mundo, da história. Se não se sentisse tão amargamente arraigado ao lugar onde estava, diria que era como se estivesse caindo, sem parar. Por um instante, entendeu Antínoo, na hora em que deixou a beirada da barca imperial, antes de atingir as águas traiçoeiras lá embaixo. Vagamente percebendo um perigo mortal no futuro, mas já completamente apartado dos vivos. Precisas fazer alguma coisa, dizia-se mentalmente. Rápido. Qualquer coisa. Mas ficou ali com suas anotações inúteis e memória inútil, entre o precipício e o nada, precisamente como Antínoo tinha ficado, o qual, contudo, ao contrário dele, tinha compreendido.

Na reunião noturna, percebendo a angústia de Aélio, Paratus demonstrou a preocupação de um amigo. O que ele não podia ver — as sobrancelhas unidas, a expressão de aflição — certamente detectou pela respiração acelerada, ou o ligeiro farfalhar de movimentos rápidos, couro contra couro ou panos contra panos.

— Alguma coisa errada? — indagou.

— Não.

Aélio não podia explicar qual era a situação. Ainda não. Até hoje ambos tinham procurado trabalhar, cada qual com a sua cegueira. Sua própria falta de visão tinha acabado, e ele agora invejava o mundo escuro de Paratus, onde a luz era apenas uma recordação.

— Só posso te dizer que temos o seguinte: uma frase entrecortada.

— Favorável ou desfavorável?

— Julga por ti mesmo… "Antínoo o Justificado, que está aqui, e aqui repousa dentro dos limites do jardim do grande senhor de Roma." E em nenhum lugar se diz que o monumento se erguia na cidade.

— Portanto o monumento poderia estar em qualquer outro lugar.

Aélio percebeu a decepção no rosto coberto de cicatrizes de Paratus, como se sua calma tivesse recebido um golpe inesperado que nesse momento ele sentia-se incapaz de aceitar ou não queria aceitar.

— A menos que interpretemos os "limites do jardim" como uma referência específica à villa de Tibur. Tenho certeza de que não sei aonde mais procurar o túmulo naquele labirinto de edifícios.

— Então chegamos ao fim da estrada? Vais desistir?

Aélio encheu os pulmões de ar. No batente da porta do alojamento do colega, ele encarava a melancolia sem alívio pela janela, através da qual o cinza mortificado da noite filtrava-se. Nem era necessário uma lanterna no quarto de um cego, mas aquela escuridão era fisicamente intolerável para ele naquele momento. Disse que ia precisar se retirar, e girou nos calcanhares.

— Vais desistir, Aélio Espartano? — a voz de Paratus seguiu-o quando ele saiu percorrendo o corredor abobadado do quartel. — Vais ter de manter tua decisão, se desistires.

Aélio deu a si mesmo tempo para chegar ao alto das escadas que levavam ao vestíbulo antes de responder.

— Vou. Eu desisto. — E suas palavras, quase um grito, reverberaram no corredor, como uma ordem para si mesmo.

Anotações de Aélio Espartano:

A noite, dizem, traz conselhos. Mas uma noite marcada pela raiva pode trazer mais do que isso. Voltei ao meu apartamento, sem nem mesmo tentar conter minhas emoções. A tradução por escrito do texto funerário feita pelo Theo me passava o tempo todo pela mente, e eu a espremia para tentar encontrar um possível significado. Não senti vontade de comer, nem de ir para a cama, portanto fui para a sacada e me sentei ali. Disse a mim mesmo que, depois de reunir informações mais do que suficientes para escrever a biografia imperial, podia muito bem apenas relacionar todas as possíveis causas da morte do Menino, todos os túmulos e cenotáfios conhecidos e legendários. Melhores historiadores do que eu foram mais vagos ao relacionarem detalhes. Não podia aceitar o fracasso na outra busca, mas investigar conspiração (existe uma) e assassinato (tem tudo a ver com isso) não é tarefa de historiadores. Eu também disse a mim mesmo que sou apenas um soldado que tentou abarcar o mundo com as pernas, e não era a primeira vez.

Mas fiquei escavando minha memória como um cão, jogando terra para o alto, revirando inúmeras vezes as palavras do Theo. Como ele me entregou aquele rolo de papiro, como me acompanhou até a porta mascando hortelã, como ficou ali admirando meus jovens soldados da escolta. Aí me lembrei que entre este momento e o momento em que levei o meu homem para um lado para ouvir seu relatório, Theo acrescentou mais algumas palavras. Ou seja, o obelisco do Menino era uma obra tardia em termos de história egípcia: tinha sido entalhado na Itália, além disso; o sinal que representava "senhor" era, em uma tradição posterior, idêntico ao pictograma de "senhora", e podia significar uma coisa ou outra.

Aélio Espartano, como podes ter errado tanto, cometido tantos equívocos?

O destino mesmo colocou a resposta diante de ti, levando teu navio para o norte da cidade, e te obrigando a te aproximares de Roma pela Via Aureliana. A primeira coisa que contemplaste ao olhar do alto da colina ao entardecer do dia de tua chegada foi aquela que devias ter reconhecido logo de imediato! Não os limites do jardim do Grande Senhor, mas da Grande Senhora de Roma. Nada mais nada menos que os jardins ao lado do Campo do Vaticano, com os nomes das damas imperiais: especificamente, os Jardins da Imperatriz Domícia, cujo próprio nome contém a raiz de domínio!

Essa área próxima ao rio, agora um parque público, onde os ricos e pobres — até mesmo o venerável cristão chamado Pedro — foram enterrados, me deu as boas-vindas a Roma, e eu ignorei as pistas. Um dos túmulos comecei a pesquisar meses atrás. Tudo agora faz sentido para mim: os versos, que Cleópatra viu no prostíbulo masculino, dizendo que Antínoo não passa de luz e sombra, próximo de onde Adriano alçou vôo desta vida mortal, levado pelo carro de Hélios. Por que não pensei nisso? A tumba majestosa de Adriano no Vaticano, nos Jardins da Imperatriz Domícia, a carruagem de bronze do Sol-Hélios coroando-lhe o telhado, representam o nome do imperador e seu papel. A carruagem no alto do mausoléu indica esse vôo para a eternidade, e a área do Vaticano como um todo não é conhecida como "Egito?" Talvez fosse isso o que o guardião de Dois Loureiros quis dizer quando fez a mesma objeção. O túmulo de Antínoo — o Memoria Antinoi — se ainda estiver de pé, fica próximo à tumba de Adriano. E não há como impedir que eu saia da minha casa a esta hora para me certificar.

7 de setembro, quinta-feira (dia 9 do mês de Thoth)

O prefeito da cidade tinha marcas de travesseiro no rosto, e resmungou, ainda se vestindo, da porta do seu quarto:

— Tomara que seja algo muito importante, comandante Espartano — o que foi mais educado do que o "Com mil demônios, quem é que está solicitando audiência a essa hora?" que ele berrou um momento antes para o seu secretário.

Depois de ouvir a solicitação de Aélio, ele pareceu hesitar um instante entre um ataque apoplético e um bocejo, mas acabou acrescentando:

— Faze o que quiseres, vais fazer mesmo, ora. Eu vou é voltar para a cama.

Além dos portões da cidade, a rampa da ponte de Adriano brilhava sobre as profundezas bolorentas do leito do rio. Um gorgolejar de água cegando os píeres lá embaixo e o remoto canto dos rouxinóis vindo dos jardins imperiais — uma série complexa de gorjeios e trinados, prolongados e repetidos — eram os sons que chegavam aos ouvidos de Aélio depois que ele e alguns guardas pararam à cabeceira da ponte. No extremo oposto, no ar da calada da noite, uma luminescência como a de um fogo-fátuo saía do vasto mausoléu aos pés da ponte, e igualmente brancas eram as duas sepulturas sem nome perto dele, vistas tantas vezes: a torre fúnebre, uma cópia em miniatura do túmulo imperial, e a pirâmide de mármore na encruzilhada ao lado da decrépita ponte de Nero. Só lhes restava decidir qual seria aberta primeiro, e Aélio escolheu a pirâmide só porque estava perfeitamente alinhada com a Via Cornélia, construída por Adriano para ligar seu mausoléu ao campo do Vaticano. Em uma noite clara assim, podia-se traçar uma linha imaginária do ápice da pirâmide, a quase cem metros de altura, até a carruagem dourada, ainda mais acima, como que perdida entre as estrelas.

Nenhum portão lateral da pirâmide dava acesso a ela, mas a meio caminho do ápice, na face sul, dando para a estrada, existia o que parecia uma janela funda, que provavelmente tinha servido para os operários saírem depois de lacrarem a entrada à altura do chão. Encostaram uma escada na parede de mármore, para um carpinteiro poder subir por ela. Ele logo gritou lá para baixo que era uma porta quadrada, do tamanho de um dos blocos de mármore externos, fechada por uma veneziana de bronze. Mais de meia hora se passou antes de se poder forçar a fechadura, momento em que Aélio impacientemente substituiu o homem no alto da escada. A chama de sua minúscula lanterna, sustentada à altura do buraco, tremeu um pouco e quase se apagou quando o ar úmido e frio saiu do interior. Debruçando-se, Aélio viu um poço que se inclinava para baixo, aparentemente na direção do centro da pirâmide, que mal tinha largura suficiente para que um homem passasse por ele — a menos, é claro, que se estreitasse ainda mais na extremidade inferior. Deslizar para dentro da pirâmide, de cabeça para baixo, podia significar ficar preso em um funil mortal, ou quebrar o crânio contra o piso (a que profundidade?) que talvez estivesse lá embaixo. Com uma corda amarrada à cintura, e a lanterna apagada, Aélio resolveu descer de cabeça para cima, passando primeiro os pés pela porta, para deixar os braços livres caso os outros precisassem puxá-lo para fora.

O poço descia num ângulo bastante agudo. Apesar de, depois de passar do parapeito de mármore, o núcleo de cimento do prédio ter retardado ligeiramente sua queda, ele deslizou para baixo mais depressa do que planejava. O buraco se estreitou mesmo no meio da pirâmide, e se tornou desconfortável, mas Aélio não ficou apertado de modo a parar de deslizar, e no final caiu em um vazio, felizmente de pouca altura, sobre um chão de pedra que em nada contribuiu para absorver o choque da queda. Devido ao ângulo do poço, a escuridão era absoluta, sem nada para diminuí-la. Sentindo-se bem, Aélio ficou de pé, tateando na bolsa do cinto para ver se encontrava a pederneira. O odor úmido que lhe chegou às narinas devia vir de alguma infiltração de água através do revestimento externo de mármore, porque ali embaixo — e Aélio presumia que estava na câmara fúnebre — estava tudo frio e seco, só com um aroma leve e antigo de bálsamo e perfume.

Depois de acender de novo a lanterna, reconheceu realmente uma câmara fúnebre, de mais ou menos 20 por 15 pés, com abóbada arredondada. Duas das paredes reluziam com temas egípcios pintados em cores vistosas, ao passo que as outras duas não estavam pintadas, mostrando apenas o traçado vermelho de afrescos inacabados, e o contorno meio apagado da porta lacrada. No meio do piso, diretamente sobre o pavimento, sem um caixão de pedra, estava um sarcófago de madeira ou cartão dourado, com o formato ligeiro de um corpo humano bem parecido com aquele que Aélio tinha visto no templo de Antínoo. A ausência de oferendas fúnebres era o indício da pressa do traslado, talvez furtivo, com um velho doente à beira da morte testemunhando o último ato de misericórdia. O piso marrom avermelhado do caixão dançava sob a luz bruxuleante. Ali estavam as imagens folheadas a ouro do deus Anúbis, com cabeça de cão, segurando um vaso sobre um defunto, de Maat erguendo nas mãos a pluma da justiça e da ordem cósmica, e o sinal de Hórus-no-Horizonte; acima e abaixo, fileiras resplandecentes de lótus e lírios, e no peito uma faixa estreita com caracteres gregos dourados que formavam as palavras de despedida: *Antinoe, eupsychi.*

Aélio precisou esperar sua respiração acalmar-se o suficiente para continuar a trabalhar. Sem dar ouvidos aos chamados abafados que escutou vindos de cima, e perguntando-se se estaria tudo bem, ele aproximou-se da cabeceira do sarcófago, onde uma janela na tampa revelou o retrato do morto. Muito bem feito, mostrava um jovem de mais ou menos 20 anos, com uma coroa de louros dourada na cabeça. Um rosto recém-barbeado, mais claro onde a barba havia sido tosada, e belíssimo; olhos cinzentos e tranqüilos, que nenhum espanto ou dor pareciam jamais ter toldado, um rosto sério e pensativo que — Aélio profundamente comovido, queria crer — havia esperado até agora para contemplá-lo e ser por ele contemplado.

Não tinha tempo agora de refletir até que ponto isso seria um sacrilégio ou contrariaria o desejo do deificado Adriano. Suas mãos, nervosas, procuraram romper o lacre da tampa, que, apesar de sua emoção, abriu-se com facilidade. Sob ela, uma atadura intrincada de faixas de pano vermelho vivo, tingidas de roxo, formando um complexo desenho de camadas múltiplas que lembrava padrões decorativos em relevo em um teto ou cripta, cada quadrado oco com um botão dourado no centro. Aos pés da múmia, por um momento tão breve que depois Aélio duvidou ter visto isso, uma guirlanda fresca de rosas e botões de lótus, fortemente atados, aromáticos, que murcharam e ficaram negros de uma só vez. No peito do rapaz, disposto de modo a formar um ângulo, estava um cilindro achatado de madeira como aqueles que contêm cartas e documentos.

Os chamados distantes vindos lá de cima tinham cessado. O silêncio retornou àquele espaço lacrado e suspenso acima do chão, exceto por um farfalhar baixo como o do vento procurando o poço e descendo por ele. Ajoelhado contra uma das paredes sem afrescos com a lanterna no chão, Aélio abriu o cilindro e tirou o primeiro de dois documentos enrolados de dentro dele.

A caligrafia era graciosa, muito parecida com a que ele tinha lido no Egito, com emoção semelhante, mas distorcida pela idade ou a enfermidade, ou grande dor física.

> Eu, Públio Aélio Adriano, sentindo-me perto da morte e desejando garantir a presença do nosso Antínoo perto da minha tumba, o coloquei às pressas e secretamente neste lugar, sem os presentes funerários que planejei dar-lhe. No documento anexo a este, deixo, para a eternidade, a revelação de como, por seu ato, ele salvou a vida do César e Roma; ele que parecia ser a brandura em pessoa e em nenhum momento me deu motivos para repreensão. Ele, que é nosso e não apenas meu, pois pertence à cidade. No mesmo documento, também descrevo para a posteridade, a seqüência de eventos causados pelo inimigo oculto e antigo de Roma, que passei a chamar pelo nome genérico de ladrão da água. Tal é entre os gregos o termo usado para indicar um relógio de água, daí o Tempo em si, devorador de todos os impérios da terra...

As palavras amontoaram-se e desapareceram diante dos olhos de Aélio. *O ladrão da água,* oculto em plena vista através da memória, ritual, como a planta da villa, como este mais visível e anônimo dos sepulcros — uma pista desde o início de sua investigação, para a qual ele tinha estado tanto cego quanto surdo. Mesmo agora, seus ouvidos, a princípio como que ensurdecidos pelo profundo silêncio ao seu redor, percebiam aquele farfalhar como o do vento que descia pelo poço outra vez, mas não lhe deram atenção.

> ... Durante mais de duzentos anos a conspiração tentou deter a expansão e o bem-estar do maior império que o homem jamais conheceu. Seus objetivos, baseados em ideologia anti-romana, mas na verdade ditados pela mais odiosa cobiça, uniram uma multidão multiforme e dividida de subversivos da ordem do Estado. Decapitar o império, derrubar a torre de seu poder, fazendo vir abaixo a magnificência de sua estrutura...

Um pano de repente lhe cobriu a boca, com a força de um torno. Imediatamente, mesmo depois de se espantar, uma reação animal fez Aélio curvar-se para a frente. Quando alguém lhe aplicou uma gravata, puxando-o com violência para trás, com um joelho contra a sua coluna, Aélio ficou só esperando sentir o pescoço se quebrar, ser torcido, ou uma lâmina lhe cortar a garganta, mas o pano continuou sendo pressionado sobre sua boca e o nariz, interrompendo-lhe a respiração continuamente. A lanterna tinha virado ou sido chutada para longe, apagou-se e a escuridão, como o gosto da morte, devorou a sala ao redor de Aélio. Ele tentou livrar-se do atacante com uma sacudidela e a pressão em torno do seu pescoço aumentou tanto que ele desmaiou. A força escoou dele como água. Aélio sentiu vagamente que tinha caído de lado no chão, era como se outra pessoa estivesse lutando como um bezerro amarrado em seu lugar, coração, pulmões em fogo. O peso esmagador do atacante o acabrunhava, e Aélio só conseguia perceber que estava deitado de costas no chão sendo asfixiado, a cabeça forçada contra o piso. Aí perdeu a consciência outra vez. *Água, água, estou debaixo d'água, como no rio com a lama e as garças, como meu cão afogado, como todos que se afogaram, e afogaram-se sem esperança. Vou deixar o bezerro amarrado mexer-se e lutar, corcovear enquanto eu afundo. O fundo é arenoso.* Do fundo, porém, Aélio não passaria. Não depois de tudo isso, ainda não! Uma pontada de dor o fez recobrar a consciência de novo, sentir que estava vivo, libertando-se um instante, debatendo-se e sufocando de novo, furioso pela proximidade de sua própria morte. *Estou afundando. Estou afundando. Se não estivesse, pegaria a faca no cano da minha bota, e daria uma facada no meu atacante com todas as minhas forças.* O espasmo muscular ao tentar agarrar a faca o fez soltar um grito. A menos que as águas já se tivessem fechado fazia muito tempo sobre ele, e ele já estivesse morto.

Uma fímbria lustrosa assemelhava-se a uma ferida no céu oriental a montante do rio, onde as árvores dos jardins imperiais se apinhavam nas margens na curva. Ver o rosto de Ben Matias ao sair do poço foi uma surpresa menor que Aélio esperava.

— Devia saber que eras tu — disse, respirando com dificuldade. Empoleirado na escada, o judeu deu de ombros, estendendo a mão para ajudá-lo a sair da pirâmide. Abaixo deles, os guardas da escolta, com expressões de ansiedade no rosto, pareciam pálidos quando deram folga à corda, e uma segunda escada foi encostada contra a pirâmide para Aélio descer por ela.

— Impressionante o meu faro para saber quando um romano está em apuros — zombou Ben Matias. — Estava passando por aqui na hora, voltando da minha propriedade, e não deu para resistir quando vi a comoção. Ele morreu?

— Não, mas eu lhe dei uma boa facada, e deixei-o amarrado como um bezerro lá embaixo.

Envergonhado de ver o sol nascer de um monumento duplamente profanado, Aélio estava louco para descer e tocar a terra.

— Para um cego, o escuro não faz diferença mesmo — comentou Ben Matias.

Uma vez ao pé da pirâmide, Aélio pediu um cantil, bebeu uns goles de água com vinagre e usou o resto dela para lavar seu rosto. Deveria sentir dores depois da luta, mas não sentia nada: a empolgação de ter conseguido o que queria o deixara fatigado e entorpecido. Levou bastante tempo até se perguntar o que o Ben Matias, de braços cruzados, com as costas voltadas para o monumento de Adriano, estaria fazendo ali.

Achando graça o judeu entendeu sua curiosidade.

— Estava mesmo passando pelo Campo do Vaticano, e os únicos motivos pelos quais seus guardas comedores de carne de porco me deixaram chegar perto foram a escada e os rolos de corda que minha mula estava transportando. Quando descobri que tu estavas lá dentro do sepulcro, achei engraçadíssimo. A corda é minha, disse eu, a escada também, portanto eu comando a operação de resgate. Não é da minha conta, mas por que foi que o Paratus se voltou contra ti?

Aélio ficou olhando dois de seus homens subirem a escada, para prender o veterano e para empreender a trabalhosa tarefa de resgate. Ele disse:

— Tu tens razão.

— Sobre o quê?

— Não é da tua conta.

Antes do meio-dia, uma unidade pretoriana foi despachada para *À Glória de Nosso Senhor Aureliano* tomando sob custódia o filho de Paratus e seus servos. Emitiram-se ordens para que o mesmo fosse feito com a família do veterano em Minturno. Estando as portas de Roma fechadas para evitar que qualquer cúmplice fugisse, e os interrogatórios de suspeitos começando na prefeitura da cidade, realmente não havia ninguém com quem Aélio quisesse falar mais do que com o homem que tinha tentado matá-lo.

Atrás das grades, na prisão do Quartel dos Agentes Especiais, Paratus estava sentado em um banco. Não demonstrava nenhum sinal de dor causada pelo ferimento a faca que Aélio havia produzido em seu corpo. Mesmo sua tranqüilidade persistia, e os lábios crispados, que pareciam estar prestes a sorrir, eram irônicos e sensíveis.

— Ah, sim. O roçagar e o cheiro adocicado do couro do exército. Achei que não ias resistir a vir até aqui, Aélio.

— Sim, imaginei que acharias isso.

Sem se deslocar muito de sua posição, de pernas cruzadas e costas voltadas para a parede, Paratus permitiu que um sorriso dançasse nos seus lábios.

— Então empatamos.

— Não exatamente. Eu venci.

— Ah, mas é aí que te enganas. *Não é bem assim*. Se esperas descobrir alguma coisa interrogando-me, cometeste o maior erro de tua vida.

A pouca luz que se filtrava pelas janelas estreitas da prisão não dava sinal de que a tarde lá fora estava radiante. *Há tantas outras coisas também envolvidas nisso,* pensou Aélio. Depois de ler o que Adriano havia ocultado no sarcófago do Menino, ele achava difícil jactar-se.

— Não vais falar, mas os teus falarão.

— Meus? Eles não sabem de nada. — Em sua compostura, Paratus não deixou entrever se havia percebido a insegurança do seu interlocutor. — Como achas que uma organização dessas funciona? Não há células, nenhum indivíduo sabe mais do que precisa para agir quando comandado, e só quando comandado. Não vais descobrir nada, e isso é mais do que consolo suficiente para mim.

O Estado espoja-se em obscuridade, sempre se espojou. Desajeitado e arrogante, confunde as fendas na parede com a realidade ardente lá de fora. Nem mesmo conhece seu nome coletivo, acha que todos os inimigos e todos incidentes são únicos e isolados. Aélio mesmo via pouco mais que uma fissura, e ficou fascinado por ela. Paratus leu seus pensamentos.

— A escuridão cresce sobre ti depois de algum tempo. — E deu um sorriso irônico. — Já paraste para pensar que a ignorância é preferível ao terror? Contenta-te com tua pequena vitória, Aélio Espartano, e não ouses perguntar-me nada.

— Não vou. Mas pelo menos teus motivos pessoais tu mesmo me deste.

— Dei, é?

— Há melhores oportunidades no mundo para soldados que têm capacidade para pensar, disseste. "Poder em vez de dinheiro." Para um veterano sem pensão, brilhante demais para ter a sorte que teve, a oportunidade de servir a pátria em uma missão importantíssima, não importa a quem sirva. Podes sorrir quanto quiseres, Paratus. Elaborar tramóias, trabalhar para teus objetivos exclusivos, buscar o poder pessoal, a história está cheia de homens como tu, cínicos demais para serem idealistas, *mas que estão à procura de quem os compre*. É verdade, não tenho idéia de quem é teu dono, fora ou dentro de Roma: nós podemos até escolher os nossos inimigos. Sempre podemos. O fato de teres te traído no fim me dá esperança para o futuro.

A aquiescência de Paratus não havia mudado drasticamente, embora houvesse pequenos sinais de tensão muscular que mesmo naquela meia-luz alertaram Aélio para o esforço que aquilo estava lhe custando.

— Não te esqueças de que quase te matei, portanto minha mão deve ter mostrado menos do que dizes, mas estás morrendo de vontade de dizer-me, tenho certeza.

Um guarda da prisão espiou do alto das escadas.

— Assim que terminardes, comandante...

— Ainda não terminei.

O distanciamento de Paratus parecia cada vez mais pintado no seu rosto, pelo longo exercício de esconder quem realmente era.

— Muito bem, então podes me dizer. Dize-me se tuas provas resistem a minha crítica.

Quão insignificante parecia falar de provas. Aélio esperou algum tempo, pensando no oráculo do qual tinha zombado, quando ele dizia a verdade — que Antínoo tinha morrido como Dio Sereno; das histórias sicilianas e o velho tratado revelando que o Menino havia morrido como Pátroclo, jamais levado a sério por ele. Paratus falava de provas, mas tudo nesta história estava tão firmemente preestabelecido quanto o próprio julgamento inescrutável de Maat, leve e terrível como uma pluma.

— Pistas? — disse ele, por fim — pois aqui estão. Minha primeira dúvida surgiu quando tu e eu passamos pela primeira vez diante do portão da V Coorte, a caminho do quartel. Ao longo do caminho, tu pedias para parar neste e naquele ponto de referência, mas não fazias perguntas sobre teus quartéis antigos tão queridos. Isso me fez pensar que talvez, ao contrário do que tinhas dito, tivesses estado recentemente naquela vizinhança, ao contrário do que me dizias, e fiquei me perguntando por que terias mentido.

— Não serve. Não é prova. A nostalgia não consome tanto assim.

— Principalmente quando não se justifica. — Em seu desassossego, Aélio estava com dificuldade de ficar parado num só lugar, e começou a andar de um lado para outro devagar diante das celas vazias. —Verdade, parecia uma dúvida pequena, sem valia na época. Depois houve aquele curioso lacre "borrado" na carta da corte que te recomendava para mim. Certamente a interceptaste, leste, aprovaste seu teor, e voltaste a lacrá-la. Além disso quando me deste a lista de aristocratas que possuíam arquivos importantes, todos eles estavam, por coincidência, fora da cidade. É verão, eu pensei, mas o nome da Sra. Repentina, que deveria ser o primeiro da lista, estava ausente. Por um bom motivo, aliás, porque (e ela teria um chilique se soubesse) o ancestral do finado cônsul Márcio Turbo estava envolvido na conspiração. Suetônio talvez soubesse, talvez não. O nome do Turbo está em uma lista que encontramos em um de teus esconderijos. Amigo do imperador, e conspirador! Teve sorte de o deificado Adriano ter descoberto tudo tarde demais para mandar puni-lo.

Paratus fez uma careta de escárnio, uma expressão feia que distorceu-lhe o rosto fino.

— Provas circunstanciais, Espartano. Os carimbos derrapam no lacre, e os ricos saem de férias.

De cada janela estreita, uma curta linha de luz solar dividia o piso escuro diante dele. Aélio demorou-se entre essas manchas luminosas.

— Também aposto que foste tu que inventaste o sistema semafórico para informar sobre a minha vinda mesmo antes de eu ter chegado a Roma.

— Mas não podes provar isso. Ahá! Não podes provar nada disso.

— Ainda não terminei. Também há a coincidência de tua partida do Egito ter ocorrido depois das mortes de Dio e de seu liberto, e o fato de que, na tua ausência, não se cometeram assassinatos nem aconteceram incêndios naquele local. Porém, essas coisas começaram a acontecer na Itália pouco depois da tua chegada. Deves ter vindo às pressas, de Âncio até Roma, para orquestrar o assassinato de Soter, como só alguém que havia servido na patrulha noturna e sabia como os incêndios criminosos acontecem poderia. Depois, voltaste para a XII milha da Via Labicana, onde marcaste encontro comigo sob a videira ao lado da tua taverna. — Parando na listra luminosa lançada pela janela acima de si, Aélio deixou a luminosidade seduzi-lo. — Admito, o dano auto-infligido ao vinhedo foi genial, ao ponto de cortar um dedo de um cúmplice. O ataque contra mim, ao contrário, não sei se visava matar-me. Não pareces ser o tipo de pessoa que fracassa quando está disposta a ir até o fim. Como provavelmente tinhas entendido que eu jamais te mostraria a carta imperial, tu tinhas de seguir-me até eu descobrir o outro documento, e até me ajudar a obtê-lo! Naturalmente, houve a morte oportuna do Onofrius, na véspera da tradução do Obelisco.

De seu lugar, na luz ofuscante, as barras que separavam Aélio do prisioneiro pareceram avermelhadas e enevoadas quando a voz desdenhosa de Paratus veio da sombra.

— Qualquer detetive faria isso.

— Mas aí é que está, eu sou amador. — Tentado a permanecer na luz, Aélio saiu dela, em vez disso, e voltou a ficar de frente para a cela de Paratus. — A essa altura, era minha vez de dirigir os acontecimentos. Então te disse de propósito que o Theo ia se hospedar no Nó de Ísis, embora eu o tivesse mandado ir para outro lugar. Achando que eu estava dormindo em casa, tu ficaste para supervisionar a retirada do obelisco enquanto eu trazia o texto egípcio para que ele o lesse. Foi aí que um dos meus soldados da escolta, que estava vigiando o Nó, reportou que alguns bandidos tinham vindo procurar o comerciante de especiarias na taverna. Só tu é que sabias disso, portanto só teus homens podiam ter ido até lá.

— Ligeiramente astuto da tua parte.

—Vou considerar isso um elogio. Depois, fizeste uma de duas coisas: ou presumiste que Theo não havia me dado ouvidos e tinha ido se hospedar em outro lugar, ou entendeste que eu estava de olho em ti. Em ambos os casos, precisavas continuar representando teu papel, porque agora era altamente provável que eu fosse ao sepulcro. E fui. Não estivesse com tamanha pressa de fazer o que precisava ser feito, teria instruído minha escolta a não deixar que entrasses, caso aparecesses por lá. Só que eles não tinham motivo para suspeitar de ti, pois vínhamos trabalhando juntos até então. Foi aí que errei. Quando não respondi aos chamados dos guardas, tu tiveste a desculpa perfeita para pedir que eles te ajudassem a descer até o fundo. Afinal, a noite e a escuridão não fariam a menor diferença para ti, e daí por diante. Se tivesses conseguido me asfixiar, podias dizer que eu tinha me sentido mal devido ao ar sufocante da tumba e quebrado o pescoço, ou sabe-se lá o que mais.

— Mas te decepcionei, e amargamente.

— Isso, tu fizeste. — Aélio fez sinal ao guarda da prisão, que não tinha saído do seu posto no alto das escadas. — Só tenho dúvida ainda se foste tu o mandante da morte de Tralles.

Paratus riu, e não podia haver um som mais cruel do que o riso sem alegria alguma, nem diversão.

— E por que o mataria? Aquele idiota foi útil para nós. Entende, Aélio Espartano, *o amigo do César*, a vantagem de o inimigo temer a todos, sempre, é fazê-lo jamais saber em quem confiar. Fui eu quem primeiro te falou dos inimigos de Roma além das fronteiras. Só não acrescentei um detalhe: já estão todos do lado de cá da fronteira. Transcorrido certo tempo, não resta mais muita coisa a fazer antes que a torre desmorone.

Continuação da carta de autoria do deificado Adriano, contida no sarcófago de Antínoo:

... Decapitar o império, destruir a magnificência de sua estrutura, vem sendo o objetivo deles desde o início dos reinados dos Césares. Príncipes travaram guerra antes de mim, sem uma compreensão de como os povos e cidades opostas a nós eram nada mais nada menos que peões de outra potência, e que nem reis nem senhores, mas fanáticos, por meio de uma crueldade mercantil, ocultavam-se por trás de invasões e derramamentos de sangue bastante amplos e diversos de modo a esconder sua matriz comum.

Aprendi a temer os que voltaram da batalha no estrangeiro, fosse no Egito, Pártia, Pársia, ou Armênia, principalmente se mantidos como prisioneiros durante algum tempo. Isso porque freqüentemente, vencidos pela tortura ou lisonjas, tornaram-se subordinados do grande inimigo. Não confiar em nossos próprios veteranos! Parece até uma heresia, mas, conforme os detalhes dos documentos anexos, a mão armada deles ocasionalmente penetrou na própria câmara do César, derrubando sempre que possível os príncipes que expandiriam ou salvaguardariam Roma. Parece-me conveniente que, na data em que redijo esta, graças a expurgos políticos e medidas militares secretas que fui compelido a tomar, durante meu reinado, o perigo parece ter se reduzido. Os historiadores irão questionar as crueldades que cometi nos últimos anos da minha vida, mas sei muitíssimo bem que ações eram necessárias para *salvaguardar o Estado. Portanto, mesmo esses relatos encontram-se guardados no sepulcro, pois prefiro que não venha a público nada que possa incitar outros a se revoltarem contra Roma.*

Foi na viagem fatídica que fiz ao Egito que a conspiração chegou à barca imperial na qual navegávamos. Chego a sentir-me mal ao escrever os nomes de Septicio Claro, Gentianus — que serviu na guerra contra os partos e foi cônsul no meu governo — de Metio Modesto e até Márcio Turbo, todos homens que eu descobriria tarde demais que haviam direta ou indiretamente alimentado o monstro que nos ameaça. Outro governante estava jurado de morte, e os conspiradores teriam logrado seu intento se não fosse por nosso Antínoo, que se colocou entre seu amigo e a morte. Agora ele habita na morada dos deuses, e para sempre de luto, oro para que seu sacrifício não tenha sido em vão.

Recém-chegado com o corpo do meu amado da minha villa Tiburtina — onde o mês de outubro permanece encerrado em todos os edifícios como nas próprias estrelas — redijo a presente em Roma, enquanto me preparo para partir para Baia, de onde não creio que retornarei. Neste nono dia de maio, Festa de Lemúria, dedicada àqueles que morreram na flor da idade, no vigésimo segundo triste ano de meu reinado.

Parte III

Relatório Final

Capítulo XII

18 de setembro, segunda-feira (dia 20 do mês de Thoth)

Ben Matias saiu da Itália no mesmo navio que Aélio. O *Felicitas Annonae*, comandado pelo seu mestre e tendo Expósito como comandante, destinava-se a Alexandria com uma carga de utensílios de vidro germânicos destinada à Sicília e um lastro de lentilhas da Campânia.

— Não sei o que está acontecendo — disse ele, aproximando-se de Aélio no convés — mas tem havido um bocado de prisões em toda a Itália, ouviste falar?

Já avistavam a costa leste da ilha, onde o *Felicitas* iria fazer uma parada de três dias inteiros. Aélio olhou de soslaio para o judeu, sem nada responder. Havia tentado evitá-lo, porém Ben Matias não desanimava.

— Só estou vos contando, comandante, para que não penses que estou te seguindo. Eu teria ficado mais tempo em Roma, mas prisões por atacado sempre deixam os judeus ressabiados. Prisões excelentes: aristocratas, negociantes, oficiais de alta patente. Surpreende-me a quantidade deles que está confessando, mas conheço bastante bem os métodos romanos de interrogatório. Até mesmo os filhos de Aviola Paratus estão falando. O boato que corre é que as autoridades estão mantendo o próprio Paratus preso por algo mais que o atentado contra a tua pessoa, do qual ainda não compreendi o motivo, a não ser que ele estivesse também por trás dos assassinatos no Egito. — Aélio baixou os olhos para o rendilhado de espuma verde que batia no casco do navio, onde os gravetos e as folhas que vinham da praia eram agitados por uma torrente de águas profundas. Levando ordens imperiais para os magistrados das províncias darem início aos julgamentos e prisões, ele sabia muito bem que tipo de trabalho o esperava no Egito.

— Não te esqueças de que tu o recomendaste a mim quando te perguntei. "Homem sossegado, paga suas contas..."

— É minha culpa se todo mundo falava bem dele? E pensar que te ajudei quando os bandidos te surpreenderam ao sul de Heracleópolis, embora tivésseis recusado a minha companhia!

A expressão de Aélio deve ter falado por ele, porque Ben Matias franziu o cenho, fingindo ter-se ofendido.

— Pensaste que foram os *meus* homens que te atacaram! Não te disse que se quisesse arrebentar-te o crânio eu o faria olhando-te olho no olho?

Então foram os homens de Paratus que nos atacaram no caminho para Alexandria e quase acabaram comigo ao longo do Nilo. O que mais, quem mais está envolvido nisso?

Sons de estalos vinham de cima, onde a vela mestra, enfunada pelo vento, impelia o navio, aproveitando a ventania etésia. Na direção do alto mar, os peixes pulavam alegremente, em cardumes azuis, como lâminas que subiam e desciam cortando um tecido brilhante. Aélio ficou olhando aqueles peixes felizes, respirando fundo a maresia pungente.

— Baruc, lembra-te de quando nos encontramos perto do Cadastro e, de repente, exatamente quando eu ia embora, mencionaste a revolta judia?

— Freqüentemente menciono as revoltas judias.

— Disseste que de tempos em tempos os teus líderes eram abordados por este ou aquele conspirador, convidando-os a unir forças com eles, mas que os judeus sempre recusaram.

— Não por sermos virtuosos, podes ter certeza disso. Só porque a nossa luta tem que ser somente nossa. Se tivesses perguntado, eu poderia ter-te dito há algum tempo. Generais partos e armênios, até mesmo um ou outro político romano ganancioso vieram bater a nossa porta, durante séculos. Por quê? Isso faz alguma diferença? Não sei o que tem a ver com Paratus.

Ben Matias virou as costas para a amurada e olhou para cima, fitando a grande cornucópia estampada na lona enfeitada de vermelho.

— Bem sabes o que penso de Roma e dos romanos, mas apostaria algum dinheiro que estás pensando que a execução é boa demais para ele.

— Ele é veterano, e é o que vai receber. Uma execução respeitosa, aliás.

Em Catânia, alguns passageiros desembarcaram. Ben Matias, que tinha negócios a tratar na sinagoga local, estava entre aqueles que voltariam mais tarde para o navio. Vendo Aélio deixar o cais a cavalo, chamou-o:

— Vais longe? Se perderes o navio quando estivermos prestes a zarpar, posso ficar com a tua cabine?

Catânia, Sicília, 22 de setembro, sexta-feira (dia 24 do mês de Thoth)

Parecia até profecia de Ben Matias, pois no terceiro dia, sob o olhar controlador de Expósito, depois da contagem de todos os viajantes e mercadorias destinados ao Egito, Aélio Espartano estava entre os faltosos. Fazendo jus ao seu princípio de não esperar por ninguém, o capitão do navio pontualmente ordenou que a prancha de desembarque fosse suspensa e a âncora do *Felicitas* já tinha sido recolhida quando a polícia da baía apareceu, sustando a manobra, por causa do "enviado de César que estava para chegar da estrada militar". Expósito quase explodiu, ficando até roxo por precisar conter as imprecações que queria soltar, mas não podia fazer isso a bordo, pronto para zarpar novamente. Portanto limitou-se a andar de um lado para outro no convés, com as mãos entrelaçadas atrás das costas, de cara feia, olhando o chão.

A chegada de Aélio fez com que a prancha tivesse de ser baixada outra vez, uma operação que o capitão do navio, o taciturno Expósito, dirigiu num silêncio desaprovador.

Ben Matias observou o cavalo, o soldado e o cão subirem a bordo.

— Com todos os diabos! — comentou. — Não me digas que fostes até o interior procurar essa coisa horrorosa!

Aélio deu de ombros.

— Não. Eu o *comprei* quando voltava do Egito.

— Essa deve ser a criatura mais feia da face da terra.

— O nome dele é Sirius. E olha que me mordeu antes de comprá-lo.

— Eu devia ter percebido que tu estavas por trás daquele decreto que proibiu a posse e venda de cães para a arena!

Ben Matias enxotou o cão de perto de suas pernas nuas, batendo com os pés no convés.

— Aborrecestes diversos criadores no Médio Egito, comandante.

— Nem tantos quanto *um determinado* criador na Via Labicana. Em todo caso, as leis são feitas na justiça, e eles podem apelar aos conselhos imperiais.

Relatório final de Aélio Espartano ao imperador, em cinco partes:

1. Finalmente chegou a hora, Senhor, de reunir tudo o que tive o privilégio de descobrir com respeito à enorme conspiração, que desde a época de Júlio César estava à espera do momento certo de ameaçar o Estado romano. Minhas informações originaram-se na narrativa do deificado Adriano, encontradas na sepultura do abençoado Antínoo, e obtidas por meio de interrogatórios e pesquisas em Roma e em outros lugares.

Começou no Egito há mais de três séculos atrás, como uma forma de resistência contra a intervenção de Roma, quando a rainha Cleópatra decidiu aliar-se ao deificado Júlio; aliás, sua própria queda, bem como a do ditador, foi em parte devida à conspiração. A princípio, não era política, pelo menos não estritamente. Interesses comerciais vitais predominaram no começo, especialmente no que tocava ao comércio de especiarias, mas também de cobre, ouro, estanho e outros recursos que representam a riqueza de uma nação. O objetivo da conspiração, naturalmente, era apoderar-se do controle sobre esses lucrativos intercâmbios que se encontravam sob a legítima autoridade de Roma. Foi um lance perigoso representou um jogo arriscado, uma geração após a outra, causando um conflito superficialmente invisível, onde não havia trégua entre os magnatas do comércio — tanto estrangeiros quanto romanos — e o poder judiciário. Os meios empregados são os típicos de qualquer conspiração: a organização em células secretas, infiltração, corrupção de funcionários e homicídio. Um jogo mortal que ainda não terminou, porque o seu prêmio final nunca foi realmente alcançado: o controle sobre o comércio acima de todas as leis, todas as regras, todos os limites fixados no interesse comum do povo. Porém o pro-

cesso aspira a muito mais — o poder absoluto, a hegemonia global sobre os homens, riquezas e destinos.

Agora, Senhor, dai-me permissão para voltar ao meu relatório, no ponto onde parei: especiarias e metais preciosos. Como acredito, os comerciantes das nações que há muito estão envolvidas na troca dessas mercadorias necessárias temem o crescente poder de Roma no Mediterrâneo e na Ásia. Logo percebem que, devido à ascensão de Júlio ao poder, cada vez mais é provável que a cidade seja governada por um só homem. Aqueles que se unem contra o ditador dentro de Roma têm amigos entre esses comerciantes: a riqueza de Crasso e até sua morte na Pártia são fruto de seu sucesso inicial e posterior fracasso na relação com eles. O fato de César ter se aproximado do Egito ameaça a supremacia do grupo. Incitar esses aristocratas que querem manter o poder em suas mãos com a desculpa de salvar a república é um meio para atingir um fim: eliminar César. Depois dos Idos de Março, os inimigos de Roma dão um suspiro de alívio, vendo na confusão que se seguiu os possíveis sinais de desintegração política e, portanto, econômica. Porém, Marco Antônio logo estabelece uma nova e mais perigosa aliança com Cleópatra, ele também representa um risco, até que a gloriosa vitória de Augusto César sobre ele restaura o Estado.

Durante seu competente reinado, a conspiração parece adormecida, mas não está. De fato, todos os herdeiros do trono, um após o outro, desaparecem, devido a repentinas febres e acidentes que lhes abreviam as vidas. Até mesmo Agripa, homem forte e um possível sucessor de Augusto, jamais voltou de sua última campanha. Depois disso, percebe-se a mão dos inimigos em tramas e assassinatos de governadores fortes que ameaçam seus interesses por meio de expansões militares ou alianças. Entre as nobres vítimas devem-se contar os imperadores Cláudio e Tito. Quase todos os cadáveres notáveis de Roma — assim afirma a carta de Adriano — resultaram de planos dos conspiradores. E pensar que os historiadores se admiravam pelo fato de os Césares terem morrido sem filhos, e se perguntavam por que tantos deles teriam desaparecido no auge de sua juventude! Depois que a dinastia Flaviana terminou, Roma enfraqueceu-se. Coincidentemente, uma vez mais a conspiração parece desaparecer, mas é porque está escondida, acumulando pequenos sucessos toda vez que o domínio do Estado romano sobre o sul e as fronteiras do leste parece vacilar.

Antinoópolis, Médio Egito,
dia 8 do mês de Phaophi, (7 de outubro, Nonas, sábado),

O apartamento alugado por Aélio, perto do mercado estava pronto para a sua chegada em Antinoópolis. Como todos, à exceção dos três guardas, já haviam partido, todos os apartamentos do edifício tinham sido requisitados por questão de segurança, e as bancas do outro lado da estrada tinham sido removidas para que se tivesse uma visão ampla do mercado.

Seguir o Nilo para o sul tinha sido um exercício de memória recente para Aélio. Entretanto, toda vez que a cheia recuava, havia mudanças nas margens: pequenas ilhas afundavam ou surgiam, os meandros antes obstruídos por papiros e plantas do brejo agora estavam desobstruídos, aldeias dissolviam-se ou sobreviviam, inteiramente sujas e lamacentas. Um cheiro forte de decomposição subia da ampla faixa fertilizada paralela ao rio, onde as pessoas caminhavam sobre pranchas, ou precisavam fazer um desvio contornando suas margens. Quase de volta ao seu leito, o Nilo — largo como um lago até a terceira semana de setembro — tinha enchido diques e canais, consertados cuidadosamente por meio de corvéias. Provavelmente, esses sedimentos é que transmitiam doenças de uma região para outra, e fazendeiros como o marido de Anubina eram os mais expostos às infecções. Não era exatamente uma volta ao lar; no entanto, Aélio, entrando no seu quarto e vendo debaixo da cama um pequeno e transparente escorpião, percebeu que algumas coisas não haviam mudado. Aélio conteve Sirius, ajoelhou-se para pegar o escorpião com um pano e sem machucá-lo levou-o para fora.

De tarde, o que o surpreendeu foi encontrar o juiz tuberculoso de Torre Parva não só vivo, mas escondido no escritório do epistratego Rabírio Saxão.

— *Legatos* Espartano! — ele o saudou. — É uma honra *e* um prazer! Ah, sim, estou melhor. É uma coisa estranha, mas sempre que há uma epidemia pareço melhorar. Os julgamentos dos cristãos foram suspensos, como na certa já sabes, tanto dentro do exército como entre os civis.

Com uma vênia, ele recebeu as ordens lacradas.

— Agora temos peixes maiores para fisgar. Dizem que a Pártia está por trás disso, mas quem sabe ao certo? A Pártia não pode estar por trás de tudo o que acontece ao império.

— Recebeste a lista de Alexandria?

— Recebi, sim. Sei que ajudaste a confeccioná-la, e dou-lhe minhas sinceras congratulações. Nomes de quem nunca se suspeitaria: administradores da cidade, oficiais do exército, homens de negócios. Aviola Paratus, um conspirador, *legatos*... que escândalo! Um escândalo mesmo. Não se sabe mais em quem confiar, se até os veteranos são infiéis. É um autêntico expurgo. Traição, é claro. A acusação contra todos é de traição. Vamos pegar muitos, quero dizer, executá-los. Outros vão escapar do arrastão porque estão ligados demais com o comércio, moeda estrangeira, e, acima de tudo, por não sabermos exatamente como eles se encaixam nessa estrutura.

Quando Aélio mostrou os nomes dos convidados da festa de Dio, passada por Harpocrácio durante sua última visita ao Egito, o juiz encolheu os ombros, satisfeito.

— Um deles já está atrás das grades.

Aélio sentiu-se menos otimista. Não havia como negar que alguns dos informantes de Paratus tinham confessado. Mencionaram-se os colaboradores. Apareceram documentos na casa do veterano em Minturno e no posto comercial em Âncio, mas tudo continuava evasivo. Pelos contatos entre os membros, e as acusações feitas, parecia principalmente um assunto de intromissão estrangeira na tomada de decisões, um trabalho laborioso como de formigas visando a sabotagem por meio da indicação de alguns magistrados, e eliminação de outros e pagamento de suborno a outros ainda. Ocasionalmente, a conspiração recorria ao assassinato, sendo que a maioria dos assassinados eram reis. Apesar dos comentários do juiz sobre a escandalosa participação de gente conhecida, nenhum dos potentados estrangeiros ou líderes tinha surgido da investigação, e eram esses os nomes que era preciso encontrar. Felizmente, não era essa a sua missão.

— O partido de Maximiano César na Justiça crê que os cristãos estão envolvidos — dizia o juiz, fitando-o com grande interesse e um brilho no olhar. — O que achas?

Aélio sacudiu a cabeça.

— É difícil dizer o quanto a religião tem a ver com isso, e quantos religiosos sedentos de poder estariam procurando atender a seus próprios interesses através da estrutura de uma sociedade secreta.

— Dizem que até mesmo agora dois generais estão na corte, Licínio e o filho de Constâncio, Constantino, mas agora estou me desviando do assunto, *legatos*. Que furacão mais fascinante — disse o juiz, acompanhando-o até a porta.

Aélio pensou, *sem dúvida*, e lembrou-se do dia em que estava conversando com Tralles e de repente havia se sentido como se ao redor do posto de comando, da base militar, da cidade e além dela, tudo parecesse uma incompreensível e sempre crescente espiral, no centro da qual estava a tribulação que eram as palavras e assuntos humanos.

Sim. E o que dizer sobre Licíno, Maxêncio e até mesmo o jovem Constantino, cuja ambição era tão grande quanto a preferência de sua mãe Helena pelos jovens oficiais da Corte? Agora, Aélio nada mais poderia fazer. Já não era mais problema seu.

Quando ia saindo, perguntou ao juiz:

— Quais são as últimas notícias sobre a epidemia?

— A metrópole em si foi muito pouco afetada, mas os bairros de operários, fora dos portões, sofreram muito. Já foi decretado o fim da quarentena, é o máximo que posso te dizer.

No bairro onde ficava a loja de Anubina, perto do anfiteatro, o calor e um desconfortável vento úmido colava no corpo a roupa das poucas pessoas que andavam pelas ruas. A porta da casa de Anubina ainda estava trancada, e perguntando aos negociantes ali por perto, Aélio soube que dois terços das lojas da cidade tinham reaberto, porém muitos dos proprietários ainda estavam longe, para preservar a sua saúde, "a não ser por aqueles que haviam morrido".

Depois do portão meridional, o bairro de Filadélfia tinha o seu costumeiro aspecto sonolento, e alguém havia pendurado uma guirlanda na porta da velha capela dedicada ao deificado Trajano e sua irmã. A casa azul de Anubina, à sombra da acácia, não mostrava sinais de vida, e ninguém respondeu quando Aélio bateu à porta. Arrastando os pés descalços, uma de suas jovens aprendizes saiu da casa ao lado para ver quem era. Estava tomando conta da casa, disse, mas não fazia a menor idéia de quando a senhora voltaria, e nem mesmo sabia de nada, a não ser que era para ela tomar conta de tudo.

— Soube que ela estava construindo outra casa. Será que ela já foi para a casa nova?

— Não, porque ainda não está terminada.

— Quem saberia dizer onde ela está?

A jovem semicerrou os olhos, por causa do sol, dando de ombros.

A seguir, Aélio foi visitar a viúva de Tralles e prestar seus respeitos à família de um colega de armas. Ela era loura e obesa, e já havia conseguido superar o seu pesar com a excitação do parto da filha, que estava próximo. Agradeceu a sua atenção, enquanto a moça, que parecia ter uns 13 anos e estava extremamente cansada, sentava-se encostada à parede, tentando cobrir a barriga volumosa.

E assim terminou o primeiro dia do regresso de Aélio a Antinoópolis. A lua crescente lutava para aparecer num céu que continuava claro, quando Aélio voltou ao mercado. Ali pediu notícias sobre Harpocrácio a um vendedor de livros, que devia estar de volta de uma viagem de negócios a Peluso e, segundo sabia, devia estar fazendo obras de ampliação de sua villa. Theo ainda estava em Roma e, Aélio podia imaginar, decepcionado por ter verificado que Cleópatra Menor não era exatamente o seu tipo. As bancas estavam fechando. Como as mulheres tinham caminhado entre elas em junho, mostrando os tornozelos sob as saias transparentes, e como o vento que trazia a areia tinha soprado como uma chuva faiscante

Continuação do Relatório Final:

2. *Agora chegamos ao reinado do deificado Trajano, pouco antes do governo de Adriano. Uma descoberta acidental (graças à prisão oportuna de um agente inimigo durante a campanha parta) alertou os serviços de informação de que existe uma nova célula romana de conspiradores. O perigo se aproxima do trono. Confiaram o delicado interrogatório ao sobrinho do imperador, o futuro deificado Adriano, que resolveu esconder sua investigação nas províncias, sob a aparência de uma vida de dissoluto e beberrão (ver o comentário histórico de Mário Máximo). Quando Trajano morreu, Adriano herdou um império que nunca fora tão influente, tão rico e nunca sofrera tantas ameaças. Foi por isso que, durante todo o seu governo, ele viajou incessantemente, mantendo constante vigilância em todos os níveis. Os inimigos do Estado penetraram na estrutura de poder da cidade também. A História lembra (sem citar que eram conspiradores) Quieto e Negrino, bem como outros. A grande Revolta Judaica, tão sangrenta e perigosa, nada teve a ver com a conspiração, mas aconteceu em um momento crítico para Roma. O imperador acaba resolvendo o conflito com extrema severidade, mas entre as vitórias que logrou contra a conspiração na Ásia, chegaram notícias de uma atividade mais intensa que ameaçava as rotas de comércio de Berenice e Mios Hormos, no Egito. Quem retivesse o maior poder econômico, aquele que controlasse as rotas de especiarias, governaria o mundo. Os nomes dos conspiradores, suas nacionalidades, mudam com o tempo; porém todos concordam que, para governar o mundo, precisam arrasar o império romano. Eles não são destituídos de faces; têm muitas faces. Assim, no décimo quarto ano do seu reinado, a despeito dos insistentes comentários sobre possíveis atentados à sua pessoa, Adriano partiu para a Província do Egito. Com ele estavam a imperatriz e membros da corte, incluindo Antínoo. A segurança era forte, embora o serviço de informações romano estivesse ciente da possível infiltração no exército e até mesmo entre os guarda-costas imperiais. Vários incidentes (ver Dio Cássio, sobre os detalhes históricos) perturbaram a viagem desde o início.*

Quando começou a fatídica viagem através do Nilo, todos tinham praticamente certeza absoluta de que aconteceria um atentado durante o percurso. O relato do deificado Adriano não deixa dúvidas a respeito disso. Para piorar as coisas, um informante foi imprudentemente morto (ou de propósito?) por um guarda, antes que pudesse dar ex-

plicações. Particularmente perigosas, na viagem pelo rio, pareciam ser as localidades antigas de Her-wer e Besa. Quando a barca imperial se aproximou dessa área, as senhoras e os mais enfermos ou idosos entre os ilustres convidados já tinham sido deixados em Cinópolis. Antínoo, convidado a ficar em terra também, insistiu em ficar e terminou por convencer o deificado Adriano a deixá-lo prosseguir. Nessa altura da sua vida — e os retratos o provam — o Menino tinha se transformado em um rapaz alto, de compleição robusta. Exatamente como ele é representado no arco do triunfo de Adriano, ele também deixou as costeletas se transformarem em uma barba. Seria para imitar seu amo e amigo, como supunha Dio Cássio? Na minha opinião, Antínoo tinha uma outra coisa em mente.

O que me surpreende é que nenhuma fonte histórica menciona o que Antínoo vestia na noite em que perdeu a vida. Mário Máximo, na verdade, afirmou que "os seus restos foram recolhidos envoltos em seda púrpura", porém essa passagem foi interpretada como uma crítica ao cuidado excessivo que Adriano tinha com o seu favorito, permitindo que se vestisse com roupas que só reis usavam. Na verdade, conforme essa narrativa, Antínoo estava usando os próprios trajes do imperador, depois que este se recolheu cedo, cansado da viagem e febril. Seguindo o costume de Adriano, ficou andando de um lado para outro no convés, precisamente quando a barca estava passando entre Her-wer e Besa.

Deduzi que, durante a viagem ao Egito, como prova a insistência de Antínoo em seguir Adriano por toda parte, os conspiradores abordaram o Menino. Adriano não menciona isso, mas as cartas que li na biblioteca de Repentina fazem-me desconfiar que isso aconteceu. Talvez o Menino tenha sido tentado pelo próprio Márcio Turbo, o qual, naturalmente, nega ter conhecimento de qualquer conspiração em sua correspondência com Suetônio. Aproveitando-se da intimidade de Antínoo com o imperador, e talvez de seu ciúme depois que Lúcio surgiu na vida de Adriano, os conspiradores tentaram convencer o Menino a unir-se a eles, confiando em sua juventude e relativa inexperiência, e prometendo-lhe sabe-se lá o quê. Poder? Dinheiro? O Menino terminou deduzindo que Adriano corria perigo mortal. Não podia tomar a iniciativa de acusar homens importantes, mas podia ao menos tentar proteger seu amo. Será que se julgava predestinado para tanto? Será que os horóscopos e cartas celestes também desempenharam um papel nessa decisão dele? Pode ser que nunca saibamos ao certo.

Antinoópolis,

dia 9 do mês de Phaophi (8 de outubro, domingo)

Termutis prendeu a trança achatada de seus cabelos ruivos no alto da cabeça. Sempre se levantava tarde. A luz do pleno dia inundava-lhe a janela do quarto, mostrando um dos lados do templo da deusa-sapo de Antinoópolis e uma fileira de fachadas ensolaradas do outro lado da rua. Ela dormia sozinha, e agora raramente recebia homens. Tinha convidado Aélio para dormir com ela, na sua última visita ao Egito, em memória aos velhos tempos. E, por isso, deixou-o visitá-la nos seus aposentos particulares.

— Sim, eu sei que ela partiu — disse.

— Mas, para onde?

— Para Ombi, pela estrada de Adriano.

— Ela está bem?

De sua penteadeira, Termutis virou o rosto para Aélio. Seus olhos o perscrutaram, depois lentamente voltaram ao material de maquilagem que tinha diante de si. De um potinho redondo ela tirou um pouco de pomada branca e aplicou-a no rosto, espalhando-a, com as pontas dos dedos, para cima, para os lados das faces e têmporas.

— Nunca te vi assim antes, Aélio. — A seguir, massageou o pescoço em meticulosos semicírculos. — Será que dessa vez é para valer?

— Pelo amor de Deus, Termutis, preciso saber se ela está bem.

— Tu não podes te apaixonar, e, de qualquer forma, a família dela foi infectada logo depois que deixou a cidade. Ela foi para o interior, como tantos outros, mas a epidemia ainda grassava entre os viajantes. O filho dela já havia morrido quando uma das minhas meninas, que fugiu por sua própria conta, encontrou-a a oeste de Ombi. — Dando uma olhadela dentro de uma gaveta, Termutis distraidamente tirou dela um par de brincos, mas voltou a guardá-los e pegou uma corrente de ouro torcida. — Ela disse que Anubina estava com o menino nos braços, sem querer que os coveiros o levassem; tentou entrar rastejando dentro da vala comum quando o cobriram de terra.

Olhando para Aélio ali sentado em sua cama por fazer, com a cabeça entre as mãos, decidiu não pedir que ele fechasse a corrente para ela.

— Sei que é duro, Aélio. Sinto muito.

— E a filha?

— Tanto ela como Anubina estavam muito doentes, segundo a última notícia que recebi, e o marido dela também morreu.

— Tens de me dizer onde ela está. Preciso ir até lá

Bruscamente, Termutis volteou-se na sua banqueta de pés de leão.

— Sabes, ela perdeu o outro filho dela também.

— O *outro?*

— Estava esperando um terceiro filho quando chegaste em junho, e o perdeu. Acho que foi porque te viu novamente, e isso lhe fez mal.

— Ela nunca me disse!

— Ela nunca diria. Começou a sangrar aqui, sentada, enquanto me fazia uma visita. Eu a estava ensinando a escrever. Sabes que sempre foi ambiciosa e inteligente. Não pudemos fazer nada para ajudá-la, embora o médico que nos atende tenha vindo imediatamente. Ela também teve a filha aqui na casa. Depois que te foste, e como a velha mãe dela quase não deu as caras depois que a vendeu, ela ficou sem mais ninguém no mundo. Um parto difícil, oito meses depois que partiste.

A corrente de ouro entre as mãos de Termutis brilhou quando ela a deixou cair no colo.

— Acho que ela morreu, Aélio. Evita esse sofrimento, não vás procurá-la.

Continuação do Relatório Final:

3. Cito diretamente as próprias palavras do imperador para transmitir na íntegra a tragédia que se seguiu:

"Os inimigos de Roma, então encabeçados por Artemidoro, negociante e ginasiarca de Hermópolis, tendo originalmente planejado assassinar o César pela manhã, durante a cerimônia na cidade, enxergaram uma oportunidade imprevista, quando viram

o que presumiram ser o próprio César no convés, olhando para a água. Disfarçados como marinheiros, empurraram Antínoo brutalmente pelas costas, fazendo com que caísse no rio. Só isso não seria suficiente para matá-lo, uma vez que ele era campeão de natação, por isso os assassinos pularam junto com ele e o seguraram debaixo d'água até ele expirar. Foi então que, apesar da escuridão, compreenderam o seu erro e a gravidade do crime que haviam cometido. E por isso, depois de matar Antínoo, imediatamente começaram a gritar "homem ao mar!", como é costume nos navios. Ficou parecendo que, tendo sido testemunhas do acidente (ou suicídio, como as más línguas começaram logo a insinuar), pularam imediatamente para tentar salvar a vítima, o que não foi mais possível. O César acordou com os gritos etc."

Os historiadores confirmam que o corpo de Antínoo passou dois dias boiando milagrosamente intacto no Nilo, e, durante esse tempo, as roupas cor de púrpura que estava usando soltaram-se e foram arrancadas pela violenta correnteza do Nilo. Tendo sido encontradas mais tarde numa touceira de papiros que crescem ao longo do rio, foi com elas que o deificado Adriano mandou vestir seu Pátroclo, depois da mumificação, como uma lembrança dolorosa do sacrifício de Antínoo. No entanto, passaram-se dias até que o imperador compreendesse a verdadeira natureza do incidente, e não conseguiu identificar imediatamente os conspiradores entre os seus companheiros de viagem. De alguns, como Márcio Turbo, desconfiou até o fim da vida, quando finalmente encontrou provas contra ele e o acusou de traição, uma denúncia que o sucessor escolhido por ele, em sua bondade e desejo de proteger o senado, que ultimamente corria tanto risco, tratou logo de desmentir.

De fato, até os últimos anos de seu reinado, tendo se dado conta da infiltração extensa da conspiração, os banimentos e execuções do deificado Adriano atingiram, um a um, todos os conspiradores romanos que seus agentes puderam descobrir. Até mesmo homens de nomes antes gloriosos, tal como Serviano, foram denunciados e punidos (como lemos em Mário Máximo). Sem ter certeza sobre a extensão da conspiração na Itália e fora dela, o César considerou melhor não torná-la pública, daí surgindo as acusações de crueldade fora do comum contra o imperador idoso e enfermo. Sem dúvida, mais ao fim de sua vida, a batalha longa e nunca completamente vencida contra os inimigos de Roma o fez sentir-se ameaçado o tempo inteiro. A doença, que terminou por agravar-se, debilitou-o a ponto de Antonino Pio obrigá-lo, contra a sua vontade, embora para seu próprio bem, a retirar-se para Baia, onde o imperador acabou morrendo.

Contudo, antes, o César tratou de garantir que o corpo de Antínoo, que sempre tinha estado ao seu lado (primeiro no templo que levava o nome de Adriano, durante o tempo que ele passou no Egito, e depois na sua villa Tiburtina), fosse trasladado para a pirâmide sem nome no cruzamento das vias Cornélia e Triunfal, estando em construção adiantada o seu próprio mausoléu nos Jardins de Domícia. Se entendi a escolha de Adriano, de não mandar inscrever o nome de Antínoo no sepulcro, não foi para tentar esconder a identidade de seu amado por vergonha da relação entre ambos, mas sim um sinal de que o deificado Adriano, até em seu leito de morte, ainda temia as possíveis tentativas de profanação do local de descanso final do Menino. Por meio desta, peço-vos, Senhor, que guardes este segredo, e que o local da tumba não seja revelado.

Ombi, Subdistrito de Heracleides,
dia 10 do mês de Phaophi (9 de outubro, segunda-feira).

A pequena aldeia de Ombi tinha sofrido uma invasão das pessoas que vinham fugindo das margens infectadas do rio, e que levaram a doença até ali. Como não havia casas suficientes para os refugiados, levantou-se um acampamento, com tendas e abrigos improvisados surgidos naquele pedaço de chão árido, varrido pelos ventos, aglomerando-se ao redor do único poço. Neste lado do acampamento, o fedor da morte mostrava, até mesmo antes que se chegasse a ele, o lugar onde as vítimas estavam alinhadas em sacos de linho para serem enterradas às pressas. Mais para dentro, montes de terra que pareciam cicatrizes na areia indicavam as valas comuns. A Via de Adriano estendia-se ao longo desses montes, reta como uma flecha, apontando para o leste, com milheiros muito bem esculpidos e varrida por véus de poeira esbranquiçada.

Ninguém sabia de ninguém, e nem mesmo seu rico uniforme ou suas ofertas de recompensa lhe valeram. Só sabiam dizer que a epidemia estava terminando, e que os sobreviventes, muito debilitados, ainda estavam perecendo, e que ali não havia nem meninas nem moças, somente velhos febris. A aldeia em si mesma, constituída de umas poucas casas de telhado achatado num outeiro estéril próximo, era ocupada apenas pelos que podiam pagar. Aélio deixou o cavalo com o guarda da escolta e caminhou sozinho na direção das casas esparsas.

Como ele tantas vezes fazia durante uma campanha, estava evitando pensar em qualquer outra coisa, concentrando-se no presente imediato, no próximo passo, na nova direção a tomar, eliminando todas as expectativas. Contudo, agora estava perto demais de descobrir a verdade para ignorar a diferença que isso iria fazer — o difícil desafio do historiador. Os coturnos enterrando-se na areia que rangia e cedia, ele compreendeu a agonia de Adriano durante aquelas horas intermináveis de procura, e como as pessoas tinham sido totalmente inúteis, mesmo para um imperador. Às portas das casas, rostos devastados pela doença voltaram-se para ele, doentes e convalescentes acocoravam-se, ou deslocavam-se lentamente.

— De onde vens, soldado?

Aélio continuou andando sem nem menos se virar para o homem que falou com ele.

— Antinoópolis.

— Se conheceres Hierax, presidente do conselho, diz a ele que sua mulher acaba de falecer.

— Não o conheço.

As três primeiras casas, apinhadas de mulheres e crianças, tinham sido tomadas por fazendeiros ricos procedentes da parte alta do rio e nenhum deles morador urbano. A quarta estava cheia de trouxas de roupas. Nas duas outras casas, pouco mais que choupanas, homens sentados em colchões de palha jogavam dados. Sendo mais alta do que o terreno que o cercava, a pequena aldeia recebia o vento do norte; as rajadas tórridas que passavam entre as casas se afunilavam, subiam e desciam, depositando areia.

Um cadáver, fortemente amarrado em linho, estava sendo carregado para fora de uma porta situada do lado direito; os dois homens que o levavam mantinham as cabeças baixas por causa do vento, cada passo pesado que davam causava uma pequena erupção no rastro deles.

Aélio não quis se aproximar.

— Homem ou mulher?

— Mulher.

— E de quem é essa casa?

O primeiro homem, barbado, de olhos apertados, não sabia. O segundo resmungou, por trás da barba:

— Da costureira Anubina.

Aélio prendeu a respiração. Por um momento fugaz pensou em tocar o corpo que estava à sua frente e depois em correr para dentro da casa para olhar, mas ficou parado como se tivesse criado raízes naquele lugar, meio virado para o lugar de onde haviam acabado de trazer a morte. Insuportável para ele, como uma boca que estivesse a ponto de gritar, a porta vazia dava para um interior escuro e ele iria precisar andar na direção dessa escuridão, quisesse ou não. Então, como uma chama trêmula e branca, Anubina apareceu à soleira da porta, com a cabeça raspada em sinal de luto.

Ela o viu primeiro, e começou a cair. Como uma imagem onírica, velada por neblina, poeira ou lágrimas, ela caiu de joelhos bem devagarinho, dobrando-se como um pássaro até mesmo quando ele a agarrou para evitar sua queda.

Ele falou com a boca colada ao seu rosto conturbado.

— Anubina, foi ela que...?

— Minha mãe, eu não podia deixá-la para trás, Aélio. Thaësis está bem.

Continuação do Relatório Final:

4. Claro, como soube desde que li a carta que me foi dada por Dio Sereno, ele também havia colocado um relato da conspiração e seus sucessos com o corpo, no sepulcro. Destinava-se a ser um lembrete para as próximas gerações, uma vez que também tinha dado ordens para destruir o que restasse dos conspiradores. Infelizmente suas ordens foram interceptadas, e nunca chegaram até Quinctianus. Até onde pude reconstituir, o mensageiro do exército foi morto entre Baia e Roma. Como o cabeça da conspiração — O ladrão da água, segundo o imperador — morava no Egito, a carta foi então levada para essa província. Imagino que o porto de entrada tenha sido provavelmente Cirene, de onde parte o caminho da caravana de Ammoneu — Lago Moira — Hermópolis. Não posso senão especular como a carta se perdeu, até mesmo para os conspiradores. Era julho, e as tempestades de areia assolavam o Deserto Ocidental — até o próprio grande exército de Cambises foi engolido pelo deserto! Ao que parece, os conspiradores podem ter imaginado que o imperador havia expedido as ordens, porém quando não se seguiu nenhuma perseguição, presumiram que o pior já havia passado. Não só voltaram a se reunir, como sua influência até aumentou durante o governo condescendente de Antonino. Marco Aurélio, porém, que o sucedeu, provavelmente foi morto pelos conspiradores, que colocaram cobertas contaminadas pela praga em seus alojamentos de Vindobona. Quanto ao seu imprestável filho Cômodo, chegou ao cúmulo de colaborar com os conspiradores, e inutilmente procurou o corpo de Antínoo em seu templo egípcio, para assegurar-se de que não havia referências às circunstâncias de sua morte dentro do caixão. Deve-se notar que, a essa altura, os conspiradores, sempre renovados e poderosos, ignoravam a existência da narrativa na tumba do Menino, senão teriam saqueado cada sepultura possível ou temporária para terem certeza de que o documento havia desaparecido.

Depois de Cômodo, certamente outros Césares foram eliminados pelos conspiradores: entre esses afirmo que estava Pertinax — assassinado por Maximino, que cometeu a imprudência de não substituir os que estavam no poder no governo de Cômodo, que continuaram após a morte desse tirano, e de não mandar executar Falco depois que este ameaçou o seu reinado; Severo Alexandre, assassinado por Maximino, cujo filho é suspeito de ter sido um membro da conspiração; Filipe, a menos que tenha realmente morrido em batalha; e seu filho, o glorioso Aureliano, cujo apelido era "Espada em Punho", cujo assassino, o trácio Mocapor, estava na lista dos conspiradores que foi recentemente achada em Roma. Em outras palavras, cada governante que fizera a promessa de reconstituir a glória do império — uma tarefa finalmente levada a cabo por Vós, para nossa felicidade, Senhor — teve sua vida ameaçada e, em muitos casos, tirada. Os mais recentes usurpadores, com seu estilo próprio, e base no Egito, não por coincidência, foram Aquileu e Domício Domiciano, na revolta sufocada nos primeiros anos do vosso reinado. E quem serviu como soldado nas fileiras de Aquileu e Domício Domiciano no começo da Rebelião? Aviola Paratus, a serviço da conspiração desde os seus dias na Pérsia, quando, depois de ficar cego, deram-lhe a oportunidade de viver se retornasse para ameaçar o Estado romano. Sua mudança de ideologia durante a Rebelião, que resultou na deserção de seus velhos aliados, e o posterior engajamento em vosso exército nada mais foram do que um estratagema para permitir que se aproximasse da estrutura de poder na qualidade de oficial do serviço de informações. Tendo em conta a vigilância própria de vosso governo, ele só poderia ter esperança de ser um desses agentes que ficam inativos até e se aparecer uma brecha no governo. E foi o que houve na época de Augusto, Vespasiano, Trajano e, parcialmente, do próprio Adriano.

Dia 21 do mês de Phaophi (20 de outubro, sexta-feira).

Baruc Ben Matias fingiu não ter ouvido nada sobre as prisões no Médio Egito e em outros lugares. Ele e Aélio se encontraram por acaso na loja de Theo, onde o judeu estava discutindo se a qualidade das raízes de gengibre estava de acordo com o preço, e Aélio tinha entrado com o seu cão para perguntar se o negociante de especiarias já estava de volta.

— Ele ainda não voltou.

Ben Matias brandiu uma raiz parecida com um pedaço de pau para manter o cachorro afastado.

— Por que ele precisa passar tanto tempo fora cuidando de negócios, se cobra o bastante para passar meses no exterior? Nem precisa perguntar a esses caixeiros, comandante, porque eles não sabem nem a cor de uma mostarda de primeira, que dirá onde fica Roma. Encontrei o salteador de estrada eu mesmo, pouco depois de sair da cidade, feliz feito um coelho gordo em um canteiro de trevos, dizendo que achava que ia passar o inverno por lá. Fiquei surpreso ao vê-lo sair de uma casinha pequena perto da porta de Óstia, quando esperava que fosse se hospedar em algum lugar chique.

Então, ele ficou na casa do irmão do Filo até mesmo depois que o perigo passou, Aélio disse consigo mesmo. A casinha fora dos muros de Roma tinha sido o lugar onde ele havia compreendido a necessidade imediata de depositar a carta de Adriano num lugar seguro, fora de seu alcance, durante a sua permanência em Roma. Dois dias mais tarde, arquivá-la na Biblioteca Ulpian tinha sido discreto e fácil; um dos caixotes embalados para transferência para os banhos de Sua Divindade a protegia agora, invisível e fora do alcance de todo mundo pelo menos durante alguns anos.

— Sabes do que mais, deixa pra lá — disse ele, em voz alta. — Eu só queria mesmo era te fazer uma visita.

— Quem voltou foi o Harpocrácio. Xô, cachorro, xô! não tenho nada para comeres. — Depois de escolher duas raízes de gengibre grandes, Ben Matias as colocou numa cesta e pagou.

— O preço não é alto, comandante. Eu só gosto de bater boca com os lojistas. Mas como ia dizendo, sim, o Harpocrácio voltou e anda procurando por ti. Ficou encantado com a notícia de que os que mataram Dio Sereno serão punidos. Sei que não é da minha conta, mas como foi que tu...? — Interrompendo-se, o judeu começou a rir. — Não, não vou perguntar. Já sei o que irias responder, e também não me importo. A justiça romana não é o meu assunto predileto.

Aélio também sorriu, abaixando-se para afagar o cachorro.

— Só existe a justiça romana, Baruc. Tu já constataste. Só existe a paz romana.

— É aí que te enganas, comandante. — E, já à soleira da porta, Ben Matias recuou para deixar Aélio passar primeiro. — Por favor, passes à minha frente, com cachorro e tudo, eu insisto, por favor. Pode ser que isso soe estranho aos teus ouvidos romanizados, mas o mundo *é mesmo* maior do que Roma. Mais antigo também. Há boatos de que até mesmo agora as rotas das especiarias, a riqueza das províncias ocidentais estão sendo controladas por homens que podem falar, andar e agir como os romanos e, no entanto, estão planejando uma catástrofe com os inimigos estrangeiros de Roma. *Dizem que o filho da Helena, Constantino, é um favorito deles, e estão apostando na sua candidatura a imperador.* Mas, como dirias, isso não é da minha conta, não é?

Continuação do Relatório Final:

5. *A descoberta que Dio Sereno fez das ordens escritas de Adriano para liquidar com a conspiração, mencionando a narrativa guardada no túmulo de Antínoo, mudou tudo. Repentinamente, o trabalho maléfico de trezentos anos, talvez mais, estava para ser exposto. Se a conspiração tivesse sido uma coisa do passado, nada teria acontecido. Uma prova de que os inimigos de Roma ainda estavam em ação até o verão passado é que Dio Sereno, dando indiretas descuidadas numa festa em sua casa, tornou-se imediatamente um homem marcado. Mas aqueles que o empurraram*

para que ele morresse afogado (assim como fizeram com Antínoo) não conseguiram encontrar a carta de Adriano com ele. Temendo que seu segredo fosse descoberto, mataram o servo liberto de Sereno, Pamíquio, em vão, porque a carta também não foi encontrada com ele. Foi então que eu surgi em cena. Como sabeis, Senhor, posso dizer que não sabia de nada a princípio, a não ser de meu desejo de investigar a morte de Antínoo por afogamento. Contudo, depois de ler a carta de Dio Sereno, a mudança na minha pesquisa correspondeu também a uma mudança de planos (pois eu estava sendo vigiado por eles, ainda mesmo no meu papel oficioso de emissário do César) do lado do inimigo. De repente, como Soter e Filo, tornei-me aquele que iria acabar com as esperanças deles de recuperarem a carta do deificado Adriano.

Quando se tornou evidente que a carta estava em meu poder, que eu tinha conseguido afaná-la, ou, como fiz, confiá-la a uma instituição segura, o plano dos conspiradores mudou uma vez mais. Teriam de seguir os meus passos, sem me machucarem, embora não deixassem de me fazer ameaças, até que eu os levasse à sepultura de Antínoo. Por intermédio de meu antigo colega Gavius Tralles, que tudo ignorava, colocaram em meu caminho ninguém menos que o próprio Paratus, aquele veterano e herói de guerra aparentemente insuspeitável. Dizer que caí na armadilha não é uma justificativa, porém todos o recomendaram, elogiando-o muito, e foi assim que a nossa colaboração começou — mesmo tendo sido preciso destruir seu vinhedo (um estratagema muito bem engendrado) para convencer-me de que ele também estava sendo perseguido pelos mesmos inimigos do estado. Acreditando que ele me apoiava e pretendia auxiliar-me, fui eu, de fato, que lhe revelou minha busca à sepultura do Menino e à narrativa secreta.

Uma vez encontrada a sepultura, depois de me apoderar do documento, Paratus teria apenas que me eliminar para consegui-lo e destruí-lo. Vosso conhecimento, por meio de nossa correspondência, da existência da carta, Senhor, teria sido incompleto sem saber o seu conteúdo, e a conspiração poderia ter perdurado, secreta e perniciosa.

Agora, finalmente, podemos dar um suspiro de alívio. O verdadeiro ladrão da água — o Tempo — está do lado de Roma outra vez, e nosso império é abençoado entre as nações.

25 do mês de Phaophi (24 de outubro, terça-feira), ano 304 d.C.
174º Aniversário da morte de Antínoo

Harpocrácio levou Aélio para ver a nova ala da residência, entre baldes de tinta, escadas, e mobília coberta com panos.

— A verdade, comandante, é que não estou redecorando, mas sim vendendo este lugar. Todos esses meses venho tentando continuar a morar aqui, mas para mim é um sofrimento pensar que todas as coisas dele ainda estão aqui, e o Sereno nunca mais vai voltar. — Como Aélio sentia-se constrangido e provavelmente demonstrou isso, Harpocrácio fez um gesto de enfado, agitando as mãos. — Preciso me livrar de tudo isso, comprar uma coisa só minha. Comprar uma coisa só minha; sair de férias.

Sua voz estava outra vez com aquele tom enfadonho, histérico e efeminado, que era tanto uma proteção como um hábito cultural. Aélio comoveu-se com seu sofrimento, tanto como no dia em que o conheceu, e, também, como naquele dia, esforçou-se para não demonstrar isso. Ou pensou que se esforçou.

— Tu foste muito bom. — Estava dizendo agora o amante de Dio, o *companheiro do Dio*, como Tralles costumava dizer. E depois acrescentou: — Para um soldado, pelo que sabemos deles nesta província, tu demonstraste ser fora do comum. E por isso agora tenho mais esperança no nosso futuro.

E assim foi, Aélio pensou. A sua natureza, um dom divino, era entendida como tudo o mais nele, como uma característica profissional. Ele não cabia no modelo que os outros criaram, e portanto devia ser um soldado incomum. Porque era soldado, ninguém conseguia vê-lo fora do contexto militar. Passando de um aposento a outro, sentindo o cheiro de tinta fresca, desejou que houvesse um modo de passar uma demão de tinta sobre as idéias preconceituosas que pudessem ter dele ou de qualquer outra pessoa. Uma sala é uma sala, como um homem é um homem, mas os soldados e os Césares, os homossexuais, os assassinos e as prostitutas, todos só eram vistos pelo que faziam ou pareciam fazer. Era dever do historiador confirmar isso — levando em conta *os atos*.

Adriano, há tempos, tinha de longe ultrapassado os estereótipos em todos os aspectos de sua vida, e seus biógrafos não tinham sido capazes de aceitar esse modo escorregadio e volátil. Tinham sido capazes somente de descrevê-lo por paradoxos e opostos, perdendo de vista a si mesmo diante da realidade inquietante de uma vida imperial tumultuada. Quanto ao Menino, na morte ele conseguiu ser tudo que todos queriam ser, fosse quem fosse ou o que fosse em vida. Tanto assim que, no fim, importou muito pouco o que o verdadeiro indivíduo tinha representado. Era tudo uma questão de interpretação.

E assim era com a história. Talvez não houvesse objetivo ir além dos mexericos, e o historiador ficava relegado ao papel de um mordomo, de olho numa fresta de porta, a mão em concha na orelha atenta. Sempre havia uma porta entre ele e o passado, entre ele e a verdade.

— Vais voltar a Roma depois? — perguntou Harpocrácio.

— Não.

— À Nicomédia?

— Provavelmente. Tenho de terminar a biografia e depois tenho outras para começar.

— E depois?

Depois, quem saberia dizer? Aélio não fazia a menor idéia, não tinha outros planos. Iria esperar. Até mesmo Anubina necessitava de tempo para recuperar-se do seu sofrimento antes de concordar em unir-se a ele, trazendo a filha. Ela não havia concordado com sua oferta de levá-la para o apartamento. Queria apenas transporte para voltar à sua casa azul no bairro de Filadélfia. Ele sabia que ela ainda o amava desde o dia em que sentou à sua mesa e ela lhe deu de comer. As coisas eram simplicíssimas, estavam na cara, quando não se desejava complicá-las. Dá-me tempo, ela havia dito. Não posso aceitar a felicidade antes de despojar-me de meu pesar.

Abrindo uma porta que levava ao jardim, Harpocrácio perguntou:

— Então, estais satisfeito com a vossa pesquisa? — E saiu.

— Não.

— Por que não? Fizeste com que nos sentíssemos em segurança outra vez.

— Digamos que é a maldição do historiador.

— A vista daqui é linda, comandante. Vem cá ver.

Passando para o terraço, onde o seu anfitrião esperava por ele, Aélio considerou essa uma estranha metáfora de sua tarefa, emergir da sombra para o sol (a Morte, o além) para escapar de aposentos e corredores reformados, pintados de novo, sempre apenas vistos pela metade. Porque, ao contrário do que os biógrafos gostariam de pensar, a história termina com a vida de seu protagonista. O resto é — de uma ou outra forma — só especulação e lenda.

Harpocrácio debruçou-se sobre a balaustrada, seus cachinhos dourados assentados como uma salada no alto de sua cabeça.

— Por que não podeis ficar satisfeito e apenas apreciar esta linda vista?

— Pergunta-me dentro de dez anos.

— Por quê? Somos romanos! Daqui a dez anos, essa vista vai estar exatamente a mesma.

Epílogo

Pouco depois da abdicação de Diocleciano, em 305 d.C., Licínio assassinou a esposa e a filha do imperador; Maxêncio e Constantino, separadamente, usurparam o trono, e o disputaram com os exércitos romanos na Ponte Mílvia, onde o ambicioso filho de Constâncio e Helena venceu a sangrenta batalha. O primeiro ato oficial de Constâncio em Roma foi visitar as grandes termas de Diocleciano, sozinho, e solicitar — do lote trazido em caixotes da Biblioteca Ulpiana — o arquivo referente ao deificado Adriano.

Glossário

Os Nomes

Cambises — antigo governador persa, cujo opulento exército desapareceu sem deixar vestígios no deserto egípcio.

Dio Cássio — historiador romano.

Cícero — orador romano, cuja filha Túlia morreu jovem.

Diodoro Sículo — historiador grego.

Heródoto — historiador grego.

Mário Máximo — historiador romano.

Plínio, o Jovem — governador e escritor romano, amigo do imperador Trajano.

Rômulo — lendário fundador de Roma; raptou mulheres da tribo dos sabinos, próxima dali, para que se tornassem esposas de seus homens.

Suetônio Tranqüilo — historiador romano.

Xerxes — antigo rei persa, que se acreditava ter um imenso tesouro enterrado.

Zenóbia — rainha guerreira do Oriente Médio, primeiro aliada, depois inimiga de Roma.

Os Títulos

Domine — forma imperial de tratamento, derivada de Dominus, que quer dizer Senhor.

Epistratego — governador geral (do Egito).

Legatos — termo grego com muitos significados: emissário, comandante, tenente-geral, embaixador.

Princeps — termo latino que significa líder militar, chefe de uma unidade específica, mas também príncipe regente, e nobre.

Estratego — termo de origem grega que designa comandante; no Egito dominado por Roma, também um administrador.

Tribuno — coronel do exército romano; comandante de regimento.

Comes — Generalíssimo romano; precursor do "conde" medieval.

Os Lugares

Antinoópolis/Antinoe — cidade desaparecida às margens do Nilo, assim chamada em honra ao favorito de Adriano.

Espalato — hoje em dia é a cidade de Split, na Croácia.

Baia — estância balneária próxima a Nápoles, onde Adriano morreu.

Bitínia — província romana onde hoje é a Turquia.

Brigécio — Szony, cidade atualmente na Hungria.

Cinópolis — cidade egípcia, com esse nome para reverenciar os cães, que eram sagrados.

Comagena — antiga província que atualmente fica no sul da Turquia, em direção da Síria.

Crocodilópolis — cidade egípcia, com esse nome para reverenciar os crocodilos, que eram considerados sagrados.

Dácia Malvense — província romana, atualmente pertence ao litoral da Croácia.

Médio Egito — "as sete províncias", uma subdivisão romana do Egito.

Leontópolis — cidade egípcia, com esse nome para reverenciar os leões.

Moésia — província romana, ocupando parte do que hoje é a Romênia oriental.

Nicomédia — a capital oriental de Diocleciano, na Turquia moderna.

Oxirrinco — cidade egípcia, com esse nome por causa de um peixe do Nilo, com muitas espinhas.

Panônia — província romana, que abrangia mais ou menos a área da atual Hungria.

Pártia — terras ao sul do mar Cáspio, que ficam a leste do que hoje é o Iraque.

Preneste — é a cidade histórica que se chama hoje Palestrina, perto de Roma.

Tibur — É a moderna Tívoli, perto de Roma, onde estão as ruínas bastante visitadas da grandiosa villa de Adriano.

Zeugma — cidade de Comagena.

Nomes de Navios

Fortuna Isiaca — Sorte de Ísis

Felicitas Annonae — Prosperidade de Provisões

Felicitas Augustorum Nostrorum — Bem-Estar do Nosso Imperador

Penthesilea — Rainha das Amazonas

Pietas Augustorum Nostrorum — Misericórdia do Nosso Imperador

Lamprotate — O Cintilante

Tetis — Uma Nereida

Tyche — Sorte

Medidas

Artaba — unidade de medida seca egípcia, mais ou menos 1/16 *bushel* (cada bushel, ou alqueire, equivale a 36,37 litros).

Denário — no Egito romano, uma moeda que valia 4 dracmas.

Dracma — moeda grega de prata que pesava 3,5g, usada no Egito na época da dominação romana.

Modius — medida de grãos, equivalente a um celamim (aprox. 9 litros).

Expressões Gregas e Romanas

Anamnese — palavra derivada do grego, *anamnesis*, que quer dizer "recordação".

Chios — vinho grego de excelente qualidade.

Gravitas — serenidade.

Lousorion — cargueiro de médio porte.

Ludus Magnus — principal escola de gladiadores de Roma.

Mundus Patet; Supplicia Canum — feriados da Abertura do Além e Execução dos Cães.

Nomo — uma das trinta divisões administrativas egípcias, cada qual regida por um estratego.

Plintheion — casa de tijolos ou cidade de tijolos.

Restitutor Exerciti — título imperial, que significa: "Aquele que reconstruiu o exército".

Sacrificatus, Thurificatus, Libellaticus — termos que indicam aqueles que se retrataram durante a perseguição aos cristãos; oferecendo sacrifício aos deuses, queimando incenso para eles, e redigindo uma retratação por escrito.

Selecti Alae Usicianae — Unidade Escolhida do Regimento da Bandeira do Urso, a escolta de Aélio.

Salus Imperii — segurança e bem-estar do império.

Si Monumentum Quaeris, Circumspice — significa: "Se procuras algo grande, olha em volta".

Tranquillitas nostra — definição de Diocleciano de seu reinado, que se traduz como "Nossa era de tranqüilidade".

Principais Imperadores Romanos*

(as datas indicam os anos de início e fim do reinado)

Augusto, 31 a.C.-14 d.C.

Tibério, 14-37 d.C.

Calígula, 37-41 d.C.

Cláudio, 41-54 d.C.

Nero, 54-68 d.C.

Vespasiano, 69-79 d.C.

Tito, 79-81 d.C.

Domiciano, 81-96 d.C.

Trajano, 98-117 d.C.

Aélio Adriano, 117-138 d.C.

Antonino Pio, 138-161 d.C.

Marco Aurélio, 161-180 d.C.

Cômodo, 180-192 d.C.

Sétimo Severo, 193-211 d.C.

Caracala, 211-217 d.C.

Elagabalus, 218-222 d.C.

Severo Alexandre, 222-235 d.C.

Gordiano, I, II, III 238-244 d.C.

Valeriano, 253-260 d.C.

Aureliano, 270-275 d.C.

Caro, Carino, Numeriano, 282-285 d.C.

Diocleciano, 284-305 d.C.

Maxêncio, 306-312 d.C.

Constantino, 306-337 d.C.

Este livro foi composto na
tipologia Bembo em corpo 11/16,4 e
impresso em papel off-white 90g/m²
no Sistema Cameron da Divisão Gráfica
da Distribuidora Record